Am Tage der Toten, wenn auch das Jahr stirbt,
Muß der Jüngste die ältesten Berge öffnen
Durch die Tür der Vögel, wo der Wind sich bricht.
Feuer wird flammen von dem Raben-Jungen,
Und die Silberaugen, die den Wind sehen,
Und das Licht wird finden die Harfe aus Gold.

Am freundlichen See liegen die Schläfer,
Auf Cadfans Weg, wo der Turmfalke ruft;
Wohl wirft grimmige Schatten der Graue König,
Doch singend wird sie die goldene Harfe leiten,
Sie weckt sie auf und heißt sie reiten.

Wenn Licht vom verlorenen Land kehrt zurück,
Werden sechs Schläfer reiten, sechs Zeichen brennen,
Und wo der Mittsommerbaum ragt empor,
Wird die Finsternis fallen durch Pendragons Schwert.

Y maent yr mynyddoedd yn canu,
ac y mae'r arglwyddes yn dod.

I WENN DIE FINSTER- NIS SICH ERHEBT

Mittsommernacht

Will blätterte eine Seite um und sagte: „Er hatte etwas übrig für Färberwaid. Er sagt – hört zu –: *Der Absud von Färberwaid, wenn er getrunken wird, wirkt heilend auf Verletzungen bei Menschen von kräftiger Konstitution, wie Leute vom Land und solche, die harte Arbeit und derbe Kost gewohnt sind.*"

„Wie ich und alle anderen Mitglieder der Kriegsmarine Ihrer Majestät", sagte Stephen. Sorgfältig zog er einen langen Grashalm mit dicker Ähre aus der Blattscheide, lehnte sich im Gras zurück und begann, daran zu lutschen.

„Färberwaid", sagte James und wischte sich eine dünne Schweißschicht von seinem runden, leicht geröteten Gesicht. „Das ist das blaue Zeug, mit dem die alten Britannier sich anmalten."

Will sagte: „Bei Gerard hier steht, daß die Blüten vom Färberwaid gelb sind."

James erwiderte etwas herablassend: „Ich habe ein Jahr länger Geschichtsunterricht als du, und ich weiß, daß sie es für Blau benutzt haben." Nach einer kurzen Pause fügte er hinzu: „Grüne Walnüsse färben deine Finger schwarz."

„Na ja", sagte Will. Eine große samtige Hummel, schwer beladen mit Pollen, landete auf seinem Buch und kroch lustlos über die Seite. Will pustete sie vorsichtig auf ein Blatt und strich sich das glatte braune Haar aus der Stirn. Eine Bewegung auf dem Fluß jenseits der Wiese, auf der sie sich niedergelassen hatten, erweckte seine Aufmerksamkeit.

„Seht mal! Schwäne!"

Träge wie der heiße Sommertag segelte ein Schwanenpaar langsam und lautlos vorbei; die leichten Wellen, die sie erzeugten, plätscherten gegen das Flußufer.

„Wo?" fragte James, offensichtlich nicht in der Absicht, hinzuschauen.

„Sie sind gern auf diesem Abschnitt des Flusses, hier ist es immer ruhig. Die großen Boote bleiben drüben auf dem Hauptarm, auch sonnabends."

„Wer kommt mit angeln?" fragte Stephen. Aber er lag immer noch auf dem Rücken, ohne sich zu rühren, die langen Beine übereinandergeschlagen, den schlanken Grashalm zwischen den Zähnen.

„Gleich." James streckte sich und gähnte. „Ich hab' zuviel Kuchen gegessen."

„Mams Picknickkörbe sind so riesig wie eh und je." Stephen rollte sich auf die Seite und schaute auf den graugrünen Fluß. „Als ich so alt wie ihr war, konnte man in diesem Teil der Themse überhaupt nicht angeln. Damals war das Wasser völlig verschmutzt. Manche Dinge werden doch besser."

„Lächerlich wenige", sagte Will düster aus dem Gras heraus.

Stephen grinste. Er beugte sich vor und pflückte einen schlanken grünen Stengel mit einer winzigen roten Blüte und hielt ihn feierlich in die Höhe. „Ackergauchheil. *Ist er offen, scheint die Sonne, ist er geschlossen, regnet's heut', das ist die Wetterfahne der armen Leut!* Das hat Großvater mir beigebracht. Schade, daß ihr ihn nicht mehr erlebt habt. Was sagt dein Freund, Mr. Gerard, dazu, Will?"

„Hmm?" Will lag auf der Seite und sah zu, wie die erschöpfte Hummel ihre Flügel entfaltete.

„Buch", sagte James. „Ackergauchheil."

„Ach so." Will schlug die raschelnden Seiten um. „Hier haben wir's. Oh, schön: *Der Saft reyniget den Kopf, so man den Hals damit wäscht oder gurgelt; es befreyet vom Zahnschmertz, so es in die Nasenlöcher geschnupfet wird, besonders in das entgegengesetzte Nasenloch.*"

„Das entgegengesetzte Nasenloch, natürlich", sagte Stephen ernsthaft.

„Er schreibt auch, daß es gut sei gegen Bisse von Schlangen und anderen giftigen Tieren."

„Doof", sagte James.

„Nein, ist es nicht", sagte Will sanftmütig. „Es ist eben dreihundert Jahre alt. Am Ende steht eine tolle Geschichte, wo er einem sehr ernsthaft erklärt, wie Enten aus Entenmuscheln ausgebrütet werden."

„Vielleicht haben die Leute aus der Karibik ihn hereingelegt", sagte Stephen. „Millionen von Entenmuscheln, aber keine einzige Ente."

James fragte: „Gehst du nach deinem Urlaub wieder dort hin?"

„Wo immer Ihre Lordschaften uns hinschicken, Kamerad." Stephen befestigte die scharlachrote Blüte im obersten Knopfloch seines Hemdes und entfaltete seinen langen Körper. „Kommt. Angeln."

„Ich komme gleich nach. Geht ihr schon vor." Will lag träge im Gras und sah zu, wie sie ihre Angeln zusammensteckten und Haken und Schwimmer befestigten. Unsichtbare Grashüpfer zirpten zwischen den Gräsern und übertönten mit ihrem Sologesang das Summen der Sommerinsekten: Es war ein müde machendes, einschläferndes Lied. Will seufzte vor Zufriedenheit. Sonnenschein, Hochsommer und, wichtiger als beides, sein ältester Bruder auf Landurlaub. Die Welt meinte es gut mit ihm; nichts könnte schöner sein. Er spürte, wie ihm die Lider zufielen; er riß sie wieder auf. Wieder schlossen sie sich

9

in schläfriger Zufriedenheit, wieder öffnete er sie mit Mühe. Einen Moment lang fragte er sich, was ihn davon abhielt, einfach einzuschlafen.

Und dann wußte er es.

Die Schwäne waren wieder auf dem Fluß aufgetaucht und glitten weiß und still langsam stromaufwärts. Über Will seufzten die Bäume in dem leichten Wind wie Wellen auf fernen Meeren. In winzigen gelbgrünen Sträußen lagen die Blüten des Ahorns im langen Gras um ihn herum. Während er eine von ihnen durch die Finger gleiten ließ, beobachtete er Stephen, der wenige Meter entfernt von ihm hoch aufgerichtet dastand und die Angelschnur in die Rute zog. Hinter Stephen, auf dem Fluß, sah er den einen der Schwäne langsam vor seinen Gefährten gleiten. Er schwamm an Stephen vorbei.

Aber während er vorbeischwamm, verschwand er nicht hinter Stephen. Will sah die weiße Form deutlich durch Stephens Körper hindurch.

Und durch den Schwan hindurch sah er einen steilen Hang, grasbewachsen und ohne Bäume, der vorher nicht dort gewesen war.

Will schluckte.

„Steve?" sagte er.

Sein ältester Bruder stand dicht vor ihm und knotete eine Leitschnur an seine Angel, und Will hatte laut gesprochen, aber Stephen hörte ihn nicht. James kam vorbei. Er hielt seine Angel aufrecht, aber niedrig, während er den Haken befestigte. Will konnte durch ihn hindurch wie in einem feinen Dunst die Schwäne sehen. Er setzte sich auf und streckte die Hand nach der Angel aus, als James an ihm vorbeiging, und seine Finger glitten durch das Holz, als wäre es nicht vorhanden.

Und Will wußte, furchtsam und entzückt, daß ein Teil seines Lebens, der geschlafen hatte, wieder einmal hellwach war.

Seine Brüder gingen quer über die Wiese zum Fluß hinüber. Durch ihre Phantomgestalten hindurch sah Will das einzige

10

Stück Erde, das für ihn in diesem nicht greifbaren Zeitabschnitt handfest und wirklich war: den grasbewachsenen Hang, dessen Ränder im Dunst untergingen. Und auf ihm sah er Gestalten laufen und hasten, von irgend etwas zur Eile getrieben. Wenn er zu genau hinsah, waren sie verschwunden. Doch wenn er aus schläfrigen Augen schaute, nicht auf einen Punkt konzentriert, sah er sie alle durch Sonnenschein und Schatten dahineilen.

Sie waren klein, dunkelhaarig. Sie gehörten in eine weit zurückliegende Zeit. Sie trugen blaue, grüne oder schwarze Tuniken, und Will sah eine Frau in Weiß, mit einer Kette aus leuchtendblauen Perlen um den Hals. Sie trugen Bündel von Speeren, Pfeilen, Handwerksgeräten und Stöcken zusammen, wickelten Töpfe in Tierhäute und banden getrocknete Streifen zusammen, die Will für Fleisch hielt. Es waren Hunde bei ihnen: Hunde mit dichtem Fell und kurzen spitzen Schnauzen. Kinder liefen umher und riefen, und ein Hund hob den Kopf, um zu bellen, aber kein Laut drang zu Will. Für ihn zirpten nur die Grashüpfer und übertönten das tiefe Insektengesumm.

Außer den Hunden sah er keine Tiere. Diese Leute gehörten nicht hierher, sondern kamen nur hier durch. Will war nicht einmal sicher, ob das Land, auf dem sie sich befanden, in ihrer eigenen Zeit, zu seinem eigenen Teil des Themsetals gehörte oder in einem ganz anderen Gebiet lag. Aber eines erkannte er plötzlich sehr deutlich: Sie alle hatten große Angst.

Oft hoben sie voller Furcht die Köpfe und blickten nach Osten. Sie sprachen nur wenig miteinander, gingen hastig ihren verschiedenen Beschäftigungen nach. Irgend etwas, irgend jemand kam näher, bedrohte sie, trieb sie weiter. Sie befanden sich auf der Flucht. Will merkte, wie er angesteckt wurde von dem Gefühl der nahenden Gefahr, wie er versuchte, diese Leute durch seinen Willen zur Eile anzuspornen, sie zu drängen, der Katastrophe, wie sie auch aussehen mochte, zu entfliehen. Der Katastrophe... Auch er blickte nach Osten.

11

Aber es war schwer zu erkennen, was er dort sah. Eine seltsame Doppellandschaft lag vor ihm, ein massiver gekrümmter Hang, sichtbar durch die Phantomumrisse der flachen Felder und der Hecken seiner eigenen Zeit und die schimmernde Andeutung der Themse. Die Schwäne waren immer noch da – und doch nicht da; einer von ihnen neigte den anmutigen Hals zur Oberfläche des Wassers, geisterhaft wie ein in einer Fensterscheibe reflektiertes Bild...

... und dann auf einmal war der Schwan wirklich, greifbar, undurchsichtig, und Will schaute nicht mehr aus seiner eigenen in eine andere Zeit. Die Reisenden waren verschwunden, untergetaucht in jenem anderen Sommertag vor Tausenden von Jahren. Will schloß die Augen und bemühte sich verzweifelt, ein Bild von ihnen in sein Gedächtnis einzupflanzen, bevor es verblaßte. Er erinnerte sich an einen Topf aus dumpf glänzender Bronze, ein Bündel Pfeile mit Spitzen aus scharfen schwarzen Feuersteinsplittern, an die dunkle Haut und die dunklen Augen der Frau in Weiß und an das leuchtende Blau der Perlenkette um ihren Hals. Am meisten erinnerte er sich an das Gefühl der Angst.

Er erhob sich aus dem hohen Gras, das Buch in der Hand; er spürte, wie seine Beine zitterten. In einem Baum über ihm sang, unsichtbar für ihn, eine Singdrossel ihr trillerndes Lied zweimal nacheinander. Will ging mit unsicheren Schritten zum Fluß hinüber; James rief ihn zu sich.

„Will! Komm hierher! Komm und sieh dir das an!"

Er folgte blind dem Geräusch. Stephen warf elegant seine Angel aus; die Schnur zischte durch die Luft. James war dabei, einen Wurm am Haken zu befestigen. Er legte ihn ab und hielt triumphierend drei durch die Kiemen zusammengebundene Flußbarsche in die Höhe.

„Große Güte", sagte Will. „Das ging schnell!"

Bevor er die Worte bedauern konnte, zog James eine Augenbraue hoch. „Nicht besonders. Ein kleines Schläfchen gemacht? Komm, hol deine Angel."

„Nein", entgegnete Will und meinte sowohl die Frage als auch die Aufforderung. Stephen drehte sich nach ihm um und ließ plötzlich seine Schnur durchhängen. Er musterte Will eindringlich und runzelte die Stirn.

„Will? Bist du in Ordnung? Du siehst..."

„Ich fühl' mich wirklich etwas komisch", sagte Will.

„Sicher die Sonne. Hat dir auf den Hals gebrannt, während du da gehockt und das Buch gelesen hast."

„Wahrscheinlich."

„Auch in England kann es ganz schön heiß werden, Kumpel. Flammender Juni. Dazu noch Mittsommernacht... leg dich ein Weilchen in den Schatten. Und trink den Rest Limonade."

„Alles?" fragte James entrüstet. „Und wir?"

Stephen deutete einen Fußtritt in seine Richtung an. „Fang du noch zehn Flußbarsche, und ich spendier' dir einen Drink auf dem Heimweg. Geh schon, Will. Unter die Bäume."

„Okay", sagte Will.

„Ich hab' dir ja gleich gesagt, daß das Buch blöd ist", sagte James.

Will ging über das Feld zurück und setzte sich in das kühle Gras unter den Ahornbäumen, neben die Reste ihres Picknicks. Während er in kleinen Schlucken Limonade aus einem Plastikbecher trank, schaute er beunruhigt zum Fluß hinüber, aber alles war ganz normal. Die Schwäne waren nicht mehr da. Mücken tanzten in der Luft, und alles war dunstig vor Hitze. Er hatte Kopfschmerzen; er stellte den Becher zur Seite, legte sich auf den Rücken und blickte nach oben. Über ihm tanzten Blätter, die Zweige atmeten und schwankten, hin und her, hin und her, und schoben grüne Muster vor den blauen Himmel. Will preßte die Handflächen gegen die Augen und dachte an die undeutlichen hastenden Gestalten, die aus der Vergangenheit vor ihm aufgeflackert waren, dachte an die Angst...

Auch später konnte er nie sagen, ob er eingeschlafen war. Das Seufzen des leichten Windes schien lauter, heftiger zu werden; auf einmal sah er andere Bäume über sich, Buchen, deren ovale Blätter aufgeregter und wilder tanzten als Ahorn oder Eiche. Und dies war keine gerade Reihe von Bäumen, die sich ohne Unterbrechung bis zum Fluß erstreckte, sondern ein kleines Wäldchen. Der Fluß war verschwunden, sein Rauschen und sein Geruch. Zu beiden Seiten sah Will den offenen Himmel. Er setzte sich auf.

Er befand sich hoch über dem bewaldeten Themsetal auf einem gekrümmten grasbewachsenen Hang; die Gruppe von Buchen um ihn herum markierte die Spitze des Hügels wie eine Mütze. Futterwicken wuchsen in dem kurzen, federnden Gras neben ihm; von einer der gebogenen Blüten flatterte ein kleiner blauer Schmetterling auf seine Hand und wieder davon. Das tiefe Summen von Insekten in den Feldern im Tal war verschwunden; statt dessen hörte er hoch über sich durch den Wind hindurch das Lied einer Lerche in den Äther perlen.

Und dann hörte er von irgendwoher Stimmen. Er wandte den Kopf um. Leute kamen den Hügel heraufgehastet; sie rannten von einem Busch oder Baum zum nächsten und mieden den offenen Hang. Die ersten zwei oder drei hatten gerade ein merkwürdiges tiefes Loch im Hügel erreicht, das Will ohne sie gar nicht aufgefallen wäre, so dicht war es von Gestrüpp überwachsen. Sie trugen Bündel aus grobem dunklem Stoff, aber die Bündel waren so hastig zusammengepackt worden, daß er den Inhalt hindurchschimmern sah. Er zwinkerte mit den Augen: Er sah goldene Becher, Teller, Pokale, ein großes, mit Edelsteinen besetztes goldenes Kreuz, hohe Kerzenhalter aus Gold und Silber, Roben und Gewänder aus schimmernder Seide, durchwebt mit Goldfäden und Juwelen –

die Menge der Schätze schien unermeßlich. Die Gestalten befestigten Seile an den Bündeln und ließen eines nach dem anderen in das Loch hinuntergleiten. Will sah einen Mann im Gewand eines Mönches, der die Aufsicht zu haben schien: Er gab Anweisungen und Erklärungen und behielt ständig besorgt die Umgebung im Auge.

Drei kleine Jungen kamen den Hügel herauf gerannt, dem ausgestreckten Arm des Mönches folgend. Will erhob sich langsam. Aber die Jungen trotteten an ihm vorbei, ohne ihn auch nur eines Blickes zu würdigen; sie ignorierten ihn so völlig, daß er wußte: Er befand sich nur als Beobachter in dieser vergangenen Zeit, unsichtbar, nicht einmal spürbar.

Die Jungen blieben am Rande des Wäldchens stehen und blickten angestrengt über das Tal; offensichtlich waren sie dorthin geschickt worden, um Wache zu halten. Während er sie dort ängstlich aneinandergedrückt stehen sah, konzentrierte Will sich darauf, ihre Stimmen zu hören, und kurze Zeit später hallten sie in seinem Kopf wider.

„Niemand kommt hier entlang."

„Noch nicht."

„Zwei Stunden vielleicht noch, hat der Läufer gesagt. Ich habe ihn mit meinem Vater reden hören, er sagte, es sind Hunderte, wie schrecklich, die plündernd den Alten Weg entlang kommen. Sie haben London in Brand gesetzt, sagte er, man konnte den schwarzen Rauch in dicken Wolken aufsteigen sehen..."

„Wenn sie dich erwischen, schneiden sie dir die Ohren ab. Den Jungen. Die Männer schlitzen sie der Länge nach auf, und mit Frauen und Mädchen machen sie noch schlimmere Sachen..."

„Mein Vater wußte, daß sie kommen würden. Er hat es gesagt. Es ist Blut anstelle von Regen gefallen im Osten, im letzten Monat, hat er gesagt, und man hat Drachen durch die Lüfte fliegen sehen."

„Solche Zeichen gibt es immer, bevor die heidnischen Teufel kommen."

„Was für einen Sinn hat es, die Schätze zu vergraben? Es wird niemals jemand zurückkommen, um sie zu holen. Es kommt niemals jemand zurück, wenn die Teufel sie vertreiben."

„Vielleicht diesmal."

„Wohin gehen wir?"

„Wer weiß? Nach Westen..."

Drängende Stimmen riefen nach den Jungen; sie rannten zurück. Die Bündel waren alle versteckt, und einige der Gestalten hasteten schon hügelabwärts. Will beobachtete fasziniert, wie die letzten Männer einen großen flachen Feuersteinblock über das Loch zerrten, den größten Feuerstein, den er je gesehen hatte. Sie paßten ihn sauber in die Öffnung ein, wie eine Art Deckel, dann breiteten sie Grassoden darüber aus, und als letztes steckten sie Zweige von Büschen aus der Umgebung hinein. Einen Augenblick später wies nichts mehr auf das Versteck hin; keine Narbe im Hügel zeigte, daß hier hastig etwas verändert worden war. Ein Mann stieß einen Alarmruf aus und zeigte auf die andere Seite des Tales; jenseits des nächsten Hügels stieg eine dicke Rauchwolke auf. In panischer Angst lief die ganze Gruppe den grasbedeckten Kalkhang hinunter, rutschend und springend, die Mönchsgestalt genauso hastig und ungestüm wie die übrigen.

Und eine Woge der Panik ergriff Will, so intensiv, daß sich ihm der Magen umdrehte. Für einen Augenblick erlebte er ebenso deutlich wie diese Flüchtenden die animalische Angst vor einem grausamen, gewalttätigen Tod: vor Schmerzen, vor Verletzungen, vor Haß. Oder etwas Schlimmeres als Haß: eine schreckliche, empfindungslose Leere, die nur an Zerstörung und Quälereien und der Angst anderer ihre Freude fand. Eine furchtbare Bedrohung näherte sich diesen Leuten ebenso wie jenen anderen schattenhaften Gestalten, die er vor kurzem in einer anderen, fernen Vergangenheit gesehen hatte. Dort im Osten erhob sich die Bedrohung von neuem, kam tosend näher.

„Es kommt", sagte Will laut und starrte auf die Rauchsäule, versuchte, sich nicht vorzustellen, was geschehen könnte, wenn die, die sie entzündet hatten, über den Kamm des Hügels kamen. *„Es kommt . . ."*

James' Stimme war neugierig und aufgeregt: „Nein, tut es nicht, es bewegt sich überhaupt nicht. Bist du wach? *Sieh mal!"*

Stephen sagte: „Wie seltsam!"

Ihre Stimmen ertönten über Wills Kopf; er lag auf dem Rücken im kühlen Gras. Es dauerte einen Augenblick, bevor er sich gefaßt hatte und aufhörte zu zittern. Er stützte sich auf die Ellbogen und sah Stephen und James ein paar Schritte entfernt von ihm stehen, die Hände voller Angeln und Fisch und Köderbehälter. Sie beobachteten etwas, auf argwöhnische Weise fasziniert. Will wandte den Kopf der heißen summenden Wiese zu, um zu sehen, was die Aufmerksamkeit der beiden fesselte. Und ihm stockte der Atem, während ihm eine Woge des gleichen blinden Schreckens den Verstand zu rauben drohte wie kurz zuvor, eine Welt und zehn Jahrhunderte und doch nicht mehr als einen Atemzug entfernt.

Zehn Meter weiter stand ein kleines schwarzes Tier bewegungslos im Gras und sah ihn an, ein geschmeidiges, schlankes Tier, vielleicht einen halben Meter lang, mit einem langen Schwanz und einem biegsamen gekrümmten Rücken. Es sah aus wie ein Hermelin oder ein Wiesel, war aber keines von beiden. Sein glattes Fell war von der Schnauze bis zum Schwanz kohlschwarz; seine schwarzen Augen waren unverwandt und unmißverständlich auf Will gerichtet. Und von ihm ging eine so starke Bösartigkeit, etwas so Böses aus, daß alles in

Will sich dagegen wehrte zu glauben, daß ein solches Wesen existieren konnte.

James gab plötzlich ein zischendes Geräusch von sich.

Das schwarze Wesen rührte sich nicht. Es starrte immer noch Will an. Will saß da und starrte zurück, im Bann eines blinden Schreies des Entsetzens, der ihm durch den Kopf hallte. Aus dem Augenwinkel nahm er wahr, daß Stephens hochgewachsene Gestalt an seiner Seite stand, sehr still.

James sagte leise: „Ich weiß, was es ist. Es ist ein Nerz. Es sind in der letzten Zeit welche hier aufgetaucht – ich habe es in der Zeitung gelesen. Wie Wiesel, nur unangenehmer, wurde gesagt. Seht euch die Augen an . . ."

Impulsiv brach er die Spannung, indem er dem Wesen irgendwelche Laute entgegenschrie und mit seiner Angel auf das Gras einschlug. Geschmeidig, doch ohne Hast, wandte der schwarze Nerz sich ab und glitt durch die Wiese auf den Fluß zu; sein langer Rücken bewegte sich mit einer seltsam abstoßenden, wellenförmigen Bewegung wie eine große Schlange. James rannte hinterher, die Angel noch immer in der Hand.

„Sei vorsichtig!" rief Stephen scharf.

James brüllte zurück: „Ich rühr' es nicht an. Hab' ja meine Angel . . ." Er verschwand am Flußufer hinter einer Gruppe niedriger Weiden.

„Das gefällt mir nicht", sagte Stephen.

„Nein", sagte Will. Er schauderte, während er auf die Stelle starrte, wo das Tier gestanden und ihn mit seinen durchdringenden schwarzen Augen angeblickt hatte. „Gruselig."

„Ich meine nicht nur den Nerz – wenn es ein Nerz war." Es lag ein fremder Ton in Stephens Stimme, der Will veranlaßte, abrupt den Kopf zu wenden. Er machte Anstalten, aufzustehen, aber sein hochgewachsener Bruder ließ sich neben ihm nieder, stützte die Arme auf den Knien ab und spielte mit einem Stück Angelschnur. Er wickelte die Schnur um den Finger und wieder ab, um den Finger und wieder ab.

„Will", sagte er mit dieser seltsamen angespannten Stimme. „Ich muß mit dir sprechen. Jetzt, während James hinter dieser Kreatur her ist. Ich habe versucht, dich allein zu erwischen, seit ich nach Hause kam – ich hatte gedacht, vielleicht heute, aber Jamie wollte angeln . . ."

Er verhaspelte sich, stolperte über seine eigenen Worte in einer Weise, die Will in Erstaunen versetzte und beunruhigte bei seinem kühlen erwachsenen Bruder, der für ihn immer Symbol gewesen war für alles Fertige, Erfüllte, Erwachsene. Dann hob Stephen den Kopf und blickte Will fast streitlustig an, und Will erwiderte den Blick nervös.

Stephen sagte: „Als das Schiff im vergangenen Jahr Jamaika anlief, habe ich dir eine große westindische Karnevalsmaske geschickt, als Weihnachts- und Geburtstagsgeschenk in einem."

„Natürlich", sagte Will. „Einsame Klasse. Wir haben sie uns erst gestern wieder alle angesehen."

Stephen achtete nicht auf seine Worte, sondern fuhr fort: „Ich bekam sie von einem alten Jamaikaner, der mich eines Tages am Ärmel packte, aus dem Nichts heraus, mitten im Karneval. Er sagte mir, wie ich heiße, und trug mir auf, dir die Maske zu geben. Und als ich ihn fragte, woher um alles auf der Welt er mich kenne, sagte er: *Es ist ein gewisser Ausdruck, den wir Uralten haben. Etwas davon haben auch unsere Familien.*"

„Das weiß ich doch alles", sagte Will fröhlich und schluckte die bösen Ahnungen hinunter, die ihm die Kehle zuschnürten. „Du hast doch einen Brief geschickt, zusammen mit der Maske. Weißt du nicht mehr?"

„Ich weiß, daß es verdammt komische Worte von einem Fremden waren", sagte Stephen. „Uralte, wir Uralten, wir URALTEN. Mit Großbuchstaben – man konnte sie *hören*."

„Kann ich mir nicht vorstellen. Sicher – ich meine, du hast gesagt, er war ein alter Mann . . ."

„Will", sagte Stephen und sah ihn aus kalten blauen Augen an, „am Tag, als wir von Kingston abfuhren, tauchte der alte

Mann bei unserem Schiff auf. Ich weiß nicht, wie er sie dazu gebracht hat, aber jemand wurde geschickt, mich zu holen. Er stand dort am Kai, mit seinem schwarzen, schwarzen Gesicht und seinem weißen, weißen Haar und musterte gelassen den Matrosen, der mich geholt hatte, bis der Junge ging, und dann sagte er nur einen einzigen Satz. *Sagen Sie Ihrem Bruder, daß die Uralten der Ozean-Inseln bereit sind*. Dann ging er."

Will antwortete nicht. Er wußte, daß noch mehr kommen würde. Er schaute auf Stephens Hände; sie waren zu Fäusten geballt, und ein Daumen bewegte sich automatisch über die dazugehörige Faust hin und her.

„Und dann", sagte Stephen mit leicht bebender Stimme, „liefen wir auf der Heimreise Gibraltar an, und ich hatte einen halben Tag Landurlaub, und ein Fremder sprach mich auf der Straße an. Er stand neben mir; wir warteten darauf, daß die Ampel grün zeigte. Er war sehr groß und schlank, ein Araber, vermute ich. Weißt du, was er sagte? *Sagen Sie Will Stanton, daß die Uralten aus dem Süden bereit sind*. Dann tauchte er einfach in der Menge unter."

„Oh", sagte Will.

Der Daumen hörte abrupt auf, über Stephens Faust zu fahren. Stephen stand auf, in einer einzigen raschen Bewegung, wie eine auseinanderschnellende Feder. Will rappelte sich ebenfalls auf und blinzelte nach oben, unfähig, in dem sonnengebräunten Gesicht vor dem hellen Himmel zu lesen.

„Entweder verliere ich den Verstand", sagte Stephen, „oder du bist in eine sehr merkwürdige Angelegenheit verwickelt, Will. In beiden Fällen könntest du etwas mehr von dir geben als *oh*. Wie ich dir sagte, es gefällt mir nicht, ganz und gar nicht."

„Weißt du, das Problem ist", sagte Will langsam, „wenn ich versuchte, es zu erklären, würdest du mir nicht glauben."

„Versuch's doch mal", sagte sein Bruder.

Will seufzte. Von den neun Stanton-Kindern war er das jüngste, Stephen das älteste; zwischen ihnen lagen fünfzehn lange Jahre, und bevor Stephen von zu Hause fortgegangen war, um zur Marine zu gehen, war ein jüngerer Will ihm in stummer Verehrung auf Schritt und Tritt gefolgt. Er wußte jetzt, daß er am Ende von etwas angekommen war, von dem er gehofft hatte, daß es nie enden würde.

Er sagte: „Im Ernst? Du wirst mich nicht auslachen, nicht . . . verurteilen?"

„Natürlich nicht", sagte Stephen.

Will holte tief Luft. „Also gut. Es ist so . . . Wir leben in einer Welt von Menschen, ganz normalen Menschen, und obwohl es in ihr die Alte Magie der Erde gibt und die Wilde Magie von lebenden Wesen, sind es Menschen, die bestimmen, wie die Welt aussehen wird." Er sah Stephen nicht an, weil er fürchtete, die Veränderung im Gesichtsausdruck zu sehen, die er mit Sicherheit erwartete. „Aber jenseits der Welt ist das Universum, dem Gesetz der Hohen Magie unterworfen, wie es jedes Universum sein muß. Und der Hohen Magie untergeordnet sind zwei . . . Pole . . . die wir die Finsternis und das Licht nennen. Keine andere Macht hat ihnen Weisungen zu erteilen. Sie sind einfach da. Die Finsternis versucht, mit Hilfe ihrer finsteren Natur die Menschen zu beeinflussen, so daß sie am Ende, durch die Menschen, die Macht auf der Erde übernimmt. Das Licht hat die Aufgabe, das zu verhindern. Von Zeit zu Zeit hat die Finsternis sich erhoben und ist zurückgetrieben worden, aber jetzt, sehr bald, wird sie sich zum letzten und gefährlichsten Mal erheben. Sie hat dafür Kraft gesammelt und ist beinahe bereit. Und darum müssen wir sie, zum letztenmal, bis an das Ende aller Tage, zurücktreiben, damit die Welt der Menschen endlich frei sein kann."

„Wir?" fragte Stephen ausdruckslos.

„Wir sind die Uralten", sagte Will, jetzt kraftvoll und voll Selbstvertrauen. „Es gibt einen großen Kreis von uns, über die ganze Welt verstreut und jenseits der Welt, aus allen Gegenden und allen Winkeln der Zeit. Ich bin als letzter von ihnen geboren, und als ich mein Erbe als Uralter antrat, an meinem elften Geburtstag, hat der Kreis sich geschlossen. Bis dahin wußte ich nichts von alldem. Aber die Zeit drängt jetzt, und darum hat man dir die Botschaften für mich gegeben – eigentlich eher Warnungen –, ich glaube von zweien der drei ältesten aus dem Kreis."

Stephen sagte mit der gleichen ausdruckslosen Stimme: „Der zweite sah nicht sehr alt aus."

Will blickte auf zu ihm und sagte: „Das tue ich auch nicht."

„Lieber Gott noch mal", sagte Stephen gereizt, „du bist mein kleiner Bruder und zwölf Jahre alt, und ich kann mich noch daran erinnern, als du geboren wurdest."

„Nur in einem Sinn", sagte Will.

Stephen musterte ärgerlich die Gestalt vor ihm: ein stämmiger kleiner Junge in blauen Jeans und einem verwaschenen Hemd, mit glattem braunem Haar, das ihm unordentlich in die Stirn hing. „Will, du bist zu alt für diese albernen Spielchen. Du hörst dich fast so an, als glaubtest du all das Zeug."

Will fragte ruhig: „Wer waren denn deiner Meinung nach diese beiden Boten, Steve? Vielleicht denkst du, daß ich Diamanten schmuggle oder zu einem Rauschgiftring gehöre?"

Stephen stöhnte. „Ich weiß es nicht. Vielleicht habe ich sie geträumt... vielleicht verliere ich wirklich den Verstand." Er bemühte sich, in leichtem Ton zu sprechen, aber es lag eine nicht zu überhörende Anspannung in seiner Stimme.

„O nein", sagte Will. „Du hast sie nicht geträumt. Andere... Warnungen... treffen auch allmählich ein." Er schwieg einen Augenblick und dachte an die ängstlichen hastenden Gestalten, die sich undeutlich abzeichneten aus einer Zeit, die dreitausend Jahre zurücklag, und an die angelsächsischen Jungen, die voller Furcht Ausschau nach den plündernden Dänen hielten. Dann sah er Stephen traurig an.

„Es ist zuviel für dich", sagte er. „Sie hätten das wissen

müssen. Wahrscheinlich haben sie es gewußt. Die Botschaften mußten mündlich überbracht werden; nur so sind sie sicher vor der Finsternis. Und dann hängt es von mir ab . . ." Rasch ergriff er den Arm seines Bruders, als das Unverständnis in Stephens Gesicht sich langsam und unerträglich in Bestürzung verwandelte. „Da – dort ist James."

Automatisch drehte Stephen sich halb um, um zu schauen. Dabei berührte er mit dem Bein ein niedriges Brombeergestrüpp, das von der Baumgruppe und der Hecke hinter ihnen in die Wiese hineinwuchs. Und aus dem wuchernden grünen Strauch erhob sich plötzlich eine flatternde Wolke zarter weißer Motten. Sie boten einen erstaunlichen Anblick, federleicht, vollkommen. Hunderte und Aberhunderte von ihnen stiegen auf und umflatterten wie ein sanftes Schneegestöber Stephens Kopf und Schultern. Erschrocken schlug er um sich, um sie fortzuwischen.

„Beweg dich nicht", sagte Will leise. „Tu ihnen nichts. Beweg dich nicht."

Stephen hielt inne, einen Arm schützend vor das Gesicht haltend. Über ihm und um ihn herum wirbelten die winzigen Motten, immer rundherum, kreisend, schwebend, sich nie niederlassend, nach unten treibend. Sie waren wie unvorstellbar kleine Vögel aus Schneeflocken, stumm, geisterhaft, jeder winzige Flügel ein Filigran aus fünf zarten Federn.

Stephen stand still und benommen da und schützte sein Gesicht mit der Hand. „Sie sind hübsch! Aber so viele . . . was sind das?"

„Federmotten", sagte Will und sah Stephen mit seltsamen, liebevoll bedauernden Blicken an wie zum Abschied. „Weiße Federmotten. Es gibt eine alte Redensart, die sagt, daß sie Erinnerungen davontragen."

In einem letzten Wirbel umkreiste und umflatterte die weiße Wolke Stephens verwirrten Kopf, dann entfernte sich die Wolke, und die Motten verschwanden in der gleichen sonder-

23

baren Gemeinschaft in der Hecke. Die Blätter umschlossen sie
– sie waren fort.

James kam hinter ihnen angestapft. „Mann, was für eine
Jagd! Es *war* ein Nerz, muß einer gewesen sein."

„Nerz?" fragte Stephen. Er schüttelte plötzlich den Kopf,
wie ein Hund, der gerade aus dem Wasser gekommen ist.

James starrte ihn an. „Der Nerz. Das kleine schwarze Tier."

„Ja, natürlich", sagte Stephen hastig und sah immer noch
benommen aus. „Ja. Es war also ein Nerz?"

James sprudelte über vor Triumph. „Ich bin überzeugt
davon. Was für ein glücklicher Zufall! Ich halte Ausschau nach
ihnen, seit ich den Artikel im *Observer* gelesen habe. Es wurde
dazu aufgefordert, weil sie viel Schaden anrichten. Sie fressen
Hühner und alle möglichen Vögel. Irgend jemand hat sie vor
Jahren aus Amerika eingeführt, um sie zu züchten, wegen der
Felle, und ein paar entkamen und verwilderten."

„Wohin ist er gelaufen?" fragte Will.

„In den Fluß gesprungen. Ich wußte nicht, daß sie schwimmen können."

Stephen nahm den Picknickkorb vom Boden auf. „Zeit, daß
wir den Fisch nach Hause bringen. Reich mir die Limonadefla-
sche rüber, Will."

James sagte sofort: „Du hast mir was zu trinken auf dem
Heimweg versprochen."

„Ich habe gesagt, wenn du noch zehn dazufängst."

„Sieben ist ziemlich nahe dran."

„Nicht nahe genug."

„Geiziges Volk, die Seeleute", sagte James.

„Hier", sagte Will und stieß ihn mit der Flasche an. „Ich
habe ohnehin nicht alles getrunken."

„Mach schon, Schmarotzer", sagte Stephen. „Trink sie
leer." Eine Ecke des Korbs war durchgescheuert; er versuchte,
die losen Enden des Geflechts zusammenzufügen, während
James seine Limonade hinunterstürzte.

24

Will sagte: „Der Korb fällt ja auseinander. Sieht aus, als gehörte er den Uralten."

„Wem?" fragte Stephen.

„Den Uralten. In dem Brief, den du mir im letzten Jahr aus Jamaika geschickt hast, mit der großen Karnevalsmaske. Irgend etwas, was der alte Mann gesagt hat, der Mann, der dir die Maske gab. Erinnerst du dich nicht?"

„Großer Gott, nein", sagte Stephen friedlich. „Viel zu lange her." Er lachte leise. „Das war wirklich ein verrücktes Geschenk, oder? Wie das Zeug, das Max auf der Kunstschule herstellt."

„Ja", sagte Will.

Sie machten sich auf den Heimweg durch das lange fedrige Gras, durch die länger werdenden Schatten der Bäume, durch die gelbgrünen Blüten des Ahorns.

Schwarzer Nerz

Ihr Heimweg war ein vielfach gewundener Weg; zuerst durch Felder und entlang Treidelpfaden zu der Stelle, wo sie ihre Fahrräder abgestellt hatten, dann durch kurvenreiche, schmale, schattige Straßen. Eichen und Ahornbäume und Pyramidenpappeln ragten an beiden Seiten hoch empor, Häuser schliefen versteckt hinter Hecken, die nach Geißblatt dufteten und mit den Blüten der sich überall ausbreitenden Winde geschmückt waren. In der Ferne hörten sie das Summen einer hastenden, geschäftigeren Welt und sahen Autos vorbeiflitzen auf der Autobahn, die das Tal der Themse überbrückt. Es war jetzt Spätnachmittag; der Horizont ging im Dunst unter, und in der warmen Luft tanzten Mückenschwärme.

Sie radelten durch die Huntercombe Lane, noch etwa eine halbe Meile von zu Hause entfernt, vorbei an Wills Lieblingshäusern mit Mauern aus Feuerstein und backsteinverzierten Wänden, als James plötzlich bremste.

„Was ist?"

„Hinterrad. Ich dachte, ich würde es schaffen, aber es wird immer weicher. Wenn ich es aufpumpe, wird es bis zu Hause reichen."

Will und Stephen warteten, während er seine Luftpumpe losmachte. Schwach drangen von weiter straßenaufwärts Stimmen zu ihnen; dort oben ging es über eine kleine Brücke über einen Bach, der sich durch die Felder schlängelte, um schließlich in die Themse zu münden. Im allgemeinen bewegte der Bach sich sehr gemächlich voran; ein einziges Mal in seinem Leben hatte Will ihn Hochwasser führen sehen. Er fuhr träge auf die Brücke zu. Es war nichts von einer Strömung zu hören heute; der schmale Wasserlauf lag seicht und still da, mit grünen Wasserpflanzen bedeckt wie ein Teich.

Stimmen näherten sich. Will beugte sich über die Mauer der kleinen Brücke. Unter ihm kam am Ufer keuchend ein kleiner Junge entlanggerannt: Gegen seine Beine schlug eine lederne Notenmappe, die halb so groß wie er selbst aussah. Drei andere Jungen verfolgten ihn schreiend und lachend. Will wollte sich abwenden, weil er das Ganze für ein Spiel hielt, als der erste Junge, dessen Weg durch die Brücke blockiert war, sich umdrehte, ausrutschte und sich dann seinen Verfolgern stellte, mit einer Bewegung, die nicht auf ein Spiel hindeutete, sondern Verzweiflung ausdrückte. Er war dunkelhäutig, und seine Kleidung sah ordentlich aus. Seine Verfolger waren weiß und schäbiger gekleidet. Will konnte sie jetzt hören; einer von ihnen kläffte wie ein Hund.

„Pakkie – Pakkie – Pakkie! Hierher, Junge, hierher, Junge! Hierher, Pakkie . . ."

Sie bauten sich vor der kleinen starr gewordenen Gestalt auf. Will erkannte in zwei von ihnen Jungen, die in seine Schule gingen, ein grobes, unangenehmes Gespann, bekannt für

Krawalle auf dem Schulhof. Einer von ihnen lächelte den Jungen, den sie verfolgt hatten, mit einem dünnen, unangenehmen Lächeln an.

„Möchtest du uns nicht begrüßen, Pakkie? Wovor hast du Schiß, eh? Wo warst du?"

Der Junge rannte plötzlich zur Seite und versuchte, an den anderen vorbei zu entkommen, aber einer von den dreien schnitt ihm behende den Weg ab. Die Mappe mit den Noten fiel auf den Boden, und als der kleine Junge sich vorbeugte, um sie aufzuheben, trat ein großer schmutziger Schuh auf den Griff der Mappe.

„Klavierunterricht gehabt, wie? Hab' nicht gewußt, daß Pakkies Klavier spielen, du, Frankie? Nur diese kleinen komischen Tingel-Ting-Instrumente, *bing-bing-bing*..." Er sprang herum und gab Geräusche von sich wie ein schlechter Geiger. Die beiden anderen brüllten vor Lachen, unangenehmem Lachen, und einer von ihnen hob die Mappe auf und schlug auf sie ein als eine Art Applaus.

„Gib mir bitte meine Mappe wieder", sagte der kleinere Junge mit einer klaren, unglücklichen kleinen Stimme.

Der größere Junge hielt die Mappe über dem Bach hoch. „Komm und hol sie dir, Pakkie, komm und hol sie dir!"

Will brüllte empört: „Gib ihm die Mappe zurück!"

Ihre Köpfe fuhren scharf herum, dann verzog sich das Gesicht des Großmauls zu einem höhnischen Grinsen, als er Will erkannte. „Kümmer dich um deinen eigenen Dreck, Stanton!"

Die beiden anderen johlten spöttisch.

„Ihr hirnlosen Idioten!" schrie Will. „Immer gegen die Kleinen! Gib ihm die Mappe zurück, oder..."

„Oder was?" sagte der Junge und blickte zu dem kleineren Jungen und lächelte. Er öffnete die Hand und ließ die Mappe in den Bach fallen.

Seine Freunde lachten laut und klatschten Beifall. Der kleine

Junge brach in Tränen aus. Will schob, außer sich vor Wut, sein Fahrrad beiseite, aber bevor er einen weiteren Schritt machen konnte, schoß etwas an ihm vorbei, und Stephens lange geschmeidige Gestalt sprang den Hang hinunter.

Die Jungen liefen auseinander, aber zu spät. Mit wenigen Schritten war Stephen bei dem Anführer. Er packte ihn an den Schultern und sagte leise: „Hol die Mappe aus dem Wasser."

Will sah regungslos zu, gefangen von dem beherrschten Zorn in der leisen Stimme, aber der Junge verließ sich zu sehr auf sein Selbstvertrauen. Er wand sich unter Stephens Griff und knurrte wütend: „Sind Sie verrückt? Mich klatschnaß machen für so'n verdammten Nigger? Diesen kleinen Katzenfutteresser? Denken Sie, ich . . ."

Sein Weiterreden nutzte ihm nichts mehr. Stephen wechselte die Stellung seiner Hände, hob den Jungen hoch in die Luft und ließ ihn in das mit grünen Pflanzen bedeckte Wasser fallen.

Nach dem Aufklatschen war es still. Über ihnen zwitscherte ein Vogel. Die beiden anderen Jungen standen regungslos am Ufer und starrten auf ihren Anführer, der sich langsam aufrappelte, tropfend vor Pflanzen und schlammigem Wasser, und knietief in dem fast stehenden Gewässer stand. Er warf einen Blick auf Stephen, mit ausdruckslosem Gesicht, bückte sich, holte die flache Ledermappe aus dem Wasser und hielt sie mit ausgestrecktem Arm hoch. Stephen gab sie dem kleinen Jungen, der sie, die dunklen Augen weit aufgerissen, entgegennahm, sich dann umdrehte und wortlos die Flucht ergriff.

Stephen machte kehrt und kletterte wieder zur Straße hinauf. Als er seine langen Beine über den Drahtzaun schwang, kam plötzlich Leben in den Jungen im Wasser, als sei er von einem Bann befreit. Murmelnd platschte er zum Ufer zurück. Sie hörten ein paar vereinzelte Bemerkungen, dann einen wütenden Schrei: „Sie halten sich wohl für toll, bloß weil Sie größer als ich sind!"

„Sagte der Topf zum Kessel", entgegnete Stephen friedfertig und schwang sich auf sein Fahrrad.

Der Junge kreischte: „Wenn mein Dad Sie jemals erwischt, können Sie was erleben..."

Stephen schob sich mit dem Rad an die Mauer der Brücke, beugte sich hinüber und sagte: „Stephen Stanton, altes Pfarrhaus. Du kannst deinem Dad bestellen, er kann jederzeit vorbeikommen und sich mit mir über dich unterhalten."

Der Junge antwortete nicht. Als sie weiterfuhren, radelte James vor auf Wills Höhe; er strahlte. „Super", sagte er. „Große Klasse."

„Ja", sagte Will und trat in die Pedale. „Aber..."

„Was?"

„Oh, nichts."

„Das muß der kleine Manny Singh gewesen sein", sagte Mrs. Stanton und schnitt den Sirupkuchen an. „Sie wohnen am anderen Ende des Ortes in dem Neubaugebiet."

„Ich kenne sie", sagte Mary. „Mr. Singh trägt einen Turban."

„Ja, das ist er. Es sind aber keine Pakistani, sondern Inder, Sikhs. Nicht daß das eine Rolle spielte. Was für schreckliche Früchtchen die drei sind."

„Sie benehmen sich gegen alle so widerlich, die drei", sagte James und beobachtete erwartungsvoll das Stück Sirupkuchen, das gerade für ihn abgeschnitten wurde. „Hat nichts mit Rasse, Hautfarbe oder Glauben zu tun – sie dreschen auf jeden ein. Solange er kleiner als sie ist."

„Heute schienen sie etwas... wählerischer zu sein", sagte Stephen.

„Trotzdem weiß ich nicht, ob es richtig war, daß du ihn ins Wasser geworfen hast", sagte seine Mutter gelassen. „Reich mir bitte die Vanillesoße, Will."

„Richie Moore hat den kleinen Jungen einen Katzenfutter-esser genannt", sagte Will.

Stephen sagte: „Ein Jammer, daß der Bach nicht drei Meter tief ist."

James sagte: „Da ist noch ein Stück Kuchen übrig, Mam."

„Für deinen Vater", sagte Mrs. Stanton. „Schlag dir's aus dem Kopf. Er arbeitet nicht länger, damit du ihm sein Abend-brot wegißt. *Schling* doch nicht so, James. Selbst Mary ißt langsamer als du." Dann hob sie unvermittelt den Kopf und lauschte. „Was war das?"

Sie hatten alle ein leises Geräusch von draußen gehört; jetzt kam es wieder, lauter. Aus dem Hühnerhof hinter dem Haus ertönte Gackern; kein gewöhnliches protestierendes oder for-derndes Gackern, sondern kreischende Angstschreie.

Die Kinder stürmten sofort los; James vergaß sogar seinen Sirupkuchen. Will sauste als erster durch die Hintertür nach draußen – um dann abrupt stehenzubleiben, so daß Stephen und James beinahe über ihn stolperten. Sie liefen weiter. Aber Will spürte um sich herum eine so große Feindseligkeit, eine so unverhohlene Bösartigkeit, daß er sich kaum bewegen konnte. Er stand zitternd da. Dann kämpfte er gegen dieses Gefühl an wie gegen einen heftigen Wind und stolperte hinter den anderen her. Seine Gedanken kamen schwerfällig und lang-sam. *Das habe ich schon einmal gespürt*, dachte er. Aber er hatte keine Zeit, sein Gedächtnis zu durchforschen.

Er hörte Geschrei aus dem Hühnerhof, und neben dem Gackern der verängstigten Hühner das Scharren von Füßen. Im Dämmerlicht des dunstigen Abends sah er Stephen und James hin und her springen, als jagten sie etwas; aus der Nähe glaubte er einen kleinen, sich windenden dunklen Körper zu sehen, geschmeidig und schnell, der zwischen den beiden hindurch-schoß. Stephen griff nach einem Knüppel, schlug nach dem Wesen und verfehlte es. Der Knüppel traf auf den Boden und zerbrach. An den Zaun des Hühnerauslaufs gelehnt, stand eine

Gartenharke; Will packte sie und trat vor. Das Tier rannte an seinen Füßen vorbei. Es machte kein Geräusch.

„Schnapp es, Will!"

„Schlag zu!"

Füße scharrten, Hühner gackerten, und der Hof war voller aufeinanderstoßender Gestalten, graue Umrisse in dem trüben Licht. Für einen Moment sah Will den Vollmond, ein riesiger gelber Bogen, der langsam über den Bäumen aufging. Dann stolperte James wieder gegen ihn.

„Da drüben! Fang ihn!"

Will sah das Tier einen kurzen Augenblick deutlich. „Es ist doch ein Nerz!"

„Natürlich! *Hierher!*"

Plötzlich fand der Nerz auf seiner hastigen Suche nach einem Fluchtweg sich zwischen Will und dem Zaun in die Enge getrieben. Weiße Zähne glänzten auf. Er stand angespannt und wachsam da, dann gab er auf einmal einen lauten, gellenden Schrei von sich, einen Schrei, der Will durch und durch ging und ihm wieder überwältigend deutlich das Gefühl der Anwesenheit von Bösem in Erinnerung brachte, das er eben gespürt hatte. Er wich zurück.

„Jetzt, Will, jetzt! Schlag fest zu!"

Sie schrien ihn beide an. Will holte weit aus mit der Harke. Der Nerz starrte ihn an und schrie wieder gellend. Will sah den Nerz an. *Die Finsternis erhebt sich. Das Töten einer ihrer Kreaturen wird sie nicht davon abhalten.* Er ließ die Harke fallen.

James stöhnte vernehmlich. Stephen sprang neben Will. Der Nerz lief mit entblößten Zähnen direkt auf Stephen zu, als wolle er ihn angreifen. Will hielt den Atem an vor Entsetzen, aber im letzten Moment lief die Kreatur zwischen Stephens Beinen hindurch. Selbst dann flüchtete die kleine Bestie nicht sofort; sie sprang in einen Haufen verängstigter Hühner, packte eins am Hals und biß ins Genick, so daß das Huhn sofort erschlaffte. Der Nerz ließ es fallen und floh in die Nacht.

31

James stampfte erbittert mit dem Fuß auf. „Die Hunde! Wo sind die Hunde?"

Ein Lichtstrahl bewegte sich vor der Küchentür. „Barbara hat sie nach Eton gebracht, um ihnen das Fell stutzen zu lassen", sagte die Stimme seiner Mutter. „Sie ist spät dran, weil sie euren Vater abholt."

„O *verdammt*!"

„Ich bin völlig deiner Meinung", sagte seine Mutter milde, „aber so ist es eben." Sie trat mit der Lampe zu ihnen. „Sehen wir uns den Schaden mal an."

Der Schaden war beträchtlich. Nachdem die Jungen die laut gackernden jungen Hühnchen von ihren toten Gefährten getrennt hatten, lagen sechs dicke tote Hühner in einer Reihe da. Alle waren durch einen tiefen Biß ins Genick getötet worden.

Mary fragte bestürzt: „Aber so viele? Warum so viele? Das Biest hat nicht einmal versucht, auch nur ein einziges mitzunehmen."

Mrs. Stanton schüttelte verwirrt den Kopf. „Ein Fuchs bringt ein Huhn um und läuft schnell mit ihm davon. Das gibt wenigstens einen Sinn, finde ich. Ihr sagt, das war ein *Nerz*?"

„Ich bin ganz sicher", sagte James. „Es stand etwas darüber in der Zeitung. Außerdem haben wir heute nachmittag einen an der Themse gesehen."

Stephen sagte trocken: „Sieht so aus, als hätte er nur Spaß dran gehabt, unsere Hühner umzubringen."

Will stand etwas abseits an die Wand des Stalles gelehnt. „Töten, um zu töten", sagte er.

James schnalzte mit den Fingern. „Das stand auch in der Zeitung. Warum sie Schädlinge sind. Sie seien außer dem Iltis die einzigen Tiere, die um des Tötens willen töten. Nicht nur, wenn sie hungrig sind."

Mrs. Shanton hob zwei der schlaffen toten Hühner vom Boden auf. „Nun", sagte sie resigniert, „bringt sie ins Haus.

Wir müssen eben das Beste draus machen und hoffen, daß das kleine Ungeheuer sich nicht die besten Legehennen ausgesucht hat. Und es soll nur versuchen, noch einmal zu kommen... Steve, bringst du die übrigen in den Stall?"

„Klar", sagte Stephen.

„Ich helf' dir", sagte James. „Mensch, hast du Glück gehabt, Steve. Ich dachte, es würde auf dich losgehen. Was es wohl davon abgehalten hat?"

„Ich schmecke nicht gut." Stephen blickte zum Himmel auf. „Seht euch den Mond an. Wir brauchen fast keine Taschenlampe... Kommt. Holz, Nägel, einen Hammer. Wir werden den Hühnerauslauf für alle Zeiten nerzsicher machen."

Will sagte: „Er wird nicht wiederkommen." Er blickte auf die Blüte des Ackergauchheils, die welk und vergessen aus Stephens Knopfloch hing. *„Gut gegen giftige Tiere.* Er wird nicht wiederkommen."

James sah ihn scharf an. „Du siehst komisch aus. Alles okay?"

„Natürlich", sagte Will und versuchte, den Aufruhr in seinem Kopf zu bekämpfen. „Natürlich bin ich okay. Natürlich..."

Es wirbelte in seinem Kopf, wie ein Schwindelanfall, nur daß es auch sein Gefühl für Zeit zu zerstören schien, für das, was jetzt war, und das, was früher oder später geschah. War der Nerz verschwunden, oder jagten sie immer noch hinter ihm her? War er überhaupt schon gekommen; würde er sie gleich angreifen, würden die Hühner mit ihrem schrecklichen, verängstigten Gackern beginnen? Oder war er... irgendwo... an einem ganz anderen Ort...?

Er schüttelte den Kopf. *Noch* nicht. *Noch* nicht. „Dads Werkzeugkasten ist jetzt im Stall. Er hat ihn dort untergebracht", sagte er.

„Dann kommt also." Stephen ging voran in das Nebengebäude aus Holz, das sie Stall nannten, obwohl es diese Bezeichnung kaum verdiente. Ihr Haus war einmal das Pfarrhaus gewesen, nie ein Bauernhaus, aber die Hühner und Kaninchen, die ihre auf einem Bauernhof aufgewachsene Mutter hielt, genügten, um diesen Namen zu rechtfertigen.

James schaltete die elektrische Beleuchtung an, und sie blieben blinzelnd stehen; dann suchten sie Hammer, Kneifzange, dicke Nägel, Maschendraht und mehrere übriggebliebene Stücke von Tischlerplatten zusammen.

„Genau richtig", sagte Stephen.

„Dad hat letzte Woche einen Kaninchenstall gebaut. Das ist übriggeblieben."

„Laßt das Licht an. Es wird für draußen reichen."

Ein Lichtstrahl fiel durch das staubige Fenster in die Nacht hinaus. Sie fingen an, Maschendraht zurechtzuschneiden und Bretter anzupassen an der Seite des Auslaufs, wo der Nerz sich hineingezwängt hatte.

„Will, sieh mal nach, ob du drinnen noch ein anderes Brett findest, etwa dreißig Zentimeter länger als dieses."

„Okay."

Und dann begann wieder das Wirbeln in seinem Kopf und brachte seine Sinne in Verwirrung, und der Wind schien ihm ins Gesicht zu blasen. Tap-tap-tap... tap-tap-tap... Das Gehämmer schien sich zu verändern zu einem hohlen metallischen Geräusch, als ob Eisen gegen Eisen schlage. Taumelnd lehnte Will sich an die Stallwand. Der Lichtstrahl war verschwunden, ebenso der Mond. Der Wechsel kam ohne weitere Warnung: ein Zeitrutsch, der so vollständig war, daß er im Bruchteil einer Sekunde keine Spur von Stephen oder James mehr sehen konnte, noch irgendeinen vertrauten Gegenstand oder ein Tier oder einen Baum, den er kannte.

Die Nacht war dunkler als vorher. Er hörte ein knarrendes Geräusch, das er nicht einordnen konnte. Er stellte fest, daß er immer noch an eine Wand gelehnt stand, aber es war eine Wand aus einem anderen Material; seine Finger, die Holz berührt hatten, spürten jetzt große, mit Mörtel zusammengefügte Steinblöcke. Es war so warm wie in seiner eigenen Zeit. Von der anderen Seite der Wand konnte er Stimmen hören. Zwei Männer. Und beide Stimmen waren Will so vertraut – Stimmen aus der anderen Seite seines Lebens, die seine Familie nie berührt oder gesehen hatte –, daß ihm eine Gänsehaut über den Nacken lief und die Freude in seiner Brust anschwoll wie ein Schmerz.

„Also Badon." Eine tiefe, ausdruckslose Stimme.

„Es wird nicht anders gehen."

„Denkt Ihr, daß Ihr sie zurücktreiben könnt?"

„Ich weiß es nicht. Weißt du es?" Die zweite Stimme war fast ebenso tief, aber die Wärme des Gefühls ließ sie leichter klingen, eine innere Heiterkeit von ihr ausgehen.

„Ja. Ihr werdet sie zurücktreiben, mein Gebieter. Aber es wird nicht für immer sein. Diese Männer mögen vertrieben werden, aber die Kräfte der Natur, die sie verkörpern, sind bis jetzt noch nie für lange zurückgetrieben worden."

Die warme Stimme seufzte. „Du hast recht. Diese Insel ist dem Untergang geweiht, es sei denn... Ich weiß, daß du recht hast, mein Löwe. Ich weiß es, seit ich ein Junge war. Seit jenem Tag..." Er hielt inne. Es entstand eine lange Pause.

Der erste Mann sagte verständnisvoll: „Denkt nicht daran."

„Du weißt also davon? Ich habe noch nie zu jemandem davon gesprochen. Ja, natürlich mußt du es wissen." Er lachte leise; es klang eher nach Zuneigung als nach Belustigung. „Warst du dabei, Uralter? Du? Ich nehme an, du mußt dabeigewesen sein."

„Ja, ich war dabei."

„Die besten Männer Britanniens dahingeschlachtet. Jeder einzelne. Dreihundert Anführer bei dem einen Zusammentreffen, *dreihundert!* Erstochen, erwürgt, erschlagen, auf ein einziges Zeichen hin – ich sah ihn sogar das Zeichen geben, weißt du das? Ich, ein siebenjähriger Junge . . . Alle tot. Mein Vater unter ihnen. Das Blut floß in Strömen, das Gras war rot, und die Finsternis begann, sich über Britannien zu erheben . . ." Die Worte erstickten ihm fast die Stimme.

Die tiefe Stimme sagte grimmig und kalt: „Sie wird sich nicht für immer erheben."

„Nein, bei Gott, das wird sie nicht!" Er hatte sich wieder gefangen. „Und in wenigen Tagen wird Badon das zeigen. *Mons Badonicus, mons felix.* Laß uns also hoffen."

„Die Zusammenkunft hat begonnen, und Männer aus allen Ecken des Euch ergebenen Britanniens versammeln sich", sagte der erste. „Und heute nacht wird der Kreis einberufen, der Kreis der Uralten, um dieser Notlage zu begegnen."

Will stand aufgerichtet da, als hätte jemand seinen Namen gerufen. Er war jetzt so tief in dieser Zeit, daß man ihn nicht zu rufen brauchte. Er dachte nicht einmal, nur sein Bewußtsein war geschärft. Er drehte sich um, sah einen Lichtschimmer zwischen Tür und Steinwand und ging auf die Tür zu. Er zuckte zusammen bei dem Anblick von zwei mit Schwert und Speer bewaffneten Gestalten vor ihm, die links und rechts neben der Tür standen. Aber sie bewegten sich nicht, standen still und sahen geradeaus.

Will griff nach dem schweren gewebten Vorhang, der vor dem Eingang hing, und zog ihn zur Seite. Helles Licht blendete ihn; er blinzelte und bedeckte die Augen mit dem Arm.

„Ah, Will", sagte die tiefere Stimme. „Tritt ein, tritt ein."

Will trat vor und öffnete die Augen. Er stand dort und lächelte die hochgewachsene, in eine Robe gehüllte Gestalt mit der kühnen stolzen Nase und der weißen Haarmähne an. Es war lange her, seit sie sich gesehen hatten.

„*Merriman!*" sagte er. Sie gingen aufeinander zu und umarmten sich.

„Wie geht es dir, Uralter?" fragte der hochgewachsene Mann.

„Gut, danke."

„Uralter zum Uralten", sagte der andere Mann leise. „Der erste und älteste von ihnen und der letzte und jüngste. Auch ich begrüße dich, Will Stanton."

Will sah die klaren blauen Augen in dem wettergebräunten Gesicht, den kurzen grauen Bart, das noch braune, aber mit grauen Strähnen durchzogene Haar. Er ließ sich auf ein Knie nieder und beugte den Kopf. „Mein Gebieter."

Sein Gegenüber beugte sich in dem knarrenden Lederstuhl vor und berührte zur Begrüßung kurz Wills Schulter. „Ich freue mich, dich zu sehen. Erhebe dich jetzt und begib dich zu deinem Meister. Dieser Teil der Zeit ist nur für euch beide bestimmt, und es gibt viel zu tun."

Er stand auf, schob seinen kurzen Umhang über eine Schulter zurück und schritt geräuschlos in seinen weichen Schuhen über den gemusterten Mosaikboden zur Tür. Obwohl er einen Kopf kleiner als der hochgewachsene Merriman war, ging von ihm eine Autorität aus, die ihn jedem anderen Mann überlegen machte. „Ich werde mir das Ergebnis der neuen Zählung von Männern anhören", sagte er, sich in der Tür noch einmal umwendend, während hinter ihm das Klappern und Rasseln von Speeren ertönte, als die Wachen die Waffen präsentierten. „Eine Nacht und ein Tag. Sei schnell, mein Löwe."

Dann war er verschwunden, als habe sein Umhang ihn im Wirbel davongetragen.

Will sagte: „Die Wachen da draußen haben mich nicht angerufen."

„Man hat ihnen gesagt, daß du erwartet wirst", sagte Merriman. Ein etwas mühsames Lächeln lag auf seinem düsteren mageren Gesicht, während er auf Will hinunterschaute. Dann lehnte er mit einem tiefen Atemzug und einem Seufzer den Kopf zurück. „Nun, Will, wie läuft es bei euch, in der zweiten großen Erhebung? Denn dieses hier und jetzt ist die erste, und es sieht nicht gut aus."

„Ich verstehe nicht, mußt du wissen", sagte Will.

„Nein, Uralter? Nach all meinem Unterricht und dem Studieren des Buches von Grammarye verstehst du immer noch nicht, wie Zeit sich dem Bewußtsein der Menschen entzieht? Vielleicht bist du selbst den Menschen noch zu nahe... Nun ja." Er setzte sich unvermittelt auf eine lange Couch mit geschwungenen Armlehnen. Es befanden sich nur wenige Möbel in dem hohen quadratischen Raum; an den verputzten gestrichenen Wänden schimmerten bunte Bilder vom Sommer auf dem Land, Sonnenschein, Feldern und goldenen Ernten. „Seit Menschengedenken, Will", sagte er, „hat es zwei große Erhebungen der Finsternis gegeben. Eine während der Zeit, in der du als Mensch geboren wurdest. Die andere findet hier und jetzt statt, fünfzehn Jahrhunderte früher, und in ihr muß mein Gebieter Arthur einen Sieg erringen, der lange genug anhält, um diese plündernden Eindringlinge von der Finsternis zu trennen, die sie antreibt. Du und ich haben eine Rolle zu übernehmen in der Verteidigung gegen diese beiden Erhebungen. Um es genau zu sagen: die gleiche Rolle."

„Aber...", begann Will.

Merriman zog eine seiner buschigen weißen Augenbrauen hoch und sah ihn von der Seite an. „Wenn du es wagst, *du*, zu fragen, wie es möglich ist, daß jemand aus der Zukunft beteiligt sein kann an etwas, das, um diesen törichten Ausdruck zu benutzen, schon geschehen ist..."

„O nein", sagte Will, „das werde ich nicht. Ich erinnere mich an etwas, was du einmal zu mir gesagt hast, vor langer Zeit –" Er krauste die Stirn, um seinem Gedächtnis die richtigen Worte zu entlocken. *„Denn alle Zeiten bestehen nebeneinander,* sagtest du, *und die Zukunft kann manchmal die Vergangenheit beeinflussen, auch wenn die Vergangenheit eine Straße in die Zukunft ist."*

Ein leichtes zustimmendes Lächeln huschte über Merrimans

ernstes Gesicht. „Und darum muß jetzt der Kreis des Lichts zusammengerufen werden von Will Stanton, dem Zeichensucher, dem es einst gelang, die Sechs Zeichen des Lichts zu einem Kreis zu vereinen. Er muß zusammengerufen werden, damit durch dieses eine Zusammentreffen den Menschen dieser Welt geholfen werden kann, sowohl in der Zeit Arthurs als auch in der Zeit, aus der du kommst."

„Ich muß also", sagte Will, „die Zeichen aus ihrem Versteck holen, durch jenen sehr komplizierten Bann hindurch, mit dem wir sie belegten, nachdem sie zusammengefügt worden waren. Ich hoffe nur, daß ich den Weg finde."

„Das hoffe ich auch", sagte Merriman ernst. „Denn wenn du es nicht tust, wird die Hohe Magie, die sie bewacht, sie aus der Zeit herausnehmen, und der einzige Vorteil, den das Licht in dieser großen Auseinandersetzung hat, wird für immer verloren sein."

Will schluckte. „Aber ich muß es von meinem eigenen Jahrhundert aus tun. In ihm wurden sie auch vereint und versteckt."

„Natürlich", sagte Merriman. „Und darum bat uns mein Herr, König Arthur, schnell zu sein. Gehe, Will, und tue, was du zu tun hast. Eine Nacht und einen Tag, mehr haben wir nicht, nach dem Maßstab der Erde."

Er erhob sich, durchquerte den Raum in einer einzigen raschen Bewegung und ergriff Wills Arme zu dem alten römischen Gruß. Die dunklen Augen blitzten aus dem schroffen Gesicht mit den tiefen Falten auf Will hinunter. „Ich werde bei dir sein, aber machtlos. Sei vorsichtig", sagte Merriman.

„Ja."

Will wandte sich zur Tür und zog den Vorhang beiseite. Draußen klang immer noch schwach das metallische Hämmern durch die Nacht, das Schlagen von Eisen gegen Eisen.

„Wayland Smith arbeitet heute lange", sagte Merriman hinter ihm leise. „Und diesmal macht er keine Hufeisen, denn

39

in dieser Zeit gab es keine Hufeisen für Pferde. Er ist damit beschäftigt, Schwerter, Äxte und Messer anzufertigen."

Will schauderte und ging wortlos in die schwarze Nacht hinaus. In seinem Kopf wirbelte es, ein scharfer Wind wehte ihm ins Gesicht, und wieder schwebte der Mond wie eine große blasse Orange vor ihm am Himmel. In den Armen hielt er ein Holzbrett, und das Hämmern, das er hörte, war das Geräusch eines Hammers, der Nägel in Holz schlug.

„Oh", sagte Stephen und sah auf. „Das sieht genau richtig aus. Danke."

Will trat zu ihm und reichte ihm das Brett.

Der Ruf

Oben in Wills Zimmer unter dem Dach war es still und sommerlich heiß. Er lag auf dem Rücken und lauschte den spätabendlichen Geräuschen von unten, während die letzten noch wachen Stantons – sein Vater und Stephen, vermutete er nach den polternden Stimmen – sich zum Schlafengehen bereitmachten. Dies war früher Stephens Zimmer gewesen, und Will hatte seine Sachen sorgfältig zusammengepackt, um den ursprünglichen Besitzer für die Dauer seines Urlaubs wieder dort einziehen zu lassen. Aber Stephen hatte den Kopf geschüttelt. „Max ist ja nicht da – ich werde in seinem Zimmer schlafen. Ich bin jetzt ein Nomade, Will. Es gehört dir ganz allein."

Die letzte Tür schloß sich, der letzte Schimmer von Licht erlosch. Will sah auf seine Uhr. Mitternacht war vorbei, der Tag der Sommersonnenwende war angebrochen, wenige Minuten alt. Eine halbe Stunde Warten müßte genügen. Er sah keinen Stern durch das Dachfenster in der schrägen Wand, nur einen vom Mondlicht überfluteten Himmel; die gedämpfte Helligkeit sickerte in das Zimmer.

Das Haus war in Schlaf gehüllt, als er endlich im Schlafanzug die Treppe hinunterschlich, vorsichtig auf die äußersten Ecken jener Stufen tretend, von denen er wußte, daß sie knarrten. Vor der Tür zum Zimmer seiner Eltern erstarrte er; sein Vater, der leise schnarchte, wachte halb auf, brummte etwas vor sich hin, drehte sich geräuschvoll um und schlief, sanft atmend, wieder ein.

Will lächelte in die Dunkelheit hinein. Es wäre für einen Uralten kein Problem gewesen, über sämtliche Familienmitglieder eine Zeitpause zu verhängen, sie aus der Wirklichkeit heraus in einen tiefen Schlaf fallen zu lassen, der nicht gestört werden konnte. Aber das wollte er nicht. Es war anzunehmen, daß es heute nacht noch genug Situationen geben würde, in denen er mit der Zeit spielen mußte.

Leise ging er die untere Treppe hinunter in die Diele. Das Bild, das er suchte, hing an der Wand dicht neben der großen Haustür, neben der Hutablage und dem Schirmständer. Will hatte eine kleine Taschenlampe mitgenommen, stellte aber fest, daß er sie nicht brauchte; das Mondlicht, das silbern durch die Fenster der Diele fiel, zeigte ihm all die vertrauten Gestalten auf dem Bild.

Das Bild hatte ihn schon fasziniert, als er noch sehr klein war, so klein, daß er auf den Schirmständer klettern mußte, um über den dunklen geschnitzten Holzrahmen hinwegzublicken. Es war ein Druck aus der viktorianischen Zeit, ganz in düsteren Braunschattierungen, und seine große Anziehungskraft lag in der erstaunlichen Genauigkeit eines jeden Details. In eleganter Schrift war es mit *Die Römer in Caerleon* betitelt, und es zeigte den Bau eines großen Bauwerks. Überall waren unzählige Leute damit beschäftigt, an Seilen zu ziehen, Ochsengespanne zu führen, Felsplatten an ihren Platz zu bringen. Der gepflasterte Boden des inneren Gebäudes war fertiggestellt, glatt und ellipsenförmig und von auf Säulen ruhenden Rundbögen umgeben; dahinter schien sich eine Mauer oder eine Treppe zu

41

erheben. Römische Soldaten in prächtigen Uniformen beaufsichtigten die verschiedenen Gruppen beim Abladen und Anpassen der sauber bearbeiteten Steine.

Will suchte nach einem bestimmten Soldaten, einem Zenturio, der sich in der äußeren rechten Ecke im Vordergrund an eine Säule lehnte. Er war die einzige stille Figur in dem ganzen Panorama geschäftiger Bautätigkeit; sein Gesicht, in allen Einzelheiten deutlich zu erkennen, war ernst und fast traurig, und er blickte aus dem Bild hinaus, in die Ferne. Wegen dieser traurigen Entrücktheit hatte Will als kleiner Junge diese eine so ganz andere Figur immer interessanter gefunden als all die übrigen hastenden Arbeiter zusammen. Das war auch der Grund, warum Merriman den Mann für das Verbergen der Zeichen ausgewählt hatte.

Merriman. Will setzte sich auf die Treppe, das Kinn auf die Hände gestützt. Er mußte nachdenken, angestrengt und scharf nachdenken. Es war leicht genug, sich zu erinnern, wie er und Merriman es fertiggebracht hatten, den vereinten Kreis der Sechs Zeichen zu verstecken, die mächtigsten – und die gefährdetsten – Waffen des Lichts. Sie waren zurück in die Zeit dieses Römers gegangen, und dort, zwischen den Steinen, deren Bild jetzt vor ihm hing, hatte Will die Zeichen in einen Winkel geschoben, wo sie sicher und verborgen liegen konnten, begraben von der Zeit. Aber sich zu erinnern, war eine Sache, es nachzuvollziehen eine andere . . .

Er dachte: Die einzige Möglichkeit ist, alles noch einmal zu durchleben. Ich muß wieder dorthin, noch einmal all das tun, war wir taten, als wir die Zeichen versteckten – und dann muß ich, anstatt dort innezuhalten, einen Weg finden, sie wieder hervorzuholen.

Allmählich geriet er in Erregung. Merriman kann auch dort sein, dachte er, aber ich werde es ausführen müssen. *Ich werde bei dir sein*, *aber machtlos*, sagte er. Er wird mir also nicht zeigen können, wann ich etwas zu sagen oder zu tun habe, was es auch sein mag. Vielleicht weiß er nicht einmal, wann es soweit ist. Nur ich kann den richtigen Augenblick finden für das Licht. Und wenn ich versage, gibt es von hier aus kein Weiter für uns . . .

Seine Erregung schwand dahin angesichts des entsetzlichen, erbarmungslosen Gewichts der Verantwortung. Es gab nur einen einzigen Schlüssel, der die Zeichen vom Bann befreien würde, und nur er konnte ihn finden. Aber wo, wann, wie?

Wo, wann, wie?

Will erhob sich. Der Weg aus dem Bann konnte nur gefunden werden, indem man zu ihm zurückkehrte. Als erstes mußte er also das Aussprechen des Bannes wiederholen, die Zeit zurückstellen, so daß er noch einmal die Stunden durchleben konnte, vor über einem Jahr, als Merriman mit Will an seiner Seite . . .

Was hatte Merriman getan? Es mußte eine exakte Wiederholung sein.

Will legte die Taschenlampe ab, stellte sich vor das Bild und erinnerte sich. Er streckte eine Hand aus und legte sie auf den Rahmen. Dann stand er ganz still und betrachtete konzentriert eine Gruppe von Männern im Mittelfeld des Bildes: Männer, die an einem Seil zerrten, mit dessen Hilfe eine Steinplatte an einen für den Betrachter nicht sichtbaren Ort gezogen wurde. Will verbannte jeden anderen Gedanken aus seinem Kopf, alle anderen Anblicke oder Geräusche aus seinen Sinnen; er schaute und schaute.

Und ganz langsam begannen die Geräusche des ächzenden Seils, der rhythmischen Schreie und des Knirschens von Stein gegen Stein hörbar zu werden, und er roch Staub und Schweiß und Dung – und die Gestalten in dem Bild begannen, sich zu bewegen. Und Wills Hand lag nicht mehr auf dem Holzrahmen, sondern auf der hölzernen Seitenwand eines mit Steinen beladenen Ochsenkarrens, und er betrat die Welt der Römer in Caerleon, ein Junge aus jener Zeit, an einem warmen Sommertag in einer kühlen Tunika aus weißem Leinen, der unter seinen in Sandalen steckenden Füßen die unebenen rechteckigen Pflastersteine spürte.

„Hau ruck . . . hau ruck . . ." Der Stein bewegte sich auf den Gleitrollen Zentimeter für Zentimeter voran. In anderem Rhythmus ertönten die gleichen Rufe von anderen Gruppen, Soldaten und Arbeitern, die zusammenarbeiteten, mit olivfarbener oder staubig-weißlicher Haut und schwarzgelocktem oder glattem blondem Haar. Stein krachte und knirschte gegen Stein; Männer und Tiere ächzten vor Anstrengung. Und von hinten sagte Merriman Will ins Ohr: „Du mußt bereit sein, die Gliederkette verschwinden zu lassen, wenn der richtige Augenblick kommt."

Will schaute nach unten und sah die Sechs Zeichen des Lichts, verbunden durch goldene Kettenglieder und um die Taille seiner Tunika geschnallt wie ein Gürtel. Hell und dunkel lagen sie zwischen den schimmernden Gliedern, jedes der sechs von gleicher Form, ein von einem Kreuz geviertelter Kreis: matte Bronze, dunkles Eisen, geschwärztes Holz, helles Gold, glänzender Feuerstein und das letzte Zeichen, das er nie vergessen würde und manchmal sogar in Träumen sah – das Zeichen des Wassers, ein klarer Kristall, in den zarte Symbole und Muster eingeritzt waren: ein zu Eis erstarrter Kreis von Schneeflocken.

„Komm", sagte Merriman.

Er hastete an Will vorbei, eine hohe Gestalt in einem dunkelblauen Umhang, der ihm fast bis zu den Füßen reichte, und begab sich auf Höhe der Säule hinter den dampfenden Ochsen, wo ein Zenturio stand und eine Gruppe von Arbeitern beaufsichtigte, die die oberste Granitplatte mit Riemen und Seilen auf dem Wagen befestigte. Will folgte Merriman und bemühte sich, nicht aufzufallen.

„Die Arbeit geht gut voran", sagte Merriman.

Der Römer wandte den Kopf, und Will sah, daß es die gleiche

düstere Gestalt war, deren Abbild ihm fast jeden Tag seines Lebens begegnet war. Aus einem mageren Gesicht mit langer Nase musterten Merriman glänzende dunkle Augen.

„Ah", sagte der Mann. „Es ist der Druide."

Merriman neigte den Kopf in einer Art spöttisch-förmlicher Begrüßung. „Vieles für viele", sagte er leise lächelnd.

Der Soldat sah ihn nachdenklich an. „Ein sonderbares Land", sagte er. „Barbaren und Zauberer, Schmutz und Dichtkunst. Ein sonderbares Land, das eurige." Dann straffte er sich plötzlich; ein Teil seiner Aufmerksamkeit war während der ganzen Zeit bei dem Ochsenkarren geblieben. „Vorsicht, ihr da! Du, Sextus, das Seil am Ende..."

Es rannten Männer herbei, um die hinuntergleitende Platte, die sich gefährlich nach einer Seite neigte, ins Gleichgewicht zu bringen; sie kam sicher herunter, und der Mann, der das Kommando hatte, salutierte dankend. Der Zenturio nickte und entspannte sich, behielt die Männer aber im Auge. Ein anderer Wagen rumpelte vorbei, beladen mit langen Holzbalken.

Merriman blickte auf das wachsende Bauwerk vor ihnen; ihr größerer Überblick zeigte ihnen von hier aus, daß es sich um ein halb fertiges Amphitheater handelte mit Mauern aus Stein und Reihen von mit Holz verkleideten Sitzen, die von der Arena in weitem Bogen nach oben reichten. „Rom hat viele Fähigkeiten", sagte er. „Wir hier sind nicht ungeschickt mit Stein, und nichts kommt an unsere großen Steinkreise heran mit ihrer Huldigung an das Licht. Aber das Geschick der römischen Baumeister für Bauten des täglichen Lebens wie auch für solche des Gottesdienstes – eure Villen und Viadukte, eure Leitungen und Straßen und Bäder... ihr verwandelt unsere Städte, mein Freund, wie ihr auch begonnen habt, den Ablauf unseres Lebens umzuwandeln."

Der Soldat zuckte mit den Schultern. „Das Imperium wächst ständig." Er schaute zu Will, der neben Merriman

45

stand und zusah, wie die Männer den langen Stein langsam auf die Seite, herunter vom Wagen, gleiten ließen.

„Dein Sohn?"

„Er lernt ein wenig von dem, was ich weiß", sagte Merriman gelassen. „Er ist jetzt seit einem Jahr bei mir. Wir werden sehen. Er hat noch das alte Blut in sich aus der Zeit, bevor eure Väter herkamen."

„Mein Vater nicht", sagte der Zenturio. „Ich bin nicht im Imperium geboren. Ich bin vor sieben Jahren aus Rom gekommen, als Offizier in die Zweite Legion geschickt. Liegt lange zurück. Rom ist das Imperium, und das Imperium ist Rom, und doch... und doch..." Plötzlich lächelte er Will an, ein freundliches Lächeln, das sein strenges Gesicht erhellte. „Arbeitest du fleißig für deinen Meister, Junge?"

„Ich versuche es, Herr", sagte Will. Es machte ihm Spaß, dem straffen Aufbau der lateinischen Sprache zu folgen; sie fiel ihm als einem der Uralten mühelos zu, wie jede Sprache der Welt, machte ihm aber besondere Freude wegen ihrer vielen Einflüsse auf seine Muttersprache.

„Dieses Bauwerk interessiert dich."

„Es ist großartig. Wie jeder Brocken Stein so bearbeitet wird, daß er genau an den nächsten paßt oder einen Balken stützt. Und das Zusammenfügen, so sorgfältig und exakt – sie wissen ganz genau, was sie tun..."

„Es ist alles geplant. Wie in jedem anderen Ort im Imperium. Das gleiche Amphitheater ist in einer großen Anzahl von römischen Festungsstädten gebaut worden, von Sparta bis nach Brindisi. Komm, ich zeige es euch."

Er legte die Hand auf Wills Schulter, warf Merriman einen einladenden Blick zu und führte Will über den sandigen Boden der Arena zu einem halb fertigen Gewölbebogen, einem der acht Eingänge durch die ansteigenden Reihen von Sitzen. „Wenn meine dritte Gruppe die nächste Platte bringt, wird sie hier hineinpassen, so – und dort den Abschluß bilden..."

Neben dem Bogen begann eine Säule aus Steinplatten zu entstehen. Will sah zu, wie die nächste Platte auf ihren Rollen näher kam, von vier schwitzenden Soldaten gezogen. Eine Gruppe von ächzenden, angestrengten Männern hievte sie an die richtige Stelle des wachsenden Bogens. Sie war viel größer als die übrigen und unregelmäßig geformt, mit einer großen Vertiefung an der Oberseite und einer breiten, ungewöhnlich ebenen Vorderseite. Will sah die eingeritzten Buchstaben: COH. X. C. FLAV. JULIAN

„Errichtet von der zehnten Kohorte unter der Zenturie des Flavius Julianus", sagte Merriman. „Ausgezeichnet." Und stumm, nach der Art der Uralten mit den Gedanken sprechend, sagte er zu Will: *„Dort hinein. Jetzt."* Gleichzeitig stolperte er und fiel ungeschickt gegen den Ellbogen des Zenturios. Der Römer wandte sich höflich um, um ihn zu stützen.

„Etwas nicht in Ordnung?"

Rasch nahm Will den Gürtel aus den miteinander verbundenen Zeichen ab und ließ ihn in die leere Vertiefung an der Oberseite der Platte gleiten, über die die nächste Steinplatte gelegt werden würde; er schob hastig Erde und Steine darüber, um das schimmernde Metall gegen Blicke zu schützen.

„Ich bitte um Verzeihung", sagte Merriman. „Dumm von mir – meine Sandale . . ."

Der Soldat drehte sich wieder um; der Arbeitstrupp kam mit der nächsten Platte angekeucht. Will sprang zur Seite, und die Steinplatte fiel ächzend und knirschend auf ihren Platz. Der Kreis der Zeichen war in einem steinernen Sarg eingeschlossen, um hier so lange im Verborgenen zu liegen, wie dieses Bauwerk des römischen Imperiums die Zeiten überdauern würde.

Der losgelöste Teil von Wills Bewußtsein, der alles wahrnahm wie ein herbeigezaubertes Echo von Dingen, die er und Merriman früher getan hatten, wurde plötzlich aufgerüttelt.

47

Jetzt! sagte es in ihm. *Was nun?* Denn weiter waren sie jenes erste Mal nicht gegangen. Danach, an dem Tag, als sie die Zeichen versteckt hatten, hatte er sich sehr bald in seinem eigenen Jahrhundert wiedergefunden, war er durch die Zeit geschnellt und hatte den kostbaren Kreis in sicherem Versteck hinter sich gelassen. Das Geheimnis, das er jetzt lüften mußte, der Schlüssel zur Rückgewinnung der Zeichen, mußte in den nächsten Augenblicken römischer Zeit liegen. Was konnte es sein?

Er blickte verzweifelt zu Merriman. Aber die dunklen Augen über der kühn gebogenen Nase waren ausdruckslos. Dies war nicht Merrimans Aufgabe, sondern seine, und er mußte sie allein bewältigen.

Trotzdem konnte es einen Grund für Merrimans Anwesenheit geben, für diesen Teil der Aufgabe so wie für den ersten; vielleicht hatte er, ohne es selbst zu wissen, eine Rolle zu spielen. Will blieb es überlassen, diese Rolle zu entdecken, falls es so war, und sie sich zunutze zu machen.

Wo, wann, wie?

Der Zenturio erteilte mit lauter Stimme Befehle, und der Arbeitstrupp machte kehrt und marschierte zurück, um den nächsten Stein zu holen. Während er sie beobachtete, schauderte der Römer plötzlich und zog sich den Umhang fester um die Schultern.

„Alle in Britannien geboren", sagte er mit einem schiefen Lächeln zu Merriman. „Für sie ist dieses Klima genausowenig schrecklich wie für euch."

Merriman murmelte unverbindliche Worte des Verständnisses, und Will stellte fest, daß ihm plötzlich ohne jeden ersichtlichen Grund eine Gänsehaut über den Nacken lief wie eine Warnung seiner Sinne, die sich nicht anders bemerkbar machen konnten. Er stand angespannt da und wartete.

„Diese Inseln!" sagte der Römer. „Grün, das gebe ich ja zu. Haben auch allen Grund, grün zu sein. Immer Wolken, Nebel,

Feuchtigkeit und Regen." Er seufzte. „Oh, die Knochen tun mir weh..."

Merriman sagte leise: „Und nicht nur die Knochen... Es muß schwer sein für jemanden, der unter der Sonne des Südens geboren ist."

Der Zenturio starrte über die Holzsitze und die Steinsäulen hinweg, ohne etwas zu sehen, und schüttelte hilflos den Kopf.

Will sagte mit einer leisen klaren Stimme, die jemand anders zu gehören schien: „Wie sieht es aus in deiner Heimat?"

„In Rom? Eine große Stadt. Aber ich bin außerhalb der Stadt zu Hause, auf dem Land. Ein ruhiges Leben, aber angenehm..." Er sah Will an. „Ich habe einen Sohn, der jetzt so groß wie du sein muß. Als ich ihn das letztemal sah, konnte ich ihn in die Luft werfen und mit den Händen auffangen. Jetzt berichtet meine Frau mir, daß er reiten kann wie ein Zentaur und schwimmen wie ein Fisch. Vielleicht schwimmt er in diesem Augenblick in dem Fluß in der Nähe meines Grundstückes. Ich wollte, daß er dort aufwächst, wie ich. Wo die Sonne einem heiß auf die Haut brennt und die Luft vom Zirpen der Zikaden klingt und eine Kette von Zypressen sich dunkel vom Himmel abhebt... wo die Hügel silbern sind von Olivenbäumen und in Terrassen angelegt für den Wein, wo die Trauben jetzt heranreifen..."

Das Heimweh war ein pulsierender Schmerz, wie körperliche Schmerzen, und plötzlich wußte Will, daß die Antwort hier in der Luft lag, in diesem Augenblick einfachen, ungeschützten Verlangens, in dem die tiefsten, schlichtesten Empfindungen eines Mannes offen und unbewacht vor Fremden ausgebreitet waren. Dies war der Weg, der ihn weiterbringen würde.

Hier, jetzt, dieser Weg!

Er versetzte sich in das Verlangen, den Schmerz des anderen, als tauche er in ein Meer, und wie Wasser, das sich über ihm schloß, nahm das Gefühl ihn auf. Die Welt drehte sich um ihn, Stein und grauer Himmel und grüne Felder, die wirbelten und

49

sich veränderten und wieder ihren Platz einnahmen, etwas anders als vorher, und die sehnsüchtige, heimwehkranke Stimme ertönte wieder leise in seinen Ohren, aber es war eine andere Stimme.

Es war eine andere Stimme, und es war eine andere Sprache; es war ein weiches Englisch mit einem Akzent, mit langen Vokalen. Und es war Abend, mit einem vom Mondlicht überfluteten silberdunklen Himmel und Schatten auf allen Seiten, Umrissen und Schatten, die sich nicht voneinander unterscheiden ließen.

Aber das schmerzliche Verlangen in der neuen Stimme war genau das gleiche.

„ . . . besteht nur aus Sonne und Sand und See, dieser Teil Floridas. Mein Teil. Überall Blumen. Oleander und Hibiskus, Weihnachtsstern in großen, wilden roten Sträuchern, nicht in mickrige kleine Blumentöpfe gesperrt. Und unten am Strand bläst der Wind durch die Kokospalmen, und die Blätter rauschen leise wie ein Regenschauer. Als ich in deinem Alter war, ließ ich mich an den Blättern hin und her schwingen wie an einem Seil. Wenn ich jetzt dort wäre, würde ich mit meinem Dad draußen auf dem Meer fischen – er hat ein wunderschönes Boot. *Betsy Girl* heißt es, nach Mam. Wenn du aufs Meer willst, mußt du durch die Mangroven – dunkelgrün, wie ein Wald im Wasser. Das Wasser ist auch grün bis du hinaus in den Golf kommst, und dann ist es tief- tiefblau. Schön. Und du ziehst die Ausleger hoch und wirfst die Leinen aus und donnerst weiter, und du fängst Makrelen oder Tümmler oder, wenn du Glück hast, Pompano. Die Touristen sind alle scharf auf Seglerfisch oder Königsdorsch. Am Tag bevor ich von zu Hause fortging, hab' ich einen Königsdorsch von sechzig Pfund gefangen. Ginny, das ist mein Mädchen, hat ein Foto gemacht."

Will sah ihn vor sich, gegen den Himmel abgesetzt, abwechselnd hell und dunkel, während sich bildende Wolkenberge am

Mond vorüberzogen: ein magerer junger Mann mit langem Haar, das in einem struppigen Pferdeschwanz zurückgebunden war. Die weiche Stimme fuhr fort mit den Erinnerungen:

„Hab' Ginny seit acht Monaten nicht mehr gesehen. Eine lange Zeit, Mann. Ich hab' schon genau geplant, was wir an unserm ersten Tag tun werden, wenn ich nach Hause komm'. Denke ständig darüber nach. Ein langer fauler Tag in der Sonne, schwimmen, am Strand liegen, vielleicht surfen. Und Bier und Hamburger bei Pete. Seine Hamburger sind einfach fantastisch, groß und saftig, auf selbstgebackenen Brötchen und mit diesen köstlichen Mixed Pickles. Ginny ist ganz versessen drauf... Sie ist so hübsch. Langes blondes Haar. Tolle Figur. Sie schreibt mir jede Woche. Sie ist nicht rübergekommen, weil ihr alter Herr ein schwaches Herz hat und sie das Gefühl hatte... oh, sie ist einfach wundervoll." Er hielt inne und schüttelte langsam den Kopf. „He, tut mir leid. Du hast mich richtig in Gang gebracht. Wahrscheinlich habe ich noch gar nicht gemerkt, wie sehr mir... Leute fehlen. Es hat Spaß gemacht hier auf der Grabung, aber ich werde heilfroh sein, wenn's wieder nach Hause geht."

Hinter ihm ragte ein runder grasbewachsener Hang in den Himmel, aber obwohl es völlig fremd aussah, war Will überzeugt, daß er am gleichen Ort wie vorher sei. Vielleicht war es nur das Bindeglied des Gefühls, die Sehnsucht in der Stimme des Amerikaners, und doch...

Merrimans Stimme klang heiter durch die dunkle Nacht und veränderte die Stimmung. „Er scheint da auf einen Knopf gedrückt zu haben, als er Sie nach Ihrem Zuhause fragte. Sind Sie schon lange hier?"

„Bis ich fertig bin, wird es ein Jahr sein. Ist eigentlich gar nicht so viel." Der junge Mann wurde auf befangene Weise forsch. „Also gut, los geht's, ich führ' Sie herum. Ich wollte, dies wäre nicht ein so kurzer Besuch, Professor – es gibt so viel, was bei Tageslicht besser zu sehen wäre."

„Nun", sagte Merriman vage, „ich habe Termine... Dort drüben, sagten Sie?"

„Einen Moment, bitte, ich hole eine Lampe. Die ist besser als eine Taschenlampe..." Der Amerikaner verschwand in einem kastenartigen Gebäude, das ein kleiner Holzschuppen zu sein schien; in einem Fenster flammte ein Licht auf, dann kam er mit einer flackernden Sturmlaterne zurück, die er unerwartet weit hoch hielt, so daß sie in einem breiten Lichtkegel standen und Will Gras unter ihren Schuhen sah und feststellte, daß Merriman Gummistiefel trug. Weiter hinten ragten Stangen mit Seilen und schlaff herunterhängende Markierungsfähnchen aus einer Grabung auf dem grasbewachsenen Hügel, den Will für eine natürliche Erhebung gehalten hatte. Dort wo die Grabung am tiefsten in den Hügel reichte, sah er Steine. Er sah einen steingepflasterten Boden, der aussah wie ein Stück aus rechteckigen Kopfsteinen. Er sah die zerstreuten Steine eines gestürzten Gewölbebogens, ansteigende Steinreihen, wo einst Holzbänke gestanden hatten...

„Sie kennen natürlich die Hintergründe, Professor Lyon", sagte der junge Amerikaner. „Der Hügel war immer als König Arthurs Tafelrunde bekannt, natürlich ohne jede Berechtigung. Und niemand erhielt die Genehmigung zu graben. Mittel nebenbei bemerkt auch nicht, bis zu dieser Ford-Stiftung. Und jetzt, wo wir endlich drinnen sind, finden wir nicht etwa König Arthurs sogenannte Tafelrunde, sondern ein römisches Amphitheater."

„Es sollte mich nicht wundern, wenn Sie auch ein Mithräum finden, bevor Sie fertig sind", sagte Merriman in einer fremden bestimmten Professorenstimme, die Will noch nie gehört hatte. „Caerleon war schließlich eine größere Festungsanlage, gebaut, um die barbarischen Briten in ihrem Dunst und Nebel zu halten."

Der Amerikaner lachte. „Ich habe eigentlich gar nichts gegen Dunst und Nebel. Es ist der Regen – und all der Schlamm danach. Sie wußten schon, wie man mit Stein arbeitet, diese alten Baumeister des Imperiums. Sehen Sie, hier ist die Platte mit der Inschrift, von der ich Ihnen erzählte. Zenturio Flavius Julianus und seine Jungs."

Die Lampe zischte, die Schatten tanzten, und er führte sie zu einer schulterhohen Säule aus Steinplatten. Will sah die höchste und größte der Platten mit ihren eingeritzten Buchstaben, die jetzt vom Alter verwittert war. Sie war erst vor kurzem ausgegraben worden; ein Fingerbreit Erde lag noch auf ihr, wo der darüberliegende Stein zur Seite gerutscht war.

Merriman zog eine kleine Taschenlampe hervor und ließ den Lichtstrahl – völlig überflüssigerweise, dachte Will – auf den beschrifteten Quader fallen. „Sehr sauber", sagte er umständlich, „sehr sauber. Hier, Will, mein Junge, sieh es dir an." Er reichte Will die Taschenlampe.

„Wir nehmen an, daß es acht Eingänge gab", sagte der Amerikaner, „alle gewölbt, in der gleichen Art wie hier. Dies muß einer der beiden Haupteingänge gewesen sein – wir haben erst heute nachmittag begonnen, ihn freizulegen."

„Gute Arbeit", sagte Merriman. „Würden Sie mir jetzt die andere Inschrift, die Sie erwähnten, zeigen?" Sie gingen weiter zu einer anderen Seite des Grabungsortes, und der gelbe Strahl der Lampe folgte ihnen. Will stand ganz still. Er ließ die Lampe kurz aufleuchten, um sicher zu sein, wo er hintrat, dann löschte er das Licht wieder. Er streckte die Hand vor in die Dunkelheit seiner – das wußte er jetzt – eigenen Zeit, Sommersonnenwende, die er erst vor wenigen Sekunden verlassen hatte, und griff suchend in die Erde, die dort gelegen hatte seit dem Verfall des römischen Imperiums vor etwa sechzehnhundert Jahren, in die Höhlung des großen Steinquaders, der zur zerbrochenen Säule gehörte. Und seine Finger berührten einen metallenen, durch ein Kreuz geviertelten Kreis. Er legte die Lampe zur Seite, um mit beiden Händen zu wühlen, und zog den Kreis der Zeichen hervor.

53

Sehr vorsichtig schüttelte er den Schmutz ab und hielt dabei die Zeichen und ihre Bindeglieder aus Gold weit auseinander, um ein Klirren des Metalls zu vermeiden. Er sah auf. Merriman und der junge Archäologe waren nur noch ein Lichtschimmer, Meter entfernt, auf der anderen Seite der Grabung. Mit vor Erregung zugeschnürter Kehle legte sich Will die gürtelartige Kette der Zeichen um die Taille und zog seinen Sweater darüber, um sie zu verdecken. Er ging auf das Licht der Lampe zu.

„Nun ja", sagte Merriman höflich, „ich fürchte, es wird Zeit für uns."

„Es ist schrecklich aufregend", sagte Will strahlend und begeistert.

„Ich freue mich, daß Sie vorbeigekommen sind." Der junge Amerikaner führte sie zu einem hinter einem Zaun geparkten Wagen. „Es ist eine besondere Ehre, Ihnen begegnet zu sein, Dr. Lyon. Ich wollte nur, die anderen wären hiergewesen – Sir Mortimer wird es aufrichtig bedauern . . ."

Unter vielen weiteren Abschiedsworten half er ihnen in das Auto und klopfte dabei in einer Art herzhafter Ehrerbietung Merrimans Arm. Will sagte: „Was Sie über Florida sagten, hörte sich wunderschön an. Hoffentlich sehen Sie es bald wieder."

Aber die Archäologie hatte die zuvor gezeigten Gefühle bei dem Amerikaner völlig verdrängt. Er nickte, unbestimmt lächelnd, und tauchte in der Dunkelheit unter.

Merriman fuhr langsam die Straße hinunter. Er fragte mit völlig veränderter Stimme: „Du hast sie?"

„Ich habe sie heil und ganz", erwiderte Will, und eine kräftige Hand drückte seine Schulter kurz und fest und war wieder verschwunden. Sie waren nicht mehr Meister und Junge und würden es auch nie wieder sein; sie waren nur noch Uralte, aus der Zeit herausgenommen für eine Aufgabe, die zu erfüllen sie schon vor langer Zeit bestimmt worden waren.

„Es muß heute nacht sein, und schnell", sagte Will. „Meinst du hier? Jetzt?"

„ Ich denke ja. Die Zeiten greifen ineinander, durch unsere Gegenwart und durch diesen Ort. Vor allem aber durch deine gute Arbeit. Ich denke ja." Merriman hielt an, wendete und fuhr zurück zum Ausgrabungsort. Sie stiegen aus und standen einen Augenblick lang schweigend da.

Dann gingen sie zusammen hinaus in die Dunkelheit, machten einen Bogen um freigelegte Gewölbebogen und Mauern und kletterten auf die Spitze des grasbewachsenen Hügels. Dort standen sie, unter einem Himmel, der jetzt dunkel war, weil dahinjagende Wolken den Mond verbargen. Will nahm den Gürtel aus geviertelten Kreisen, das Symbol des Kreises des Lichts, und hielt ihn mit beiden Händen hoch. Und Zeit und Raum verschmolzen ineinander; das zwanzigste und das vierte Jahrhundert wurden für den Bruchteil einer Mittsommernacht zwei Hälften eines einzigen Atemzuges, und mit klarer leiser Stimme sprach Will in die Nacht: „Uralte! Uralte! Es ist Zeit. Jetzt und für immer, zum zweiten und letzten Mal, laßt den Kreis sich vereinen. Uralte, es ist Zeit! Denn die Finsternis, die Finsternis erhebt sich!"

Seine Stimme klang kraftvoll; er hielt die Zeichen hoch, und ein Schimmer von Sternenlicht ließ das Zeichen aus Kristall aufleuchten wie weißes Feuer. Und plötzlich standen sie nicht mehr allein auf dem stillen Hügel. Aus der ganzen Welt, aus jeder Zeit versammelten sich die schattenhaften Gestalten von Männern und Frauen jeder Art und jeder Generation in der Dunkelheit. Die Uralten der Erde, eine große schimmernde Menge, waren zusammengekommen, zum erstenmal, seit in ihrer Anwesenheit die Zeichen feierlich vereint worden waren. Die Dunkelheit raschelte, es herrschte ein undefinierbares Gemurmel, eine Verständigung ohne Worte.

Merriman und Will standen zusammen auf dem Hügel inmitten all der Wesen und warteten auf die eine letzte Uralte,

55

deren Anwesenheit dieses große Treffen zusammenschweißen würde zu einem Instrument äußerster Macht, einer Streitkraft, die die Finsternis besiegen würde.

Sie warteten, und die Nacht wurde heller durch das Licht der Sterne, aber sie kam nicht.

Die schimmernden Gestalten murmelten und bewegten sich hin und her, als verschwimme ihr Bild in der Landschaft, und Will war, wie all seinen Gefährten, unbehaglich zumute.

Merriman sagte mit leiser, belegter Stimme: „Das habe ich befürchtet."

„Die Alte Dame", sagte Will hilflos. „Wo ist die Alte Dame?"

„Die Alte Dame!" Undeutlich wie der Wind lief ein ausgedehntes Flüstern durch die Dunkelheit. *„Wo ist die Alte Dame?"*

Will sagte leise zu Merriman: „Sie kam zum Jahreswechsel, im vorletzten Jahr, zur Vereinigung des Kreises. Warum kommt sie jetzt nicht?"

Merriman sagte: „Ich glaube, ihr fehlt die Kraft. Der ständige Widerstand gegen die Finsternis hat ihre Kräfte erschöpft – du und ich wissen, wie sie sich in der Vergangenheit verausgabt hat. Und obwohl sie es fertiggebracht hat, zur Vereinigung der Zeichen zu kommen – erinnerst du dich noch, daß sie nicht einmal die Kraft hatte, fortzugehen?"

„Ja", sagte Will und dachte an eine kleine, zerbrechliche alte Gestalt, zierlich wie ein Zaunkönig, die neben ihm stand, wie Merriman es jetzt tat, und über eine große Versammlung von Uralten schaute. „Sie . . . verblaßte einfach. Und dann war sie verschwunden."

„Und sie scheint immer noch verschwunden zu sein. Nicht erreichbar. Verschwunden, bis aus den vielen Jahrhunderten dieser von Zauberbannen heimgesuchten Insel ihr vielleicht eine helfende Magie zur Seite steht, um sie in unserer Not zu uns zu bringen. Zum ersten Mal, zum einzigen Mal, bedarf es für die Alte Dame der Hilfe bloßer Menschen."

Merriman richtete sich auf, eine hohe, umschattete, verhüllte Gestalt in der Nacht, dunkel wie ein Pfeiler vor dem Himmel. Er sprach mühelos und ohne große Anstrengung, doch seine Stimme füllte die Nacht und schien über den unsichtbaren Köpfen der großen Menge wiederzuhallen.

„Wer weiß es?" fragte er. „Wer kann es sagen? Wer von euch, ihr Kreis der Uralten, kann es sagen?"

Und aus der Nacht drang eine Stimme zu ihnen, eine tiefe, schöne walisische Stimme, tief und weich wie Samt, in einem Rhythmus, der die Worte wie ein Lied klingen ließ.

„Y maent yr mynyddoedd yn canu", sagte die Stimme, „ac y mae'r arglwyddes yn dod." Was übersetzt heißt: „Die Berge singen, und die Dame kommt."

Es entstand eine große Aufregung unter der anonymen Menge, und bevor er sich beherrschen konnte, schrie Will vor Freude auf, als er die Worte erkannte. „Das Gedicht! Natürlich! Das alte Gedicht vom Meer." Unvermittelt wurde er wieder ernst. „Aber was bedeutet es? Wir alle kennen jene Zeile, Merriman – aber was bedeutet sie?"

Viele Stimmen wiederholten die Frage, flüsternd und murmelnd wie das Meer, wenn eine leichte Brise aufkommt. Die tiefe walisische Stimme sagte nachdenklich: „Wenn die Berge singen, wird die Dame kommen. Und vergeßt eines nicht. Nicht in der Alten Sprache, die wir alle benutzen, sind jene Worte uns überliefert worden, sondern in einer jüngeren Sprache – die dennoch eine der ältesten von Menschen benutzte Sprache ist."

Merriman sagte leise: „Danke, Dafydd, mein Freund."

„Walisisch", sagte Will. „Wales." Er starrte in den leeren dunklen Raum, wo wieder einmal Wolken vor den Mond zogen. Er sagte zögernd, in Gedanken nach dem richtigen Wort, der richtigen Idee suchend: „Ich soll nach Wales gehen. In den Teil, wo ich schon einmal war. Und dort muß ich den Augenblick finden, den richtigen Weg . . . irgendwo in den Bergen. Irgendwie. Und die Alte Dame wird kommen."

„Und dann sind wir vollzählig und haben ein einziges, gemeinsames Ziel", sagte Merriman. „Und das Ende all dieser Sucherei wird sich abzeichnen."

„*Pob hwyl*, Will Stanton", sagte die volltönende walisische Stimme freundlich in der Dunkelheit. „*Pob hwyl*. Viel Glück..." Dann verblaßte sie und ging unter im sanften Säuseln des Windes, und die ganze Versammlung um sie herum verblaßte auch, verlor sich, um sie allein stehenzulassen, zwei einsame Gestalten in der dunkler werdenden Nacht auf dem grasbewachsenen Hügel am Tag der Sommersonnenwende der Zeit, in die Will hineingeboren worden war.

Will sagte: „Aber das erstemal, daß ich hinzugerufen wurde, als die Finsternis sich erhob in der Zeit Arthurs... Wir haben nur eine Nacht und einen Tag, um dort Hilfe zu bringen. Und das kann ich jetzt nicht einhalten. Was wird also aus dem großen König und der Schlacht von Badon, die kommen wird? Was wird..." Er hielt inne, verschluckte die Worte, die nicht zu den Uralten, sondern zu den Menschen gehörten.

Merriman vollendete den Satz für ihn. „Was wird dort geschehen? Was wird geschehen, was ist geschehen, was geschieht? Eine Schlacht, für kurze Zeit gewonnen. Ein Aufschub, aber nicht für lange. Du siehst es, Will. Die Dinge sind so, wie sie sind und bleiben werden. Zu Arthurs Zeit haben wir den Kreis, um uns zu helfen, denn sie sind zusammengerufen worden, und so kann viel erreicht werden. Aber ohne die Stimme der Alten Dame können wir die letzte Höhe der Macht nicht erreichen, und so wird der Friede für Arthur, den wir für diese Insel gewinnen werden, bald wieder verloren sein, und für einige Zeit wird die Welt scheinbar verschwinden unter dem Schatten der Finsternis. Und auftauchen und wieder verschwinden und wieder auftauchen, wie sie es die ganze Zeit hindurch getan hat, die die Menschen Geschichte nennen."

Will sagte: „Bis die Alte Dame kommt."

„Bis die Alte Dame kommt", sagte Merriman. „Und sie wird dir helfen, das Schwert des Pendragon zu finden, das Schwert aus Kristall, mit dessen Hilfe die Magie des Lichts den endgültigen Sieg davontragen und die Finsternis endlich in die Flucht geschlagen werden wird. Und du wirst fünf Helfer haben, denn von Anfang an war es bekannt, daß sechs, und nicht mehr als sechs, diese Aufgabe vollbringen müßten. Sechs Geschöpfe, mehr oder weniger Geschöpfe der Erde, unterstützt von den Sechs Zeichen."

Will zitierte: *„Erhebt die Finsternis sich wieder, wehren sechs sie ab."*

„Ja", sagte Merriman. Er klang plötzlich sehr müde.

Einer Eingebung folgend, zitierte Will wieder, diesmal einen ganzen Vers, aus dem alten prophetischen Gedicht, das nach und nach ans Licht gekommen war – Welten zurück, so erschien es ihm – zusammen mit dem Wachsen seiner eigenen Kräfte als denen eines Uralten:

„Erhebt die Finsternis sich wieder, wehren sechs sie ab;
Drei aus dem Kreis und drei von dem Pfad.
Holz, Bronze, Eisen; Wasser, Feuer, Stein;
Fünf kehren wieder, und einer geht allein."

Er sprach die letzte Zeile langsamer, als höre er sie zum erstenmal. „Merriman? Das letzte Stück – was bedeutet es? Ich habe nie einen anderen Gedanken damit verbunden als eine Frage: Fünf kehren wieder, und einer geht allein... Wer?"

Merriman stand dort in der ruhigen Nacht, sein Gesicht lag im Schatten. Auch seine Stimme war ruhig und ausdruckslos. „Nichts ist gewiß, Uralter, auch in Prophezeiungen nicht. Sie können das eine oder das andere bedeuten. Denn schließlich hat jeder Mensch seine eigenen Vorstellungen und kann seine Handlungen selbst bestimmen, zum Guten oder Schlechten, für ein Leben, das nach außen gewandt ist oder nach innen... Ich kann nicht sagen, wer der eine sein mag. Niemand wird es wissen, bis zuletzt. Bis der ... eine ... allein ... geht ..." Er sammelte seine Gedanken und richtete sich gerader auf, als wolle er sie beide aus einem Traum reißen. „Es ist ein langer Weg zu bewältigen, bevor es soweit kommt, und ein beschwerlicher Weg, wenn wir am Ende den Sieg davontragen wollen. Ich kehre jetzt zurück zu meinem Gebieter Arthur – mit den Zeichen und mit der Macht des Kreises, die nur sie anrufen können."

Er streckte die Hand aus, kaum sichtbar in der sternenbeschienenen Dunkelheit, und Will gab ihm den Gürtel aus den gevierteilten Kreisen; Gold, Kristall und Feuerstein glitzerten zwischen dunklem Holz, Bronze und Eisen.

„Möge es dir gutgehen, Merriman", sagte er leise.

„Möge es dir gutgehen, Will Stanton", sagte Merriman, und seine Stimme klang gepreßt. „Gehe nach Hause, zu dieser Stunde am Tag der Sommersonnenwende, dort werden die Dinge sich in die Richtung entwickeln, die du einschlagen mußt. Und über die Jahrhunderte hinweg werden wir getrennt unseren Aufgaben nachgehen, durch die Wogen der Zeit, uns begegnen und wieder trennen, trennen und wieder begegnen in dem Wirbel, der ewig währt. Ich werde bald wieder bei dir sein."

Er hob einen Arm, dann war er fort, und die Sterne drehten sich, die Nacht umwirbelte Will, und er stand im Mondlicht in der Diele seines Elternhauses, die Hand auf dem Rahmen eines sepiafarbenen viktorianischen Druckes, der die Römer beim Bau eines Amphitheaters in Caerleon zeigte.

Sommersonnenwende

In triumphierendem Trab mähte Will das letzte Stück Rasen und ließ sich dann keuchend über den Griff des Rasenmähers fallen. Schweiß tropfte neben seiner Nase herunter, und an seiner nackten feuchten Brust klebten winzige Grasschnipsel.

„Uff! Es ist sogar noch heißer als gestern!"

„Sonntags", erklärte James, „ist es immer heißer als sonnabends. Besonders wenn du in einem Dorf mit einer kleinen
stickigen Kirche lebst. Das könnte man das James-Stanton-
Gesetz nennen."

„Kommt", sagte Stephen und trat mit Schnur und einer
Heckenschere in den Händen zu ihnen. „So schlimm war es auch
nicht. Und man sollte nicht denken, daß zwei so schreckliche
kleine Jungen sich im Chor so engelhaft anhören." Er wich
geschickt aus, als Will mit einer Handvoll Gras nach ihm warf.

„Ich werd' nicht mehr lange dabeisein", sagte James mit
einem gewissen Stolz. „Ich bin im Stimmbruch. Hast du gehört,
wie ich beim Lobgesang gekrächzt habe?"

„Du wirst schon zurückkommen", sagte Will. „Tenor.
Wetten?"

„Vermutlich. Das sagt Paul auch."

„Er übt. Hört mal!"

Fern wie ein verblassender Traum drangen aus dem Haus die
weichen klaren Töne von Flötenmusik in Tonleitern und
Arpeggios nach draußen; sie schienen ebenso Teil des heißen
stillen Nachmittags zu sein wie das Summen der Bienen in den
Lupinen und der angenehme Geruch frisch gemähten Grases.
Dann wichen die Tonleitern einer langen lieblichen Melodie, die
immer wieder erklang. Stephen blieb mitten auf dem Rasen
stehen und hörte schweigend zu.

„Mein Gott, er ist gut, nicht? Was ist das?"

„Mozart, Erstes Flötenkonzert", sagte Will. „Er spielt es im
Herbst mit dem N. Y. O. "

„N. Y. O. ?"

„National Youth Orchestra. Du weißt doch. Er ist schon seit
Jahren in dem Orchester, schon bevor er auf die Akademie
ging."

„Ich sollte es wohl wissen. Ich war so lange fort . . ."

„Es ist eine große Ehre, das mit dem Konzert", sagte James. „Es wird in der Festival Hall stattfinden, nichts Geringeres als die Festival Hall. Hat Paul dir nichts davon erzählt?"

„Ihr kennt doch Paul. Die Bescheidenheit in Person. Die Flöte, die er da hat, hat einen wunderschönen Ton. Das höre ich sogar."

„Miss Greythorne hat sie ihm vorletzte Weihnachten geschenkt", sagte Will. „Vom Herrenhaus. Dort befindet sich eine Sammlung, die ihr Vater angelegt hat. Sie hat sie uns gezeigt."

„Miss Greythorne . . . Großer Himmel, da muß ich an früher denken. Scharfer Verstand, scharfe Zunge – ich wette, sie hat sich nicht ein bißchen verändert."

Will lächelte. „Die wird sich nie verändern."

„Sie hat mich einmal in ihrem Mandelbaum erwischt, als ich noch klein war", sagte Stephen und grinste in der Erinnerung daran. „Ich kletterte gerade runter, und aus dem Nichts war sie plötzlich da, in ihrem Rollstuhl. Dabei haßte sie es, wenn jemand sie im Rollstuhl sah. ‚Nur Affen essen meine Nüsse, junger Mann', sagte sie – ich höre es noch –, ‚und du würdest nicht einmal einen Pulveraffen abgeben, in deinem Alter.'"

„Pulveraffe?" fragte James.

„Jungen in der Kriegsmarine zu Nelsons Zeiten – sie holten das Pulver für die Kanonen."

„Du meinst, Miss Greythorne wußte schon damals, daß du zur Kriegsmarine gehen würdest?"

„Natürlich nicht, damals wußte ich es ja selber noch nicht." Stephen sah etwas verdutzt aus. „Trotzdem ein komischer Zufall. Ist mir noch nie in den Sinn gekommen – ich habe seit Jahren nicht mehr an sie gedacht."

Aber James' Gedanken hatten sich bereits weit vom Thema entfernt, wie sie es häufig taten. „Will, was ist eigentlich aus dem kleinen Jagdhorn geworden, das sie dir gegeben hat, im gleichen Jahr, in dem sie Paul die Flöte schenkte? Hast du es verloren? Du hast es nie richtig ausprobiert."

„Ich habe es noch", sagte Will leise.

„Dann hol es doch. Es könnte lustig werden."

„Irgendwann mal." Will drehte den Rasenmäher um und drückte dem unvorbereiteten James den Griff in die Hände. „Hier – du bist dran. Ich habe vorne gemäht, du mähst jetzt hinten."

„So ist es üblich", sagte ihr Vater, der mit einer Schubkarre voll Unkraut vorbeiging. „Immer fair bleiben. Tragt die Last gemeinsam."

„Meine Last ist größer als seine", sagte James klagend.

„Unsinn!" sagte Mr. Stanton.

„Na ja, eigentlich hat er recht", sagte Will. „Wir haben es mal ausgemessen. Der Rasen hinter dem Haus ist anderthalb Meter breiter und drei Meter länger."

„Hat aber mehr Bäume", sagte Mr. Stanton, während er den Grasbehälter an der Vorderseite des Mähers aushängte und in die Schubkarre entleerte.

„Das macht noch mehr Arbeit, nicht weniger." James ließ den Kopf noch trauriger hängen. „Erst um sie herum mähen. Dann nachschneiden."

„Nun geh schon", sagte sein Vater. „Bevor ich in Tränen ausbreche."

Will nahm den Grasbehälter und hängte ihn wieder an den Mäher. „Bis später, James", sagte er fröhlich.

„Du bist auch noch nicht fertig, mein Freund", sagte Mr. Stanton. „Stephen braucht Hilfe beim Aufbinden der Rosen."

Von der Mauer des Vordergartens her ertönte ein unterdrückter Fluch; Stephen, umgeben von den wuchernden Zweigen einer Kletterrose, lutschte an seinem Daumen.

„Ich glaube, du hast recht", sagte Will.

Grinsend zog sein Vater die Schubkarre wieder hoch und schubste James und den Rasenmäher vor sich her über die Auffahrt. Will wollte gerade über den Rasen gehen, als seine ältere Schwester Barbara aus dem Haus kam.

„Gleich gibt es Tee", sagte sie.

„Gut."

„Wir wollen draußen sitzen."

„Gut, besser, am besten. Komm und laß uns Steve bei seinem Kampf mit den Rosen helfen."

Kletterrosen wuchsen in großen Büscheln und Klumpen roter Blüten entlang der alten Steinmauer, die das Grundstück zur Straße abgrenzte, und überwucherten sie. Vorsichtig entwirrten sie die am wildesten wuchernden Zweige, schlugen Pfähle in den Boden und banden die Zweige hoch, um den üppigen Blütenschmuck vom Boden fernzuhalten.

„Au!" rief Barbara zum fünftenmal, als ein widerspenstiger Sproß eine dünne rote Linie auf ihren nackten Rücken malte.

„Selber schuld", sagte Will gefühllos. „Du solltest mehr anziehen."

„Das ist ein Sonnenanzug, Herzchen. Für die Sonne."

„Nacktheit", sagte ihr jüngerer Bruder würdevoll, „is ne Schande für'n menschliches Wesen, 's is nich recht. 's ist ne Schande für die Nachbarn, das isses."

Barbara musterte ihn. „Da stehst du und hast sogar *noch* weniger an..." fing sie an und brach dann ab.

„Langsam", sagte Stephen. „Ganz langsam."

„Ach du", sagte Barbara.

Ein Auto näherte sich auf der Straße, wurde langsamer und blieb stehen; dann setzte es langsam zurück, bis es auf einer Höhe mit ihnen war. Der Fahrer schaltete den Motor ab, quetschte sich zum Beifahrersitz hinüber und steckte ein breitwangiges rotes Gesicht aus dem Fenster.

„Könnte der größte von euch Stephen Stanton sein?" fragte er schwerfällig-jovial.

„Stimmt", sagte Steve von der Mauer herunter. Er versetzte einem Pfahl einen letzten Schlag. „Was kann ich für Sie tun?"

„Moore mein Name", sagte der Mann. „Sie hatten einen kleinen Krach mit einem von meinen Jungs, hab' ich gehört."

64

„Richie", sagte Will.

„Ach so", sagte Stephen. Er sprang von der Mauer herunter, um sich neben das Auto zu stellen. „Guten Tag, Mr. Moore. Ich habe Ihren Sohn in ein kleines Gewässer fallen lassen, wenn ich mich nicht irre."

„Grünes Wasser", sagte der Mann. „Hat sein Hemd verdorben."

„Es wird mir ein Vergnügen sein, ihm ein neues zu kaufen", sagte Stephen ungezwungen. „Welche Größe hat er?"

„Reden Sie kein dummes Zeug", sagte der Mann ausdruckslos. „Ich wollte bloß mal sehen, was hier Recht und Unrecht ist, das ist alles. Hab' mich gefragt, warum ein junger Mann wie Sie mit kleinen Kindern solche Spielchen treibt."

Stephen sagte: „Es war kein Spielchen, Mr. Moore. Ich hatte einfach sehr stark den Eindruck, daß Ihr Sohn es verdiente, ins Wasser geworfen zu werden."

Mr. Moore wischte sich mit der Hand über die breite glänzende Stirn. „Kann sein, kann sein. Er ist ein wilder Junge, mein Sohn. Wenn jemand ihn tritt, tritt er zurück. Was hat er Ihnen getan?"

„Hat er Ihnen das nicht gesagt?" fragte Will.

Mr. Moore blickte über die niedrige Mauer auf Will, als sei er etwas Kleines, völlig Belangloses wie ein Käfer. „Für das, was Richie mir erzählt hat, werden Leute nicht in Bäche geworfen. Kann also sein, daß er mir nicht die Wahrheit gesagt hat. Das ist es, was ich klarstellen wollte."

„Er hat einen kleineren Jungen gequält", sagte Stephen. „Es hat nicht viel Sinn, in Einzelheiten zu gehen."

„Hat nur ein bißchen Spaß gemacht, hat er gesagt."

„Kein Spaß für den anderen Jungen."

„Richie sagt, er hat ihn nicht angerührt", sagte Mr. Moore.

„Er hat nur seine Notenmappe in den Bach geworfen, mehr nicht", sagte Will kurz.

„Na ja – na ja", sagte Mr. Moore. Er machte eine Pause und

klopfte nachdenklich an den Rahmen des Seitenfensters. „Es war dieser indische Junge aus den Sozialwohnungen, wurde mir gesagt."

Die drei Stantons musterten ihn schweigend. Er starrte mit leerem Blick zurück. Schließlich fragte Barbara leise und höflich: „Macht das einen Unterschied?"

Bevor der Mann antworten konnte, sagte Mr. Stanton hinter ihnen liebenswürdig: „Guten Tag."

„Tag", sagte Mr. Moore und wandte den Kopf; eine Spur von Erleichterung klang aus seiner Stimme. „Mein Name ist Jim Moore. Wir haben gerade..."

„Ja, ich habe einiges davon gehört", sagte Mr. Stanton. Er lehnte sich gegen den Rand der Schubkarre, die er gerade abgestellt hatte, und zog Pfeife und Streichhölzer hervor. „Ich muß sagen, daß ich fand, Steve sei vielleicht ein bißchen zu weit gegangen an dem Tag. Trotzdem..."

„Die Sache ist die, daß man diesen Leuten nicht immer glauben kann", sagte der Mann in dem Auto lächelnd, Zustimmung erwartend.

Schweigen war die Antwort. Mr. Stanton zündete seine Pfeife an. Er sagte paffend und das Streichholz ausblasend: „Ich fürchte, ich verstehe nicht ganz."

Stephen sagte kalt: „Es ging nicht darum, jemandem zu glauben. Es war etwas, was ich zufällig selbst gesehen habe."

Mr. Moore sah Mr. Stanton mit einer Art gutmütiger Besorgtheit an, wie sie manchmal bei Erwachsenen zu finden ist. „Hat vermutlich viel Lärm um nichts gemacht, der Junge. Sie wissen ja, wie die sind, immer aufgeregt wegen irgendwas."

„Wie wahr, wie wahr", sagte Roger Stanton, und sein rundes Gesicht war völlig gelassen. „Meine meistens auch."

„O nein, nein", sagte Mr. Moore herzlich. „Ich bin sicher, Sie haben da einen sehr netten Haufen. Ich meinte die Farbigen, nicht Kinder."

Er fuhr fort, stampfte durch das wieder entstandene Schweigen, ohne etwas zu merken. „Ich sehe viele von ihnen bei meiner Arbeit. Ich bin in der Personalabteilung, Thames Manufacturing. Gibt nicht viel, was ich nicht weiß über Inder und Pakkies nach all diesen Jahren. Persönlich hab ich natürlich nichts gegen sie. Sehr intelligent, sehr gebildet, einige von ihnen. Bin selbst von einem indischen Arzt operiert worden im letzten Jahr, gescheiter kleiner Bursche."

Barbara sagte, genauso leise und höflich wie vorher: „Wahrscheinlich haben Sie sogar Inder und Pakistani unter Ihren besten Freunden."

Ihr Vater warf ihr einen scharfen warnenden Blick zu, aber die Worte gingen an Mr. Moores struppigem Kopf vorbei. Er kicherte Barbara glucksend an, ganz Jovialität und Verständnis und Nachsicht gegenüber einem hübschen siebzehnjährigen Mädchen.

„Nun, nein, so weit würde ich nicht gehen! Ich will ganz ehrlich sein, ich finde, sie haben hier nichts zu suchen, und die Westinder auch nicht. Haben doch nicht das Recht dazu, oder? Nehmen den Engländern die Arbeit weg, und das Land in dem Zustand, in dem es ist . . ."

Stephen sagte ruhig: „Wir haben Gewerkschaften, Mr. Moore, und die sind nicht gerade hilflos. Die meisten dieser berühmten Jobs sind solche, die kein Engländer machen will — oder die die Einwanderer besser machen."

Der Mann sah Stephen voller Groll und Abneigung an und schob den dicken Unterkiefer vor. „Zu denen gehören Sie also. Eins von den Tränenden Herzen. Versuchen Sie nicht, mich zu belehren, junger Mann. Ich hab' zu oft gesehen, wie's wirklich aussieht. Eine Pakkie-Familie mietet ein Haus mit zwei Schlafzimmern, und im Handumdrehen haben sie sechzehn Freunde und Verwandte bei sich wohnen. Wie Kaninchen. Und die Hälfte von ihnen kriegt Kinder mit Hilfe des staatlichen Gesundheitsdienstes, auf Kosten des britischen Steuerzahlers."

„Erinnern Sie sich an Ihren indischen Arzt?" fragte Stephen, immer noch ruhig. „Wenn wir nicht die eingewanderten Ärzte und Krankenschwestern hätten, würde der staatliche Gesundheitsdienst morgen zusammenbrechen."

Mr. Moore gab ein verächtliches Geräusch von sich. „Versuchen Sie bloß nicht, mich über Farbige zu belehren", sagte er. „Ich *weiß Bescheid*."

Stephen lehnte sich gegen die Mauer und spielte mit einem Stückchen Bast. „Kennen Sie Kalkutta, Mr. Moore?" fragte er. „Haben Sie jemals erlebt, wie Bettler nach Ihren Beinen griffen und Sie anriefen, Kinder halb so groß wie Will hier, mit nur einem Arm oder einem Auge und Rippen wie ein Xylophon und Beinen voller schwärender Wunden? Wenn ich an einem Ort mit solcher Verzweiflung um mich herum lebte, würde ich vielleicht auch beschließen, meine Kinder in einem Land aufwachsen zu lassen, in dem sie eine bessere Chance haben. Besonders in einem Land, das mein eigenes über zweihundert Jahre lang ausgebeutet hat. Sie nicht auch? Oder nehmen wir Jamaika. Wissen Sie, wie viele Kinder dort auf eine höhere Schule gehen können? Kennen Sie die Arbeitslosenzahl? Wissen Sie, wie Slums in Kingston aussehen? *Wissen Sie...*"

„Stephen", sagte sein Vater sanft.

Stephen hielt inne. Das Stückchen Bast in seinen Händen zerriß.

„Ja und? Was soll das ganze Zeug?" Das Gesicht des Mannes war dunkelrot geworden. Er lehnte sich herausfordernd aus dem Fenster; sein Atem ging schneller. „Sollen sie doch ihre eigenen Probleme lösen und nicht hier angejammert kommen! Was hat das alles mit uns zu tun? Sie gehören nicht hierher, keiner von ihnen. Man sollte sie alle rausschmeißen. Und wenn Sie sie so wundervoll finden, dann gehen Sie doch und leben mit ihnen in ihren lausigen Ländern!" Sein Blick fiel plötzlich auf Mr. Stantons ruhige Augen, und er versuchte sich zu beherrschen; er zog den Kopf ein und rutschte hinüber auf den Fahrersitz.

Mr. Stanton trat dicht an die Mauer, an der das Auto stand, und nahm die Pfeife aus dem Mund. „Wenn Ihr Sohn Ihre Ansichten teilt, Mr. Moore", sagte er vernehmlich, „so wie zu meiner Freude mein Sohn meine Ansichten teilt, dann ist der Vorfall am Bach nicht schwer zu erklären, oder? Wir müssen uns nur über den Schadensersatz einigen." Die Pfeife wanderte wieder zwischen seine Zähne.

„Zum Teufel mit dem Schadensersatz!" Der Mann startete sein Auto und ließ den Motor absichtlich laut aufheulen. Er beugte sich über den Nebensitz und überbrüllte den Lärm: „Wartet's nur ab, was jedem passiert, der es noch mal wagt, meinen Jungen wegen eines schniefenden Kaffers anzurühren, wartet's nur ab!"

Er schob sich wieder hinter das Lenkrad, donnerte den ersten Gang rein und fuhr davon.

Sie standen da und sahen dem Wagen nach.

Stephen öffnete den Mund.

„Sage es nicht", sagte sein Vater, „sage es nicht! Du weißt, wie viele es gibt. Du kannst sie nicht überzeugen, und du kannst sie nicht umbringen. Du kannst nur dein Bestes tun, in entgegengesetzter Richtung – und das hast du gemacht." Er blickte sich im Kreise um und schloß Will und Barbara in sein klägliches Lächeln mit ein. „Kommt zum Tee."

Will kam als letzter und blieb verzagt hinter den anderen zurück. Von dem Augenblick an, da er den Mann in dem Auto schreien gehört und den Blick seiner Augen gesehen hatte, war er kein Stanton mehr gewesen, sondern nur noch ein Uralter, der sich plötzlich schrecklicher Gefahr bewußt wurde. Die gedankenlose Grausamkeit dieses Mannes und aller, die wie er waren, ihr echter Abscheu, allein aus Unsicherheit und Angst geboren . . . es war wie ein Kanal. Will wußte, daß er auf den Kanal hinuntergeblickt hatte, durch den die Mächte der Finsternis, einmal freigelassen, in kürzester Zeit die Erde völlig unter ihre Herrschaft bringen konnten. Eine schreckliche Angst ergriff ihn, ein heftiges Verlangen nach dem Licht, und er wußte, daß diese Angst in ihm bleiben würde, ihn stumm anschreien würde, viel intensiver als die verblassende Erinnerung an einen einzigen Fanatiker wie Mr. Moore.

„Komm, Tarzan", sagte Paul und klopfte ihm auf die nackte Schulter, als er an ihm vorbei das Haus verließ. Und so kam Will langsam zurück in seine andere Welt.

Alle versammelten sich zum Tee, als ob der beunruhigende Mr. Moore nie dagewesen wäre. Eine jener nie in Worte gefaßten Abmachungen, die es manchmal zwischen vertraut miteinander lebenden Familienmitgliedern gibt, veranlaßte die, die ihn gesehen hatten, ihn nicht gegenüber denen zu erwähnen, die ihn nicht gesehen hatten. Es war auf dem orangefarbenen Korbtisch mit der Glasplatte gedeckt, der mit den dazugehörigen Stühlen im Hochsommer draußen stand. Wills Stimmung stieg allmählich. Für einen Uralten mit den Vorlieben und dem Hunger eines kleinen Jungen war es schwer, für längere Zeit an der Fehlbarkeit der Menschen zu verzweifeln, wenn selbstgebackenes Brot, Landbutter, Sardinenpastete mit Tomaten, Himbeermarmelade, heiße Plätzchen und Mrs. Stantons köstlicher, zarter, unübertroffener Biskuitkuchen vor ihm standen.

Er saß auf dem Rasen. All seine Sinne waren erfüllt vom Sommer: das beharrliche Summen einer Wespe, die von der Marmelade angezogen wurde, der Geruch nach frisch gemähtem Gras, der sich mit dem Duft eines nahen Schmetterlingsstrauches mischte, die Sonnenflecke, die das durch den üppig grünen Apfelbaum sickernde Sonnenlicht rund um ihn herum verbreitete, die kleinen grünen Äpfel, die allmählich Gestalt annahmen. Viele der Äpfel waren schon heruntergefallen; sie würden, Opfer des Überflusses, niemals reifen. Will hob eine der kleinen Früchte auf und betrachtete sie nachdenklich.

„Wirf ihn weg", sagte Barbara. „Das da schmeckt besser." Sie reichte ihm einen Teller, auf dem zwei dick mit Butter und Marmelade bestrichene Plätzchen lagen.

„He", sagte Will. „Danke." Es war eine kleine freundliche Geste; in einer so großen Familie wie der der Stantons war Selbstbedienung im allgemeinen die Regel. Barbara lächelte ihn flüchtig an, und Will spürte ihre unausgesprochene mütterliche Besorgnis, daß die Brutalität des Mannes im Auto ihren jüngsten Bruder durcheinandergebracht haben könnte. Seine Stimmung stieg weiter. Der Uralte in ihm dachte: *Die andere Seite. Vergiß es nicht. Es gibt auch immer die andere Seite der Menschen.*

„Noch dreieinhalb Wochen Schule", sagte James halb entzückt, halb murrend. Er blickte zum Himmel hinauf. „Hoffentlich bleibt es die ganzen Ferien so."

„Die langfristige Wettervorhersage behauptet, es wird vom ersten Ferientag an in Strömen gießen", sagte Paul ernsthaft und klappte ein Butterbrot zusammen. Mit vollem Mund fuhr er fort: „Es wird drei Wochen lang pausenlos so weitergehen. Mit einer Ausnahme: das letzte Wochenende im August."

„O nein!" sagte James mit unverhohlenem Entsetzen.

Paul sah ihn über seine Hornbrille hinweg wie eine Eule an. „Da wird es sehr wahrscheinlich Hagel geben. Und für den letzten Julitag rechnen sie mit einem Schneesturm."

James' Gesicht entspannte sich zu einem Grinsen, in dem Erleichterung sich mit verschämter Wut mischten. „Paul, du gemeiner Kerl. Ich werde..."

„Bring ihn nicht um", sagte Stephen. „Zu anstrengend. Schlecht für die Verdauung. Erzählt mir lieber, was ihr in den Ferien macht."

„Pfadfinderlager, einen Teil der Zeit", sagte James eifrig. „Zwei Wochen in Devon."

„Das hört sich gut an."

„Ich habe Sommerkurse auf der Akademie belegt – und spiele abends in einem Jazz-Club", sagte Paul mit einem schiefen Lächeln.

„Großer Gott!"

„Nun, auch der Wurm krümmt sich, wenn er getreten wird. Aber nicht gerade die von dir bevorzugte Art von Jazz."

„Besser als nichts. Was hast du vor, Will?"

„Faulenzen wie ich", sagte Barbara gemütlich aus ihrem Armstuhl.

„Nun, zufällig hat Will eine Einladung bekommen, von der er noch gar nichts weiß", sagte Mrs. Stanton. „Eine richtige Überraschung." Sie beugte sich mit der Teekanne vor und begann, die Tassen zu füllen. „Eure Tante Jen hat heute nachmittag aus London angerufen – sie und David sind für ein oder zwei Tage dort, mit irgendeiner Gruppe aus Wales. Und sie hat gefragt, Will, ob du Lust hast, einen Teil der Ferien auf dem Hof zu verbringen – sobald die Ferien anfangen, wenn du magst."

Will sagte langsam: „Das kommt mir gerade recht."

„O Mann!" sagte James. „Erzähl das bloß nicht Mary, sie wird fuchsteufelswild sein. Sie hat damit gerechnet, daß sie in diesem Jahr wieder nach Wales eingeladen werden würde."

„Jen sagte etwas von einem Jungen, der dort lebt und sehr einsam ist und mit dem Will sich im letzten Jahr sehr gut verstanden hat", sagte Mrs. Stanton.

„Ja", sagte Will. „Ja, das stimmt. Er heißt Bran."

„Du darfst aber nicht die ganze Zeit faulenzen", sagte sein Vater. „Hilf deinem Onkel, wo du kannst. Ich weiß, daß sich in dem Teil von Wales fast alles um Schafe dreht, aber in dieser Jahreszeit gibt es auf jedem Hof viel Arbeit."

„O ja", sagte Will. Er hob noch einen von den kleinen unreifen Äpfeln auf und wirbelte ihn an seinem Stiel herum, schneller und schneller. „Ja, es wird viel zu tun geben."

II DIE SINGENDEN BERGE

Die Fünf

„Sind wir schon mal hiergewesen?" fragte Barney. „Ich habe ständig das Gefühl..."

„Nein", sagte Simon.

„Auch nicht, als du noch klein warst und ich ein Baby? Vielleicht hast du es vergessen."

„Dies vergessen?"

Simon streckte theatralisch einen Arm aus wie um die ganze Landschaft zu umarmen, die sich um sie herum ausbreitete. Sie saßen auf dem harten Gras auf halber Höhe des Berges, zwischen strahlend gelben Stechginstersträuchern. Zu ihrer rechten Seite dehnte sich die blaue Cardigan Bay aus mit ihren langen Stränden, die sich weit in die dunstige Ferne erstreckten. Direkt unter ihnen lagen die grünen Wellen des Golfplatzes von Aberdyfi hinter unregelmäßigen Dünen. Zur Linken führten die Strände bis in die breite Mündung des Dyfi, der jetzt, bei Flut, blau und voller Wasser war. Und dahinter, jenseits des Streifens flachen Marschlandes am anderen Ufer der Flußmündung, zogen sich die Berge von Mittelwales am Horizont dahin, purpurfarben und braun und mattgrün, und wechselten unter den über den Sommerhimmel segelnden Wolken ständig die Farbe, veränderten das Aussehen.

73

„Nein", sagte Jane. „Wir sind noch nie in Wales gewesen, Barney. Aber Dads Großmutter ist hier geboren. Genau hier, in Aberdyfi. Vielleicht können Erinnerungen im Blut liegen."

„Im Blut liegen!" sagte Simon verächtlich. Er hatte vor kurzem verkündet, daß er nicht zur See gehen, sondern Arzt werden wolle wie ihr Vater, und die Nebenwirkungen dieser schwerwiegenden Entscheidung stellten allmählich Janes und Barneys Geduld auf die Probe.

Jane seufzte. „So habe ich es nicht gemeint." Sie fischte in der Tasche ihrer Bluse herum. „Hier. Zeit für einen Imbiß. Eßt ein Stück Schokolade, bevor sie schmilzt."

„Gern!" sagte Barney prompt.

„Und erzähl mir nicht, daß es schlecht für unsere Zähne ist, Simon, weil ich das selber weiß."

„Natürlich ist es das", sagte ihr älterer Bruder mit einem entwaffnenden Grinsen. „Eine Katastrophe. Wo ist mein Stück?"

Sie kauten zufrieden Schokolade mit Früchten und Nüssen und blickten hinunter über die Flußmündung.

„Ich weiß einfach, daß ich schon einmal hiergewesen bin", sagte Barney.

„Hör endlich auf", sagte Jane. „Du hast Bilder gesehen."

„Ich weiß es."

„Wenn du schon einmal hiergewesen bist", sagte Simon ergeben, kannst du uns sagen, was wir sehen werden, wenn wir auf den Kamm des Berges kommen."

Barney drehte sich um, strich sich die blonden Haare aus der Stirn und starrte über den Farn und den grünen Hang nach oben. Er sagte nichts.

„Noch einen Kamm", sagte Jane vergnügt. „Und von dort aus noch einen."

„Was werden wir sehen, Barney?" Simon war hartnäckig. „Den Cader Idris? Den Snowdon? Irland?"

Barney sah ihn einen langen Augenblick ausdruckslos und mit leeren Augen an. Endlich sagte er: „Jemanden."

„Jemanden? Wen?"

„Das weiß ich nicht." Er sprang plötzlich auf. „Wenn wir hier den ganzen Tag sitzen, werden wir es nie herausfinden, oder? Mal sehen, wer schneller ist!"

Er schoß auf den Hang zu, und eine Sekunde später war Simon ihm voller Selbstvertrauen auf den Fersen.

Jane sah ihnen lächelnd nach. Während ihr jüngerer Bruder so verhältnismäßig klein und zierlich geblieben war wie im vergangenen Jahr, schien Simon plötzlich Beine wie eine Giraffe entwickelt zu haben, viel zu lang für seinen Körper. Es gab selten ein Wettrennen in der Familie, das er nicht gewann.

Ihre beiden Brüder waren irgendwo über ihr verschwunden. Die Sonne brannte ihr auf den Nacken, während sie langsam hinter ihnen herkletterte. Sie stolperte über einen vorstehenden Stein und blieb stehen. Irgendwo weit weg auf dem Berg summte der Motor eines Traktors; über ihr tschilpte ein Pieper. Die Felsenvorsprünge führten hier in ungleichmäßigen Windungen auf die Höhe des Kamms, durch Farn und Stechginster und schwellende Polster von Heidekraut; Glockenblumen schauten wie Sterne aus dem niedrigen, von Schafen heruntergefressenen Gras und kleine Ranken mit weißen Blüten, die sie nicht kannte. Tief, tief unter ihr wand sich die Straße wie ein Faden am dünenumrandeten Golfplatz vorbei und an den ersten grauen Dächern von Aberdyfi. Jane schauderte plötzlich und fühlte sich sehr allein.

„Simon!" rief sie. „Barney!"

Niemand antwortete. Die Vögel sangen. Die Sonne brannte von einem leicht dunstigen blauen Himmel herunter; nirgends bewegte sich etwas. Dann hörte Jane sehr leise eine lange seltsame Tonfolge. Hoch und klar, wie ein Jagdhorn, doch nicht so rauh und fordernd. Wieder ertönte die Melodie, diesmal näher. Jane merkte, daß sie lächelte, während sie zuhörte; es war ein liebliches, anziehendes Geräusch, und plötzlich war sie von einem drängenden Verlangen erfüllt, herauszufinden,

75

woher es kam, welches Instrument so schöne Töne von sich gab. Sie kletterte rascher bergauf, bis sie auf einmal den letzten Felsvorsprung überwunden hatte und vor sich die ersten Meter der Kammlinie sah. Der lange liebliche Ton erklang wieder, und auf dem höchsten grauen Granitblock, der in den Himmel zu reichen schien, sah sie einen Jungen, der gerade das kleine gebogene Horn von den Lippen nahm, auf dem er eben einen Ruf über die Berge geblasen hatte, hinaus ins Nichts. Sein Gesicht war zur anderen Seite gewandt, und sie sah nur wenig von ihm, außer daß er ziemlich langes glattes Haar hatte. Als er dann eine Hand hob, um sich mit einer automatischen Geste das Haar aus der Stirn zu streichen, wußte sie plötzlich und mit Sicherheit, daß sie diese Geste schon früher gesehen hatte und wer dieser Junge war.

Sie ging über das letzte Stück des Hanges zu dem Felsen, und er sah sie und stand wartend da.

Jane sagte: „Will Stanton!"

„Hallo, Jane Drew", sagte er.

„Oh!" sagte Jane erfreut. Dann musterte sie ihn. „Ich weiß nicht, warum ich nicht mehr überrascht bin", sagte sie. „Als ich dich das letztemal sah, fuhrst du vom Bahnsteig 4 im Bahnhof von Paddington ab. Vor einem Jahr. Länger. Was um Gottes willen treibst du auf dem Gipfel eines Berges in Wales?"

„Ich rufe", sagte Will.

Jane sah ihn lange an, während sie an ein dunkles Abenteuer in einem Dorf in Cornwall zurückdachte, bei dem ihr Großonkel Merriman sie und Simon und Barney mit einem nicht besonders bemerkenswerten Jungen aus Buckinghamshire mit rundem Gesicht und glattem Haar zusammengebracht hatte – der ihr am Ende ebenso beunruhigend, aber auch ebenso ermutigend wie Merriman selbst erschienen war.

„Damals fand ich, daß du anders als andere warst."

Will sagte freundlich: „Ihr drei seid auch nicht gerade so wie andere Kinder, wie du sehr gut weißt."

76

„Manchmal", sagte Jane. Sie lächelte ihn plötzlich an und griff nach hinten, um das Band um ihren Pferdeschwanz hochzuziehen. „Meistens sind wir es. Na ja. Ich sagte damals, daß ich hoffte, wir würden dich mal wiedersehen, nicht wahr?"

Will lächelte zurück, und Jane erinnerte sich daran, wie sein Lächeln immer sein gewöhnlich recht ernstes Gesicht verwandelt hatte. „Und ich sagte, ich sei ziemlich sicher, daß ihr das tun würdet." Er kam einige Schritte weiter nach unten, dann blieb er stehen und hob das Horn wieder an die Lippen. Er richtete es gegen den Himmel und blies zuerst eine Folge von kurzen, abgehackten Tönen und dann einen einzelnen langen Ton. Der Klang drang hinaus in die Sommerluft und senkte sich dann nach unten wie ein herunterfallender Pfeil.

„Das wird sie zusammenbringen", sagte er. „Früher nannten sie es das *Avaunt*."

Der Klang des Horns hallte immer noch in Janes Kopf wider. „Es hat einen wunderschönen Klang, kein bißchen wie die, die sie zur Fuchsjagd benutzen. Nicht daß ich die jemals gehört hätte – außer im Fernsehen. Dieses ist einfach – es ist – *Musik*..." Sie hielt inne und machte mit einer Hand eine wortlose Geste.

Will hielt das kleine gebogene Horn hoch und betrachtete es, den Kopf zur Seite geneigt. Obwohl es alt und mitgenommen aussah, schimmerte es im Sonnenlicht wie Gold. „Zwei Gelegenheiten wird es geben", sagte er leise, „um es zu benutzen. Soviel weiß ich. Die zweite ist mir verborgen. Die erste aber ist jetzt, für die Versammlung der Sechs."

„Die Sechs?" fragte Jane verständnislos.

„Wir sind zwei", sagte Will. Sie starrte ihn an.

„Jane! Jane!" Es war Simons Stimme, laut und herrisch, von der anderen Seite des Kammes. Sie wandte den Kopf.

„Jane...? Oh, da bist du ja!" Barney kletterte über den wenige Meter entfernten Felsen und rief über die Schulter zurück: „Hier drüben!"

77

Will sagte mit der gleichen Gelassenheit: „Und dann waren es vier."

Die Köpfe der beiden Jungen fuhren gleichzeitig herum.

„Will!" Barneys Stimme glich eher einem Kreischen.

Jane hörte Simon scharf einatmen und dann langsam und zischend wieder ausatmen. „Mann... ich werd'..."

„Jemand", sagte Barney. „Hab' ich's nicht gesagt? Jemand. Warst du es, der das Horn geblasen hat, Will? Laß mich's sehen, bitte!" Er hüpfte fasziniert herum und griff nach dem Horn.

Will reichte es ihm.

Simon sagte langsam: „Du kannst mir nicht erzählen, daß dies ein Zufall ist."

„Nein", sagte Will.

Barney stand jetzt still auf dem Felsen, hielt das kleine abgenutzte Horn und beobachtete, wie die Sonne auf dem goldenen Rand glitzerte. Über das Horn hinweg sah er Will an. „Irgend etwas geschieht, nicht wahr?" fragte er leise.

„Ja", sagte Will.

„Kannst du uns sagen, was es ist?" fragte Jane.

„Noch nicht. Bald. Es ist das schwerste von allem und das letzte. Und... ihr werdet dabei gebraucht."

„Ich hätte es mir denken können." Simon sah Jane mit einem leichten, etwas schiefen Lächeln an. „Heute morgen. Du warst nicht da. Dad erwähnte zufällig, wer uns dieses Golfhotel empfohlen hat."

„Wer?"

„Großonkel Merry", sagte Simon.

Will sagte: „Er wird bald hiersein."

„Es muß wirklich ernst sein", sagte Barney.

„Natürlich. Ich sagte euch ja, es wird die schwerste und die letzte Aufgabe sein."

„Hoffentlich die letzte", sagte Simon wichtigtuerisch. „Nach diesen Ferien gehe ich ins Internat."

78

Will sah ihn an. Seine Mundwinkel zuckten ein wenig.

Simon schien in Gedanken das Echo seiner eigenen Worte zu hören; er blickte auf den Boden und scharrte mit dem Fuß im Gras. „Na ja", sagte er. „Ich wollte damit sagen, meine Ferien werden anders liegen als die der anderen, so daß wir vielleicht nicht immer an die gleichen Orte gehen. Stimmt doch, Jane?" Er wandte sich Bestätigung suchend an seine Schwester; dann hielt er inne. „Jane?"

Jane schaute an ihm vorbei; ihre weit aufgerissenen Augen waren auf einen bestimmten Punkt gerichtet. Jetzt sah sie nur noch eine Gestalt auf dem Berg, die auf sie herunterblickte, deutlich zu sehen in der strahlenden Hochsommersonne. Es war eine schlanke, aufrechte Gestalt, deren Haar wie eine silberne Flamme glänzte. Sie hatte plötzlich das außerordentliche Gefühl, sich in der Nähe einer Person von hoher Geburt zu befinden. Es war fast so, als ob ein König anwesend wäre. Einen Augenblick mußte sie dem Drang widerstehen, einen Knicks zu machen.

„Will", sagte sie leise, ohne sich umzudrehen. „Und dann waren es fünf, Will?"

Wills Stimme klang kräftig und ungezwungen und sehr normal und löste die Spannung. „He, Bran! Hier! Bran!" Es fiel Jane auf, daß er den Namen ganz unenglisch aussprach, mit einem langen Vokal. Sie hatte noch nie einen ähnlichen Namen gehört. Sie hatte noch nie jemanden wie diesen Jungen gesehen.

Der Junge, der sich gegen den Horizont abhob, kam langsam zu ihnen herunter. Jane starrte ihn an; sie wagte kaum zu atmen. Er war jetzt deutlich zu erkennen. Er trug einen weißen Sweater und schwarze Jeans, und eine dunkle Brille verbarg seine Augen. Es war keinerlei Farbe in ihm. Seine Haut war von seltsam blasser Durchsichtigkeit. Sein Haar war völlig weiß, ebenso seine Augenbrauen. Er war nicht nur blond, wie ihr Bruder Barney blond war mit seinem gelblichen Haar, das ihm in das sonnengebräunte Gesicht fiel. Dieser Junge schien fast entstellt durch das Fehlen jeder Farbe; dieses Fehlen fiel einem ebenso ins Auge, als wenn ihm ein Arm oder ein Bein gefehlt hätte. Und dann, als er auf einer Höhe mit ihnen war, nahm er die Brille ab, und sie sah, daß doch nicht jede Spur von Farbe fehlte; sie sah seine Augen, und auch sie waren anders als alles, was sie bisher gesehen hatte. Sie waren gelb, bräunlich-gelb mit goldenen Flecken wie die Augen einer Eule; sie funkelten Jane an, glänzend wie neue Münzen. Sie fühlte sich herausgefordert – und dann wurde ihr klar, daß sie ihn angestarrt hatte, und obwohl sie normalerweise niemanden ihres Alters mit einem Händeschütteln begrüßt hätte, streckte sie ihm ihre Hand entgegen.

„Hallo", sagte sie.

Will, der neben ihr stand, sagte sofort in sachlichem Ton: „Das ist Bran Davies. Bran, dies sind Jane Drew, Simon – das ist der lange – und Barney."

Der weißhaarige Junge ergriff Janes Hand rasch und unge-schickt und nickte Barney und Simon zu. „Freut mich", sagte er. Er hörte sich sehr walisisch an.

„Bran lebt in einem der Häuser auf dem Hof meines Onkels", sagte Will.

„Du hast hier unten einen Onkel?" Barneys Stimme über-schlug sich vor Überraschung.

„Na ja, in Wirklichkeit ist er nicht mein richtiger Onkel", sagte Will vergnügt. „Adoptiert. Er hat die beste Freundin meiner Mutter geheiratet. Kommt aufs gleiche raus. Wie ihr und Merriman. Oder ist er wirklich euer Großonkel?"

„Ich weiß das bis heute nicht genau", sagte Simon.

„Wahrscheinlich ist er es nicht", sagte Jane. „Wenn man bedenkt."

„Wenn man was bedenkt?" fragte Barney vorlaut.

„Das weißt du ganz genau." Voller Unbehagen kam ihr zum Bewußtsein, daß Bran stumm zuhörte.

80

„Ja", sagte Barney. Er reichte Will das kleine schimmernde Horn zurück, und sofort fiel der Blick aus Brans kalten goldenen Augen darauf und wandte sich dann Barney zu, wütend und anklagend.

„Hast du eben das Horn geblasen?"

Will sagte rasch: „Nein, natürlich nicht, das war ich. Ich habe gerufen, wie ich sagte. Dich und sie gerufen."

Etwas an dem Ton seiner Stimme ließ Jane aufhorchen: ein kleiner, kaum merklicher Unterschied, so geringfügig, daß sie nicht sicher war, ob sie es sich nicht einbildete. Es hörte sich an wie eine Art Ehrerbietung, wie sie Will nicht einmal gegenüber Merriman zeigte. Oder vielleicht nicht Ehrerbietung, sondern Kenntnis von . . . von irgend etwas . . . Sie schaute den weißhaarigen Jungen rasch und nervös an und sah dann wieder weg.

Simon fragte: „Kennst du Will schon lange?" Seine Stimme klang bewußt gleichgültig.

Bran erwiderte gelassen: „Ich habe Will letztes Jahr am *Calan Gaeaf* kennengelernt. Letztes *Samain*. Wenn ihr das ausrechnen könnt, wißt ihr, wie lange. Ihr wohnt also im Trefeddian, ihr drei?" Er sprach es Trevethian aus, natürlich und walisisch, nicht so wie sie selbst nach ihrer Ankunft, fiel Jane schmerzhaft ein.

„Ja", sagte sie. „Daddy spielt Golf. Mutter malt."

„Malt sie gut?" fragte Bran.

„Ja", sagte Barney. „Sehr gut." Jane hörte in seiner Stimme die gleiche Zurückhaltung wie in Simons Stimme, doch ohne Feindseligkeit. „Ich meine, sie ist eine echte Malerin, es ist nicht bloß ein Hobby. Sie hat ein Studio, Ausstellungen und all das."

„Ihr habt Glück", sagte Bran leise.

Will sah Simon an. „Ist es schwer, sich zu verdrücken?"

„Von den A.E.s? Nicht die Spur. Mutter macht sich mit ihrer Staffelei im Auto davon, und Vater ist den ganzen Tag auf dem Golfplatz." Nach einem Blick auf Bran fügte Simon hinzu: „Tut mir leid – A.E.s soll alte Eltern heißen."

81

„Ob du es glaubst oder nicht", sagte Bran, „Dickens wird auch in den Schulen in Wales gelesen."

„Tut mir leid", sagte Simon steif. „Ich wollte nicht..."

„Schon okay." Bran lächelte plötzlich, zum erstenmal. „Wir werden einiges gemeinsam machen, Simon Drew. Ich glaube, es ist besser, wenn wir uns vertragen. Keine Sorge. Ich gehöre nicht zu den Walisern, die eine fixe Idee haben. Keine Vorurteile gegen die miesen Engländer oder daß wir ein unterworfenes Volk seien und all das. Hat doch keinen Sinn, wenn die Waliser so eindeutig überlegen sind, nicht wahr?"

„Pah, alles Unsinn", sagte Will vergnügt.

Barney sah Bran an und sagte etwas zögernd: „Du hast gesagt, *wir werden einiges gemeinsam machen*... Bist du einer von... bist du wie Großonkel Merry und Will?"

„In gewisser Weise bin ich das wohl", sagte Bran langsam. „Ich kann es nicht erklären. Ihr werdet es sehen. Aber ich bin nicht einer von den Uralten, gehöre nicht zum Kreis des Lichts wie sie..." Er grinste Will an. „Kein *dewin*, kein Zauberer wie der dort mit all seinen Tricks."

Will schüttelte den runden Kopf mit einem etwas gequälten Lächeln. „Wir brauchen dieses letzte Mal mehr als Tricks. Es gibt etwas, was wir finden müssen, wir alle, und ich weiß noch nicht einmal, was es ist. Alles, was wir haben, ist die letzte Zeile eines alten Gedichts, das ihr drei gehört habt vor langer Zeit, als wir es zum erstenmal entzifferten. Es war alisisch, was mir beim besten Willen nicht mehr einfällt, aber auf englisch bedeutete es *Die Berge singen, und die Dame kommt*."

„*Ymaent yr mynyddoedd yn canu*", sagte Bran, „*ac y mae'r arglwyddes yn dod*."

„Mann", sagte Barney.

„Die Dame?" fragte Jane. „Wer ist die Dame?"

„Die Dame ist... die Dame. Eine der großen Gestalten des Lichts." Wills Stimme schien tiefer zu werden, geheimnisvoll widerzuhallen, und Jane lief es kalt über den Rücken. „Sie ist die Größte von allen, die einzige, die unentbehrlich ist. Aber als wir vor kurzer Zeit den Kreis zusammenriefen, all die Uralten der Erde aus allen Zeiten, für den Anfang des Endes dieses langen Kampfes, kam die Alte Dame nicht. Etwas stimmt nicht. Etwas hält sie fest. Und ohne sie können wir nicht weitermachen. Darum müssen wir als erstes – wir alle – sie suchen. Mit nur drei Worten, um uns weiterzuhelfen, und diese drei Worte sagen mir nicht viel. *Die Berge singen.*" Er hielt unvermittelt inne und schaute jeden einzeln an.

"Wir brauchen Großonkel Merry", sagte Barney düster.

"Nun, wir haben ihn nicht. Noch nicht." Jane setzte sich auf den nächsten Felsen und spielte mit einem Zweig des Heidekrauts, das rundherum in federnden purpurroten und grünen Polstern wuchs. Neben ihr hatte sich durch einen abgestorbenen braunen Stechginsterstrauch ein Büschel der kleinen Glockenblumen des walisischen Hochlandes einen Weg gebahnt: zarte blaßblaue Blüten, die in der leisesten Brise bebten. Jane berührte eine von ihnen vorsichtig mit dem kleinen Finger. "Gibt es keinen walisischen Ortsnamen, der eine Hilfe sein könnte?" fragte sie. "Etwas, das der Singende Berg bedeutet, oder so ähnlich?"

Bran marschierte hin und her, die Hände in den Taschen, die blassen Augen wieder hinter der Sonnenbrille. "Nein, nein", sagte er ungeduldig. "Ich habe immer wieder darüber nachgedacht, und es gibt nichts Derartiges. Überhaupt nichts."

"Wie ist es mit sehr alten Orten", sagte Simon, "ich meine sehr, sehr alt, wie Stonehenge. Ruinen oder so etwas?"

"Daran habe ich auch schon gedacht und trotzdem nichts gefunden", sagte Bran. "Wie mit dem Stein in der St.-Cadfans-Kirche in Tywyn, auf dem die älteste bekannte walisische Inschrift steht – aber sie beschreibt nur die Stätte, wo St. Cadfan begraben ist. Oder Castell y Bere, die Ruine einer Burg, sehr romantisch, ganz in der Nähe vom Berg Cader. Aber die wurde erst im dreizehnten Jahrhundert gebaut, als Prinz

Llewellyn alle Gebiete von Wales unter seine Herrschaft bringen wollte, die die Engländer noch nicht an sich gerissen hatten. – Aber all das bringt uns nicht weiter."

„Hat es nichts mit König Arthur zu tun?" fragte Barney.

Und er und Jane und sogar Simon spürten das plötzliche drückende Schweigen um sich herum wie eine Decke. Weder Will noch Bran regten sich; sie starrten Barney nur an. Und die Leere des Berges, dort oben auf dem Gipfel der Welt, war auf einmal so drückend, daß jedes noch so kleine Geräusch eine gewaltige Bedeutung anzunehmen schien. Das Rascheln des Heidekrautes, als Barney die Stellung seiner Füße veränderte, das tiefe ferne Blöken eines Schafs, das anhaltende unmelodische Zwitschern eines kleinen Vogels, den sie nicht sahen. Jane, Simon und Barney standen sehr still da, überrascht, unsicher.

Will fragte schließlich leichthin: „Warum?"

„Barney hat einen König-Arthur-Komplex, deswegen", sagte Simon.

Einen Augenblick lang schwieg Will; dann lächelte er, und die seltsame bedrückende Schwere löste sich auf, als wäre sie nie dagewesen. „Na ja", sagte er, „es ist der größte Berg von allen, gleich nach dem Snowdon – der Cader Idris. Dort drüben. Sein Name bedeutet auf englisch ,Der Sitz des Arthur'."

„Bringt uns das weiter?" fragte Barney erwartungsvoll.

„Nein", sagte Will und sah Bran an. Er bemühte sich nicht, das Endgültige in seiner Stimme zu erklären. Jane stellte fest, daß ihr Ärger über das Gefühl des Ausgeschlossenseins ständig zunahm.

Bran sagte langsam: „Es gibt noch etwas. Ich habe nicht daran gedacht. Carn March Arthur."

„Was heißt das?"

„Es heißt: ,Der Huf von Arthurs Pferd.' Es gibt nicht viel zu sehen – nur einen Abdruck auf einem Stein, oben, hinter

Aberdyfi, auf dem Berg über Cwm Maethlon. Arthur soll ein *afanc*, ein Ungeheuer, aus einem See dort oben gezogen haben, und das ist der Abdruck, den sein Pferd machte, als es davonsprang." Bran krauste die Nase. „Natürlich alles dummes Zeug, darum habe ich nicht daran gedacht. Aber – der Name existiert."

Sie sahen Will an. Er breitete die Hände aus. „Irgendwo müssen wir anfangen. Warum nicht hier?"

Barney sagte erwartungsvoll: „Heute?"

Will schüttelte den Kopf. „Morgen. Wir haben von hier einen langen Nachhauseweg."

„Carn March Arthur ist auch ziemlich weit", sagte Bran. „Der kürzeste Weg von hier ist am Pfarrhaus vorbei auf einem Pfad über den Berg. Im Sommer nicht so schön wegen der vielen Touristen. Na ja. Wenn ihr morgen früh auf den Marktplatz kommen könnt, schaffen wir es vielleicht auch. Hängt davon ab, ob uns wieder jemand mitnimmt, was, Will?"

Will schaute auf seine Uhr. „In zwanzig Minuten treffen wir uns mit ihm. Gehen wir doch und fragen ihn."

Jane konnte sich später nie erinnern, was genau sie gefragt hatten, obwohl sie es immer wieder versuchte. Während sie über Gras und Heidekraut den Berg hinunterrutschten und -sprangen, war wenig Gelegenheit zur Unterhaltung, und sie hatte das dunkle Gefühl, daß Will ohnehin nicht viel mehr über John Rowlands gesagt hätte, auch wenn er weniger außer Atem gewesen wäre.

„Er ist Schäfer auf dem Hof meines Onkels. Unter anderem. Er ist... etwas Besonderes. Und in dieser Woche besucht er eine große landwirtschaftliche Ausstellung in Machynlleth, weiter oben im Tal des Dyfi. Ihr müßt auf dem Weg hierher dort durchgekommen sein."

85

„Schieferdächer und grauer Felsstein", sagte Jane. „Grau, alles grau."

„Ja, das ist Machynlleth. Während der drei Ausstellungstage fährt John jeden Tag hin, durch Tywyn und Aberdyfi. So sind wir auch heute hergekommen. Er hat uns heute morgen abgesetzt und nimmt uns jetzt wieder mit. Vielleicht können wir ihn dazu überreden, uns morgen wieder mitzunehmen."

Sie kamen an einen sanfteren, grasbewachsenen Hang, und an einem Zauntritt wartete Will schüchtern, um Jane als erste hinüberklettern zu lassen.

„Glaubst du, er wird es tun?" fragte sie. „Wie ist er?"

„Du wirst schon sehen", sagte Will.

Aber alles, was Jane sah, als sie außer Atem die letzte Nebenstraße hinunterliefen und am Bahnhof des Ortes auf die Hauptstraße stießen, waren ein wartender Landrover und ein finsteres Gesicht am Fenster. Es war ein braunes, mageres Gesicht mit vielen Falten und dunklen Augen, dem jetzt die zusammengezogenen Brauen und der fest geschlossene Mund ein strenges Aussehen verliehen.

Bran sagte auf walisisch etwas zerknirscht Klingendes.

„Das genügt mir nicht", sagte John Rowlands. „Wir warten hier seit zehn Minuten. Ich habe fünf Uhr gesagt, und Will hat eine Uhr."

„Es tut mir leid", sagte Will. „Es war meine Schuld. Wir haben auf dem Berg ein paar alte Freunde von mir getroffen. Auf Besuch aus London. Dies sind Jane Drew, Simon und Barnabas."

„Hallo", sagte John Rowlands barsch. Die dunklen Augen musterten sie kurz.

Bevor ihre Brüder zu Wort kommen konnten, sagte Jane: „Guten Tag, Mr. Rowlands. Es tut uns leid, daß die beiden zu spät kommen. Es ist unsere Schuld, weil wir nicht so schnell sind beim Bergabwärtslaufen." Sie lächelte ihn vorsichtig an.

John Rowlands musterte sie etwas gründlicher. „Hm", sagte er.

Bran räusperte sich. „Es ist wohl nicht der günstigste Augenblick zu fragen, aber könnten wir morgen wieder mit Ihnen fahren? Wenn Mr. Evans es erlaubt."

„Da bin ich mir noch gar nicht so sicher", sagte John Rowlands.

„Oh, komm schon, John." Unerwartet ertönte eine weiche, melodische Stimme aus dem Inneren des Wagens. „Natürlich wird Mr. Evans es erlauben. Sie haben die letzten Tage schwer gearbeitet – und jetzt ist nicht mehr so viel zu tun auf dem Hof, außer auf das zu warten, was von der Ausstellung kommt."

„Hm", sagte John Rowlands wieder. „Wohin wollt ihr?"

„Auf die andere Seite von Cwm Maethlon", sagte Bran. „Wir wollen den dreien den Panoramaweg zeigen und all das."

„Komm schon, John", sagte die weiche Stimme bittend.

„Nachher pünktlich hier sein, ja?" Die Falten in dem kraftvollen dunklen Gesicht entspannten sich allmählich, als hätte der finstere Ausdruck ihnen von Anfang an Mühe gemacht.

„Ehrlich", sagte Will. „Wirklich."

„Ich werde ohne euch fahren, wenn ihr nicht da seid. Dann müßt ihr sehen, wie ihr nach Hause kommt."

„Gut."

„In Ordnung. Ich setze euch um neun hier ab und hole euch um vier wieder ab. Wenn dein Onkel einverstanden ist."

Will stellte sich auf die Zehenspitzen, um an Rowlands vorbei in den Wagen zu schauen. „Vielen Dank, Mrs. Rowlands!"

John Rowlands zwinkerte belustigt mit den Augen, und seine Frau beugte sich vor und lachte sie an. Sie gefiel Jane sofort; das Gesicht war wie die Stimme, sanft und warm und schön und vor Güte strahlend.

„Gefällt es euch hier?" fragte Mrs. Rowlands.

„Ja, danke, sehr gut."

„Morgen also das Glückliche Tal und der Bärtige See?"

Jane sah Will an. Er zögerte den Bruchteil einer Sekunde, bevor er bestätigend sagte: „Ja, genau. Richtiges Touristenprogramm. Aber ich kenne das auch noch nicht."

„Es ist hübsch dort oben", sagte Mrs. Rowlands mit ihrer herzlichen Stimme. „John sollte euch wohl lieber am Marktplatz absetzen, und ihr könnt euch alle bei der Kapelle treffen." Sie lächelte Jane an. „Es ist ein ziemlich langer Weg. Nehmt euch etwas zu essen mit. Und zieht feste Schuhe an und Windjacken, falls es regnet."

„Oh, es wird nicht regnen", sagte Simon zuversichtlich mit einem Blick auf den dunstigen blauen Himmel.

„Du bist hier in Snowdonia, Junge", sagte Bran. „Durchschnittliche jährliche Regenmenge in den höheren Lagen 380 Zentimeter. Der einzige Ort, wo in der Dürre 1976 nicht alles vertrocknet ist. Nehmt einen Regenmantel mit. Bis morgen."

Er und Will kletterten nach hinten in den Wagen, und der Landrover dröhnte davon.

„380 Zentimeter?" sagte Simon. „Das ist unmöglich."

Barney hüpfte vergnügt im Kreis herum und kickte einen Stein vor sich her. „Es passiert alles mögliche!" sagte er. Und nach einer Pause: „Hätte Will nicht sagen sollen, wohin wir wollen?"

„Das ist schon in Ordnung", sagte Jane. „Er hat gesagt, John Rowlands ist etwas Besonderes."

„Hört sich sowieso nach einem Ort für Touristen an", sagte Simon. „Ich glaube nicht, daß wir dort auch nur ein bißchen weiterkommen."

Der Bärtige See

Anfangs regnete es nicht, obwohl Wolken über den blauen Himmel fegten wie wogender Rauch. Stumm, weil ihnen der Atem zum Sprechen fehlte, folgten sie dem langen gewundenen Weg, der von Aberdyfi in die Berge führte. Die Straße stieg aus dem breiten Tal der Dyfi-Mündung steil bergauf, so daß sie bei jedem Blick zurück unter sich ausgebreitet ein immer größeres Stück der Küste und der Hügel und des offenen Meeres sehen konnten, mit dem silbernen Band des Dyfi, das sich durch die von der zurückgehenden Flut freigelegten Flächen goldbraun schimmernden Sandes schlängelte. Dann schnitt eine Wegbiegung sie von diesem Ausblick nach Süden ab, und sie kletterten weiter auf die noch nicht sichtbaren Berge im Norden zu.

Hohe grasbewachsene Böschungen umgaben sie, Böschungen, die ihnen bis über die Köpfe reichten und mit gelbem Jakobskraut und Habichtskraut bewachsen waren, mit den weißen flachen Köpfen der Schafgarbe und einigen späten Fingerhutstauden. Höher noch als die Böschung ragten Haselnuß-, Brombeer- und Weißdornhecken voller halb reifer Beeren und Nüsse in den Himmel. Es duftete nach dem sich überall ausbreitenden Geißblatt.

„Aufpassen", rief Will von hinten, „Auto!"

Sie drückten sich gegen die Böschung, der dornigen Berührung der Brombeerranken ausweichend, während ein leuchtendroter Kleinwagen in niedrigem Gang vorbeibrummte.

„*Besucher!*" sagte Bran.

„Das war der sechste."

„Wir sind auch Besucher", sagte Jane.

„Schon, aber den anderen weit überlegen", sagte Barney feierlich.

„Wenigstens benutzt ihr eure Beine", sagte Bran. Er zerrte resigniert an der Schirmmütze, die sein weißes Haar bedeckte.

„All diese Autos, in dieser Jahreszeit sind sie wie Fliegen an einem sonnigen Tag. Und wegen der Autos stößt man jetzt in der Wildnis dort oben nicht nur auf Schafe und Wind und Leere, sondern auch auf kleine Holzhäuser für Urlauber aus Birmingham."

„Da gibt es auch keinen Ausweg, oder?" sagte Simon. „Ich meine, außer mit dem Tourismus scheint es hier nicht mehr viele Möglichkeiten zu geben, seinen Lebensunterhalt zu verdienen."

„Und mit der Landwirtschaft", sagte Will.

„Nicht für viele."

„Stimmt", sagte Bran. „Alle, die nach der Schule auf die Universität gehen, kommen nie mehr zurück. Es gibt hier keine Arbeit für sie."

Jane fragte interessiert: „Wirst du auch fortgehen?"

Duw", erwiderte Bran. „Weißt du keine bessere Frage? Das dauert noch Jahre; bis dahin kann alles mögliche geschehen. Kraftwerke an der Flußmündung. Ferienlager auf dem Snowdon."

„Achtung!" rief Simon plötzlich. „Noch eins!"

Diesmal war es ein hellblaues Auto, das wie ein kleiner Panzer an ihnen vorbeituckerte und -keuchte. Auf der Hinterbank stritten zwei kleine Kinder miteinander. Es verschwand um die nächste Biegung.

„Autos, Autos", sagte Will. „Wißt ihr, daß sogar an der Straße nach Machynlleth ein Gebäude steht, das sich ein Chaltel nennt? Ein *Chaltel*! Wahrscheinlich eine Kreuzung zwischen einem Motel und . . ." Er hielt inne und starrte auf die Straße vor ihnen.

„Guckt euch das an! Mann!" Barney packte Jane am Arm und zeigte nach vorn. „Was sind denn das?"

Wenige Meter vor ihnen waren mitten auf der Straße zwei seltsame geschmeidige Tiere stehengeblieben, so groß wie Katzen, aber schlanker. Sie hatten rötliches Fell wie Füchse und Schwänze wie Katzen. Ihre Köpfe mit den glitzernden Augen waren ihnen zugewandt. Sie starrten die Kinder an. Dann drehte erst das eine, dann das andere sich bedächtig um, und sie verschwanden ohne Eile mit schleichenden, wellenförmigen Bewegungen in der Böschung.

„Wiesel!" sagte Simon.

Barney schien im Zweifel zu sein. „Waren sie nicht zu groß?"

„Viel zu groß", sagte Bran. „Und sie waren nur an der Schnauze weiß. Ein Wiesel hat einen weißen Bauch und eine weiße Brust."

„Was waren es dann?"

„*Yr ffwlbartau*. Iltisse. Aber ich habe noch nie einen mit rotem Fell gesehen." Bran trat vor und spähte vorsichtig auf die Böschung. Er hob warnend die Hand, als Simon ihm folgte. „Vorsichtig. Es sind keine besonders angenehmen Wesen... Dort ist ein Kaninchenbau. Wahrscheinlich haben sie sich da eingenistet."

„Komisch, daß die Autos sie nicht stören", sagte Barney. „Oder Menschen überhaupt."

„Es sind keine angenehmen Wesen", sagte Bran wieder und betrachtete das Loch zum Kaninchenbau nachdenklich. „Bösartig. Furchtlos. Sie töten sogar zum Spaß."

„Wie die Nerze", sagte Will. Seine Stimme klang rauh. Er räusperte sich ungeduldig. Jane sah überrascht, daß er offensichtlich sehr blaß geworden war; auf seiner Stirn glitzerte Schweiß, und eine seiner Hände war zur Faust geballt.

„Nerze?" sagte Bran. „Haben wir in Wales nicht."

„Sie sehen wie die da aus. Nur schwarz. Oder braun, glaube ich. Sie... haben auch Spaß am Töten." Wills Stimme klang immer noch belegt. Jane beobachtete ihn aus den Augenwinkeln, bemüht, nicht neugierig zu erscheinen.

„Ein Stück weiter ist ein Bauernhof, darum drücken sie sich vielleicht tagsüber hier herum." Bran schien das Interesse an

91

den Wieseln verloren zu haben; er marschierte weiter die Straße hinauf. „Kommt – wir haben noch einen langen Weg vor uns."

Jane blieb stehen, um eine Socke hochzuziehen, und ließ die Jungen vorbei; dann folgte sie ihnen, allein und nachdenklich. Oberhalb des Bauernhofes wurde die Straße etwas breiter, und die Böschungen, die manchmal von Drahtzäunen überragt wurden, senkten sich auf nur noch etwa einen Fuß Höhe. Der Weg führte jetzt sanfter nach oben, durch mit Felsblöcken übersätes Weideland, auf dem hier und dort die schwarzen walisischen Rinder grasten, wenn sie nicht – wie in Gedanken versunken – mitten auf der Straße standen. Jane machte vorsichtig einen großen Bogen um einen riesigen Ochsen und versuchte, Ordnung in die schwer faßbaren Empfindungen zu bringen, die ihr wie Quecksilber durch den Kopf liefen. Was passierte eigentlich? Warum war Will beunruhigt, und warum schien Bran im Gegensatz dazu überhaupt nichts zu fühlen, und wer *war* dieser Bran überhaupt? Sie spürte einen vagen Unmut über die Art, wie seine Anwesenheit irgendwie ihrer aller Verhältnis zu Will komplizierter machte: *Es sind einfach nicht mehr nur nôch wir*, dachte sie, *so wie es letztesmal war* . . . Und über alles andere hinaus beunruhigte sie das, was vor ihnen lag, allmählich immer mehr, als ob irgendein Gefühl ihr insgeheim etwas mitzuteilen versuchte, was sie bewußt nicht zur Kenntnis genommen hatte.

Dann stolperte sie über Barney, da sie nicht auf ihre Umgebung geachtet hatte, und stellte fest, daß die anderen plötzlich schweigend stehengeblieben waren. Sie blickte auf und sah, warum.

Sie standen am Rand eines überwältigend schönen Tales. Zu ihren Füßen führte der Hang hinunter in einer weiten Fläche wogenden grünen Farns, auf der hier und dort auf verstreuten Grasflecken Schafe unsicher nach Futter suchten. Tief, tief unten, zwischen den grünen und goldenen Feldern der Talsohle, lief eine Straße wie ein zitternder Faden an einer Spielzeugkirche und einem winzigen Bauernhof vorbei. Und jenseits des Tales, auf der Seite, die von Wolkenschatten blau und von dicht gepflanzten Tannen schwarz gefleckt war, erstreckten sich, Gipfel hinter Gipfel, die massigen alten Berge von Wales.

„Oh!" sagte Jane leise.

„Cwm Maethlon", sagte Bran.

„Das Glückliche Tal", sagte Will.

„Jetzt seht ihr, warum sie diesen Weg Panoramaweg nennen", sagte Bran. „Das hier lockt die Autos an. Und die Wanderer auch, um fair zu sein."

„Wach auf, Jane", sagte Will leichthin.

Jane stand völlig regungslos da und starrte mit weit geöffneten Augen über das Tal. Sie wandte langsam den Kopf und sah Will an, doch ohne zu lächeln. „Es ist... es ist... ich kann es nicht erklären. Wunderschön. Lieblich. Aber... irgendwie furchteinflößend."

„Dir ist schwindelig", sagte Simon selbstsicher. „Gleich wirst du dich besser fühlen. Schau nicht über den Rand."

„Komm weiter", sagte Will ausdruckslos und erinnerte sie plötzlich an Merriman. Er machte kehrt und folgte weiter dem Pfad am Rande des Glücklichen Tales. Simon ging hinter ihm.

„Schwindelig, daß ich nicht lache", sagte Jane.

Bran sagte kurz angebunden: „Furchteinflößend, daß ich ebenfalls nicht lache. Wenn du hier oben damit anfängst, auf alberne Gefühle zu hören, wirst du gar nicht mehr aufhören können. Will hat auch ohne das schon genug Probleme am Hals."

Jane sah ihn überrascht an, aber er hatte kehrtgemacht und stapfte wieder mit Simon und Will die Straße entlang.

Sie schaute ärgerlich hinter ihm her. „Was bildet er sich ein? Meine Gefühle sind in meinem Kopf, nicht in seinem."

Barney steckte die Finger unter die Schulterriemen seines Rucksackes. „Jetzt verstehst du vielleicht, was ich gestern meinte." Jane zog die Augenbrauen hoch.

„Auf dem Hügel über dem Meer", sagte Barney. „Das war auch irgendwie furchteinflößend. Als ich ganz sicher war, daß ich schon einmal dort gewesen sei, und ihr sagtet beide dummes Zeug. Nur, ich habe darüber nachgedacht – es ist eher so, als lebte man innerhalb einer Sache, die schon einmal geschehen ist. Ohne daß sie wirklich geschehen ist."

Schweigend folgten sie den anderen.

Bald danach begann es zu regnen: ein sanfter anhaltender Regen aus den niedrigen grauen Wolken, die ständig größer geworden waren und jetzt den ganzen weiten Himmel bedeckten. Sie zogen Anoraks und Regenmäntel aus ihren Rucksäcken und folgten beharrlich der Straße durch das Heidemoor, das von offenen grasbewachsenen Flächen unterbrochen wurde und keinerlei Schutz bot.

Ein Auto nach dem anderen kam an ihnen vorbei wieder zurück. Nach der nächsten Biegung endete die gepflasterte Straße an einer Eisenpforte, und von dort an führte ein ausgetretener Pfad weiter, vorbei an einem einsamen weißen Gehöft und über den Berg. Fünf Autos standen auf dem Gras vor der Pforte recht und schlecht geparkt, und vom Berg herunter kamen vereinzelte verschwitzte Gruppen von Urlaubern mit maulenden Kindern zurück.

„Etwas Gutes hat der Regen ja", sagte Barney. „Er spült die Leute weg."

Simon schaute zurück. „Verdrießlich aussehender Haufen, findet ihr nicht?"

„Die beiden Kinder aus dem blauen Auto schlagen sich immer noch. Vermutlich würden wir auch verdrießlich aussehen, wenn wir solche Bälger hätten."

„Es ist noch gar nicht so lange her, da warst du selbst noch ein Balg, Kumpel."

Barney öffnete den Mund und schloß ihn wieder auf der Suche nach einer beleidigenden Antwort, doch dann fiel sein Blick auf Jane. Sie stand stumm da, ohne zu lächeln, und blickte ins Leere.

„Dir ist doch nicht immer noch komisch zumute, Jane?" Simon musterte sie prüfend.

„Seht sie euch an", sagte Jane mit merkwürdig leiser, gepreßter Stimme. Sie zeigte nach vorn auf Will und Bran, die hintereinander den Pfad durch das Gras hinaufstapften: zwei einander gleichende Gestalten in etwas zu großen Regenhäuten, auseinanderzuhalten nur durch Brans Mütze und Wills tief ins Gesicht gezogenen Südwester. „Seht sie euch an!" sagte Jane wieder mit kläglicher Stimme. „Es ist doch alles Wahnsinn! Wer sind sie, wohin gehen sie, warum tun wir, was sie wollen? Wie sollen wir erfahren, was geschehen wird?"

„Wir werden es nicht erfahren", sagte Barney. „Aber das haben wir schließlich noch nie, oder?"

„Wir sollten nicht hier sein", sagte Jane. Ungeduldig zerrte sie die Kapuze ihres Anoraks tiefer ins Gesicht. „Es ist alles zu ... vage. Es fühlt sich nicht richtig an. Und" – die letzten Worte brachen heftig aus ihr hervor – „ich habe Angst."

Barney blinzelte sie aus den Falten seines Plastikregenmantels heraus an. „Aber, Jane, es ist in Ordnung, es muß in Ordnung sein. Alles, was etwas mit Großonkel Merry zu tun hat ..."

„Aber Gumerry ist nicht *hier*."

„Nein, ist er nicht", sagte Simon. „Aber Will ist hier, und das ist fast das gleiche."

Überrascht starrte Jane ihn an. „Aber du hast Will noch nie gemocht, nicht richtig. Ich meine, ich weiß, daß du nie etwas gesagt hast, aber da war immer ..." Sie hielt inne. Fester Boden schien plötzlich zu schwanken; Simon war jetzt soviel

95

größer als sie – und außerdem natürlich fast ein Jahr älter –, daß sie unmerklich begonnen hatte, ihn ernst zu nehmen, seine Ansichten und Vorurteile zu beachten, auch wenn sie selbst anderer Meinung war. Es war wie ein Schock, eine dieser Ansichten ins Gegenteil verkehrt zu sehen.

„Hör mal", sagte Simon. „ich behaupte nicht, irgend etwas von dem zu verstehen, was wir mit Großonkel Merry und Will zusammen erlebt haben. Aber es hat nicht viel Sinn, es zu versuchen, nicht? Ich meine, im Grunde ist es sehr einfach, eine Angelegenheit von . . . na ja, es gibt eine gute Seite und eine böse, und die beiden sind, das steht völlig außer Frage, die gute Seite."

„Na ja, natürlich", sagte Jane gereizt.

„Also gut. Und wo liegt das Problem?"

„Es ist kein *Problem*. Es ist dieser Bran. Es ist einfach . . . oje, du würdest es nicht verstehen." Jane kickte trübselig gegen ein Grasbüschel.

„Sie warten auf uns", sagte Barney.

Hoch oben, hinter dem Gehöft, standen die beiden kleinen schwarzen Gestalten neben einer weiteren Pforte und schauten zu ihnen zurück.

„Komm, Jane", sagte Simon und klopfte ihr vorsichtig auf die Schulter.

Barney sagte, als sei er plötzlich auf etwas gestoßen: „Weißt du, wenn du richtig Angst hast – sieht dir gar nicht ähnlich –, solltest du darüber nachdenken, ob du . . .", er machte eine unbestimmte Handbewegung, „. . . ob du als Zielscheibe dienst."

„Als Zielscheibe?" fragte Jane.

„Die Finsternis", sagte Barney. „Du weißt doch noch, wie sie sich manchmal in deinen Gedanken einnistet, so daß du denkst *ich will dich nicht, verschwinde* . . . Und du hast das Gefühl, etwas Schreckliches wird geschehen."

„Ja", sagte Jane. „O ja. Ich weiß es noch."

Barney hüpfte vor ihr herum wie ein kleines wildes Tier. „Na ja, wenn du dagegen ankämpfst, kann sie nicht Fuß fassen. Schieb sie weg, lauf davon vor ihr . . ." Er packte ihren Ärmel. „Komm schon. Wer zuerst oben ist!"

Jane versuchte zu lächeln. „Okay!"

Sie rannten den Pfad hinauf auf die wartenden Gestalten zu. Von ihren Regenhäuten spritzten Tropfen nach allen Seiten. Simon folgte ihnen etwas langsamer. Er hatte nur mit halber Aufmerksamkeit zugehört. Während Barney sprach, waren ihm zwei geschmeidige Tiere mit rotem Fell aufgefallen, die sich aus dem Farn in ein Stechginsterdickicht geschlichen hatten, und wenn er es sich nicht einbildete, wurden er und seine Gefährten aus dem Stechginster heraus von zwei glänzenden Augenpaaren beobachtet.

Aber es schien nicht der geeignete Augenblick, das Jane gegenüber zu erwähnen.

Während sie zusahen, wie Barney und Jane den Pfad heraufgerannt kamen, fragte Bran: „Worum mag die ganze Diskussion wohl gegangen sein?"

„Vielleicht haben sie nur darüber gestritten, ob es schon Zeit fürs Mittagessen sei", entgegnete Will.

Bran schob seine Brille auf die Nasenspitze, und die goldbraunen Augen musterten Will eine Weile gelassen. „Uralter", sagte er leise, „du weißt es doch besser." Dann schob er die Brille zurück und grinste. „Es ist sowieso noch zu früh."

Aber Will sah den näher kommenden Gestalten entgegen und sagte sachlich: „Das Licht braucht die drei. Es hat sie immer gebraucht, während dieser ganzen langen Suche. Darum wird die Finsternis sie jetzt sehr scharf beobachten. Wir müssen in ihrer Nähe bleiben, Bran, vielleicht besonders auf Barney achten."

Barney kam keuchend bei ihnen an; seine Kapuze flatterte

ihm um die Schultern, und sein blondes Haar war feucht und dunkel vom Regen. „Wann essen wir?" fragte er.

Bran lachte. „Carn March Arthur ist gleich hinter dem nächsten Hang", sagte er.

„Wie sieht er aus?" Ohne auf eine Antwort zu warten, machte Barney sich mit flatterndem Regenmantel wieder auf den Weg bergaufwärts.

Bran wandte sich um, um ihm zu folgen. Aber Jane stand ihm im Weg. Sie stand dort, unregelmäßig atmend, und sah sie beide kühl an, auf eine Weise, die Will an ihr nicht kannte. „So geht es nicht weiter", sagte sie. „Wir marschieren alle durch die Gegend, als wäre alles ganz normal, aber wir können einander nicht ständig etwas vortäuschen."

Will sah sie an, zwischen Geduld und der Notwendigkeit zu sprechen schwankend. Er neigte den Kopf einen Augenblick auf die Brust und atmete tief aus. „Also gut. Was willst du von uns hören?"

„Irgend etwas über das, was wir finden könnten, dort oben", sagte Jane stammelnd und erzürnt. „Über das, was wir hier *tun*."

Bran stürzte sich auf ihre Worte wie ein Terrier auf einen Knochen, bevor Will den Mund öffnen konnte. „Tun? Nichts, Mädchen – du wirst wahrscheinlich nichts anderes tun als auf ein Tal hinunterzuschauen und auf einen See, und sagen, oh, wie hübsch. Warum die ganze Aufregung? Wenn dir der Regen nicht gefällt, knöpf dir den Mantel gut zu und geh nach Hause. Geh doch!"

„Bran!"sagte Will scharf.

Jane stand mit weit geöffneten Augen sehr still da.

Bran sagte zornig: „Zum Teufel mit allem! Wenn du das Wachsen von Angst gesehen hast und das Töten von Liebe und die Finsternis, die sich überall ausbreitet, stellst du keine dummen Fragen. Du tust das, was dir bestimmt ist, und machst kein Theater. Und das ist es, was wir jetzt alle tun sollten:

weitergehen zu dem Ort, wo wir vielleicht einen Hinweis auf den nächsten richtigen Schritt finden."

„Und kein Theater!" sagte Jane mit gepreßter Stimme.

Simon trat hinter sie, schweigend, zuhörend, aber sie achtete nicht darauf.

„Genau!" sagte Bran heftig.

Während er Jane beobachtete, hatte Will plötzlich das Gefühl, jemanden zu sehen, dem er noch nie vorher begegnet war. Ihr Gesicht war zu einer zornigen Maske verzerrt, die zu einem anderen Menschen zu gehören schien.

„Du!" sagte Jane zu Bran und schob wütend die Hände in die Taschen. „Du, du hältst dich für etwas Besonderes, nicht wahr, mit dem weißen Haar und den Augen hinter dieser albernen Brille. Etwas Super-Besonderes. Du kannst uns sagen, was wir zu tun haben, du hältst dich sogar noch für ungewöhnlicher als Will. Wer bist du überhaupt? Wir haben dich gestern zum erstenmal im Leben gesehen, irgendwo mitten auf einem Berg, und warum sollten wir in Gefahr geraten, bloß weil du . . ." Ihre Stimme bebte und schwand, und sie machte abrupt kehrt und folgte der kleinen eifrigen Gestalt Barneys den Pfad hinauf.

Simon begann hinter ihr herzugehen, dann blieb er unschlüssig stehen.

„Etwas Besonderes bin ich also", sagte Bran leise, wie zu sich selbst. „Etwas Besonderes. Das ist nett. Nachdem die Leute mich jahrelang verhöhnt haben und etwas von dem Jungen ohne Farbe in seiner gruseligen Haut murmelten. Das ist hübsch. Etwas Besonderes. Und was war das mit den Augen?"

„Ja", sagte Will kurz. „Etwas Besonderes. Du weißt es."

Bran zögerte. Er nahm die Brille ab und stopfte sie in die Tasche. „Das ist etwas anderes. Davon weiß sie nichts. Und das ist es auch nicht, was sie meinte."

„Nein", sagte Will. „Aber du und ich dürfen es keinen

Augenblick vergessen. Und du darfst dich nicht . . . so gehen-lassen."

„Ich weiß", sagte Bran. „Es tut mir leid." Er sah Simon an, als er das sagte, ihn bewußt in die Entschuldigung mit einbeziehend.

Simon sagte unbeholfen: „Ich weiß nicht, worum es überhaupt geht, aber du solltest dir keine Gedanken machen, wenn Jane in die Luft geht. Es hat nichts zu bedeuten."

„Sieht ihr gar nicht ähnlich", sagte Will.

„Na ja . . . hin und wieder explodiert sie in der letzten Zeit. Eine Art Wutausbruch . . . Ich glaube", sagte Simon zutraulich, „sie macht eine gewisse *Phase* durch."

„Kann sein", sagte Will. Er sah Bran an. „Vielleicht ist es auch Jane, auf die wir besonders achten sollten?"

„Kommt", sagte Bran. Er wischte die Regentropfen vom Schirm seiner Mütze. „Carn March Arthur."

Sie kletterten weiter bis dorthin, wo der grüne grasbedeckte Hang auf einen grauen Himmel stieß. An dem bergab führenden Teil des Pfades auf der anderen Seite kauerten Jane und Barney neben einem kleinen Felsvorsprung, der genauso aussah wie jeder andere Felsblock auf dem Berg, nur daß er sich durch eine saubere Schieferplatte auszeichnete, die wie ein Etikett aussah. Will ging langsam den Pfad hinunter, alle Sinne hellwach wie die Ohren eines Jagdhundes, aber er spürte nichts. Er schaute zu Bran und sah die gleiche Leere in seinem Gesicht.

„Hier ist eine Art ausgeschnittener Kreis, der die Stelle sein soll, auf die der Huf von Arthurs Pferd getreten ist – seht, es ist markiert." Barney nahm mit der Hand Maß an der Aushöhlung des Felsens. „Und dort drüben ist noch ein Abdruck." Er rümpfte wenig beeindruckt die Nase. „Ziemlich kleines Pferd."

„Sie haben aber Hufform", sagte Jane. Sie hatte den Kopf gesenkt, und ihre Stimme klang etwas belegt. „Ich frage mich, wie sie wirklich entstanden sind."

„Erosion", sagte Simon. „Auswaschung durch Wasser."

„Und durch Dreck, der am Felsen rieb", sagte Bran.

Jane sagte zögernd: „Und Frost, der Risse verursachte."

„Oder der Huf eines Zauberpferdes, das fest aufgetreten ist", sagte Barney. Er blickte zu Will auf. „Aber das war es nicht, oder?"

„Nein", sagte Will lächelnd. „Kaum. Wenn Arthur über jedes Loch geritten wäre, das der Abdruck von Arthurs Pferd genannt wird, oder auf jedem Felsen gesessen hätte, der Sitz des Arthur genannt wird, oder aus jedem Brunnen getrunken hätte, der Arthurs Quelle genannt wird, hätte er sein ganzes Leben damit verbracht, pausenlos durch Britannien zu reisen."

„Und die Ritter ebenso", sagte Barney vergnügt, „um auf jedem Hügel zu sitzen, der König Arthurs Tafelrunde genannt wird."

„Ja", sagte Will. Er hob einen kleinen weißen Kieselstein auf und drehte ihn in der Handfläche hin und her. „Die auch. Einige der Namen bedeuten... etwas anderes."

Barney sprang auf. „Wo ist der See, der, aus dem er das Ungeheuer herausgeholt haben soll?"

„Llyn Barfog", sagte Bran. „Der Bärtige See. Hier drüben."

Er führte sie weiter den Pfad hinunter, in eine Mulde zwischen Berggipfeln, die sich um einen Hang herum krümmte. Der Regen, der bisher sanft gewesen war, schlug ihnen hier in unregelmäßigen Böen ins Gesicht, während der Wind über das tief eingeschnittene Tal wirbelte. Die Wolken über ihren Köpfen hingen tief.

„Ein komischer Name: Der Bärtige See", sagte Jane. Die Worte waren an Bran gerichtet, obwohl sie ihn dabei nicht ansah. Will empfand plötzlich Mitleid mit ihr und dem tastenden unausgesprochenen Versuch, sich zu entschuldigen. „Bärtig. Nicht gerade romantisch."

„Ich zeige euch gleich, warum er so heißt", sagte Bran ohne Groll. „Gebt acht, wo ihr geht, es gibt hier sumpfige Stellen."

Er ging ihnen allen voran und wich Büscheln von schilfähnlichem Gras aus, die auf nassen Boden schließen ließen. Will blickte auf und sah plötzlich durch den strömenden Regen hindurch vor ihnen wieder die andere Seite des Glücklichen Tales, dunstig und grau. Aber auf dieser Seite, auf ihrem eigenen steilen Grat, der das Tal überragte, lag ein See.

Es war ein merkwürdiger kleiner schilfumwachsener See, kaum größer als ein Teich; seine dunkle Oberfläche schien sonderbar fleckig und gemustert. Dann sah Will, daß der freie Teil der Oberfläche vom Wind gekräuselt wurde, doch war nur ein kleiner Teil frei, ein Dreieck an der Seite des Sees, die ihnen am nächsten war. Die ganze übrige Oberfläche, vom Ende am Rand des Tales bis zur dahingezogenen V-Form in der Mitte, war mit Blättern und Stengeln und den cremigweißen Blüten von Wasserlilien bedeckt. Und ein Singen in den Ohren, wie plötzlich hochschlagende Wellen auf einem bewegten Meer, sagte ihm auch, daß irgendwo hier oben doch der Ort war, an dem sie sich einfinden sollten. Irgend etwas erwartete sie hier, irgendwo auf diesem sich dahinwälzenden, mit Felsen übersäten Berggrat zwischen dem Glücklichen Tal und der Mündung des Dyfi.

Durch einen Nebel, dessen Ursache nicht der Regen war, sondern ein Verschwimmen seiner Gedanken, stellte er vage überrascht fest, daß Bran diese Empfindung nicht zu teilen schien. Bran stand mit Simon und Jane auf dem Pfad und hielt sich wegen Regen und Wind eine Hand schützend vor die Augen, mit der anderen zeigte er auf etwas.

„Der Bärtige See – es sind die Wasserpflanzen, die ihm den Namen gegeben haben. In manchen Jahren, wenn es nicht viel regnet, wird der See viel kleiner, und die Pflanzen liegen um ihn herum wie ein Bart. John Rowlands sagt, daß der Name vielleicht nicht daher kommt, sondern daß vor langer Zeit vielleicht viel mehr Wasser in dem See war und er manchmal über die Ufer getreten sei und sich in einem Wasserfall in das

Tal gestürzt habe. Das könnte auch sein. Aber so, wie der See jetzt aussieht, muß es wirklich vor sehr langer Zeit gewesen sein."

Der kleine See lag dunkel und schweigend unter dem bewegten grauen Himmel. Sie hörten, wie der Wind über die Berge heulte und durch ihre Kleider raschelte. Unten im Tal, weit weg, ertönte der traurige gespenstische Ruf eines Brachvogels. Dann hörten sie von irgendwo aus der Nähe einen gedämpften Schrei.

Barney wandte sich um. „Was war das?"

Bran schaute über den See auf den Hang, der der höchste Teil des Berges, auf dem sie standen, zu sein schien. Er seufzte. „Urlauber. Sie rufen nach dem Echo. Kommt mit und seht es euch an."

Will blieb zurück, als sie sich nacheinander auf den Weg über den schlammigen, mit Felsbrocken übersäten Pfad machten, der um den See herum führte.

Er schaute noch einmal über das Wasser und den mit weißen Blüten besetzten grünen Teppich aus Wasserpflanzen hinweg auf das andere Ufer, wo das Land steil zum Tal hin abfiel. Der Regen schlug ihm ins Gesicht, der Nebel wirbelte über die Berge. Aber nichts drang ihm ins Bewußtsein, nichts sprach zu ihm. Er hatte nur sehr stark das Empfinden, daß die Hohe Magie hier anwesend war, in einer Form, die er nicht verstand.

Und so folgte Will den anderen, den Pfad entlang und um den nächsten Steilhang herum. Er fand sie auf einem schroffen Felsen stehend, von dem aus man eine flache Mulde in den Bergen sehen konnte, etwa fünfzig Meter im Quadrat groß, etwa der gleiche Raum, den der Bärtige See einnahm, doch hier nur mit dem auf Sumpf hinweisenden, harten, schilfähnlichen, hellen Gras bewachsen. Ein Mann und eine Frau in auffälligen orangefarbenen Anoraks standen weiter unten, umgeben von drei Kindern verschiedenen Alters, die über die

103

flache grüne Mulde hinwegschrien. Ein steiler, klippenähnlicher Felsen auf der gegenüberliegenden Seite warf ein Echo zurück.

„He!... *He...*"

„Uuuuuh.... *Uuuuuh...*"

„Mäh mäh Schwarzschaf!... *Schwarzschaf... Schaf...*"

„Was essen die Studenten?... *Studenten... Enten...*"

Jane sagte: „Wenn man genau hinhört, ist es eigentlich ein doppeltes Echo, das zweite ganz leise."

„Studenten!" schrie das lauteste der Kinder wieder, entzückt von sich selbst.

Barney sagte laut und deutlich: „Komisch, daß den Leuten nie etwas Intelligentes einfällt, wenn sie ein Echo ausprobieren wollen."

„Es ist genauso, wie wenn man herausfinden will, ob ein Mikrophon funktioniert", sagte Will. „Test, Test, eins, zwei, drei."

„Unser Englischlehrer hat dafür einen sehr unanständigen Vers", sagte Simon.

„Man kann einem Echo keine unanständigen Verse zurufen", entgegnete Barney empört. „Echos sind etwas Besonderes. Die Leute sollten... sollten ihnen etwas zusingen."

„Singen!" sagte Jane. Die kleinen Kinder kreischten immer noch den Berg an; sie musterte sie voller Abscheu.

„Und warum nicht? Oder Shakespeare zitieren. Simon hat vor den Ferien den Prospero gespielt – warum nicht ein bißchen daraus?"

„Wirklich?" Bran sah Simon mit offenkundigem Interesse an.

„Nur weil ich am größten war", sagte Simon abwertend. „Und weil ich die richtige Stimme hatte."

„Studenten!" schrien die drei schrecklichen Kinder gemeinsam.

„Also wirklich!" sagte Jane ungeduldig. „Was ist mit ihren

blöden Eltern los?" Sie drehte sich gereizt um und ging ein kleines Stück zurück hangabwärts. Der Wind schien hier weniger böig zu sein, und aus dem Regen war ein feiner Dunst geworden. Gestrüpp zerkratzte ihr die Knöchel; der Hang war dicht bewachsen mit Heidekraut und niedrigen Heidelbeersträuchern, an denen hier und da zwischen den Blättern winzige blauschwarze Beeren saßen.

Die Stimmen der anderen wurden leiser, während sie davonschlenderte. Sie schob die Hände tief in die Taschen und zog die Schultern hoch, als wolle sie etwas von ihrem Rücken abschütteln. *Schwarzer Hund auf meiner Schulter*, dachte sie mit einem schiefen Lächeln; es war die in der Familie übliche Bezeichnung für eine vorübergehende schlechte Laune, in der letzten Zeit gewöhnlich ihre eigene. Aber diesmal, spürte Jane, ging es um mehr als eine trübe Stimmung; es war etwas Fremdes da, das sie nicht erklären konnte, nie vorher empfunden hatte. Eine innere Unruhe, eine halb furchtsame Vorahnung von etwas, das ein Teil von ihr zu verstehen schien, ein anderer Teil nicht . . . Jane seufzte. Es war, als sei sie zwei Leute zur gleichen Zeit, als lebe sie mit jemandem zusammen, ohne die geringste Vorstellung zu haben, was der andere als nächstes tun oder fühlen würde.

Ihr Blick fiel durch eine Lücke am hügeligen Horizont auf einen orangefarbenen Fleck; die laute Familie verließ den Hang. Die Mutter zerrte ein Kind ärgerlich am Arm hinter sich her. Sie verschwanden hinter einem Hügel. Aber Jane kehrte nicht zu den anderen zurück. Sie schlenderte ziellos allein weiter, durch Heidekraut und nasses Gras, bis ihr der Wind plötzlich wieder kalt ins Gesicht blies und sie feststellte, daß sie zum Bärtigen See zurückgekehrt war. Hinter sich hörte sie ein leises Lachen und einen Ruf von Barney, dann den gleichen Ruf noch einmal: eine Aufforderung an das Echo. Sie stand dort und blickte finster über das dunkle, von Pflanzen bedeckte Wasser hinweg auf das ferne Tal hinter dem See. Der Wind sang in ihren Ohren. Die dichten grauen Wolken hingen jetzt so tief, daß sie in weißen Dunstschleiern und -fetzen über den Gipfel des Berges fegten, zum See hinunterwirbelten und sich dann wogend das Tal hinunterwälzten. Die ganze Welt schien grau zu sein, als habe das Sommergras alle Farbe verloren.

Nach einem Windwirbel trat plötzlich Stille ein, und Jane hörte weit hinter sich ganz leise Simons Stimme, ein plötzlicher Geräuschfetzen. „. . . du Erde, du! Sprich! . . .“ Und dann, noch schwächer, vielleicht nur in ihrer Einbildung, hörte sie das Echo: „. . . sprich . . . sprich . . .“

Dann folgten ein paar Worte von einer anderen Stimme, klar und fremd, und sie wußte, daß es Bran war, der auf walisisch rief, und wieder kam das Echo schwach zurück und wiederholte die Worte, vertraut, wenn auch unverständlich.

Der Wind flackerte wieder auf, der Nebel wehte in einem zerfetzten Schleier über das andere Ende des Sees und verhüllte das Glückliche Tal. Auf das Echo von Brans Ruf folgte, wie auf ein Stichwort, eine dritte Stimme, die sang, so hoch und lieblich und unirdisch, daß Jane atemlos und regungslos dastand und jeden ruhenden Muskel spürte, andererseits aber das Gefühl hatte, völlig körperlos zu sein. Sie wußte, daß es Will war; sie konnte sich nicht erinnern, ihn jemals zuvor singen gehört zu haben. Sie konnte nicht einmal denken oder irgend etwas anderes tun als lauschen. Die Stimme stieg mit dem Wind empor, über den Hügel hinweg, fern, aber klar, in einer seltsamen, lieblichen Melodie, und mit ihr und nach ihr folgte sehr schwach das Echo des Liedes, eine gespenstische zweite Stimme, die sich mit der ersten verflocht.

Es war, als sängen die Berge.

Und während Jane blicklos auf die tief über dem See wehenden Wolken starrte, näherte sich jemand.

Irgendwo in dem wogenden Grau leuchtete allmählich ein Farbfleck auf, rot und rosa und blau, und die Farben vermischten sich schneller miteinander, als die Augen folgen konnten. Sie schimmerten sanft und warm auf dem kalten Berg und hielten Janes Blicke wie eine Flamme hypnotisch fest. Dann blinzelte Jane ungläubig, als ihr klar wurde, daß um den Farbfleck herum eine Gestalt Form anzunehmen begann. Kein eindeutiger klarer Umriß, doch eine Andeutung, ein Hinweis, den man sehen könnte...

Das Leuchten wurde intensiver, bis es plötzlich eingefangen war in einem schimmernden rosenfarbenen Stein, der in einen Ring gefaßt war, und der Ring saß auf dem Finger einer schlanken Gestalt, die vor Jane stand, etwas vorgebeugt, als stütze sie sich auf einen Stock. Zuerst war die Gestalt von einer solchen Helligkeit umgeben, daß Jane sie nicht direkt anblicken konnte; ihre Augen wandten sich dem Boden zu, auf dem die Gestalt stand, nur um zu entdecken, daß es keinen Boden gab. Die Gestalt schwebte vor ihr, ein Teil jener unbekannten Welt, die sich hinter dem Grau verbarg. Was sie jetzt sah, war die zierliche Figur einer alten Dame in einem langen hellen Gewand; ihr Gesicht war ebenmäßig, freundlich und doch hochmütig, mit klaren blauen Augen, die merkwürdig jung und strahlend wirkten in dem uralten, von einem Netz feiner Falten durchzogenen Gesicht.

Jane hatte die anderen vergessen, den Berg und den Regen vergessen, alles vergessen außer dem Gesicht, das ihr zugewandt war und jetzt leise lächelte. Aber noch immer schwieg die alte Dame.

Jane sagte mit belegter Stimme: „Sie sind die Alte Dame. Wills Alte Dame."

Die Alte Dame neigte den Kopf, eine langsame, anmutige Bewegung. „Und da du soviel siehst, kann ich zu dir sprechen, Jane Drew. Es war bestimmt, von Anfang an, daß du die letzte Botschaft überbringen sollst."

„Botschaft?" Janes Stimme war nur ein Flüstern.

„Es gibt Dinge, die nur zwischen Gleichartigen übermittelt werden können", sagte die liebliche, sanfte Stimme aus dem Nebel. „Es ist wie das Muster eines Dominospiels. Denn du und ich, wir sind uns sehr ähnlich, Jane, Jana, Juno, Jane, auf eindeutige Weise, die uns von allen anderen an dieser Suche Beteiligten trennt. Und du und Will – ihr gleicht euch in eurer Jugend und eurer Lebenskraft, beides Dinge, die mir fehlen."

Die Stimme wurde schwächer, wie vor großer Müdigkeit, dann fing sie sich wieder, und der rosenfarbige Stein an der Hand der Alten Dame schimmerte heller. Sie richtete sich auf, und ihr Gewand erstrahlte jetzt in einem reinen Weiß, hell wie Mondlicht über dem grauen See.

„Jane", sagte sie.

„Gnädige Frau?" erwiderte Jane sofort und beugte ohne Befangenheit den Kopf und kniete fast nieder, ohne sich an Jeans und Anorak zu stören, wie in einem Hofknicks aus einer anderen Zeit.

Die Alte Dame sagte mit klarer Stimme: „Du mußt ihm sagen, daß sie zum Verlorenen Land gehen müssen, sobald es sich zwischen Land und Meer zeigt. Und ein weißer Knochen wird sie zurückhalten, und ein fliegender Maibaum wird sie retten, und nur das Horn kann das Rad anhalten. Und in dem Glasturm zwischen den sieben Bäumen werden sie das Kristallschwert des Lichts finden."

Ihre Stimme zitterte und endete in einem Keuchen, als ringe sie um ein letztes bißchen Kraft.

Jane kämpfte darum, sich die Worte zu merken, kämpfte darum, sich das Bild der Alten Dame einzuprägen, und sagte: „In dem Glasturm zwischen den sieben Bäumen. Und . . . ein weißer Knochen wird sie zurückhalten, ein fliegender Maibaum sie retten. Und nur das . . . das Horn wird das Rad anhalten."

„Vergiß es nicht", sagte die Alte Dame. Ihre weiße Gestalt begann zu schwinden, das Schimmern in dem rosenfarbenen

Stein zu ersterben. Die Stimme wurde leiser, immer leiser. „Vergiß es nicht, meine Tochter. Und sei tapfer, Jane. Sei tapfer ... tapfer ..."

Die Stimme erstarb, der Wind wirbelte. Jane starrte verzweifelt in den grauen Nebel, suchte nach den klaren blauen Augen in dem alten, faltigen Gesicht, als könnten nur sie die Worte in ihr Gedächtnis einbrennen. Aber sie war allein zwischen den dunklen Bergen und dem See, über den die tiefhängenden Wolken jagten, und nur der Wind klang ihr in den Ohren und die in ihrer Vorstellung vorhandenen letzten Laute einer ersterbenden Stimme. Und jetzt, als hätte sie ihr Bewußtsein von Anfang an nicht verlassen, drang statt dessen Wills Stimme mit ihrer klaren hohen, vom Echo begleiteten Melodie zu ihr, die ihr vorkam, als sängen die Berge.

Plötzlich brach das Singen ab. Wills Stimme rief rauh und drängend: „Jane! Jane!" Das Echo folgte: „... Jane! ... Jane! ..." wie eine geflüsterte Warnung.

Einer plötzlichen Eingebung folgend, drehte Jane sich rasch der Stimme zu, sah aber nur den grünen Berghang.

Dann schaute sie wieder auf den See und sah, daß sich in dem Moment, da sie sich abgewandt hatte, etwas so Schreckliches aus dem Wasser zu erheben begann, daß Panik sie umschloß wie eiskaltes Wasser. Sie versuchte zu schreien, brachte aber nur ein ersticktes Ächzen zustande.

Aus dem dunklen Wasser erhob sich ein riesiger Hals, der in einem kleinen, spitzen Kopf mit geöffnetem Maul und schwarzen Zähnen endete und sich tropfend vor ihr hin und her bewegte. Zwei Fühlhörner auf dem Kopf drehten sich schwerfällig auf und ab wie die Fühler einer Schnecke; zwischen ihnen saß eine Art Mähne, die den ganzen Hals hinunterwuchs, vom Wasser auf eine Seite geklatscht, und schleimige Tropfen rannen aus ihr in den See. Der Hals reckte sich immer höher, endlos. Jane starrte in regungslosem Entsetzen auf das Ungeheuer und sah, daß es überall von stumpf schillernder dunkel-

109

grüner Farbe war außer an der ihr zugewandten Unterseite, die, leichenähnlich silberweiß, wie der Bauch eines Fisches aussah. Das Wesen ragte weit über ihren Kopf hinaus und schwankte drohend hin und her. Ein Gestank von Wasserpflanzen und Sumpfgasen und Fäulnis hing in der Luft.

Janes Arme und Beine gehorchten ihr nicht. Sie stand da und starrte. Die Riesenschlange bewegte sich hin und her, auf Jane zu, näher und näher, blind suchend. Ihr Maul hing auf. Aus dem schwarzen Rachen tropfte Schleim. Sie kam Jane näher, üble Dünste ausströmend, schien sie zu spüren; der Kopf holte aus zum Zuschlagen.

Jane schrie auf und schloß die Augen.

Afanc

In der Mulde am Echofelsen schien jedes andere Geräusch zu verstummen, als Will anfing zu singen. Der laute Wind legte sich, und Simon, Bran und Barney standen regungslos und erstaunt da und lauschten. Die Musik durchdrang die Luft wie Sonnenschein; eine seltsame, eindringliche Melodie, mit nichts vergleichbar, was sie je zuvor gehört hatten. Will stand völlig unbefangen und entspannt vor ihnen und sang, die Hände in den Hosentaschen, mit seiner hohen klaren Chorknabenstimme, in einer Sprache, die keiner von ihnen erkannte. Sie wußten, daß dies die Musik der Uralten war, durchsetzt mit einem Zauber, der viel mehr war als nur Melodie. Die klare Stimme drang hinauf zu den Gipfeln, verflochten mit ihren Echos, und sie lauschten entzückt, jenseits aller Zeit.

Doch dann brach das Lied plötzlich ab, und Will taumelte zurück, als habe man ihm ins Gesicht geschlagen. Sie sahen, wie sein Gesicht sich vor Entsetzen verzerrte, und er warf den

110

Kopf zurück und schrie mit einer schrecklichen, gar nicht jungenhaften Stimme warnend: „Jane! Jane!"

Das Echo warf die Worte zu ihnen zurück: *„Jane! . . . Jane!"*

Aber bevor das erste Echo zu ihnen kam, hatte Bran sich schon in Bewegung gesetzt. Er rannte an Simon und Barney vorbei, als treibe ihn der gleiche Drang voran, der auch Will ergriffen hatte. Seine Mütze flog davon, und sein weißes Haar wehte wie eine Flagge, als er in langen Sprüngen über Gras und Felsblöcke setzte, fort zu dem Bärtigen See, fort in Verfolgung von etwas, was keiner von ihnen sehen konnte.

Der scheußliche Kopf pendelte ein-, zwei-, dreimal an Janes Gesicht vorbei, nie ganz nahe genug, um sie zu berühren, doch jedesmal von einer Wolke widerwärtiger Fäulnis umgeben. Jane öffnete die Augen einen Spalt weit und blinzelte durch ihre zitternden Hände, die sie sich vors Gesicht hielt, überzeugt, daß nur ein übermächtiger Drang, sich zu übergeben, sie noch am Leben hielt. Es war nicht möglich, daß etwas so Scheußliches existieren konnte – doch das Wesen war da. Sie suchte in Gedanken nach Hilfe, zitterte unter einem schrecklichen Bewußtsein von Bösem. Es *fügte Schaden zu,* dieses Wesen aus dem See: feindselig, bösartig, voll schwärenden Grolls, den es durch die Jahrhunderte eines furchtbaren, alpdruckartigen Schlafs hindurch gehegt hatte. Sie spürte, wie es mit seinem Willen nach dem ihren suchte, so wie der blinde Kopf vor ihr auf der Suche war. Und dann brach etwas in ihren Kopf ein wie ein Heulen, doch ohne mit den Ohren wahrnehmbar zu sein, eine Stimme.

„Sag es!"

Jane preßte die Augenlider fest zusammen.

„Sag es mir!" Der Befehl hämmerte auf ihren Verstand ein.

„Ich bin der Afanc! Wiederhol mir die Anweisung, die nur durch dich kommt! Sag es!"

„Nein!" Verzweifelt versuchte Jane, Verstand und Gedächtnis auszuschalten.

„Sag es! Sag es!"

Sie suchte nach Bildern, an die sie sich zum Schutz gegen die hammerschlagartigen Forderungen klammern konnte; sie dachte an Wills freundliches rundes Gesicht mit dem zur Seite gekämmten glatten braunen Haar; sie dachte an Merrimans ungestüme Augen unter den gesträubten weißen Brauen; an einen goldenen Gral und die Suche danach. Und auch an die letzten paar Tage in Wales, an John Rowlands' mageres braunes Gesicht und das sanfte gütige Lächeln seiner Frau.

Doch noch als sie begann, wieder festeren Boden zu finden, wurde er plötzlich zerschlagen, und die hohe kreischende Stimme hämmerte wieder auf ihren Verstand ein und schlug und schlug, bis sie das Gefühl hatte, sie werde wahnsinnig. Sie wimmerte, taumelte und hielt beide Hände an den Kopf gepreßt.

Und dann ertönte auf einmal eine andere Stimme und dämpfte barmherzig das hohe Kreischen, sanft und beruhigend: *Es ist alles in Ordnung, Jenny, es ist alles in Ordnung*, und Erleichterung durchströmte sie warm, und danach kam nur noch Dunkelheit . . .

Sie sahen sie zusammenbrechen und auf das nasse Gras sinken, als sie vom Echofelsen herbeigestolpert kamen. Simon und Barney stürzten vor, aber Will packte sie beide mit einem Griff von erstaunlicher Stärke; sogar der hochgewachsene Simon konnte sich nicht wehren gegen die Hand, die seinen Arm wie ein Stahlband umklammerte. Ihnen stockte der Atem beim Anblick des *Afanc*, der jetzt im See wie rasend um sich schlug, den langen Hals hin und her drehend. Und dann sahen sie Bran, der aufrecht und barhäuptig in zorniger Herausforderung vor dem Wesen auf einem großen Felsen stand, mit wehendem weißem Haar.

Das Wesen raste vor Wut. Es rührte Schaum in dem See auf und warf ihn hinauf zu den zerfetzten jagenden Wolken und zu dem peitschenden Regen, so daß die ganze Welt ein einziger grauer Nebelwirbel zu sein schien.

„Geh zurück!" schrie Bran ihm über den See zu. „Geh dahin zurück, wo du hingehörst!"

Von dem gehörnten Kopf im Nebel drang eine hohe dünne Stimme zu ihnen, kalt wie der Tod; sie erschauderten bei dem Geräusch.

„Ich bin der *Afanc* vom Llyn Barfog!" schrie die hohe Stimme. „Dieser Ort gehört mir!"

Bran stand da, ohne sich zu rühren. „Mein Vater hat dich von hier vertrieben, fort bis zum Llyn Cau. Welches Recht hattest du zurückzukehren?"

Oben auf dem Hügel spürte Will, wie Barneys Hand ihn krampfhaft am Ärmel packte. Der jüngste von ihnen blickte auf zu Will, er war sehr blaß. „*Sein Vater*, Will?"

Will begegnete seinem Blick, sagte aber nichts.

Das Wasser brodelte, die Stimme war zornig und verbissen. „Die Finsternis hat jenen Herrn überlebt, die Finsternis hat mich heimgeholt. Die Finsternis ist mein Gebieter. Ich muß wissen, was das Mädchen zu sagen hat!"

„Du bist ein törichtes Geschöpf", sagte Bran mit klarer, verächtlicher Stimme.

Der *Afanc* brüllte und kreischte und warf sich hin und her; der Lärm war furchterregend. Aber allmählich wurde ihnen klar, daß es nicht mehr als Lärm war: daß trotz des beängstigenden Umfanges das Wesen nicht mehr vermochte, als Drohungen auszustoßen. Es war ein Alptraum – aber auch nicht mehr.

Brans weißes Haar schimmerte wie ein Leuchtfeuer durch den grauen Nebel; seine singende walisische Stimme drang über den See. „Und deine Gebieter sind auch töricht – anzunehmen, daß die bloße Kraft des Schreckens einen der Sechs überwältigen könnte. Dieses Mädchen hat Schlimmeres als du gesehen, und sie hat die Prüfung bestanden." Seine Stimme nahm einen härteren, befehlenden Ton an, klang plötzlich tiefer und erwachsener. Er stand aufrecht und zeigte in eine Richtung. "Geh, *Afanc*, geh zurück in das dunkle Wasser, in das du gehörst! Geh zurück zur Finsternis, und komm nie wieder heraus! *Ewch nôl! Ewch y llyn!*"

Und plötzlich herrschte völliges Schweigen über dem See; nur das Pfeifen des Windes war zu hören und das Prasseln des Regens auf ihren Kleidern. Der riesige grüne Hals verneigte und wand sich unterwürfig, während Schleim und Wasserpflanzen von ihm heruntertropften, dann tauchte der gehörnte schneckenähnliche Kopf unter, und langsam entschwand das Wesen ihren Blicken. Ein paar große Blasen stiegen nach und nach auf und zerplatzten an der dunklen Oberfläche des Sees, und die kleinen Wellen, die sie erzeugten, verloren sich in den Blättern der Wasserlilien. Und dann war da nichts mehr.

Will stieß einen Schrei der Erleichterung aus, und er, Simon und Barney schlitterten und rutschten den grasbewachsenen Hang hinunter. Jane saß am Fuß des Hanges auf dem Gras, das in das den See umsäumende Schilf überging; ihr Gesicht war blaß.

Simon hockte sich neben sie. "Alles in Ordnung?"

Jane erwiderte ohne Logik: "Ich habe ihn beobachtet."

"Aber du hast dich nicht verletzt? Als du hinfielst?"

"Hinfiel?" fragte Jane.

Will sagte sanft: "Es ist wieder alles in Ordnung mit ihr."

"Will?" sagte Jane. Sie schaute über den See auf die Stelle, wo Bran immer noch regungslos auf seinem Felsen stand. Ihre Stimme bebte. "Will... Wer – was – ist Bran?"

Simon half ihr auf die Füße, und sie standen alle vier da und schauten zu Bran. Der weißhaarige Junge wandte sich langsam ab vom See, schlug den Kragen seines Mantels hoch und schüttelte den Kopf wie ein Hund, um die Regentropfen loszuwerden.

„Er ist der Pendragon", sagte Will einfach. „Der Sohn Arthurs. Erbe der gleichen Verantwortung – in einem anderen Zeitalter. . . . Als er geboren wurde, brachte seine Mutter Guinevere ihn mit Merrimans Hilfe in eine andere Zeit – die Zukunft –, weil sie ihren Gebieter einmal zuvor betrogen hatte und befürchtete, Arthur würde ihr nicht glauben, daß Bran wirklich sein Sohn sei. Und sie ließ ihn hier zurück, so daß er in unserer Zeit in Wales aufwuchs bei einem neuen Vater, der ihn adoptierte. Er gehört also genauso wie wir in diese Zeit, doch gleichzeitig auch wieder nicht . . . Und manchmal denke ich, er ist sich all dessen ständig deutlich bewußt, und dann denke ich wieder, eine Seite seines Lebens ist für ihn nicht mehr als ein Traum . . ." Er sprach schneller, sachlicher. „Ich kann euch jetzt nicht mehr sagen. Kommt jetzt."

Sie gingen, jeder zögernd, durch den wieder stärker werdenden Regen auf Bran zu. Er grinste sie vergnügt und ohne jede Befangenheit an und krauste die Nase. *Daro!* sagte er. „Was für ein Scheusal!"

„Danke, Bran", sagte Jane.

„O'r gore", sagte Bran. „Keine Ursache."

„Wird es wirklich *nie* zurückkommen?" fragte Barney und betrachtete den See fasziniert.

„Nie", sagte Bran.

Simon holte tief Luft und atmete wieder aus. „Von jetzt an werde ich nicht mehr über Geschichten vom Ungeheuer vom Loch Ness lachen."

„Aber dieses war eine Kreatur der Finsternis", sagte Will. „Aus dem Stoff gemacht, aus dem Alpträume sind, um Jane zu zermürben. Weil sie etwas wollten, was sie hat." Er sah sie an. „Was ist passiert?"

„Es war, als du anfingst zu singen", sagte Jane. „Und das Echo sang mit dir. Es klang . . . es klang . . ."

„Die Berge singen, und die Dame kommt", sagte Bran langsam.

Jane sagte: „Sie ist wirklich gekommen."

Es herrschte Schweigen.

Will sagte nichts. Er starrte Jane an, und eine seltsame Mischung von Gefühlen huschte über sein Gesicht: reines Erstaunen, dann Neid, gefolgt von erwachendem Verstehen, das seinen üblichen freundlichen Gesichtsausdruck zusätzlich entspannte. Er sagte leise: „Ich wußte es nicht."

„Diese... Dame...", sagte Simon. Er hielt inne.

„Ja?" sagte Jane fragend.

„Na ja... woher kam sie? Wo ist sie jetzt?"

„Ich weiß es nicht, weder das eine noch das andere. Sie... sie war plötzlich einfach da. Und dann..." Jane machte eine Pause und erinnerte sich voller Wärme an jene Dinge, die die Alte Dame allein für sie, Jane, gesagt hatte. Dann schob sie das beiseite. »Sie hat gesagt, du mußt ihm mitteilen, daß sie zum Verlorenen Land gehen müssen, sobald es sich zwischen Land und Meer zeigt. Sie sagte, ein weißer Knochen wird sie zurückhalten, und ein... ein fliegender Maibaum wird sie retten. Und...« Sie schloß die Augen und bemühte sich verzweifelt, die richtigen Worte zu finden. „Und nur das Horn wird das Rad anhalten, sagte sie. Und sie werden das Kristallschwert des Lichts in dem Glasturm zwischen den sieben Bäumen finden."

Sie atmete tief aus und öffnete die Augen. „Das stimmt nicht ganz genau, aber es ist das, was sie gesagt hat. Und dann... verließ sie mich. Sie schien schrecklich müde zu sein; sie... irgendwie löste sie sich einfach auf."

„Sie ist wirklich sehr müde", sagte Will nüchtern. Er berührte Janes Schulter für einen Moment. „Du hast das großartig gemacht. Im gleichen Augenblick, als die Finsternis spürte, daß sie es dir mitgeteilt hatte, muß sie in aller Hast den *Afanc* losgeschickt haben, um dich durch Schock dazu zu veranlassen, die Äußerungen der Alten Dame weiterzugeben. Das war ihre einzige Möglichkeit; sie hätte es nicht selbst hören können. Manchmal umgibt die Sechs eine Schutzwand, durch die die Mächte der Finsternis weder hindurchsehen noch -hören können."

„Aber wir sind nur fünf", sagte Barney.

Bran kicherte. »Einer von uns paßt so scharf auf, daß er sich noch selbst schneiden wird."

Barney sagte hastig: „Tut mir leid – ich weiß. Natürlich funktioniert es genauso, wenn es nur fünf sind. Aber wo *ist* Großonkel Merry?« Einen Augenblick lang verfiel er unbeabsichtigt in das klägliche Gejammer eines kleinen Kindes.

„Ich weiß es nicht", sagte Will. „Er wird kommen, Barney. Wenn er kann."

Simon zog plötzlich den Kopf ein und nieste kräftig. Das Regenwasser lief in einem kleinen Bach über den Rand seiner Kapuze. Es lag jetzt kein Nebel mehr über dem See, und die Wolken schienen höher zu fliegen, zerrissen jagten sie über den Himmel in einem Wind, den sie unten kaum spürten. Aber es regnete beständig.

„Wo ist das Verlorene Land?" fragte Barney.

„Wir werden es finden", entgegnete Will. „Wenn die Zeit kommt. Keine Frage. Kommt, laßt uns wieder nach unten gehen, bevor wir alle eine Lungenentzündung bekommen."

Sie gingen hintereinander zurück über den Pfad, der den See umsäumte, sprangen über Pfützen, wichen morastigen Stellen aus und marschierten dann durch das hohe nasse Gras auf den kleinen grauen Felsvorsprung des Carn March Arthur zu und folgten wieder dem Pfad über den Kamm. Jane drehte sich um, um einen letzten Blick auf den See zu werfen, aber er war hinter dem Hang verschwunden.

„Will", bat sie, „erkläre mir etwas. Einen winzigen Augenblick, bevor ich das . . . Ding sah, hörte ich dich *Jane*! rufen. Wie eine Warnung."

117

Barney sagte prompt: „Ja, er hat gerufen. Er sah schrecklich aus – als könnte er es schon sehen." Ihm wurde klar, was er gesagt hatte, und er sah Will nachdenklich an.

„Konntest du es sehen?" fragte Jane.

Will strich mit der Hand über die Schieferplatte, die den Carn March Arthur markierte und an dem Bran, vor ihnen, vorbeigegangen war, ohne einen Blick darauf zu werfen. Er ging schweigend weiter. Dann sagte er: „Wenn die Finsternis kommt, wo auch immer, können wir es spüren. Es ist, ich weiß nicht, wie ein Tier, das Menschen wittert. Daher wußte ich es, und ich wußte, daß du in Gefahr warst, darum mußte ich schreien." Er warf Jane, die hinter ihm ging, über die Schulter ein schüchternes Lächeln zu. *„Ließ Euren Namen an die Hügel hallen"**, sagte er.

„Hm?" brummte Simon neben ihr.

„Du bist nicht der einzige, der ein bißchen Shakespeare kennt", sagte Will.

„Was war denn das?"

„Ach – irgendeine Rede, die wir im letzten Schuljahr lernen mußten."

„An die Hügel hallen", sagte Jane. Sie schaute zurück auf den Hügel, der sich jetzt hinter ihnen erhob und den Echofelsen verbarg. Dann runzelte sie die Stirn. „Will – wenn du die Finsternis spüren konntest, warum dann nicht das Licht?"

„Die Alte Dame?" Will schüttelte den Kopf. „Ich weiß es nicht. Das ging von ihr aus. Sie hatte ihre Gründe. Ich glaube... ich glaube, daß wir vielleicht alle geprüft werden, bevor alles vorüber ist. Jedesmal anders und jedesmal unerwartet. Und vielleicht war der Bärtige See deine Prüfung, Jane, deine allein."

„Hoffentlich ist meine nicht so ähnlich", sagte Barney

---

* „Was ihr wollt"; I,5

fröhlich. Er streckte den Arm aus. „Seht mal – die Wolken zerteilen sich."

Im Westen tauchten zwischen den dahinjagenden Wolkenfetzen Spuren von Blau am Himmel auf; aus dem Regen war ein feines Nieseln geworden, und auch das hörte jetzt auf. Sie gingen weiter bergab, vorbei an dem kleinen weißen Gehöft, das massiv wie eine Feste gebaut war, um den Winterstürmen zu trotzen, und weiter durch Pforten und über die scheppernden Rohre eines Viehrostes, der die umherwandernden, schwarzen walisischen Rinder in ihren Grenzen halten sollte. Das Glückliche Tal breitete sich wieder vor ihnen aus; die letzten Nebelfetzen wehten an den Bergen an der anderen Seite vorbei fort. Hin und wieder drang ein Sonnenstrahl durch die Wolken, und es wurde wärmer. Sie öffneten ihre Regenbekleidung und schüttelten Jacken und Mäntel aus. Wie um endgültig zu beweisen, daß der Regen vorüber war, brummte ein kleines Auto an ihnen vorbei den Hügel hinauf und brachte die ersten eines neuen Besucherstromes. Sie würden durch Schafkot und zwischen Kaninchenlöchern über die Hänge marschieren, Federn sammeln und die Büschel grauweißer Wolle, die die Schafe an Stacheldrahtzäunen hängenließen, und kleine rauhe Steine aus weißem Quarz. Will gab sich Mühe, daran zu denken, daß er nicht das mindeste Recht hatte, es diesen Leuten übelzunehmen, wenn sie durch Farn und Heidekraut wanderten, durch Stechginsterbüschel und Glockenblumen, und ihre Kippen auf das kurze harte Gras warfen.

In der Ferne schrien Möwen. Als der Weg um einen Hügel führte, sahen sie plötzlich das Meer vor sich und die breite Mündung des Dyfi mit dem silbernen Band des Flusses, das sich durch schimmernde Flächen goldenen Ebbesandes wand.

Sie blieben alle stehen, um zu schauen. Sonnenstrahlen kamen zwischen den Wolken hervor und glitzerten auf dem Fluß und schillerten auf der Sandbank, die der Mündung vorgelagert war.

„Ich habe Hunger", sagte Barney.

„Das ist eine gute Idee", erwiderte Simon. „Wollen wir essen?"

Bran sagte: „Aber wir brauchen ein paar Felsen, auf denen wir sitzen können – versuchen wir es hier oben."

Sie kletterten die Böschung am Rand des Weges hinauf und kamen auf das nicht umzäunte Weideland, wo Vieh graste. Mehrere große schwarze Ochsen wichen ihnen gemächlich und vorwurfsvoll aus. Kurze Zeit später waren sie über den Kamm einer kleinen Hügelkette geklettert. Der Weg hinter ihnen war jetzt nicht mehr zu sehen, und unter ihnen breiteten sich das Meer und die Flußmündung aus. Sie ließen sich auf schiefrigen Felsenbrocken nieder und stürzten sich auf ihre belegten Brote. Das nasse Gras roch sauber, und irgendwo sang eine Feldlerche ihr jubelndes Lied. Hoch über ihnen schwebte ein kleiner Falke.

Jane blickte hinaus über das Mündungsgebiet, während sie kaute. „Was für eine gewaltige Fläche ebenen Landes sich am anderen Ufer ausbreitet. Meilen, Meilen über Meilen, bevor die Berge wieder anfangen."

„Cors Fochno", sagte Bran, dessen weißes Haar in der Sonne trocknete und sich aufbauschte. „Das meiste ist Sumpf – siehst du die schnurgeraden Entwässerungskanäle? Es gibt dort ein paar sehr interessante Pflanzen, falls du dich für Botanik interessierst. Was ich nicht tue ... Und alte Sachen hat man dort gefunden, einmal einen goldenen Gürtel mit Dornen und eine goldene Halskette und zweiunddreißig Goldmünzen, die sich jetzt im Nationalmuseum befinden. Und draußen, in der Nähe der Dünen, stecken die Stümpfe von ertrunkenen Bäumen im Sand. Einige auch auf dieser Seite des Flusses auf den Stränden zwischen Aberdyfi und Tywyn."

„Ertrunkene Bäume?" fragte Simon.

„Ja, das gibt's", sagte Bran. Er kicherte. „Zweifellos von den Ertrunkenen Hundert."

Barney fragte verblüfft: „Was ist denn das nun wieder?"

„Habt ihr die alte Geschichte noch nicht gehört? Über die Glocken von Aberdyfi, die in Sommernächten draußen auf See gespenstisch läuten, dort drüben?" Die hellen Augen wieder hinter der Sonnenbrille versteckt, erhob Bran sich und zeigte hinaus auf die Stelle, wo der Fluß sich ins Meer ergoß, alles im Sonnenlicht jetzt, wo der Himmel große blaue Flächen zeigte. „Dort soll einmal *Cantr'er Gwaelod* gewesen sein, das Flachland Hundert, das schöne und fruchtbare Land des Königs Gwyddno Garanhir, vor Jahrhunderten. Das einzige Problem war, daß das Land mit Deichen vor dem Seewasser geschützt werden mußte, weil es so flach war. Eines Nachts gab es einen schrecklichen Sturm, der Deich brach, und das Wasser überflutete das Land. Das Land ertrank."

Will stand auf und stellte sich neben ihn, um auf die Flußmündung hinunterzublicken. Er gab sich Mühe, ruhig zu bleiben. „Ertrunken", sagte er. „Verloren..."

Es war sehr still auf dem Berg. Die Feldlerche hatte ihr Lied beendet. Weit weg, über dem Meer, hörten sie wieder ganz schwach das Schreien von Möwen.

Bran stand ruhig da, ohne sich umzudrehen. „Großer Gott", sagte er.

Die anderen rappelten sich auf. Simon sagte: *„Das Verlorene Land?"*

„Ich kenne die alte Geschichte, solange ich zurückdenken kann, so gut wie meinen eigenen Namen", sagte Bran langsam, „und doch hätte ich nie gedacht..."

„Könnte es das wirklich sein?" fragte Simon. „Aber..."

Barney platzte heraus: „Das muß es sein! Es kann nichts anderes bedeuten! Stimmt das nicht, Will?"

„Ich glaube, ja", sagte Will. Er versuchte, nicht breit und töricht über das ganze Gesicht zu grinsen. Zuversicht durchrann ihn wie die Wärme der Sonne. Er fühlte wieder mit wachsender Gewißheit die Anwesenheit der Hohen Magie überall um sie herum. Es war eine Art Rausch, das köstliche

121

Gefühl der Erwartung von herrlichen Dingen – wie Heilig-
abend oder das zarte junge Grün an den Bäumen zu Beginn des
Frühjahres oder der erste Blick auf das Meer im Sommer.
Impulsiv streckte er beide Arme nach oben, als wolle er eine
Wolke fangen.

„Irgend etwas . . .", sagte er, seinen Gefühlen folgend, ohne
über das, was er sagte, nachzudenken. „Da ist irgend etwas . . ." Er drehte sich im Kreis herum, betrachtete den Berg;
er war von Entzücken durchdrungen, wußte kaum, daß die
anderen anwesend waren. Mit einer Ausnahme.

„Bran?" sagte er. „Bran? Fühlst du es auch, fühlst du . . ." Er
wedelte ungeduldig mit der Hand, als er feststellte, daß ihm die
Worte fehlten, aber dann sah er das hingerissene Erstaunen in
Brans blassem Gesicht und wußte, daß er keine Worte brauchte. Auch Bran drehte sich um und blickte hinaus über die
Berge, hinauf zum Himmel, als suche er etwas, als versuche er,
eine Stimme rufen zu hören. Will lachte laut auf, als er das
Spiegelbild der gleichen undefinierbaren Freude sah, die ihn
selbst erfüllte.

Hinter ihnen spürte Jane, die sie beobachtete, die Heftigkeit
ihrer Gefühle und fürchtete sich davor. Unbewußt trat sie
näher zu Simon und streckte einen Arm aus, um Barney in
ihrer Nähe zu halten, und Barney, der fröstelnd das gleiche
spürte, leistete keinen Widerstand, sondern trat langsam zurück, fort von Will und Bran. Die drei Drews standen beieinander und warteten.

Und draußen über dem Hügel, eine Meile weiter in dem
blauen und goldenen Muster der Flußmündung, flimmerte es
in der Luft, wie das Hitzeflimmern über einer asphaltierten
Straße im Hochsommer. Gleichzeitig schwebte flüsternd Musik zu ihnen herüber, sehr fern und schwach, doch so lieblich,
daß sie sich bemühten, sie deutlicher zu hören, doch konnten
sie nie mehr als eine Andeutung der zarten, kaum faßbaren
Melodie erhaschen. Die flirrende Luft wurde hell und heller;

sie leuchtete, als sei sie von innen von der Sonne angestrahlt. Das Licht blendete sie, aber ihnen war, als sähen sie durch die Helligkeit eine Veränderung draußen in der Flußmündung, eine Bewegung des Wassers.

Obwohl bereits Ebbe herrschte, schien jetzt eine noch größere Fläche Sand golden zu schimmern, jenseits der Marke für den niedrigsten Ebbestand. Die Wellen waren zur Ruhe gekommen; das Wasser ging weiter zurück. Immer weiter zog sich der weiße Rand des blauen Meeres zurück und ließ Land zum Vorschein kommen; zuerst Sand, dann das schimmernde Grün von Wasserpflanzen. Aber es waren keine Wasserpflanzen, sah Jane in ungläubigem Staunen, es war Gras, und danach, als das Meer immer weiter zurücktrat, tauchten Bäume und Blumen auf und Mauern und Gebäude aus grauem Stein, blauem Schiefer und glänzendem Gold. Eine ganze Stadt lag vor ihnen, erhob sich langsam aus dem zurückweichenden Meer. Eine lebendige Stadt mit dünnen Rauchwolken, die sich von nicht sichtbaren Feuerstellen in die unbewegte Sommerluft erhoben. Türme und glitzernde Zinnen ragten empor wie Wächter über das flache, fruchtbare, grün und golden gemusterte Land, das sich neben den Bergen erstreckte. Und weit weg, am fernen Rand des neuen Landes, wo endlich wieder das Blau des verschwundenen Meeres begann, sahen sie einen Stab aus Licht, einen weit entfernten Turm, der wie weißes Feuer glänzte.

Auf der höchsten Stelle des Hanges standen Will und Bran nebeneinander, ihre Umrisse hoben sich scharf vom blauen Himmel ab; sie blickten hinaus über das Verlorene Land und die Stadt, die es zu beherrschen schien. Jane kam es so vor, als ständen sie dort erwartungsvoll wie Musiker, die auf die erste Taktstockbewegung des Dirigenten warten. Sie sah, wie Will plötzlich den Kopf hob und zum Meer hinausschaute. Und dann wurde die Helligkeit, die in der Luft lag, noch heller, strahlend, blendend, so daß man die Umrisse des seltsamen

Landes nur noch ganz schwach erkennen konnte, und Jane zuckte zurück und hielt sich die Hände schützend vor die Augen. Es kam ihr so vor, als bilde die leuchtende Luft ein schimmerndes breites Band, wie eine Straße, die von ihren Füßen weit, weit in die Luft und über das Tal hinweg bis hinunter zur Mündung des Dyfi führte.

Sie hörte wieder Musik, schwach und kaum wahrzunehmen, und sie sah, daß Will und Bran gemeinsam das breite Lichtband betraten und davongingen, über den Fluß, durch die Luft und durch den Dunst auf das Verlorene Land zu.

Sie packte Barneys Schulter fester, und an ihrer anderen Seite fühlte sie Simons Hand ihre eigene Hand berühren. Sie standen stumm nebeneinander.

Dann verwandelte die Musik sich in das Geräusch schreiender Möwen, weit weg, die schimmernde Lichtstraße verblaßte und mit ihr die Gestalten, die auf ihr gegangen waren. Und während die Helligkeit sich in Luft auflöste, sahen sie jenseits der Flußmündung keine aufragende Stadt mehr, keine frischen grünen Felder, keinen aufsteigenden Rauch, sondern nur das Meer und den Fluß und das Ufer bei Ebbe, genauso, wie es anfangs ausgesehen hatte.

Simon und Jane und Barney machten schweigend kehrt, sammelten Regenmäntel und Reste des Picknicks ein, packten sie in ihre Rucksäcke und gingen zurück zur Straße.

Drei von dem Pfad

Sie gingen hintereinander zurück, den Pfad entlang, der über die Hügel führte. Das nasse Gras glitzerte jetzt im Sonnenschein; funkelnde Regentropfen hingen an Farn, Heidekraut und leuchtendgelben Stechginsterbüscheln.

Barney fragte: „Was sollen wir sagen?"

„Ich weiß nicht", sagte Jane.

„Wir müssen uns auf dem Marktplatz mit John Rowlands treffen, wo sie sich verabredet haben", sagte Simon. „Und wir sagen . . . wir sagen . . ."

„Vielleicht gehen wir besser nicht hin", sagte Jane plötzlich. „Dann wird er annehmen, daß sie sich nur verspätet haben, und ohne sie fahren. Er hat sie gewarnt, wißt ihr noch?"

„Das ist keine Lösung für längere Zeit."

„Vielleicht brauchen sie nicht lange."

Sie gingen schweigend weiter. An der Biegung, wo der Weg einen Bogen hinunter nach Aberdyfi schlug, blieb Jane stehen und schaute über die Felder zum nächsten Heidelandkamm, wo sie Will und Bran zuerst begegnet waren.

Sie zeigte in die Richtung. „Können wir nicht über die Hügel weitergehen und dann vom Kamm aus hinunter zum Hotel?"

Simon sagte zweifelnd: „Es gibt dort keine Wege."

„Geht wahrscheinlich viel schneller als zum Dorf hinunter", sagte Barney. „Außerdem würden wir Mr. Rowlands nicht treffen."

„Die Schafe haben sich dort hinter diesem Feld doch sicher einen Weg getrampelt", sagte Jane.

Simon zuckte mit den Schultern. „Mir ist es egal. Also los." Er schien entrückt, uninteressiert, als wäre sein Verstand immer noch halb gelähmt. Jane öffnete die Pforte zu dem ersten Feld, das sie von der schmalen Straße fortführen würde, und Simon folgte ihr gleichgültig.

Barney trottete hinterher und übernahm die Pforte von Jane, aber bevor er sie wieder schließen konnte, schrie Jane vor ihm plötzlich auf, ein schreckliches hohes gedämpftes Geräusch. Sie schien einen Luftsprung zu machen und prallte seitlich auf Simon; Simon schrie auch, und dann warfen er und Jane sich auf Barney und schoben ihn durch die Pforte zurück. Und hinter ihnen sah Barney in einem scheußlichen hastigen Augenblick von allen Seiten des Feldes die roten geschmeidigen

125

Körper von Dutzenden von Iltissen auf sie zukommen, wie die beiden, die sie vorher auf der Straße gesehen hatten auf ihrem Weg den Berg hinauf.

Verzweifelt schlug Simon die Pforte zu, in einem hoffnungslosen instinktiven Verteidigungsversuch. Aber im gleichen Augenblick strömten die Tiere durch die breiten Zwischenräume der Querhölzer, die alles, was kleiner als Schafe war, mühelos durchließen. Die drei Drews traten nach ihnen; die geschmeidigen roten Wesen wichen aus und waren einen Moment später wieder an ihren Fersen, mit blitzenden weißen Zähnen und glänzenden schwarzen Augen. Sie bissen nicht, sondern schubsten, warteten, jagten. Trieben sie... *trieben sie*, dachte Barney plötzlich; sie treiben uns, als wären wir Schafe und sie die Schäferhunde. Er blickte auf und sah, daß die kleinen harten Körper, die sich von der Seite gegen seine Knöchel warfen, auf die offene Pforte des Gehöftes zudrängten, an dem sie früher am Tag vorbeigekommen waren. Absichtlich drehte er sich um, und im Nu waren die Tiere wieder an seinen Fersen, zischten, schnappten, gaben schreckliche, leise kläffende Töne von sich und drängten ihn zurück, bis Barney sich gegen seinen Willen wieder Simon und Jane zuwandte und sie alle drei Zuflucht suchend auf den Hof des Anwesens zuliefen.

„Langsam, langsam!" Die Stimme war warm, entspannt, belustigt; als Jane mit dem Mut der Verzweiflung in den Hof stolperte, sah sie eine Frau vor sich, die einen Arm ausstreckte, um sie aufzufangen. Das lächelnde Gesicht schien irgendwie vertraut... Jane dachte nicht weiter nach, sondern ließ sich erschöpft und erleichtert in den beruhigenden ausgestreckten Arm fallen. Barney hinter ihr schaute besorgt über die Schulter zurück – und sah, daß sämtliche Iltisse verschwunden waren.

„Du meine Güte!" Die Stimme der Frau war freundlich. „Ihr werdet euch noch den Hals brechen, wenn ihr hier reingestürzt kommt, als wäre euch der Teufel auf den Fersen. Was ist nicht in Ordnung, was stimmt nicht?" Dann musterte sie Jane

126

eingehender. „Nanu, ich kenne euch doch – ihr seid die Kinder, die gestern mit Bran und Will Stanton zusammen waren."

Barney sagte plötzlich: „Sie sind Mrs. Rowlands!"

„Ja, das bin ich." Blodwen Rowlands' Stimme wurde schärfer. „Was ist los, ist den beiden etwas zugestoßen?"

Sie starrten sie an, für einen Augenblick unfähig, ihre Gedanken für eine Antwort zu sammeln.

„Nein, nein«, sagte Jane schließlich stockend. „Nein . . . es ist alles in Ordnung, sie . . . sind ins Dorf runtergegangen. Sie sagten, sie würden sich auf dem Marktplatz mit Ihnen treffen."

„Das stimmt." Mrs. Rowlands' rundes Gesicht hellte sich auf. „Wir sind gerade hier raufgekommen, weil John mit Llew Owen sprechen wollte, und jetzt wollten wir uns auf den Weg nach unten machen. Wir haben uns schon gefragt, ob wir die beiden unterwegs treffen würden." Sie sah Jane besorgt an. „Dein Haar ist ja ganz naß, *cariad*, du mußt in den Regen geraten sein . . . Nun, und wovor habt ihr drei euch so erschreckt?"

„Nicht richtig erschreckt", sagte Simon mürrisch. Da die Iltisse verschwunden waren, ohne eine Spur zu hinterlassen, begann er, sich seiner Panik zu schämen. „Es war nur . . ."

„Plötzlich waren diese Tiere da", sagte Jane, zu erschöpft, um sich zu verstellen. „Iltisse", sagte Barney. „Wir haben zwei von ihnen heute morgen gesehen, hier in der Nähe. Und gerade eben, da auf dem Weg, kamen plötzlich unheimlich viele aus allen Winkeln auf uns zugestürzt und sprangen uns an . . . und . . . und . . . sie waren scheußlich. Ihre Zähne . . ." Sie schluckte.

„Oje", sagte Mrs. Rowlands gemütlich, tröstend, als spreche sie mit einem kleinen Kind. „Mach dir jetzt keine Gedanken mehr, es ist nichts mehr zu sehen, sie sind weg . . ." Sie legte den Arm um Janes Schultern und ging mit ihr zum

Wohngebäude. Simon schnitt ein Gesicht in Barneys Richtung, das sagte: *Sie glaubt es nicht.* Barney zuckte mit den Schultern, und sie folgten Mrs. Rowlands und Jane.

Bevor sie das Haus erreichten, kam John Rowlands aus der Tür; sie sahen, daß er seinen Landrover in der Nähe geparkt hatte. Er erkannte sie sofort und sah sie aus seinem mageren, faltigen braunen Gesicht überrascht an.

„So, so", sagte er. „Drei von fünfen – und wo sind meine beiden?"

„Sie sind schon weitergegangen", sagte Barney, jetzt voll fröhlichen Selbstbewußtseins. Er hielt sich unwillkürlich genauso nahe an die Wahrheit wie Jane. „Wir hatten vor, über den Kamm zu gehen und dann auf der anderen Seite runter zum Hotel. Aber es scheint keinen Fußweg zu geben."

„Ist heute schwer zu finden", sagte John Rowlands, „seit all diese neuen Häuser den Hügel hinunter dort stehen, wo früher der Pfad war. Der alte Weg, den wir benutzten, als ich ein Junge war, ist verschwunden." Er hatte einen scharfen Blick auf Janes blasses Gesicht geworfen, schien aber nicht die Absicht zu haben, ihnen weitere Fragen zu stellen.

„Kommt doch mit", sagte Mrs. Rowlands. „Wir nehmen euch mit." Sie winkte der Frau des Bauern, die mit fragenden Blicken aus dem Haus auftauchte, zum Abschied zu und öffnete die Hintertür des Landrovers.

„Ja, natürlich", sagte John Rowlands.

„Vielen Dank." Sie kletterten hinein. Jane nahm Hecke und Feld sorgfältig in Augenschein, als der Wagen in die Straße einbog, und sie sah, daß auch Barney schaute, aber es war nichts zu entdecken außer weißer Hundspetersilie und Weidenröschen, die aus dem Gras hervorragten, und die hohen grünen Hecken darüber.

Simon, der neben ihr saß, sah die Anspannung in ihrem Gesicht und knuffte sie leicht in den Arm. Er sagte sehr leise: „Aber sie *waren* da."

Der Landrover kroch um die letzte scharfe Kurve der steilen schmalen Straße und fuhr auf den Kirchplatz, um sich dort in den Verkehr einzufädeln. Ein kleines Verkehrschaos spielte sich auf der engen Einbahnstraße ab, die die einzige Verbindung zur Hauptstraße war.

„Großer Gott", sagte Blodwen Rowlands, „seht euch das an. Ich wollte beim Royal House vorbeischauen, John, aber wie sollst du hier einen Parkplatz finden?"

„Wir werden uns einfach wie Touristen verhalten müssen und den öffentlichen Parkplatz benutzen", sagte John Rowlands, bog nach rechts ab und quetschte sich zwischen Pullovern und Parkas, Kinderwagen und Eimern und Schaufeln hindurch, deren Besitzer alle ziellos durch die Gegend schlenderten oder auf das Meer schauten.

Der Landrover wurde auf dem Parkplatz abgestellt. Sie wanden sich zurück durch das Menschengewimmel auf den Straßen. Mrs. Rowlands blieb vor einem Schaufenster mit Strickjacken, Badeanzügen und Shorts stehen.

„Wyt ti'n dwad i mewn hefyd, cariad?"

„Nein, ich komm' nicht mit", sagte John Rowlands, zog seine Pfeife aus der Tasche und inspizierte ihren Kopf. „Wir werden drüben auf dem Kai sein, denke ich. Der beste Ort, um Ausschau nach Bran und Will zu halten. Wir haben's nicht eilig, Blod, laß dir Zeit."

Er ging mit den Kindern über die Straße zwischen einem gewaltigen schwarzen Schuppen, auf dem stand OUTWARD BOUND SEA SCHOOL, und einem Gewirr von Masten, deren Takelwerk in der Brise leise sang. Es waren die Boote des YachtClubs von Aberdyfi, die in Reihen auf dem Strand lagen. Auf dem Straßenpflaster lag Sand.

Sie gingen über den Kai und weiter zur kurzen gekrümmten Mole. John Rowlands blieb stehen und füllte seine Pfeife aus einem alten, schwarzen, ledernen Tabaksbeutel. „Als ich noch ein Junge war, hatten wir hier eine andere Mole", sagte er, während er mit den Gedanken woanders zu sein schien. „Alles aus Holz, dicke, mit Kreosot behandelte schwarze Balken . . . Bei Ebbe kletterten wir auf ihnen herum und fielen herunter, wenn die grünen Wasserpflanzen glitschig waren, und nach Krabben haben wir gefischt."

„Haben Sie hier gelebt?" fragte Barney.

„Seht ihr die Häuser da drüben?" Sie schauten in die Richtung, auf die er mit ausgestrecktem Finger zeigte, und blickten zurück auf die lange Reihe vornehmer, schmaler, dreistöckiger viktorianischer Häuser, die über die Straße und den Strand hinweg auf die Mündung des Dyfi und das Meer blickten.

„Das in der Mitte, das grün gestrichene", sagte John Rowlands, „dort bin ich geboren. Und mein Vater vor mir. Er war Seemann, und *sein* Vater auch. Mein Großvater, Captain Evan Rowlands, dem der Schoner *Ellen Davies* gehörte – er hat das Haus gebaut. Sie sind alle von alten Kapitänen gebaut worden, die Häuser an der Straße, in jenen Tagen, als Aberdyfi noch ein richtiger Handelshafen war."

Jane fragte neugierig: „Wollten Sie nicht auch Seemann werden?"

John Rowlands zündete sich seine Pfeife an und lächelte ihr durch blaue Rauchwölkchen zu, die dunklen Augen sahen aus wie Schlitze in dem faltigen braunen Gesicht. „Irgendwann wollte ich das wohl mal, nehme ich an. Aber mein Dad ertrank, als ich sechs war, und danach brachte meine Mutter meine Brüder und mich fort von Aberdyfi, zurück auf den Hof ihrer Eltern in der Nähe von Abergynolwyn. Mitten in den Bergen, nahe dem Cader Idris – hinter dem Tal, wo ihr heute wart. So waren es für mich schließlich die Schafe, nicht die See."

„Was für ein Jammer", sagte Simon.

„Ach, eigentlich nicht. Die Tage der Handelsschiffahrt sind schon lange vorüber, sogar das Fischen. Das begann schon zu Zeiten meines Vaters."

Barney sagte: „Merkwürdig, daß er ertrunken ist. Ein Seemann."

„Viele Seeleute können nicht schwimmen", sagte Simon. „Selbst Nelson konnte es nicht. Er wurde auch seekrank."

John Rowlands paffte nachdenklich vor sich hin. „Viele von ihnen hatten nie Zeit, es zu lernen, glaube ich. Die Männer in den Segelschiffen von damals – für sie gab es kein Spielen mit der See. Die See war ihre Geliebte, ihre Mutter, ihr Lebensunterhalt, ihr Leben. Aber alles todernst. Nichts zum Spaß." Er drehte sich langsam zur Straße um und suchte sie mit den Augen ab, ebenso wie er – das wurde Jane plötzlich klar – schon den Kai und den Strand abgesucht hatte. „Ich sehe nicht das kleinste Zeichen von Bran und Will. Wie lange bevor ihr euch trenntet, sind sie hinuntergegangen?"

Jane zögerte und sah, wie Simon verwirrt den Mund öffnete und wieder schloß. Barney zuckte einfach mit den Schultern. Sie sagte: „Etwa... etwa eine halbe Stunde, denke ich."

„Vielleicht haben sie einen Bus genommen?" sagte Barney hilfsbereit.

John Rowlands stand einen Moment da, die Pfeife zwischen den Zähnen, das Gesicht ausdruckslos. Er fragte: „Kennt ihr Will Stanton schon lange?"

„Wir waren einmal alle am gleichen Ferienort", sagte Jane. „Vor ungefähr zwei Jahren. In Cornwall."

„Ist während dieser Ferien etwas – Ungewöhnliches ... geschehen?" John Rowlands' Stimme klang immer noch beiläufig, aber plötzlich musterte er Simon besonders eingehend, die dunklen Augen glänzend und aufmerksam.

Simon zwinkerte überrumpelt mit den Augen. „Nun... ja, nehme ich an."

„Worum ging es?"

„Einfach... na ja, komische Dinge." Simons Gesicht hatte sich gerötet; ins Schwimmen gekommen zwischen Ehrlichkeit und Bestürzung, verhaspelte er sich.

131

Jane sah, wie Barney voller Groll die Stirn runzelte. Sie sagte, erstaunt über die kühle Selbstbeherrschung in ihrer Stimme: „Was genau meinen Sie, Mr. Rowlands?"

„Wieviel wißt ihr drei über Will?" fragte John Rowlands. Sein Gesicht war undurchdringlich, seine Stimme schroff.

„Eine ganze Menge", sagte Jane, und dann schloß sich ihr Mund wie eine zufallende Tür. Sie stand vor ihm und sah ihn an. Zu ihren beiden Seiten spürte sie Simon und Barney stehen, steif und herausfordernd wie sie selbst. Alle drei verbündeten sich gegen Fragen, die, das spürten sie instinktiv, niemand außerhalb ihrer Beziehungen zu Merriman und Will stellen sollte.

Rowlands sah jetzt sie an: ein seltsamer, forschender, ungewisser Blick. „Ihr seid nicht wie er", sagte er. „Ihr drei, ihr seid nicht anders als ich, ihr seid nicht . . . von der Art."

„Nein", sagte Jane.

Etwas hinter John Rowlands' Augen schien zusammenzubrechen; sein Gesicht verzerrte sich zu einer Art angespannter Verzweiflung, und Jane wurde auf einmal von Gewissensbissen geschüttelt, als sie sah, wie er sie, offensichtlich um Hilfe bittend, anschaute. *„Diawl"*, sagte er, angespannt und unglücklich, „würdet ihr um Gottes willen aufhören, mir zu mißtrauen? Ihr könnt vom Wesen dieser beiden nicht mehr gesehen haben, als ich im vergangenen Jahr gesehen habe. Alle beide, denn Bran ist jemand, über den ihr vielleicht überhaupt nichts wißt. Und jetzt schreit alles in mir vor Furcht, was mit ihnen geschehen mag, wer sie in seine Gewalt bekommen haben mag, zu einer Zeit, da sie sich vielleicht in größerer Gefahr befinden als je zuvor."

Hinter Janes Schulter sagte Barney plötzlich: „Er meint es so, Jane. Und Will vertraut ihm."

„Das stimmt", sagte Simon.

„Was meinten Sie, Mr. Rowlands", sagte Jane langsam, „mit dem, was Sie im vergangenen Jahr gesehen haben?"

„Nicht das ganze Jahr über", sagte John Rowlands. „Es war im letzten Sommer, als Will seinen Onkel besuchte. Sobald er ins Tal gekommen war, begannen Dinge... Dinge zu geschehen. Es erwachten Kräfte, die geschlafen hatten, und der Graue König vom Cader Idris stieg in seiner Macht und fiel wieder... es war alles eine Begegnung zwischen dem Licht und der Finsternis. Ich verstand nicht, worum das alles ging, und ich wollte es nicht wissen." Er blickte sie an, ernst und eindringlich, die Pfeife in seiner Hand hatte er vergessen. „Ich habe Will das die ganze Zeit gesagt. Ich weiß, daß er Teil der Macht ist, die das Licht genannt wird, und Bran Davies ist vielleicht sogar noch tiefer von der ganzen Sache betroffen. Aber das genügt mir. Ich werde Will Stanton helfen, wenn er mich braucht, und Bran ebenfalls, weil ich für ihn empfinde, als wäre er mein eigenes Kind – nur möchte ich nicht wissen, was genau sie eigentlich tun."

Barney fragte neugierig: „Warum nicht?"

„Weil ich nicht von ihrer Art bin", sagte John Rowlands scharf. „Und ihr seid es auch nicht, und es ist nicht richtig." Einen Augenblick lang klang er streng, mißbilligend und seiner selbst sehr sicher.

Simon sagte unerwartet: „Ich weiß genau, was Sie meinen. Ich hatte immer das gleiche Gefühl. Und ohnehin wissen wir auch nicht viel." Er sah Jane an. „Oder?"

Sie hatte den Mund geöffnet, um zu protestieren, aber jetzt hielt sie inne. „Na ja... nein. Großonkel Merry hat nie viel gesagt. Nur daß die Finsternis sich erhebt, oder es versucht, und daß das verhindert werden muß. Alles, was wir taten, schien ein Schritt zu einem anderen Ort zu sein. Zu einer anderen Sache. Und wir haben nie wirklich gewußt, was das war."

„Es ist sicherer für euch, wenn es so ist", sagte John Rowlands.

„Und für Sie auch, stimmt's?" fragte Simon.

133

John Rowlands schüttelte den Kopf ein wenig auf eine Weise, die wie ein Schulterzucken war, lächelte und zündete seine Pfeife wieder an.

Jane sagte: „Ich glaube nicht, daß wir Will und Bran hier treffen werden, Mr. Rowlands. Sie sind fortgegangen, irgendwohin. Sie sind in Sicherheit. Aber . . . sehr weit weg." Sie schaute hinaus auf die Flußmündung, wo ein paar weiße Segel sich auf dem blauen Wasser hin und her bewegten. „Ich weiß nicht, für wie lange. Eine Stunde, einen Tag . . . Sie . . . sie sind einfach gegangen."

„Nun", sagte John Rowlands, „wir werden uns eben gedulden müssen. Und ich muß mir überlegen, was ich Blodwen erzähle; ich weiß bis heute nicht, ob sie überhaupt eine Ahnung hat, was mit diesen beiden Jungen ist. Ich glaube es eigentlich nicht. Sie hat ein warmes Herz, ein weises Herz, und sie ist zufrieden, sie so gern zu haben, wie sie ihr erscheinen."

Ein Motorboot zischte auf dem Fluß hinter ihnen vorbei und übertönte fast seine Stimme. Von irgendwoher hämmerte der Rhythmus von Rockmusik hartnäckig durch die warme Luft, wurde lauter und schwand dann, als eine Gruppe von Leuten mit einem Transistorradio am Kai vorüberging. Jane schaute über die Straße und sah Blodwen Rowlands aus dem Textilgeschäft treten und auf dem überfüllten Gehweg stehenbleiben. Dann versperrte ein großer Omnibus, der sich mit Mühe durch die Straße schob, den Blick auf Mrs. Rowlands.

John Rowlands seufzte. „Seht euch das alles an", sagte er. „Wie es sich verändert hat, *Aberdyfi fach*. Das mußte natürlich kommen, aber ich weiß noch . . . ich weiß noch . . . in den alten Zeiten standen alle alten Fischer immer in einer Reihe nebeneinander am Wasser, dort drüben, an das Geländer vor dem Dovey Hotel gelehnt. Und als ich etwa in Barneys Alter war, gehörte es zu meinen Lieblingsbeschäftigungen, dort herumzuhängen und ihnen zuzuhören, wenn ich durfte. Es war herrlich. Ihre Erinnerungen reichten so weit zurück – heute wären es hundert Jahre und mehr. Bis in die Zeit, als fast alle Männer aus Aberdyfi zur See fuhren, die Zeit meines *taids*, als es entlang des Kais dort vor Masten nur so strotzte, und die Schiffe luden Schiefer aus den Steinbrüchen. Und es gab sieben Schiffswerften am Fluß, sieben, die Dutzende von Schiffen bauten – Schoner und Briggs und auch kleinere Boote..."

Seine tiefe walisische Stimme klang wie ein Klagelied, das die alten Zeiten ins Gedächtnis zurückrief und um sie trauerte, Zeiten, die er selber nicht gekannt hatte, außer durch die Augen anderer. Sie hörten stumm und fasziniert zu, bis die Geräusche der Gegenwart und der Anblick des überfüllten Ferienortes sich zurückzuziehen schienen, und sie konnten sich beinahe einbilden, daß sie die hohen Schiffe um die Sandbank herum in den Fluß kommen sahen und daß Stapel von Schieferplatten zu ihren Seiten aufgebaut waren, auf einem anderen Kai, der nicht aus Beton, sondern aus schwarzen Holzbalken gebaut worden war.

Eine Möwe erhob sich vom Ende der Mole langsam in die Lüfte und stieß einen Schrei aus, langsam und rauh und klagend. Jane wandte den Kopf, um mit den Blicken den schwungvollen Schlägen der in schwarzen Spitzen endenden Flügel zu folgen. Der Wind auf ihrer Haut schien stärker als vorher zu sein. Die Möwe flog seitlich an ihnen vorbei, nahe, immer noch schreiend...

...und als Jane ihre Blicke von der Möwe löste, sah sie die Holzbalken der Mole unter ihren Füßen, die Stapel graublauen Schiefers und weiter weg, auf dem Fluß, ein hohes Schiff, das sich dem Land näherte und dessen Segel ächzten und flatterten, als sie von den Männern eingeholt wurden.

Jane sah regungslos zu. Sie hörte Gelächter und schrille Stimmen, und dann war sie auf der Mole von einer Schar plappernder und sich raufender kleiner Jungen umgeben, die drängelten und hüpften und einander in gefährliche Nähe des Randes stießen. „Erster... erster... geh von meinem Fuß runter, Freddie Evans!... paß doch auf!... nicht schubsen!..." Es war eine Mischung aus sauberen und schmutzigen Jungen, barfuß oder mit Schuhen, und einer von ihnen, blondhaarig, der mit den anderen lachte und drängelte, war ihr Bruder Barney.

Jane konnte lächerlicherweise nur denken: *„Aber damals hätten doch alle walisisch gesprochen..."*

Weiter vorn auf der Mole sah sie Simon, der sich ernsthaft mit zwei oder drei Jungen in seinem Alter unterhielt. Sie drehten sich um und beobachteten das langsam näher kommende Schiff. Klatschend kam das Hauptsegel herunter und wurde gepackt und zusammengerollt. Das Schiff war eine Brigg, mit Rahen an Fock- und Großmast, und jetzt blähten sich nur noch zwei Focksegel, um sie hereinzubringen. Ihre Galionsfigur schimmerte unter dem vorspringenden Bugspriet: ein lebensgroßes Mädchen mit langem goldenem Haar. Am Bug konnte Jane jetzt den Namen erkennen: *Frances Amelia.*

„Bringt Bauholz", erklärte John Rowlands' tiefe Stimme neben Jane. „Siehst du, wie ein Teil auf Deck verstaut ist? Hauptsächlich für John Jones, den Baumeister, wird das sein – er erwartet es schon. Eine Ladung Gelbkiefer aus Labrador."

Jane sah ihn an; sein Gesicht war gelassen, die Pfeife immer noch zwischen seine Zähne geklemmt. Aber auf der Hand, die nun zur Pfeife griff, entdeckte sie jetzt zwischen den Knöcheln einen kleinen, tätowierten blauen Stern, den sie noch nie gesehen hatte, und er trug den Eckenkragen und das hochgeschlossene Jackett des neunzehnten Jahrhunderts. Er war zu jemand anders geworden, der zu dieser anderen Zeit gehörte, und doch war er gleichzeitig immer noch irgendwie er selbst. Jane erschauderte und schloß für einen Augenblick die Augen. Sie blickte nicht an sich hinunter, um zu sehen, wie sie selbst gekleidet war.

Dann gab es plötzlich Unruhe und einen Schrei vom Rand der Mole, wo sich immer mehr Leute versammelt hatten. Jane spähte vergeblich an den Köpfen vorbei; sie konnte nur sehen, daß die Brigg dabei war, am Kai festzumachen. Taue flogen von Bug und Heck herunter, um von auf dem Kai herumlaufenden Gestalten aufgefangen und festgezurrt zu werden. Vom Ende der Mole, wohin die kleinen Jungen gelaufen waren, drang aus einer Gruppe von Frauen lautstarkes Schelten, und dann wurden plötzlich Barney und ein anderer Junge, beide sehr weiß im Gesicht, von einer geschäftigen, besorgten Frau in Haube und Umhängetuch zurück zu Jane gezerrt. Es war eindeutig Blodwen Rowlands, doch eine Blodwen Rowlands, die Jane nicht als Jane zu erkennen schien. Sie richtete ihre Worte an die Allgemeinheit, scheltend, doch voller anteilnehmender Betroffenheit. „Es ist immer das gleiche, dies alberne Spiel, als erster ein hereinkommendes Schiff zu berühren, und alle stehen den Männern im Weg... Eines Tages wird noch einer umkommen, und heute ging es für diese beiden um Haaresbreite, hast du sie gesehen? Direkt am Rand, und dann verloren sie das Gleichgewicht, und das Schiff hätte sie gegen die Mole gequetscht, wenn niemand dagewesen wäre, sie zurückzureißen... aah!" Sie schüttelte die beiden Jungen erbost. „Habt ihr schon letzte Woche vergessen, als Ellis Williams reingefallen ist?"

„Und die Woche davor Freddie Evans", sagte der Junge neben Barney mit kecker Stimme. „Und das war viel schlimmer, weil Evans, der Barbier, mit einem Riemen auf ihn wartete, als er rauskam, und ihn den ganzen Heimweg verprügelt hat."

„Für dich immer noch *Mr.* Evans, du kleiner Affe", sagte Mrs. Rowlands und versuchte, ein Lächeln zu unterdrücken. Sie zuckte, zu Jane gewandt, heiter ein wenig mit den Schultern, entließ die beiden Jungen mit einem strafend erhobenen Finger und ging zurück zu den Frauen, die Seeleute auf dem Schiff begrüßten.

„Ich finde sie nett", sagte Barney fröhlich. „Weißt du, daß sie mir wahrscheinlich das Leben gerettet hat?" Dann grinste er Jane an, lief mit dem anderen Jungen davon und verschwand hinter den Schieferstapeln an der Straße.

Jane wandte sich um, um zu rufen, brachte aber keinen Ton hervor.

Neben ihr rief John Rowlands einem der Männer an Bord der *Frances Amelia* etwas zu. „Iestyn! Iestyn Davies!"

„Evan, Junge!" rief der Mann zurück, mit blitzenden weißen Zähnen. Und noch während der Name sie verwirrte, dachte Jane wieder, wie merkwürdig es sei, daß kein Walisisch zu hören war, und dann wußte sie plötzlich, daß natürlich alles, was sie hörte, Walisisch war, ihre eigene Sprache eingeschlossen, und daß nirgends ein Wort Englisch gesprochen wurde.

„Schließlich", sagte sie zittrig und wußte ohne jeden Grund, daß Simon jetzt neben ihr stand, und wandte sich ihm zu, „ist es nicht merkwürdiger, eine Sprache zu verstehen, die du gar nicht kennst, als plötzlich in eine Zeit vor deiner Geburt versetzt zu werden."

„Nein", sagte Simon mit einer Stimme, die so beruhigend seine eigene war, daß Jane erleichtert aufatmete. „Nein, eigentlich überhaupt nicht merkwürdig."

Neben ihnen rief John Rowlands: „Gibt's Neuigkeiten von der *Sarah Ellen*?"

Der Mann starrte ihn an. „Du hast es noch nicht gehört?"

„Das letzte war ein Brief aus Dublin. Er ist gestern angekommen."

Der Mann auf der *Frances Amelia* legte das Tau, das er aufrollte, auf das Deck, rief jemand an Bord ein paar Worte zu und sprang über das Schandeck und hinunter auf den Kai. Er trat zu John Rowlands, sein Gesicht drückte Betroffenheit aus. „Schlechte Nachrichten, Evan Rowlands, sehr schlechte. Es tut mir leid. Die *Sarah Ellen* ist vor zwei Tagen mit der

138

ganzen Mannschaft vor Skye untergegangen. Wir haben es gestern erfahren."

„O mein Gott", sagte John Rowlands. Er streckte tastend eine Hand aus und packte für einen Augenblick den Arm des Mannes; dann drehte er sich um und ging mit unsicheren Schritten davon, als sei er plötzlich alt. Sein Gesicht sah grau und schmerzverzerrt aus. Jane wäre ihm gern nachgegangen, aber sie konnte sich nicht von der Stelle bewegen. Wie war es möglich, Trost in einem Kummer zu geben, der nackt aus einem lebendigen Gesicht sprach und doch schon seit hundert Jahren vergangen und vergessen war? Was war wirklicher, ihre eigene Verwirrung oder Evan Rowlands' Schmerz, der aus den Augen seines Enkels sprach?

Der Mann, dessen Name Iestyn war, sah Rowlands nach und sagte: „Und sein Bruder war an Bord." Er sah sich um, blickte die zwei oder drei Männer in seiner Nähe an, und sein Gesicht war sehr ernst. „Etwas ist nicht in Ordnung. Das war in drei Monaten das vierte von John Jones Aberdyfi gebaute Schiff, das gesunken ist, und es waren alles neue Schiffe. Und es soll nicht einmal ein heftiger Sturm gewesen sein, der die *Sarah Ellen* sinken ließ, sondern nur eine schwere See."

„Es ist bei allen das gleiche", sagte einer der Männer. „Das Achterschiff liegt zu tief bei all seinen Schiffen, und dann wird es achterlastig, und es entstehen Lecks, und dann sinkt es."

„Nicht alle", sagte ein anderer Mann.

„Nein, alle nicht, das stimmt. John Jones hat ein paar wirklich gute Schiffe gebaut. Aber die anderen..."

„Ich habe Leute sagen hören", sagte der Iestyn genannte Mann, „daß es nicht an den Plänen liegt, sondern an der Ausführung. Daß es überhaupt nicht John Jones' Schuld ist, sondern die eines seiner Zimmerleute. Und alles, was er in die Finger kriegt..."

Plötzlich kamen ihm Janes ängstliche Blicke zum Bewußtsein, und er brach ab und verzog das Gesicht zu einem breiten

Lächeln. „Wartest wie üblich, wie sie es alle tun, bist aber zu höflich, um zu fragen, eh?" Er griff in eine seiner geräumigen Jackentaschen und brachte ein kleines viereckiges Päckchen zum Vorschein. „Hier – ich hab' mir etwas eingesteckt, für die erste von euch, die lächelnd und bettelnd vor mir steht. Und weil du nicht danach gefragt hast, mein Kleines, sollst du es haben."

„Danke", sagte Jane und überraschte sich selbst zum zweitenmal an diesem Tage mit einem kleinen Knicks. In dem Päckchen in ihren Händen befanden sich vier große steinharte Schiffszwiebacke.

„Ab mit dir", sagte der Mann freundlich. „In einer Schüssel in den Backofen, Milch drüber, und obendrauf ein Stückchen Butter, köstlich. Ich bin weiß Gott froh, daß ihr alle den harten Zwieback so gern mögt. Wenn du mitten auf dem Atlantik schwimmst, schmeckt er nicht halb so gut, kannst du mir glauben. Da würdest du den ganzen Haufen gern gegen eine schöne warme Scheibe *bara brith* eintauschen."

Die anderen lachten, und plötzlich war es, als hätten die beiden fremden Wörter einen Schlüssel umgedreht, um eine Tür wieder zu verschließen. Denn jetzt sprachen sie ein unverständliches Walisisch, und Jane wußte, daß der Unterschied nicht in der Sprache lag, die sie benutzten, sondern in ihrem Verstehen. Eine kurze verzauberte Zeit lang hatte sie die Sprache verstehen können; jetzt konnte sie es nicht mehr. Sie packte Simon an seinem Ärmel aus unvertraut steifem Stoff und zog ihn fort.

„Was passiert eigentlich?"

„Ich wollte, ich wüßte es. Ich sehe keine Logik darin. Es geht alles durcheinander."

„Wo sind wir? Und wann? Und warum?"

„Das Warum ist das Wichtigste."

„Laß uns Barney suchen."

„Ja. Okay."

Als sie über die dicken Holzbohlen mit ihren großen Zwischenräumen zur Straße gingen, blickte Jane von der Seite zu ihrem hochgewachsenen Bruder auf; irgendwie kam er ihr in dem derben altmodischen Anzug noch größer als sonst vor und beherrschter. Hatte er sich auch verändert? *Nein*, dachte sie, *es ist einfach nur so, daß ich mir normalerweise überhaupt keine Mühe geben würde, über ihn nachzudenken...*

Sie gingen die Straße hinauf, vorbei an kleinen Häuschen mit lustigen Vorgärten voller Rosen und Löwenmaul und duftender Kräuter, vorbei an Häuserreihen, die viel prächtiger und neuer aussahen, als sie in späteren Zeiten erscheinen würden, vorbei an einem großen Wirtshaus, auf dessen neu bemaltem Schild stand: *The Penhelig Arms*. Zwei vor ihnen gehende Männer begrüßten einen untersetzten, sonnengebräunten Mann, der in der Tür des Wirtshauses stand: „Guten Tag, Captain Edwards."

Jane dachte: *Wir sind wieder beim Walisischen...*

„Guten Tag."

„Haben Sie schon das Neueste von der *Sarah Ellen* gehört?"

„Ja, das habe ich", sagte Captain Edwards. „Und mir ist wieder eingefallen, worüber wir uns unterhalten haben, und ich habe schon daran gedacht, John Jones aufzusuchen." Er machte eine Pause. „Und einen seiner Leute vielleicht."

„Vielleicht könnten wir Sie begleiten", sagte einer der beiden Männer, und als er sich umwandte, sah Jane erschrocken, daß es wieder John Rowlands war. Sie hatte ihn nicht erkannt; er trug nicht nur andere Kleider, sondern hatte auch einen anderen Gang.

Das Geräusch von Hämmern drang zu ihnen, von irgendwoher unterhalb der Straße in der Nähe des Wassers, und ein hohes rhythmisches Kreischen, das Jane nicht identifizieren konnte. In vorsichtigem Abstand folgten sie und Simon den drei Männern bis an den Rand der Straße, von wo aus man

141

eine nahe über der Hochwassermarke gelegene Werftanlage sehen konnte.

Die Anlage war überraschend einfach: ein paar Schuppen, daneben eine sonderbare kastenartige Konstruktion, aus der Dampf hervorsickerte. Sie war etwa zwei Fuß hoch und breit, aber sehr, sehr lang, Dutzende von Fuß lang, und war durch ein Rohr mit einem großen Metallkessel verbunden. In der Nähe lag das Skelett eines Bootes in einem Holzschlitten: ein langer Kiel, von dem die nackten Spanten aus Eichenholz abzweigten, erst mit wenigen Planken belegt. Große Holzstapel von der gelblichweißen Farbe der Kiefer lagen auf dem Boden, und neben ihnen klaffte ein langer tiefer Graben, über sechs Fuß tief, an dem Zimmerleute das Holz zu Planken zersägten. Jane beobachtete die Szene fasziniert. Über jedem Graben lag der Länge nach ein Stück Holz, abgestützt von quer zu dem Graben liegenden Holzblöcken, und ein Mann stand unter ihm, einer darüber. Sie zogen gemeinsam eine lange, in einen Rahmen gefügte Säge durch das Holz, rauf und runter, und so entstand das rhythmische Kreischen, das sie von weitem gehört hatte. Zwei weitere Zimmerleute arbeiteten in einem gleichen Graben in der Nähe. Andere transportierten die Holzbalken, stapelten die Planken, sahen nach dem dampfenden Kessel, unter dem ein Feuer so heiß brannte, daß es in der warmen Sommerluft fast nicht zu sehen war.

Ein Junge sah auf und entdeckte die drei Seeleute; er machte eine Art Verbeugung, dann lief er zu dem Zimmermann, der oben an einem der Gräben arbeitete, und brüllte so laut, daß seine Stimme das Kreischen der Säge übertönte: „Captain Humphrey Edwards und Captain Ieuan Morgan und Captain Evan Rowlands sind gekommen, da oben."

Der Zimmermann machte seinem Partner ein Zeichen und hielt das lange Sägeblatt fest, bevor es sich wieder nach unten bewegte. Er starrte hinauf zu den drei Männern. Jane spähte über die Kante der von Felsen gesäumten Straße und sah ein

142

rundliches Gesicht unter erstaunlich leuchtendem rotem Haar. Der Mann machte ein finsteres Gesicht ohne eine Spur von Freundlichkeit oder Willkommensgruß.

„John Jones ist am Kai", rief der Rothaarige. „Um sich eine Ladung Holz anzusehen, die gerade hereingekommen ist." Er beugte sich abweisend wieder nach unten.

„Caradog Lewis", sagte der untersetzte Captain vom Wirtshaus. Er hob seine Stimme nicht, aber auch bei normaler Lautstärke war es die Art von Stimme, die es gewohnt war, auf See einen Sturm zu übertönen.

Der Mann erhob sich verdrießlich, die Hände auf den Hüften. „Ich habe zu tun, Humphrey Edwards, wenn Sie nichts dagegen haben."

„Ja", sagte John Rowlands. „Ihre Arbeit ist es, worüber wir mit Ihnen reden wollen."

Er trat über die niedrige Felsenmauer und stieg über ein paar unebene Stufen hinunter zu den Sägegräben. Die beiden anderen folgten ihm, und etwas später, als niemand in ihre Richtung schaute, auch Simon und Jane.

„Was für ein Boot ist es, an dem Sie arbeiten, Caradog Lewis?" fragte Captain Edwards und musterte nachdenklich den anmutig geschwungenen Rumpf, nur aus Spanten und Kiel bestehend, auf der Helling.

Lewis warf ihm einen mißmutigen Blick zu, als sei er im Begriff zu knurren, schien aber seine Meinung zu ändern. „Es ist der Schoner *Courage* für Elias Lewis. Ich dachte, das wüßten Sie. Fünfundsiebzig Fuß, und sollte schon vor einem Monat fertig sein. Und dort drüben" – er nickte in Richtung eines Schiffes, das schon vom Stapel gelaufen war und mit noch unvollständigem Takelwerk im Dock lag– „ist die *Jane Kate* für Captain Farr. Morgen werden sie ihre Masten von Ynyslas rüberbringen, und es wird auch höchste Zeit."

„Und Sie sind beim Bau von beiden beteiligt", sagte John Rowlands.

143

„Natürlich, Mann", sagte Lewis gereizt. „Ich bin John Jones' erster Zimmermann, oder etwa nicht?"

„Und Sie tragen zweifelsohne viel Verantwortung", sagte Captain Edwards und strich sich über den Backenbart. „John Jones ist ein beschäftigter Mann, der in den letzten Jahren viele Schiffe auf Kiel gelegt hat, eins nach dem anderen."

„Und?"

„Die *Integrity* war auch Ihr Werk?" fragte John Rowlands. „Und die *Mary Rees*? Und die *Eliza Davies*?" Bei jedem Namen nickte Lewis ungeduldig mit dem roten Kopf. Rowlands fuhr fort, seine Worte abbeißend wie ein Kind, das von einem Keks abbeißt. „Und die *Charity*? Und die *Sarah Ellen*?"

Lewis runzelte die Stirn. „Sie wählen lauter Schiffe von Männern, die Pech gehabt haben."

„Ja. Das tue ich in der Tat."

Die Zimmerleute und die übrigen Werftarbeiter hatten ihre Werkzeuge weggelegt und kamen langsam näher, um zuzuhören; sie standen unruhig in einer Gruppe zusammen und musterten die Kapitäne unmutig.

„Ich habe das von der *Sarah Ellen* gerade gehört." Lewis zuckte in oberflächlichem Bedauern mit den Schultern. „Es tut mir leid wegen Ihres Bruders. Aber nichts Neues in diesem Ort."

„Nichts Neues unter den Schiffen, an denen Sie gearbeitet haben", sagte Humphrey Edwards.

Caradog Lewis' blasses Gesicht errötete vor Zorn, und Jane sah, wie er die Hände zu Fäusten ballte. „Jetzt hören Sie mal . . .", setzte er an.

„Sie hören uns an, Caradog Lewis", sagte der dritte Kapitän, der noch nichts gesagt hatte, seitdem sie die Werft betreten hatten. Er war ein zierlicher Mann mit bräunlicher Haut und einem fransenartigen grauen Bart. „Zwei von diesen Schiffen habe ich auf See beobachtet, als wir uns

144

gemeinsam auf der Labradorstrecke befanden, und beide hatten den gleichen Mangel, und der stammte nicht aus John Jones' Plänen, wenn ich ihn richtig einschätze. Er ist manchmal sorglos und kann den Hals nicht voll genug kriegen, so daß er nicht soviel Zeit hat wie jene Schiffsbauer, die es ablehnen, an mehreren Schiffen zur gleichen Zeit zu arbeiten. Aber das ist nicht sein Werk – wenn ein Schiff hecklastig ist und bei schwerer See von achtern untergeht. Das ist das Werk eines Mannes, der das Heck jedesmal länger macht, als es sein sollte, und mehr als einmal Planken benutzt, die zu schnell gedämpft wurden und schon Anfänge von Rissen zeigten."

Ein zorniges Murmeln kam aus den Reihen der zuhörenden Arbeiter.

Der Rothaarige sprühte vor Wut; er konnte kaum sprechen. „Beweisen Sie es, Ieuan Morgan!" zischte er. „Beweisen Sie nur etwas von dem, was Sie sagen! Wollen Sie behaupten, Sie könnten beweisen, daß ich absichtlich Männer in den Tod geschickt habe?"

„Es muß eine Möglichkeit geben, es zu beweisen", sagte John Rowlands; seine tiefe Stimme klang grimmig. „Denn es besteht kein Zweifel, daß es stimmt. In Ihnen ist mehr versteckt, als Sie zeigen. Wir haben uns schon längere Zeit Gedanken gemacht, wir drei, und nach dem Verlust der *Sarah Ellen* reicht es uns endgültig. Und wir sind sicher."

„Wessen sicher?"

„Daß Sie ... anders sind, Caradog Lewis. Ihre Loyalität gilt nicht den gleichen Dingen wie die anderer Menschen. Sie dienen auf schreckliche Weise einer Sache, die nicht die Sache der Menschen ist."

Aus den Worten klang eine so kalte Überzeugung, daß die Männer in der Nähe von Caradog Lewis unwillkürlich ein Stück von ihm wegtraten. Lewis spürte es und schrie sie in plötzlichem Zorn an, so daß sie sich zurück auf die nächstbeste Arbeit stürzten. Aber es lag kein Zorn in der Art, wie Caradog

Lewis dann John Rowlands ansah, sondern ein so eisiger überheblicher Haß, daß Jane schauderte, weil sie das gleiche schon einmal gesehen hatte bei einem Mann, der sich der Durchführung des Willens der Finsternis verschrieben hatte. Lewis, mit seinem teigigen Gesicht und dem wirren roten Haar, schien nicht völlig ein Geschöpf der Finsternis zu sein, aber das Ergebnis war um so erschreckender; eine solche Bösartigkeit in einem normalen Mann, ohne jeden ersichtlichen Grund, war etwas, worüber nachzudenken Jane kaum ertragen konnte. Sie spürte Zorn in ihm aufsteigen wie Dampf in einem Kessel, der kurz vor dem Überkochen ist.

Lewis ging langsam auf die drei Männer zu, die Sägegrube hinter sich lassend. Er sagte mit angespannter Stimme: „Ich bin ein Mann wie Sie, Evan Rowlands, und ich werde es Ihnen zeigen." Und dann schien er plötzlich zu explodieren und stürzte sich mit vor Raserei scheußlich verzerrtem Gesicht auf John Rowlands. Rowlands verlor das Gleichgewicht und stürzte rückwärts in einer Wolke von scheppernden grauen Schieferstückchen, und Lewis war hinter ihm her wie ein Hund, schlug mit den Armen wild um sich. Die beiden anderen Kapitäne liefen vor, um die beiden voneinander zu trennen, aber inzwischen hatten die Arbeiter ihre Werkzeuge fallen gelassen und stellten sich ihnen absichtlich in den Weg, und plötzlich entstand auf dem Boden ein gewaltiges Handgemenge. Der untersetzte Captain Edwards schlug einen Mann nieder, dessen Zähne ein scheußlich klapperndes Geräusch von sich gaben, als die Faust des Kapitäns ihn am Kopf traf. Dann verschwand Edwards unter drei anderen Arbeitern, und neben ihm zerrte Ieuan Morgan brüllend und um sich schlagend die Männer zur Seite. Caradog Lewis, der sich mit Rowlands schlug, stolperte wieder auf die Beine, keuchend vor Bösartigkeit, und versuchte, sich im Gleichgewicht zu halten, um mit seinem schweren Stiefel zuzutreten. Jane schrie auf, und Simon rannte, wild um sich schlagend, an ihr vorbei und packte

Lewis und schrie laut, als die Spitze des einen schweren Stiefels ihn am Schienbein traf.

Simon wußte später nie genau, was dann geschah. Während er sich abmühte, Caradog Lewis von John Rowlands' regungsloser Gestalt fortzuzerren, merkte er plötzlich, daß Caradog ihn zum Wasser hinunterzog mit eisernem Griff, dem er sich nicht widersetzen konnte. Sie platschten zusammen ins Wasser, immer noch aufrecht, immer noch kämpfend, doch auf einmal fühlte Simon, daß er weiter hinaus stürzte und immer tiefer fiel. Das Wasser schlug über seinem Kopf kalt zusammen, und er fand keinen Boden unter den Füßen. Einmal berührte er mit einem Fuß kurz den Sand, dann wirbelte das Wasser ihn herum, ein Strudel packte ihn und zog ihn tiefer, immer tiefer, und er war allein. Er trat verzweifelt um sich, um an die Luft zu kommen, atmete einmal ein, wurde wieder von einem Wirbel erfaßt und bemühte sich mit letzter Kraft zu schwimmen; seine Arme und Beine waren jedoch behindert durch das Gewicht des altmodischen Anzuges. Es dröhnte ihm in den Ohren, vor seinen Augen verschwamm alles, und das Wasser wirbelte ihn immer weiter herum.

Simon kämpfte dagegen an, von Panik ergriffen zu werden. Er hatte eine geheime und schreckliche Angst vor tiefem Wasser, obwohl er ein guter Schwimmer war; vor drei Jahren war er bei einem Dingi-Rennen auf der Themse aus einem kenternden Boot gefallen und beim Auftauchen unter das treibende Segel geraten, von der Luft ferngehalten wie ein Korken in einem versiegelten Glas. Damals war er in Panik geraten und hatte wie wild um sich geschlagen; nur durch Zufall war er an den Rand des Segels gelangt und dann in einem verzweifelten keuchenden Wirbel von Schwimmstößen ans Ufer. Jetzt spür-te er, wie die gleiche Panik in seiner Kehle und seinen Gedanken hochstieg; hochstieg wie die Wellen, die ihn herumwirbelten und nur gelegentlich zum Atemholen kommen ließen, hochstieg, um seinen Geist zu verwirren, um alles andere auszulöschen...

Er schob sie von sich. Er kämpfte und kämpfte, kämpfte, um beide Arme zu spüren, beide Beine, um sich so zu bewegen, wie er es für richtig hielt, um den Rhythmus des Schwimmens zu suchen an Stelle des sinnlosen Durcheinanders von Schrecken und Verzweiflung. So schaffte er es mit gewaltiger Anstrengung, nicht in Panik zu geraten.

Aber er war immer noch von Wasser umgeben, weniger stürmisch jetzt, ihn umfangend, und wieder ging er unter. Wasser drückte ihn hinunter, war in seinen Augen, seinen Ohren, seiner Nase. Es schien jetzt nicht mehr furchterregend, sondern einlullend, mütterlich, als sei es in Wirklichkeit gar nichts Fremdes, sondern sein eigenes Element. Es hieß ihn sanft willkommen, als sei es ganz natürlich, daß er Wasser einatme wie ein Fisch. Sanft, sanft, ihn umfangend, entspannend, wie das Gefühl, das dem Einschlafen vorausgeht...

Irgend etwas, irgend jemand packte Simon von hinten mit festem Griff, zwei kräftige Hände auf seinen Schultern schoben ihn nach oben, nach oben und hinaus an die klare Luft. Licht drang ihm in die Augen, Wasser in die Kehle. Er keuchte, würgte, hustete. Bei jedem gurgelnden Versuch, Atem zu holen, sauste Wasser in seiner Lunge. Er hörte schreckliche, krampfhafte, blubbernde, schwere Atemzüge und merkte entsetzt, daß es seine eigenen waren.

Dann spürte er wieder festen Sand unter den Füßen. Der Schwimmer ließ ihn los. Simon kroch auf Händen und Knien vorwärts, und kräftige Hände zogen ihn auf den Strand, drehten seinen Kopf zur Seite und preßten sich gegen seinen Rücken. Wasser strömte ihm aus Mund und Nase; er hustete würgend. Die Hände halfen ihm sanft, sich aufzusetzen. Simon saß da, Kopf auf den Knien, und atmete endlich wieder ohne das scheußliche Gurgeln, ohne zu keuchen, langsamer. Er wischte sich das nasse Haar aus den Augen, schniefte und sah auf.

Zuerst erblickte er Jane, die mit weit geöffneten Augen und weißem Gesicht auf dem Boden kauerte. Neben ihr hatte sich ein Mann auf ein Knie niedergelassen; sogar in dieser Stellung war deutlich zu sehen, daß es ein sehr hochgewachsener Mann war. Aus seinen dunklen Kleidern tropfte Wasser. Er sah stirnrunzelnd und besorgt zu Simon, aus einem kantigen, schroffen Gesicht mit tiefliegenden, dunklen, umschatteten Augen und buschigen weißen Augenbrauen, aus denen Wasser zu beiden Seiten der kühn geschwungenen Nase heruntertropfte. Das dicke weiße Haar, jetzt grau vor Nässe, bedeckte in einem Gewirr von Kringeln und Hörnern den ganzen Kopf.

Simon sagte mit hoher, schwacher, heiserer Stimme, die nicht seine eigene Stimme war: „O Gumerry."

Er hielt inne und spürte, wie es in seinen Augen prickelte. Er hatte die vertraute Bezeichnung lange nicht mehr benutzt.

„Das war mutig", sagte Merriman.

Er legte eine Hand auf Simons Schulter und winkte Jane zu, näher zu kommen. Dann stand er auf. Jane legte schüchtern ihren Arm stützend um Simons Schulter, als er sich umdrehen wollte, um sich umzuschauen.

John Rowlands stand in ihrer Nähe auf dem Strand. Wasser lief ihm aus Haar und Kleidern. Jane flüsterte Simon ins Ohr: „Er ist hinter dir hergesprungen und hat versucht, zu dir zu gelangen, als..." ihre Stimme schien auszutrocknen; sie schluckte, „... als Großonkel Merry einfach... einfach auftauchte, aus dem Nichts."

Merriman stand über ihnen, kantig und naß, baumlang. Vor ihm auf dem Strand standen die Männer von der Werft regungslos in einer Gruppe zusammen, die beiden graubärtigen Kapitäne zornig und stumm in der Nähe. Caradog Lewis stand inmitten der Zimmerleute; sein rotes Haar glänzte. Er starrte wie versteinert auf Merriman, einem kleinen Tier ähnlich, das mitten im Sprung von einem Dachs oder einem Fuchs geschnappt worden ist.

Und der Zorn in Merrimans Augen, als er den rothaarigen Mann ansah, war so abgrundtief, daß sowohl Simon als auch Jane davor zurückschreckten. Caradog Lewis zog sich langsam zurück, machte sich klein in dem Versuch zu entkommen. Merriman streckte einen Arm mit durchgedrücktem Zeigefinger aus, zeigte auf Lewis, und der Mann erstarrte, wieder in Bewegungslosigkeit festgehalten.

„Gehe", sagte Merriman leise, mit einer tiefen Stimme wie schwarzer Samt. „Gehe, du, der du dich an die Finsternis verkauft hast, zurück von diesem hellen Aberdyfi am Fluß nach Dinas Mawddwy, wo du herkommst. Gehe zurück dorthin, wo die Finsternis in den Hügeln um den Cader Idris lauert, im Reich des Grauen Königs, wo schon andere in schwarzer Hoffnung warten, wie du. Aber denke daran, daß deine Herren jetzt keine Zeit mehr für dich haben werden, da du bei diesem Versuch hier versagt hast. Darum halte fortan, in den Jahren, die da kommen, deine Söhne und deine Töchter und die Söhne deiner Töchter davon ab, der Finsternis zu nahe zu kommen. Denn die Finsternis wird in ihrer Rachsucht mit Sicherheit jeden von ihnen vernichten, den sie in ihre Gewalt bekommt."

Wortlos machte Caradog Lewis kehrt und ging über den knirschenden grauen Schiefer davon, die unebenen Stufen hinauf und die Straße hinunter, bis er ihren Augen entschwunden war. Merriman sah Simon und Jane an, dann wandte er sich dem Meer zu, vorbei an den schweigenden Männern, den Schuppen und dem halb fertigen Schiff, und mit einer merkwürdigen sanften Geste breitete er die Arme weit aus wie ein Mann, der sich beim Erwachen streckt, und blickte zum Himmel hinauf.

Und aus dem Nichts stürzte eine Möwe herab und flog tief über dem Wasser mit schrillem Schrei vorbei. Sie folgten ihr mit den Blicken, folgten ihr . . .

. . . und als die Möwe wieder aufstieg und ihren Blicken entschwand, stellten sie plötzlich fest, daß sie wieder die Jeans und Hemden ihrer eigenen Zeit trugen und auf einem schmalen Streifen schiefergrauen Strandes standen, wenige Fuß unter dem mit Eisengeländern gesäumten Gehweg, allein mit John Rowlands und Merriman. Simon hielt in der rechten Hand ein flaches Schieferstück, den Zeigefinger darum gekrümmt, als wolle er damit werfen. Er betrachtete es, zuckte mit den Schultern, beugte sich vor und ließ es über die Oberfläche des Wassers segeln. Es hüpfte in eindrucksvollen langen Sprüngen davon.

„Acht!" sagte Simon.

„Du gewinnst jedesmal", sagte Jane.

Ihre Sachen waren trocken, nur Janes Haar war noch feucht vom Regen des Vormittags. Nichts deutete darauf hin, daß Simon, Merriman und John Rowlands je im Wasser gewesen waren. Jane warf einen Blick auf John Rowlands, der verwirrt mit den Augen zwinkerte, und sie wußte, daß er sich an nichts erinnerte. Er sah sich benommen um; dann erblickte er Merriman und wurde sehr still. Er sah ihn lange an.

„*Daro*", sagte er endlich mit rauher Stimme. „Sie sind es? *Sie*? Ich habe Sie nie vergessen, seit ich ein Junge war. Erinnern Sie sich? *Sind* Sie es?"

Jane und Simon hörten verwirrt zu.

„Sie waren damals so alt wie Will", sagte Merriman und sah ihn leise lächelnd an. „Oben auf Ihrem Berg. Und Sie sahen mich . . . reiten."

John Rowlands sagte langsam: „Auf dem Wind reiten."

„Auf dem Wind reiten. Ich habe mich danach gefragt, ob Sie sich an mich erinnern würden. Es wäre nicht schlimm gewesen, denn wer hätte Ihnen geglaubt? Aber ich sorgte dafür, daß Sie es für einen Traum hielten, um Ihnen nicht die Ruhe zu nehmen."

„Und ich dachte wirklich, ich hätte es geträumt, bis zu

diesem Augenblick, da ich dasselbe Gesicht wiedersehe, unverändert, nach so langer Zeit. Und mich frage, warum es hier auftaucht."

John Rowlands' wandte sich an Simon und Jane. „Das ist Wills Meister, nicht wahr? Und ihr kennt ihn auch."

Simon sagte automatisch: „Großonkel Merry."

John Rowlands Stimme hob sich ungläubig. *„Euer Großonkel?"*

„Ein Name", sagte Merriman. Seine Augen umwölkten sich; er blickte über die Flußmündung hinaus auf das Meer. „Ich muß gehen. Will braucht mich. Die Finsternis wußte, Simon, als sie dich in Gefahr brachte, daß nur ich dich herausholen konnte – wenn ich den Ort, wo ich mich befand, verließ."

„Sind sie okay?" fragte Simon.

„Sie werden es sein, wenn alles gutgeht."

Jane fragte besorgt: „Was können wir tun?"

„Bei Sonnenaufgang am Strand sein. Eurem Strand", sagte Merriman. Er sah sie mit einem merkwürdig gezwungenen Lächeln an und zeigte die Straße hinauf. „Und bringt euren kleinen Bruder nach Hause zum Tee."

Als sie sich umwandten, sahen sie Barneys blondschopfige Gestalt die Straße herunter auf sie zu hüpfen, gefolgt von Blodwen Rowlands, und als sie wieder zum Strand und zum Meer schauten, war Merriman nicht mehr da.

III DAS VERLORENE LAND

Die Stadt

Die seltsame Straße, die sich wölbte wie ein Regenbogen, brachte sie durch den hellen Dunst nach unten. Will und Bran stellten fest, daß sie selbst sich nicht bewegten. Nachdem sie die Straße einmal betreten hatten, nahm sie sie auf und führte sie durch Raum und Zeit. Wie das geschah, konnten sie später nicht beschreiben. Dann kamen sie aus der Helligkeit hinunter in das Verlorene Land, die Straße war verschwunden, und jeder andere Gedanke in ihnen war ausgelöscht, als sie sich an dem Ort umsahen, wo sie sich befanden.

Sie standen hoch oben, auf einem goldenen Dach, hinter einem niedrigen Gitter aus geschmiedetem Gold. Hinter ihnen und zu beiden Seiten erstreckten sich die Dächer einer großen Stadt. Schimmernde Türme und Türmchen und Zinnen hoben sich vom Himmel ab, einige golden wie das Dach, auf dem sie standen, andere dunkel wie schwarzer Flint. Die Stadt war sehr ruhig. Es schien früher Morgen zu sein, kühl und still. Vor ihnen umhüllte ein leuchtender weißer Nebel die ausladenden Bäume eines Parks, so weit sie schauen konnten. Tau glitzerte auf den Bäumen. Irgendwo hinter dem Park ging die Sonne auf, umgeben von dunstigen Wolken.

Will schaute zu den Bäumen hinüber. Sie standen nicht in

zufälligen Gruppierungen dicht wie in der Wildnis zusammen, sondern in wohlgeordneten Abständen, jeder für sich, stolz, massig und dicht belaubt, sie erhoben sich aus dem Nebel wie schimmernde grüne Inseln in einem grauweißen Meer. Er sah Eichen und Buchen und Kastanien und Ulmen; die Silhouetten waren ihm ebenso vertraut, wie ihm die Gebäude um ihn herum fremd waren.

Bran sagte neben ihm leise: „Sieh nur!"

Er zeigte an Wills Rücken vorbei, und Will sah zwischen den Giebeln und Firsten der Dächer eine große goldene Kuppel, von deren höchstem Punkt ein goldener Pfeil nach Westen zeigte auf die blaue Horizontlinie des Meeres. Die Seiten der Kuppel glitzerten im Licht der frühen Sonne; Will wurde klar, daß sie von oben bis unten mit Kristall verziert war, nur unterbrochen von Streifen aus Gold.

Bran schaute angestrengt hin, die hohlen Hände um die dunklen Brillengläser gelegt. „Ist es eine Kirche?"

„Könnte sein. Sieht so ähnlich wie die Paulskathedrale aus."

„Oder wie eine von diesen arabischen Dingsdas... Moscheen."

Sie sprachen unwillkürlich im Flüsterton. Es war alles so still. Nichts brach das Schweigen der Stadt, außer einem einzigen, wenige Sekunden dauernden, klagenden Schrei einer Möwe, irgendwo fern zwischen den Gipfeln der Bäume.

Will sah hinunter auf seine Füße. Das Dach, auf dem sie standen, schien sie einzuschließen, das Gitter aus geschmiedetem Gold sie von allen Seiten wie ein Zaun zu umgeben. Er streckte die Hand aus. Die obere Stange ließ sich nicht bewegen. Das Gitter war etwa halb so hoch wie er selbst; er spielte mit dem Gedanken, hinüberzuklettern, änderte seine Meinung aber angesichts eines Blickes nach unten, zwanzig Fuß bis zum nächsten Dach.

Auch Bran streckte die Hand aus und umfaßte das Gitter vor ihm, dann stockte ihm plötzlich der Atem. Unter seiner

154

Berührung bewegte sich das ganze kreuz und quer laufende Gitterwerk, schwang hin und her, von einer unteren Stange gehalten, und fiel dann aus seinen Händen über die Dachkante und verlängerte sich beim Fallen wie eine zusammenklappbare Leiter.

„Dong!... dong!... dong!... dong!..." Das metallische Geräusch dröhnte über die Dächer, zerbrach die Stille und endete mit einem widerhallenden Krachen, als der letzte Abschnitt des leiterartigen goldenen Gitterwerks auf das Dach unter ihnen aufschlug. Über die ganze stille Stadt hinweg erhoben sich Echos wie Vögel.

Will und Bran sahen sich um, hielten Ausschau nach Bewegung, warteten auf das Erwachen von irgend jemand, irgendwo, das ein solcher Lärm sicherlich zur Folge haben mußte. Aber es geschah nichts.

„Verschlafener Ort, nicht?" sagte Bran, und unter der vorgetäuschten Tapferkeit lag ein leises Beben in seiner Stimme. Dann schwang er sich über die Dachkante und kletterte die Leiter aus Gold hinunter, Will dicht hinter ihm.

Sie befanden sich jetzt auf einem breiteren niedrigeren Dach, das sich sanfter nach unten neigte und über das gebogene Streifen eines dunkleren Metalls liefen, die sie wie Stufen nach unten benutzen konnten. Am unteren Rand dieses Daches, wo sie eine senkrechte Mauer erwartet hatten, fanden sie statt dessen eine weit ausladende Treppe aus grauem Stein mit dem Glitzern von Granit, die nach unten führte, direkt von der Dachkante nach unten führte, tief hinunter in den Nebel und die Bäume.

Zusammen liefen sie die Stufen hinunter und hielten sich dicht aneinander, und während sie liefen, löste der Nebel unter ihnen sich auf, so daß die Bäume auf einer weiten grünen Grasfläche klar zu erkennen waren. Am Fuß der steinernen Treppe sahen sie zwei Pferde warten, gesattelt und gezäumt; sie waren nicht angebunden, und die Zügel lagen lose auf ihren

Hälsen. Es waren schöne Tiere mit glänzendem Fell, das die Farbe von Löwen hatte, und ihre langen Mähnen und Schwänze hoben sich gelbweiß von dem goldenen Fell ab. Ihre Kandaren und ihre Steigbügel waren aus Silber, die Zügel aus roter geflochtener Seide. Will trat an das erste Pferd heran und legte ihm staunend eine Hand auf den Hals, und das Pferd schnaubte leise und senkte den Kopf, als wolle es ihn auffordern aufzusteigen.

Bran sah die Pferde verwirrt an und fragte: „Kannst du reiten, Will?"

„Eigentlich nicht", sagte Will. „Aber ich glaube, das ist unwichtig." Er trat mit einem Fuß in den Steigbügel und fand sich mühelos auf dem Rücken des Pferdes, lächelte von dort herunter und nahm die Zügel in die Hand. Das zweite Pferd kratzte mit dem Vorderhuf auf dem Boden und versetzte Bran mit der Nase einen leichten Stoß gegen die Schulter.

„Komm, Bran", sagte Will. „Sie haben auf uns gewartet."

Er saß dort, selbstsicher wie ein Jäger, eine kleine stämmige Gestalt in blauen Jeans und Pullover, auf dem großen goldenen Pferd, und Bran schüttelte erstaunt den Kopf, griff nach dem Sattelknopf und saß auf dem Pferd, bevor er Zeit hatte, darüber nachzudenken. Das Pferd warf den Kopf zurück, und Bran fing die Zügel auf, als sie ihm entgegenfielen.

„Schön", sagte Will sanft zu seinem Pferd und streichelte die weiße Mähne. „Bring uns dorthin, wohin wir gehen sollen, bitte." Die beiden Pferde setzten sich gemeinsam in Bewegung. Ohne Hast, vertrauensvoll gingen sie über die mit Steinen gepflasterte Straße am Fuß der breiten Treppe.

An der einen Seite ragten die Bäume des ausgedehnten Parks über ihnen empor und tauchten die Straße in üppigen, taugefleckten, kühlen Schatten. Das Sonnenlicht warf auf das Gras zwischen ihnen helle Flecke, aber es war kein Laut zu hören. Es sangen keine Vögel. Nur das Klappern der Pferdehufe klang durch die stille Stadt und wurde dunkler und tiefer, als die

156

beiden goldenen Pferde unvermittelt den Park verließen und in eine schmale Seitenstraße trabten. Hohe graue Mauern türmten sich auf beiden Seiten auf, riesige leere Flächen aus grauem Stein, ohne ein einziges Fenster.

Die Straße wurde schmaler und dunkler. Ohne ihre Gangart zu ändern, folgten die Pferde weiter ihrem Weg zwischen den aufragenden Mauern hindurch, während Will und Bran locker die Zügel hielten und sich nervös umsahen.

Sie kamen um eine Ecke. Noch immer waren sie von den hohen leeren Mauern umschlossen, in einer schmalen Gasse, in der der Himmel nur als ein schmaler blauer Streifen hoch über ihren Köpfen erschien. Aber dann sahen sie zu ihrer Rechten eine kleine Holztür in der Mauer, und als sie auf der Höhe der Tür ankamen, blieben beide Tiere stehen und fingen an, die Köpfe hochzuwerfen und auf dem Boden zu scharren. Wills Pferd schüttelte den Kopf hin und her, so daß das silberne Geschirr melodische Töne erklingen ließ und die lange Mähne sich kräuselte und hinunterwallte wie weißgoldene Seide.

„In Ordnung", sagte Will. Er stieg ab, und Bran folgte seinem Beispiel. Sobald ihre Reiter auf dem Boden standen, machten die beiden Pferde kehrt und trabten ohne Hast mit klappernden Hufen und klirrendem Geschirr den Weg zurück, den sie gekommen waren. Ihre hellen ungestutzten Schwänze pendelten in der schattigen Straße wie Fackeln hin und her.

„Wunderschön!" sagte Bran leise und folgte den goldenen Wesen mit den Augen, bis sie verschwanden.

Will stand vor der Tür und musterte ihre einfache hölzerne Oberfläche. Die Tür war dunkel und wie vom Alter zerfressen. Geistesabwesend steckte er die Daumen in seinen Ledergürtel, und einer von ihnen traf auf das kleine Messinghorn, auf dem er auf dem Berg geblasen hatte, in einem anderen Leben und einer anderen Welt. Er nahm das Horn aus seinem Gürtel und hielt es Bran entgegen.

„Wir müssen nahe beieinander bleiben, was auch geschieht.

Faß du die eine Seite des Horns an, ich nehme die andere. Das wird uns eine Hilfe sein."

Bran nickte mit dem Kopf und ließ die Finger seiner linken Hand durch die einzige Windung des Horns gleiten. Will musterte wieder die Tür. Sie hatte keinen Griff, keine Glocke, kein Schloß oder Schlüsselloch; es gab überhaupt keine Möglichkeit, sie zu öffnen, soweit er feststellen konnte.

Er hob eine Hand und klopfte kräftig.

Die Tür schwang nach außen. Es befand sich niemand auf der anderen Seite. Sie spähten hinein, sahen drinnen aber nur Dunkelheit. Sie packten jeder eine Seite des kleinen Jagdhorns, als sei es ein Rettungsgürtel, und gingen hinein. Hinter ihnen schlug die Tür zu.

Ein Lichtschimmer, dessen Quelle nicht auszumachen war, zeigte ihnen, daß sie sich in einem engen Flur befanden, der eine niedrige Decke hatte und ein paar Meter vor ihnen endete. Eine Leiter führte von dort nach oben und außer Sicht.

Will sagte langsam: „Vermutlich sollen wir da rauf."

„Ob das sicher ist?" Brans Stimme war rauh vor Ungewißheit.

„Na ja, es ist das einzige, was wir tun können, oder? Und irgendwie höre ich keine Stimme, die mir davon abrät. Du weißt, was ich meine?"

„Das ist wahr. Es fühlt sich nicht . . . schlecht an. Allerdings auch nicht besonders gut."

Will lachte leise. „Das wird hier überall so sein. Die Finsternis hat in diesem Land keine Macht, glaube ich – aber das Licht auch nicht."

„Wer dann?"

„Ich denke, daß wir das herausfinden werden." Will faßte das Horn fest an. „Halte es fest. Auch wenn es beim Hinaufklettern lästig ist."

Sie kletterten die breitsprossige Leiter dicht hintereinander hinauf, verbunden durch ihren Talisman, und tauchten in einer

158

so unerwarteten Umgebung auf, daß sie für eine Weile regungslos dastanden und schauten.

Sie waren durch eine geöffnete Falltür herausgekommen, nahe am Ende einer langen Galerie. Der Fußboden erstreckte sich in sonderbaren Abschnitten vor ihnen, auf verschiedenen Ebenen, so daß ein Stück höher als das davorliegende sein mochte, das nächste tiefer als beide. Es schien sich um eine Art Bibliothek zu handeln. Schwere kantige Tische und Stühle füllten den Raum, getrennt durch niedrige Bücherborde, und die Wand zu ihrer Linken war völlig mit Büchern bedeckt. Die Decke war holzgetäfelt, und eine rechte Wand gab es nicht.

Will starrte hin, verstand es aber nicht. Rechts von ihm lief den ganzen langen Raum entlang eine Art geschnitzter Holzbalustrade über den Boden. Aber es war keine Wand dahinter, noch konnte er irgend etwas anderes sehen: nur Dunkelheit. Leere Dunkelheit. Es war kein Gefühl von Leere oder eines gefährlichen leeren Abgrundes. Es war gar nichts da.

Dann sah er Bewegung in dem Raum. Durch eine Tür am anderen Ende der langen Galerie kamen die ersten Leute, die sie in diesem Land sahen; sie betraten den Raum einzeln, Männer und Frauen aller Altersgruppen, in unterschiedlicher einfacher Kleidung, die zu keiner bestimmten Zeit zu gehören schien. Es waren nicht sehr viele. Einer nach dem anderen setzte sich schweigend mit einem Stapel Bücher an einen der Tische oder blieb stehen und blätterte in einem einzelnen Buch. Keiner von ihnen bekundete eine Spur von Aufmerksamkeit für Will oder Bran. Ein Mann kam ganz in ihre Nähe und stand mit gerunzelter Stirn vor den Regalen, die hinter ihnen die Wand säumten.

Will fragte waghalsig: „Können Sie es nicht finden?" Aber der Mann schien ihn nicht zu hören. Sein Gesicht leuchtete plötzlich auf; er zog ein Buch heraus und nahm es mit, um sich an einen Tisch in der Nähe zu setzen. Will warf einen Blick auf das Buch, als der Mann an ihm vorbeiging, aber der Titel auf

159

dem Umschlag war in einer Sprache, die er nicht kannte. Und als der Mann das Buch aufschlug, waren die Seiten völlig leer.

Bran sagte langsam: „Sie können uns nicht sehen."

„Nein. Und hören auch nicht. Laß uns weitergehen."

Zusammen gingen sie vorsichtig die lange Galerie entlang, machten einen Bogen um die in ihre Bücher vertieften Leute an den Tischen und gaben sich Mühe, nicht zu stolpern oder irgendwo anzustoßen. Niemand nahm Notiz von ihnen. Und jedesmal wenn sie auf ein Buch hinunterblickten, das von einem Mann oder einer Frau gelesen wurde, stellten sie fest, daß die Seiten völlig leer zu sein schienen.

Am anderen Ende der Galerie war keine richtige Tür, sondern eine Öffnung in der getäfelten Wand, die auf einen merkwürdigen Flur führte. Auch dieser war ganz holzgetäfelt; er wirkte eher wie ein eckiger Tunnel als wie ein Flur, führte steil nach unten in einem Zickzackmuster um Ecken, hin und her.

Bran folgte Will, ohne Fragen zu stellen; er sagte nur einmal mit plötzlicher hilfloser Heftigkeit: „Dieser Ort *bedeutet* überhaupt nichts."

„Er wird etwas bedeuten, wenn wir ankommen«, sagte Will.

„Wo ankommen?"

„Nun – am Ziel! Bei dem Kristallschwert . . ."

„Sieh nur! Was ist das?"

Bran war mit hocherhobenem Kopf argwöhnisch stehengeblieben. Sie kamen um eine Ecke, und der letzte Abschnitt des Zickzackweges vor ihnen war weiß und leuchtend hell, erfüllt von einem starken Licht, das von einer unsichtbaren Quelle weiter vorn ausging. Einen Augenblick lang hatte Will die schreckliche Vorstellung, daß sie in eine Art Höllenfeuer hinunterstiegen. Aber es war ein kaltes Licht, hell, doch ohne Strahlen. Er ging um die nächste Ecke und trat mitten ins Licht, und eine kräftig klingende Stimme sagte aus der Helligkeit vor ihm: „Willkommen!"

160

Vor ihnen breitete sich eine weite Fläche leeren Bodens aus, die Wände verloren sich im Schatten, die Decke war zu hoch, als daß sie sie hätten sehen können. In der Mitte des Raumes stand eine einzelne Gestalt, ganz in Schwarz gekleidet. Es war ein zierlich gebauter Mann, nicht viel größer als sie selbst, mit ausgeprägten Gesichtszügen und Lachfalten um Augen und Mund, obwohl er jetzt kein Zeichen eines Lächelns zeigte. Sein Haar war grau und dicht gelockt, und er trug einen gepflegten, gekräuselten grauen Bart mit einem merkwürdigen dunklen Streifen in der Mitte. Er breitete beide Arme aus und drehte sich ein wenig, als böte er ihnen den Raum um ihn herum an. „Willkommen", sagte er wieder. „Willkommen in der Stadt."

Sie standen nebeneinander vor ihm. Bran trat einen Schritt vor und ließ dabei das Horn los. Er fragte: „Gibt es im Verlorenen Land nur die Stadt?"

„Nein", sagte der Mann. „Es gibt die Stadt, das Land und die Burg. Und ihr sollt alles sehen, aber zuerst müßt ihr uns sagen, warum ihr gekommen seid." Seine Stimme war warm und klangvoll, aber es war immer noch Argwohn in ihr, und er lächelte immer noch nicht. Er sah Will an. „Warum seid ihr gekommen?" fragte er wieder. „Sagt es uns."

Während er sprach, machte er mit der geöffneten Hand eine kleine Geste in Richtung auf den Raum vor ihm. Will sah hin und hielt den Atem an. In seinem Kopf rauschte es vor Schreck; plötzlich war ihm sehr kalt.

Dort draußen, in dem weiten Raum, der vor einer Sekunde noch im Dunkeln gelegen hatte, breitete sich eine Riesenmenge leerer erhobener Gesichter aus, eine Reihe hinter der anderen, Tausende von Leuten. In langen Reihen, in endlosen Galerien saßen sie da und starrten ihn an. Ihre Wachsamkeit legte sich auf ihn wie ein unerträgliches Gewicht und lähmte seinen Verstand; es war, als stehe er der ganzen Welt gegenüber.

161

Will ballte die Hände zu Fäusten und spürte das kalte Metall des Jagdhorns an den Fingern. Er holte tief Luft und sagte mit lauter klarer Stimme: „Wir sind gekommen, um das Kristallschwert zu holen."

Und sie lachten.

Es war kein duldsames, freundliches Lachen; es war scheußlich. Ein lautes Brüllen stieg von dem großen Publikum dort auf, anschwellend wie ein langes Donnergrollen, voller Spott und Hohn; es überflutete ihn wie eine Woge der Verachtung. Er sah einzelne Gesichter, Finger, die auf ihn zeigten, hohnlachend aufgerissene Münder. Er fühlte sich so überwältigt vom Meer ihres lauten Spottes, daß er zitterte und wußte, wie klein und unbedeutend er war, fühlte sich zusammenschrumpfen . . .

Bran neben ihm schrie mit zorniger Stimme in den Aufruhr hinein: „Wir sind gekommen, um *Eirias* zu holen!"

Jedes Geräusch verstummte so völlig, als habe jemand auf einen Knopf gedrückt. Im Nu waren all die höhnischen Gesichter verschwunden.

Will sackte plötzlich in sich zusammen und hörte, wie sein angehaltener Atem in einem kleinen schwachen Keuchen entwich.

Bran wiederholte staunend für sich selbst: „Wir sind gekommen, um . . . Eirias zu holen." Er schien den Namen auszuprobieren.

Der Mann mit dem grauen Bart sagte leise: „Das seid ihr wirklich." Er trat mit ausgebreiteten Händen vor, legte den beiden Jungen die Arme um die Schultern und drehte sie zur schwarzen Leere hin, wo die endlosen Reihen von Gesichtern gewesen waren.

Er sagte: „Es ist niemand dort. Niemand, nichts. Nichts außer Raum. Sie alle waren . . . eine Erscheinung. Aber schaut nach oben. Schaut nach oben, hinter euch. Dort werdet ihr sehen . . ."

Automatisch drehten sie sich um und starrten nach oben. Über ihren Köpfen hing, wie ein Balkon, die hell erleuchtete Galerie, durch die sie gekommen waren, vorbei an den keine Notiz von ihnen nehmenden, lesenden Leuten. Alles war dort, die Bücher, die Regale, die schweren Tische. Die Leser bewegten sich immer noch müßig hin und her oder standen vor den Bücherborden. Und die Seite, durch die sie in den Raum blickten, war die vierte Wand, die nicht vorhanden zu geschienen hatte.

Will sagte: „Dies hier ist ein Theater, das zum Leben erwacht ist."

Der Mann zupfte an der Spitze seines Bartes. „Das ganze Leben ist Theater", sagte er. „Wir sind alle Schauspieler, ihr und ich, in einem Stück, das niemand schrieb und niemand sehen wird. Unser einziges Publikum sind wir selbst . . ." Er lachte leise. „Einige Schauspieler würden sagen, das sei die beste Art von Theater, die es geben kann."

Bran lächelte zurück, ein kleines klägliches Lächeln. Aber Will lauschte immer noch einem einzigen Wort, das in seinem Kopf widerhallte. Er sagte zu Bran: „Eirias?"

„Ich wußte es nicht", sagte Bran. „Es . . . kam einfach. Es ist ein walisisches Wort und heißt großes Feuer, lodernde Flammen."

„Und das Kristallschwert ist wirklich wie eine lodernde Flamme", sagte der bärtige Mann. „Das wird jedenfalls erzählt, denn nur wenige Lebende haben es je gesehen, solange man hier zurückdenken kann."

„Aber wir müssen es finden", sagte Will.

„Ja", sagte der Mann. „Ich weiß, warum ihr hier seid. Wenn euch in diesem Land Fragen gestellt werden, geschieht es nicht, weil wir die Antworten nicht kennen. Ich weiß, wer ihr seid, Will Stanton und Bran Davies. Vielleicht sogar besser" – er warf Bran einen prüfenden Blick zu –, „als ihr es selbst wißt. Und was mich betrifft – ihr werdet mich bald

163

besser kennen. Ihr könnt mich Gwion nennen. Und ich zeige euch die Stadt."

„Das Verlorene Land", sagte Bran, halb zu sich selbst.

„Ja", sagte der Mann, der sich Gwion nannte. Er sah schlank und gepflegt aus in seiner schwarzen Kleidung; sein Bart schimmerte in dem hellen Licht von oben. „Das Verlorene Land. Und wie ich euch sagte, liegen in ihm die Stadt, das Land und die Burg. Und es ist die Burg, wohin ihr am Ende gehen müßt, aber ihr kommt dort nur hin über den Umweg durch die übrigen Gebiete. Ihr fangt also am besten hier an, in der Stadt, meiner Stadt, die ich sehr liebe. Ihr müßt sie euch gut ansehen, denn sie ist eines von den Wundern dieser Welt, die nicht wiederkommen werden."

Er lächelte sie an, ein strahlendes unerwartetes Lächeln, das sein Gesicht vor Wärme und Zuneigung aufleuchten ließ, und der bloße Anblick dieses Lächelns erfüllte auch sie mit neuem Mut.

„Seht!" sagte er, drehte sich abrupt um und breitete die Arme zu dem Raum hin aus, der wie die Bühne eines Theaters war. Und die hell erleuchtete Galerie über ihnen verschwand, das Licht breitete sich aus und schimmerte von allen Seiten, und plötzlich stellten sie fest, daß sie sich auf einem großen öffentlichen Platz in einer Stadt befanden. Er war gesäumt von mit Säulen verzierten, grauweißen Gebäuden, die im Sonnenlicht schimmerten, und voller Menschen, erfüllt von Musik und den Rufen von Händlern an ihren bunten Ständen und dem Glitzern und Plätschern von Wasser, das Springbrunnen hoch in die Luft sprühten.

Die Sonne schien warm auf ihre Gesichter. Will spürte, wie Entzücken ihn durchpulste, als tanze das Blut in seinen Adern, und als er Bran ansah, erkannte er in seinem Gesicht die gleiche Freude.

Gwion lachte sie an und führte sie über den Platz, durch die Menge, unter die Bewohner des Verlorenen Landes.

Der Rosengarten

Gesichter leuchteten um sie herum auf wie die Bilder in einem Kaleidoskop. Ein Kind ließ eine Handvoll bunter Papierschlangen vor ihren Augen flattern und lief lachend davon; ein Schwarm grünhalsiger Tauben schwirrte erwartungsvoll vorbei. Sie kamen an einer Gruppe Tanzender vorüber, für die ein hochgewachsener, mit roten Bändern geschmückter Mann Flöte spielte, eine fröhliche, ins Ohr gehende kleine Melodie. An einer Stelle stolperten sie auf dem glatten grauen Pflaster beinahe über einen zerknittert aussehenden, zerbrechlichen alten Mann, der mit Kreide auf dem Boden malte. Will konnte einen kurzen Blick auf das Bild werfen, auf einem runden Hügel stand ein großer grüner Baum, aus dessen Ästen ein helles Licht schien, dann führte der Flötenspieler die Tänzer mit seiner Musik an ihm vorbei, und er wurde von der Menge davongetragen.

Gwions bärtiges Gesicht war immer noch in der Nähe, bewegte sich mit ihm. „Bleib in meiner Nähe!" rief er. Aber Will fiel jetzt auf, daß in dieser Menschenmenge keine anderen Blicke als die Gwions ihre eigenen Blicke trafen. Die Leute um sie herum schienen sie jetzt sehen zu können und sahen sie an, wie sie jeden anderen Passanten ansehen würden, anstatt ihnen ein leeres Gesicht zuzuwenden, als existierten sie für sie nicht. Aber niemand sah ihn oder Bran richtig an; sie nahmen keine Notiz von ihnen, kein Interesse schimmerte auf. Er dachte: Ein kleines Stück Weges haben wir geschafft – wir sind jetzt *hier*, aber nur eben dies. Vielleicht sehen sie uns später richtig, wenn wir das, was von uns erwartet wird, was es auch sein mag, gut machen . . .

Gelächter erscholl auf dem von Menschen wimmelnden Platz; es kam aus einem Kreis lachender Gesichter, die einem Jongleur zugewandt waren. Köstliche Gerüche wehten herüber von den Ständen, wo Essen verkauft wurde. Ein feiner Sprühregen streichelte Wills Gesicht, und er sah die glitzernden Tropfen eines Springbrunnens, die wie ein Strom von Diamanten zur Sonne aufflogen und wieder zurückkehrten. Er sah Bran vor sich, das blasse Gesicht hinter den dunklen Brillengläsern strahlte, als er Gwion lachend etwas zurief. Dann entstand in der Menge eine Bewegung, Köpfe wandten sich um, Körper wurden gegen Will gepreßt. Er hörte die Hufe von Pferden, das Klirren von Pferdegeschirr, das Ächzen und Rumpeln von Rädern. Zwischen den vielen Köpfen hindurch konnte er einen Blick auf Reiter erhaschen, die barhäuptig und in Blau gekleidet auftauchten und wieder verschwanden. Das Rumpeln wurde lauter; er sah jetzt eine Kutsche mit dunkelblauem, prächtig mit Gold verziertem Dach und blauen Federbüschen davor, die auf den Köpfen großer, nachtschwarzer Pferde tanzten.

Die Hufschläge wurden langsamer, Räder quietschten auf der mit Steinen gepflasterten Straße; die Kutsche blieb stehen, leicht hin und her schaukelnd. Gwion war wieder in der Nähe und zog Will und Bran mit sich nach vorn. Die Menge machte ohne Schwierigkeiten ehrerbietig Platz; beim Anblick von Gwions erhobenem grauem Kopf wich jeder sofort zur Seite. Dann stand die Kutsche direkt vor ihnen, plötzlich von gewaltigen Ausmaßen, wie ein schimmerndes blaues Schiff, das an kräftigen Lederriemen in einem hochrädrigen, geschwungenen Rahmen hing. Ein goldenes Wappen war in die polierte Tür über Wills Kopf eingraviert. Die schwarzen Pferde stampften und schnaubten. Es war kein Kutscher zu sehen.

Gwion öffnete die Tür der Kutsche, griff nach innen und brachte einen Tritt zum Einsteigen zum Vorschein.

„Komm, Will", sagte er.

Will blickte unsicher auf. Das Innere der Kutsche lag im Schatten verborgen.

„Dir geschieht nichts", sagte Gwion. „Verlasse dich auf deinen Instinkt, Uralter."

Will sah scharf, forschend in die von Lachfalten umgebenen

Augen in dem kraftvollen Gesicht. Er fragte: „Kommen Sie auch?"

„Noch nicht", sagte Gwion. „Zuerst du und Bran."

Er half ihnen hinauf und schloß die Tür. Will setzte sich hin und schaute hinaus. Um Gwion bewegte sich schnatternd die Menschenmenge. Man begann wieder, sich um die eigenen Angelegenheiten zu kümmern, fröhlich gestimmt im Sonnenschein.

In der Kutsche war es kühl und dämmerig; die tiefen gepolsterten Bänke rochen nach Leder. Ein Pferd wieherte. Hufe klapperten, und die Kutsche setzte sich in Bewegung.

Will lehnte sich zurück und sah Bran an. Bran nahm die Brille ab und grinste ihn an.

„Erst Pferde, dann eine vierspännige Kutsche. Was sie uns wohl als nächstes anbieten werden? Glaubst du, daß sie einen Rolls-Royce haben?" Aber er hörte nicht auf seine eigenen Worte. Er blinzelte zu den Gebäuden hinüber, die sich an den Fenstern vorbeibewegten, und setzte sich die dunkle Brille wieder auf die Nase.

„Ein großer Vogel", sagte Will leise. „Oder ein Griffon. Oder ein Basilisk." Auch er blickte wieder hinaus in die Helligkeit. Hier waren nur wenige Leute zu sehen. Sie fuhren durch eine breite Straße mit geschwungenen Arkadenhäusern zu beiden Seiten, die ihm erstaunlich schön vorkamen mit ihren klaren Linien, gewölbten Türen und weit auseinanderliegenden, gleichmäßigen Fenstern und den Mauern aus warmem, goldenem Stein. Es war ihm vorher noch nie in den Sinn gekommen, Gebäude als schön anzusehen.

Bran sprach ähnliche Empfindungen aus; er sagte zögernd: „Es ist alles so . . . gut durchdacht."

„Die Formen stimmen alle", sagte Will.

„Ja, genau. Ich meine, sieh dir das an!" Bran beugte sich vor und zeigte auf etwas. Zwischen den Häusern befand sich der hohe Bogeneingang zu einem prächtigen, mit Säulen ge-

167

schmückten Innenhof. Aber die Kutsche war vorbeigerollt, bevor sie mehr sehen konnten.

Die Welt schien etwas dunkler zu werden; Will stellte fest, daß die Sonne nicht mehr schien. Sie saßen hin und her schaukelnd in der Kutsche; das Klappern der Hufe klang ihnen laut in den Ohren. Es schien noch dunkler zu werden.

Will runzelte die Stirn. „Wird es schon dunkel?"

„Müssen Wolken sein." Bran stemmte sich zwischen die Bänke, hielt sich an der Tür fest und schaute hinaus. „Ja, es sind Wolken. Große dicke Wolken, hoch oben. Sieht so aus, als braue sich ein richtiges Unwetter zusammen." Dann hob sich seine Stimme ein wenig. „Will, vor uns waren doch blaugekleidete Reiter, nicht?"

„Ja, stimmt. Wie in einer Prozession."

„Es ist jetzt niemand mehr dort. Nichts vor uns. Aber etwas . . . folgt uns."

Seine angespannte Stimme brachte Will mit einem Satz auf die Beine, und er schaute an dem weißen Schopf vorbei nach draußen. Außerhalb ihres schaukelnden kleinen Raumes war die breite Straße so düster geworden, daß es Mühe machte, etwas zu erkennen. Ein dunkler Haufen von Gestalten schien ihnen zu folgen in gleichbleibendem Abstand – oder vielleicht etwas näher kommend. Er glaubte, außer dem Klappern der Hufe ihrer eigenen Pferde auch das anderer Pferde zu hören. Dann schaltete sein Instinkt sich ein, und seine Hand umfaßte den Fensterrahmen fester: Etwas kam, etwas irgendwo dort hinten, das ihm Angst machen würde.

„Was ist?" fragte Bran und schnappte nach Luft, als ein plötzlicher Ruck ihn zurück auf die Sitzbank schleuderte. Will stolperte zurück und ließ sich neben ihn fallen. Die Kutsche wurde immer lauter, klirrte und polterte, und sie wurden hin und her geworfen, von einer Seite zur anderen, während die Kutsche schleuderte und schlingerte wie ein Schiff bei tosendem Meer.

Bran schrie: „Wir fahren zu schnell!"

„Die Pferde haben Angst!"

„Wovor?"

„Vor . . . vor . . . da hinten." Will brachte kaum ein Wort heraus; seine Kehle war wie ausgetrocknet. Brans weißes Gesicht tanzte vor ihm; Bran hatte in der Dunkelheit die schützende Brille abgenommen, und in seinen merkwürdigen goldbraunen Augen stand Angst. Dann weiteten seine Augen sich, und er packte Wills Arm.

Draußen wirbelte eine Schar von dunklen Gestalten an beiden Seiten vorbei, ungestüm galoppierende Pferde, deren Mähnen und Schwänze mit dem Wind flogen, dunkle Umhänge wehten hinter Reitern in Kapuzen her. Hier und dort ragte eine Gestalt in weißem Umhang aus der Menge hervor. Sie sahen keine Gesichter unter den Kapuzen. Nichts als Schatten. Man konnte nicht erkennen, ob überhaupt Gesichter da waren.

Aber eine Gestalt, größer als die anderen, galoppierte neben dem Fenster der dahinfliegenden Kutsche her, schwankend im grauen Halblicht dort draußen. Der Kopf wandte sich ihnen zu. Bran hörte Will unterdrückt keuchen.

Der Reiter warf den Kopf zurück und einen Teil der wehenden Kapuze. Und es war ein Gesicht da, ein Gesicht, das Will mit Entsetzen erkannte, als es ihn voller Haß und Böswilligkeit anstarrte und ihn mit brennenden blauen Augen musterte.

Will hörte ein heiseres Krächzen, das seine eigene Stimme war.

„*Reiter!*"

Weiße Zähne leuchteten in einem schrecklichen freudlosen Lächeln auf, dann fiel die Kapuze wieder an ihren Platz. Die Gestalt in dem Umhang beugte sich vor, drängte das Pferd vorwärts und verschwand vor ihnen in der dunklen Menge reitender Schatten. Hufschläge füllten die Luft, trommelten ihnen in den Ohren und wurden dann allmählich leiser.

Die Welt schien etwas weniger dunkel zu werden, das heftige Schaukeln der Kutsche etwas weniger wild.

Bran sah Will wie erstarrt an. *„Wer war das?"*

Will sagte mit leerer Stimme: „Der Reiter, der schwarze Reiter, einer der großen Herren der Finsternis..." Plötzlich setzte er sich steil aufrecht, und seine Augen glühten. „Wir dürfen ihn nicht gehen lassen, jetzt, da er uns gesehen hat, wir müssen ihm folgen!" Seine Stimme erhob sich, schrill und fordernd, als rufe er die ganze Kutsche an, als sei sie lebendig: „Folgen! Folge ihm! Folgen!"

Die Kutsche wackelte wieder schneller, der Lärm wuchs, und die Pferde stürzten ungestüm voran. Bran suchte nach einem Halt. „Will, bist du verrückt! Was tust du? Folgen... *dem*?" Sein Entsetzen ließ das Wort halb kreischend herauskommen.

Will kauerte in einer der schwankenden Ecken und sagte mit entschlossenem Gesicht: „Wir müssen... wir müssen wissen... Halt dich fest. Halt dich fest. *Er* verursacht das Entsetzen durch sein Reiten. Wenn wir ihn jagen, wird es nachlassen. Halt dich fest, laß uns abwarten..."

Sie bewegten sich jetzt schnell voran, doch ohne den Schrecken einer panischen Flucht. Die Pferde paloppierten stetig und kraftvoll dahin und zogen die Kutsche hinter sich her wie ein Kinderspielzeug. Es wurde immer heller, als ob keine Wolke mehr in der Nähe sei, und bald strahlte wieder Sonnenlicht durch die offenen Fenster zu ihnen herein. Die eine Seite der breiten Straße war immer noch von steinernen Arkadenbauten gesäumt, doch auf der anderen Seite sahen sie jetzt hohe Bäume und weichen Rasen, der sich in grüne Fernen erstreckte; Pfade und Kieswege durchkreuzten die weite Rasenfläche hier und dort.

„Das muß... dieser Park sein." Brans Stimme kam zwischen einem Ruck und dem nächsten stoßweise hervor. „Der, den wir... am Anfang sahen... vom Dach aus."

170

„Vielleicht ist er es. Sieh mal!"

Will zeigte nach vorn, wo zwei Reiter die Straße verlassen hatten und in kurzem Galopp, jetzt offensichtlich ohne Hast, einen der schmalen Wege durch den Park hinunterritten. Sie bildeten ein seltsames Paar, wie Figuren eines Schachbretts: einer der Reiter in schwarzer Kapuze und schwarzem Umhang auf einem kohlschwarzen Pferd, der andere in weißer Kapuze und weißem Umhang auf einem Pferd, das so weiß war wie Schnee.

„Folgen!" rief Will.

Bran sah die lange leere Straße vor ihnen hinunter, als sie von ihr abbogen. „Aber es waren so viele – wie eine große dunkle Wolke. Wo sind sie geblieben?"

„Wo die Blätter im Herbst bleiben", sagte Will.

Bran sah ihn an und schien sich plötzlich zu entspannen; er grinste. „Das war ja echt poetisch."

Will lachte. „Es stimmt. Das Problem mit Blättern ist natürlich, daß sie wieder wachsen..."

Aber seine Aufmerksamkeit galt den beiden hochgewachsenen Reitern, die sich deutlich gegen das sanfte Grün des Parks absetzten. Nach kurzer Zeit blieb der Weiße Reiter, so nannte er ihn bei sich, etwas zurück und trabte ruhig davon. Die Kutsche fuhr weiter und folgte der schwarzen aufrechten Gestalt des zweiten Reiters.

Bran fragte: „Warum sind wohl einige von den Reitern der Finsternis ganz in Weiß und die übrigen ganz in Schwarz gekleidet?"

„Ohne Farbe..." sagte Will nachdenklich. „Ich weiß es nicht. Vielleicht, weil die Finsternis nur Menschen in extremen Situationen erreichen kann – geblendet von ihren eigenen schillernden Ideen, oder eingeschlossen in die Dunkelheit ihrer eigenen Köpfe."

Die Räder knirschten auf dem Weg. Sie sahen symmetrisch angelegte Blumenbeete zu beiden Seiten, mit weißen Steinbänken dazwischen, und hier und dort saßen Leute auf den Bänken oder gingen spazieren, und Kinder spielten. Keiner von ihnen hatte mehr als einen kurzen, nur mäßig interessierten Blick übrig für den Schwarzen Reiter, der auf seinem großen schwarzen Pferd einherstolzierte, oder für die federgeschmückten Hengste, die die schwankende blaue Kutsche mit dem goldenen Wappen an der Tür zogen.

Bran sah einen alten Mann aufblicken, die Kutsche mustern und sich sofort wieder seinem Buch zuwenden. „Sie können uns jetzt sehen. Aber sie scheinen... es ist ihnen *gleichgültig*."

„Vielleicht interessiert es sie später", sagte Will. Die Kutsche blieb stehen. Er öffnete die Tür und schob den Tritt mit dem Fuß hinunter. Sie sprangen hinab auf den knirschenden Kies des weißen Weges; als sie dann sahen, was alles sie umgab, blieben beide stehen, für einen Augenblick von Entzücken gefangengenommen.

Die Luft war von Düften erfüllt, und überall blühten Rosen. Rechtecke, Dreiecke, Kreise leuchtender Blüten schmückten den Rasen rundherum, rote und gelbe und weiße und in allen Farben dazwischen. Vor ihnen befand sich der Eingang zu einem abgeschlossenen kreisrunden Garten, ein großer Bogen in einer hohen Hecke aus roten Kletterrosen. Sie gingen hindurch, fast schwindelig von dem Duft. In dem großen Rund des abgeschlossenen Gartens umgaben symmetrische Balustraden und Bänke aus weißem Marmor einen glitzernden Springbrunnen, in dem drei weiße Delphine unablässig hochschnellten und einen hohen dreifachen Wasserstrahl in die Luft spien, den im Sonnenlicht ein blasser Regenbogen überspannte. Und wie um die kühlen Linien des Marmors zu betonen, türmten sich überall Rosenhügel auf, riesige Büsche, die üppig wucherten und hoch wie Bäume waren.

Vor einem der größten Büsche, einer üppigen Zaunrose mit kleinen rosa Blüten, die lieblich dufteten wie Äpfel, stand wie ein schwarzes Brandmal die Gestalt des Reiters auf dem großen dunklen Pferd.

Will und Bran gingen vor bis zum Springbrunnen und blieben stehen gegenüber dem ein kleines Stück entfernten Mann auf seinem Pferd. Das schwarze Pferd tänzelte zur Seite und stampfte unruhig; der Reiter riß heftig am Zügel. Er schob die Kapuze ein Stück zurück, und Will sah das fanatische, wohlgeformte Gesicht, das er schon in früheren Jahren gesehen hatte, und einen Schimmer des rotbraunen Haares.

„Nun, Will Stanton", sagte der Reiter leise. „Es ist ein langer Weg vom Themsetal ins Verlorene Land."

Will sagte: „Und ein langer Weg vom Ende der Erde, wohin die Wilde Jagd die Finsternis getrieben hat."

Der Reiter verzerrte das Gesicht, als habe ein plötzlicher Schmerz ihn überfallen; er wandte den Kopf ein wenig ab, so daß seine Züge im Schatten der Kapuze lagen, doch nicht schnell genug, um eine schreckliche Narbe zu verbergen, die über seine ganze Wange lief. Aber einen Augenblick später saß er wieder aufrecht vor ihnen, sein Rücken gerade und stolz.

„Das war ein Sieg für das Licht, aber nur ein einziger", sagte er kalt. „Es wird keinen anderen geben. Wir erheben uns zum letztenmal, Uralter, wir haben die Flut erreicht. Jetzt habt ihr keine Möglichkeit mehr, uns aufzuhalten."

„Eine Möglichkeit haben wir", sagte Will. „Nur eine einzige."

Der Reiter wandte seine leuchtenden blauen Augen von Will zu Bran. Er sagte steif, fast ohne die Stimme zu heben oder zu senken: „Das Schwert hat nicht die Kraft des Pendragon, bis es in seiner Hand liegt, noch kann der Pendragon sein rechtmäßiges Erbe antreten, bis seine Hand auf dem Schwert ruht." Die blauen Augen kehrten zu Will zurück, und der Reiter lächelte, aber die Augen blieben eiskalt. „Wir sind euch zuvorgekommen, Will Stanton. Wir sind hier, seit dieses Land verloren ist, und ihr könnt euch soviel Mühe geben, wie ihr wollt, Eirias, das

173

Schwert, der Hand zu entreißen, die es jetzt hält – ihr werdet keinen Erfolg haben. Denn diese Hand gehört uns."

Will spürte, daß Bran ihm in verwirrter Besorgnis einen raschen Blick zuwarf, aber er sah ihn nicht an; er musterte den Reiter. Das Selbstvertrauen in Gesicht und Haltung des Mannes war ungeheuer, schien voller Überheblichkeit, und doch sagte Will eine innere Stimme, daß dieses Bild nicht vollständig war; irgendwo war der Mann verwundbar, irgendwo war ein Riß, ein winziger Riß in der Siegesgewißheit der Finsternis. Und in diesem Riß lag die einzige Hoffnung, die dem Licht jetzt noch blieb, der Erhebung der Finsternis Einhalt zu gebieten. Er sagte nichts, sondern sah den Reiter nur lange an, blickte ihm unverwandt in die Augen, bis schließlich die blauen Augen sich kurz abwendeten wie die Augen eines Tieres. Da wußte Will, daß er recht hatte.

Der Reiter sagte leichthin, um das Ausweichen seiner Blicke zu verbergen: „Ihr tätet gut daran, das törichte Verfolgen unerreichbarer Ziele zu vergessen und statt dessen die Wunder des Verlorenen Landes zu genießen. Es ist niemand hier, um der Finsternis zu helfen, aber es ist auch niemand hier, um euch zu helfen. Doch es gibt vieles, was euch Freude machen wird."

Das schwarze Pferd bewegte sich ruhelos, und er zog am Zügel und führte es ein paar Schritte weiter zu einer Kletterrose, die im Schmuck riesiger Knospen und voll erblühter gelber Rosen leuchtete.

Mit sicherer, fast gezierter Geste beugte der Reiter sich vor, brach eine gelbe Rose ab und roch daran. „Etwa diese Blumen. Rosen aus allen Jahrhunderten. Hier eine *Maréchal Niel*, so einen Duft findet man nirgendwo sonst . . . oder die ungewöhnliche hohe Rose neben euch mit den kleinen roten Blüten, die *moyesii* heißt und ihre eigenen Wege geht. Manchmal blüht sie reicher als irgendeine andere Rose, und dann vielleicht jahrelang überhaupt nicht."

„Bei Rosen ist es schwer, etwas vorauszusagen, mein Herr", sagte eine Stimme in leichtem Unterhaltungston, dann wurde sie etwas schärfer. „Und so ist es auch mit den Menschen vom Verlorenen Land."

Und plötzlich stand Gwion da, eine zierliche dunkle Gestalt neben dem Springbrunnen. Sie wußten nicht, woher er gekommen war, es sah aus, als käme er aus dem Regenbogen, der über den glitzernden Tropfen schwebte.

Das Pferd des Reiters stampfte wieder unruhig; er hatte Mühe, es zur Ruhe zu bringen. Er sagte kalt: „Ein hartes Schicksal wird Euch erwarten, Spielmann, wenn Ihr dem Licht helft."

„Mein Schicksal gehört mir", entgegnete Gwion.

Der schwarze Hengst warf den Kopf zurück; er schien jetzt, dachte Will, von dem von der hohen Hecke umrandeten Garten fortzustreben. Er blickte über die Schulter zurück auf den vor Rosen leuchtenden Eingang und sah dort, blendend im hellen Sonnenlicht, die stille Gestalt des weißen Reiters auf dem weißen Pferd.

Gwion war seinen Blicken gefolgt. Er sagte leise: „Oho."

„Ich bin nicht allein in diesem Land", sagte der Reiter.

„Nein", sagte Gwion. „Das seid Ihr nicht. Es war zu vernehmen, daß die größten Herren der Finsternis sich in diesem Reich versammelt hätten, und ich sehe, daß das wahr ist. In der Tat, all Eure Kräfte sind hier versammelt – und Ihr werdet sie brauchen." Er sprach leichthin, ohne besondere Betonung, aber die letzten Worte zog er absichtlich in die Länge, und das Gesicht des Reiters wurde finster. Mit einer heftigen Bewegung zog er die Kapuze nach vorn, und nur seine Stimme drang zischend aus den Schatten hervor.

„Rette dich selbst, Taliesin. Oder sei verloren mit den sinnlosen Hoffnungen des Lichts! Verloren!"

Er drehte sich mit dem Pferd herum; sein schwarzer Umhang wehte hoch, und seine Worte rollten hervor wie Steine.

175

„Verloren!" Er lockerte die Zügel, und das unruhige Pferd sprang auf den überwölbten Eingang zu. Der Weiße Reiter drehte sich grüßend, dann ertönte aus der Ferne plötzlich ein Donnern, das sich rasch näherte, und die Reiter der Finsternis, die vorher an Will und Bran vorbeigeritten waren, kamen durch den Park herangejagt wie eine große Wolke, die einen heiteren Tag verdunkelt. Sie stürzten sich auf die wartenden Pferde der beiden Reiter, der Herren der Finsternis, nahmen sie in ihre Mitte und schienen sie davonzutragen. Die dunkle Wolke verschwand in der Ferne, und das Donnern erstarb. Und Will und Bran und Gwion standen allein zwischen den Rosen, inmitten der Stadt, im lieblich duftenden Garten des Verlorenen Landes.

Der Leere Palast

Will fragte: „Taliesin?"

„Ein Name", sagte Gwion. „Nur ein anderer Name." Er streckte die Hand aus, um liebevoll über eine Wolke weißer Rosen neben sich zu streichen. „Gefällt euch nun das, was ihr von meiner Stadt seht?"

Will erwiderte das rasche Lächeln zurückhaltend. Etwas nagte an ihm. „Wußten Sie, daß wir auf den Reiter stoßen würden, als Sie uns mit der Kutsche losschickten?"

Gwion wurde ernst und fuhr sich mit der Hand durch den Bart. „Nein, Uralter, das wußte ich nicht. Die Kutsche sollte euch nur hierher bringen. Aber vielleicht wußte er das. Es gibt wenig im Verlorenen Land, was die Finsternis nicht weiß. Aber es gibt auch wenig, was sie tun kann." Er wandte sich abrupt dem Springbrunnen zu. „Kommt."

Sie folgten ihm an eine Stelle vor dem Mittelpunkt des Springbrunnens, wo das Wasser von den ineinander verschlungenen weißen Delphinen in einer glitzernden Spirale hochgeschleudert wurde. In der Nähe ragte der größte all der wuchernden Rosensträucher empor, ein Hügel zarter weißer Heckenrosen, breit wie ein Haus. Ein feiner Sprühregen vom Springbrunnen legte sich auf ihre Gesichter und befeuchtete ihr Haar. Will sah die glitzernden Tropfen selbst in Gwions grauem Bart.

„Haltet Ausschau nach dem Bogen des Lichts", sagte Gwion.

Will schaute auf das tanzende Wasser, die schimmernden Delphine, die fünfblättrigen Blüten der Heckenrose, alles verschwamm ineinander. „Sie meinen den Regenbogen?"

Plötzlich war er wieder da, ein von der Sonne geborener Bogen aus dunstigen Farben inmitten des Springbrunnens, mit der Andeutung eines zweiten, blassen Regenbogens, der sich weiter oben wölbte.

Gwion sagte hinter ihnen leise: „Seht ihn euch gut an. Seht ihn lange an."

Gehorsam und konzentriert starrten sie auf den Regenbogen, schauten und schauten, bis das von dem Marmor und von dem hochschießenden Wasser reflektierte Sonnenlicht sie blendete. Plötzlich rief Bran: „Sieh nur!" – und im gleichen Augenblick machte Will einen Satz nach vorn, die Hände zu Fäusten geballt. Sie sahen hinter dem Regenbogen die schwachen Umrisse eines Mannes, der in der Luft zu schweben schien; eines Mannes in einer weißen Robe mit einem grünen Überwurf, der den Kopf gesenkt hielt; jede Linie seines Körpers war von Schwermut gezeichnet – und in der Hand hielt er ein leuchtendes Schwert.

Will strengte sich an, mehr zu erkennen, wagte kaum zu atmen. Die Gestalt hob den Kopf ein wenig, als spüre sie ihren Blick und versuche, ihn zu erwidern, aber dann schien Teilnahmslosigkeit sie wieder zu ergreifen; der Kopf fiel schlaff nach unten, und die Hand . . .

. . . und dann war nur noch der Regenbogen da, der sich durch den glitzernden Sprühnebel des Springbrunnens wölbte. Bran sagte mit angespannter Stimme: „*Eirias*. Das war das Schwert. Wer war der Mann?"

„So traurig", sagte Will. „Ein so trauriger Mann."

Gwion atmete tief aus, seine eigene Spannung beiseite schiebend. „Habt ihr es gesehen? Habt ihr es deutlich gesehen?" Es lag große Besorgnis in seiner Stimme.

Will sah ihn erstaunt an. „Haben Sie es nicht gesehen?"

„Dies ist der Springbrunnen des Lichts", sagte Gwion. „Der einzige kleine Hinweis auf das Wirken des Lichts, der im Verlorenen Land erlaubt ist. Nur jene, die zum Licht gehören, dürfen sehen, was er ihnen zu geben hat. Und ich gehöre . . . nicht ganz zum Licht." Er blickte Will und Bran durchdringend an. „Ihr werdet das Gesicht wiedererkennen? Das kummervolle Gesicht und das Schwert?"

„Überall", sagte Will.

„Immer", sagte Bran. „Es war . . ." Er hielt inne und sah Will ratlos an.

Will sagte: „Ich weiß. Man kann es nicht beschreiben. Aber wir werden ihn erkennen. Wer ist es?"

Gwion seufzte. „Es ist der König. Gwyddno, der verlorene König des Verlorenen Landes."

„Und er hat das Schwert", sagte Bran. „Wo ist er?" Ein merkwürdiger Eifer schien immer dann Besitz von ihm zu ergreifen, stellte Will fest, wenn das Kristallschwert erwähnt wurde.

„Er hat das Schwert, und vielleicht wird er es euch geben, falls er euch hört, wenn ihr zu ihm sprecht. Er hat schon seit langem niemanden mehr gehört – nicht, weil er nicht hören *kann*, sondern weil er sich in sich selbst zurückgezogen hat."

Bran fragte wieder: „Wo ist er?"

„In seinem Turm", sagte Gwion. „In seinem Turm in *Caer Wydyr*."

Als er den walisischen Namen nannte, wurde Will plötzlich klar, daß sein Englisch die ganze Zeit einen leichten walisischen Akzent gehabt hatte, wenn auch nicht so ausgeprägt wie bei Bran.

„*Caer Wydyr*", sagte Bran. Er sah Will mit gerunzelter Stirn an. „Das heißt: Burg aus Glas."

„Ein Glasturm", sagte Will. „Den du in einem Regenbogen sehen kannst." Er blickte zurück auf die in Spiralen hochschießenden Wasserstrahlen des Springbrunnens, die sich brachen und in einem wie Diamanten schimmernden Regen auf die glänzenden Rücken der Delphine fielen. Dann stockte er und sah schärfer hin. „Sieh mal, dort unten, Bran. Ich habe es vorher nicht bemerkt. Auf dem Springbrunnen steht etwas geschrieben, ganz unten."

Sie beugten sich beide vor, um zu schauen, und schützten ihre Gesichter mit vorgehaltenen Händen vor dem Sprühregen. Eine Schriftzeile war in den Marmor eingeritzt, halb verdeckt vom Gras; die Buchstaben hatten moosige grüne Flecken.

„*Ich bin der* ...« Will teilte das Gras mit den Händen. „*Ich bin der Schoß einer jeden Freistatt.*"

Bran runzelte die Stirn. „*Der Schoß einer jeden Freistatt.* Der Schoß, aus dem kommst du, wenn du geboren wirst, das muß also ... der Anfang sein, nicht wahr? Aber Freistatt? Was soll das sein? Was ist eine Freistatt?"

„Eine Zuflucht", sagte Gwion leise.

Bran schob seine dunkle Brille die Nase hinunter und spähte über die Gläser hinweg auf die eingeritzten Wörter. „Der Anfang einer jeden Zuflucht? Was soll das heißen?"

„Das kann ich euch nicht sagen", entgegnete Gwion. „Aber ich glaube, ihr solltet euch die Worte vielleicht merken." Er zeigte durch den überwölbten Eingang zum Rosengarten auf die wartende blaue Kutsche. „Kommt ihr mit?"

Während sie in die Kutsche hineinkletterten, fragte Will:

179

„Was für ein goldenes Wappen ist das auf der Tür, mit dem springenden Fisch und den Rosen?"

„Ein Lachs aus dem Dyfi, dieser Fisch", sagte Gwion. „Die Heraldiker werden später sagen, *Blaues Feld, ein fliegender goldener Lachs zwischen drei silbernen Rosen.*" Er schwang sich auf den Kutschersitz, ergriff die Zügel, und seine letzten Worte waren nur noch leise von oben zu hören. „Es ist das Wappen von Gwyddno, dem König."

Dann zog er die Zügel an, und die schwarzen Pferde warfen die Köpfe zurück und setzten sich in Bewegung. Die Kutsche schaukelte und ratterte durch die Anlagen des weiten grünen Parks und hinaus auf die gepflasterten Straßen der Stadt. Hier und dort gingen Leute in Gruppen oder zu zweit spazieren; jetzt hoben sie die Köpfe, als die Kutsche vorbeirasselte, und blickten ihr nach, überrascht und manchmal neugierig. Niemand grüßte, aber es ignorierte auch keiner ihr Vorbeifahren wie zuvor; diesmal wandten sich alle Köpfe der Kutsche zu.

Sie fuhren langsamer und schwankten um eine Kurve. Will und Bran schauten hinaus und sahen, daß sie durch einen überwölbten Eingang hindurch in einen Hof einbogen. Hohe, mit Säulen geschmückte Wände ragten auf allen Seiten empor, mit großen, neunscheibigen Fenstern; über der Dachbrüstung erhoben sich bizarre, nadelspitze Türme. Alle Fenster waren leer; nirgends sahen sie ein Gesicht.

Die Kutsche blieb stehen, und sie kletterten hinaus. Vor ihnen führte eine sich nach oben verjüngende Treppe hinauf zu einer mit Säulen gesäumten, rechteckigen Tür, die mit Schnörkeln und geschnitzten Figuren verziert war – und, alles beherrschend, mit einem Abbild des Wappens mit dem springenden Fisch von der Kutschentür.

Will und Bran schauten einander an und dann nach vorn. Die Tür stand offen. Nur Dunkelheit schien sie drinnen zu erwarten.

Gwion sagte hinter ihnen: „Dies ist der Palast von Gwyddno

Garanhir. Der Leere Palast, so wird er seit dem Tag genannt, als der König sich in seine Burg am Meer zurückzog und sie nie wieder verließ. Geht zusammen hinein. Ich werde euch drinnen treffen, wenn ihr den Weg findet."

Will schaute sich um. Die prächtige Kutsche und die nachtschwarzen Pferde waren verschwunden. Der große Hof des Palastes war leer. Gwion stand am Fuß der Treppe, eine zierliche dunkle Gestalt. In seinem nach oben gewandten bärtigen Gesicht standen plötzlich unerklärlicherweise deutliche Linien der Besorgnis. Er war angespannt, wartete auf etwas.

Will nickte. Er wandte sich wieder der gewaltigen offenen Tür des Palastes zu. Bran stand dort und starrte in die Düsternis. Er hatte sich nicht mehr gerührt seit einiger Zeit, bevor Gwion sprach. Ohne sich umzudrehen, sagte er: „Gehen wir also."

Nebeneinander gingen sie hinein. Mit einem langgezogenen Knarren und einem tiefen, widerhallenden Krachen schlug die riesige Tür hinter ihnen zu. Im gleichen Augenblick wurde aus der Dunkelheit eine leuchtendweiße Helligkeit. Will hatte einen Augenblick Zeit, Bran zurückzucken und die Hände schützend vor die Augen halten zu sehen, bevor ihm zum Bewußtsein kam, was vor ihnen lag. Ihm stockte der Atem.

Rund um sie herum, in einem endlosen grellen Glitzern, befanden sich unzählige, sich immer wiederholende Spiegelbilder von ihm selbst und Bran. Er drehte sich um die eigene Achse und starrte die Bilder an; die Will-Bilder drehten sich ebenfalls um, eine lange Reihe, die in den Raum zurückwich. Er schrie und erwartete unwillkürlich ein unendlich oft wiederholtes Echo, das immer weiter hin und her tanzte, geradeso, wie die Bilder sich vor seinen Augen ständig wiederholten. Aber nur der eine Ton hallte dumpf um sie herum und erstarb.

Diesem Ton entnahm Will aus irgendeinem Grund die Vorstellung, daß der Raum, in dem sie standen, lang und schmal sein mußte.

„Ist es ein Flur?" fragte er verwirrt.

„Spiegel!" Bran sah wild um sich, die Augen sogar hinter der dunklen Brille zu Schlitzen zusammengekniffen. „Überall Spiegel. Es *besteht* aus Spiegeln."

Wills Gedanken lösten sich aus dem Wirbel der Bestürzung; er fing an auszusortieren, was er erkennen konnte. „Spiegel, ja. Mit Ausnahme des Bodens." Er schaute hinunter auf die schimmernde Dunkelheit. „Und der ist aus schwarzem Glas. Sieh nur, rauf und runter; es ist ein Flur, ein langer gewundener Flur, der nur aus Spiegeln besteht."

„Ich seh' mich zu oft", sagte Bran mit einem unbehaglichen Lächeln. In jedem Gesicht blitzte es weiß auf, als die endlosen Reihen von Bran-Abbildern gleichzeitig lachten – und dann ernüchtert dreinschauten.

Will machte ein paar unsichere Schritte und zuckte zusammen, als die Spiegelbilder sich mit ihm bewegten. Die Biegung des Flures gab den Blick etwas weiter frei, zeigte aber nichts anderes als die gleiche Helligkeit, wie eine leuchtende leere Seite in einem riesigen Buch. Will streckte die Hand aus und zupfte Bran am Ärmel.

„He! Bleib neben mir. Wenn jemand anderes da ist, auch wenn du ihn nur aus dem Augenwinkel siehst, machen dich all die Spiegelbilder nicht so schwindelig."

Bran trat neben ihn. Er sagte unsicher: „Du hast recht." Aber als sie ein kleines Stück weiter gegangen waren, blieb er plötzlich stehen; er sah bedrückt und krank aus. „Das hier ist *schrecklich*", sagte er mit angespannter Stimme. „Das Glas, die Helligkeit, alles ist so bedrängend nahe. Einengend, einengend – als befände man sich in irgendeiner gräßlichen Schachtel."

„Laß uns weitergehen", sagte Will und bemühte sich,

zuversichtlich zu klingen. „Vielleicht ist nach der nächsten Biegung ein Ausgang. Es kann nicht ewig so weitergehen."

Aber als sie um die Biegung kamen und die Spiegelwände mit ihren endlos sich wiederholenden Abbildern bevölkerten, kamen sie nur an zwei scharfkantige Ecken, die die Spiegelbilder in noch mehr sich sinnlos wiederholenden Reihen zeigten. Hier kreuzte ein zweiter Spiegelflur den ersten, so daß sie jetzt die Wahl zwischen drei Richtungen vor sich hatten.

Bran fragte unglücklich: „Welchen Weg nehmen wir?"

„Das mag der liebe Himmel wissen." Will griff in die Tasche und brachte einen Penny zum Vorschein. „Kopf oder Zahl. Ist es der Kopf, gehen wir nach rechts oder geradeaus, ist es die Zahl, nach links." Er warf die Münze hoch, fing sie auf und streckte den Arm aus.

„Zahl", sagte Bran. „Nach links also."

„Hoppla!" Will hatte den Penny fallen lassen; sie hörten, wie er rollte und sich drehte. „Wo ist er? Müßte hier leicht genug sein, ihn zu finden . . . Komisch, daß nirgends im Glas Nahtstellen zu sehen sind – als wäre man in einer Art eckigem Schlauch . . ." Er sah Brans verzerrtes Gesicht und erschrak. „Komm weiter – wir müssen hier raus."

Sie gingen weiter, der linken Abzweigung folgend. Aber der Spiegelflur, der dem ersten aufs Haar glich, schien endlos zu sein. Er erstreckte sich immer weiter, machte eine scharfe Biegung nach links und verlief dann wieder gerade. Ihre Schritte hallten, kamen aber sofort zum Schweigen, wenn sie eine Pause machten. Schließlich kamen sie an eine zweite Kreuzung.

Bran sah sich verzagt um. „Sieht genauso aus wie die erste."

Wills Blicke fielen auf etwas Glitzerndes auf dem Boden, das kein Glas war. Er bückte sich und stellte fest, daß es sein Penny war. Er richtete sich auf, schluckte kräftig, um das plötzliche hohle Gefühl in seiner Kehle zu unterdrücken, und hielt Bran die Hand entgegen.

183

„Es ist meiner. Sieh nur!"

„*Duw*. Wir haben uns im Kreis bewegt." Bran sah ihn an und runzelte die Stirn. „Weißt du was? Ich glaube, wir sind in einem Labyrinth."

„Ein Labyrinth..."

„Ein Labyrinth aus Spiegeln. Da drin kannst du dein ganzes Leben verbringen."

„Gwion wußte das, nicht wahr?" Will dachte zurück an das graubärtige Gesicht, das angespannt vor Besorgnis zu ihnen aufblickte. „Gwion sagte: *Ich werde euch treffen, wenn ihr den Weg findet...*'"

„Weißt du etwas über Labyrinthe?"

„Ich war mal in einem bei Hampton Court. Hecken. Auf dem Weg hinein mußtest du dich nach rechts halten, auf dem Weg nach draußen nach links. Aber dort gab es einen Mittelpunkt. Hier..."

„Diese Biegungen." Bran sah jetzt, da er etwas zum Grübeln hatte, nicht mehr so elend aus. „Denke nach. Denke nach. Als wir uns auf den Weg machten, gingen wir nach rechts, und dann kam eine Biegung..."

„Eine Biegung nach links."

„Und dann kamen wir an die Kreuzung, und wir folgten dem an weitesten nach links liegenden Flur, und dieser machte *auch* wieder eine Biegung nach links und brachte uns in einem Kreis zurück zur Kreuzung."

Will schloß die Augen und versuchte, sich die Anlage vorzustellen. „Danach war es falsch, nach links zu gehen. Wenden wir uns also nach rechts?"

„Ja, sieh mal", sagte Bran. Eine neue Idee ließ sein blasses Gesicht jetzt aufleuchten. Er öffnete den Mund weit und hauchte die Spiegelwand des Flures an und malte mit seinem Finger auf die beschlagene Fläche ein nach oben führendes spiralenförmiges Muster einer Reihe von Schleifen, die einander nicht berührten. Die gewundenen oberen Teile der Schlei-

184

fen zeigten nach links. Es sah aus wie eine aufrecht stehende, sehr lockere Sprungfeder.

„So muß es aussehen. Siehst du die erste Schleife? Das ist der Teil, den wir bis jetzt zurückgelegt haben. Und Labyrinthe wiederholen sich immer, oder?"

„Wenn also eine Schleife nach der anderen folgt, ist es eine Spirale", sagte Will und sah zu, wie die Zeichnung auf der beschlagenen Fläche langsam dahinschwand. „Und wir müßten nicht jede Schleife ganz durchlaufen, wir könnten uns einfach dort, wo sich die Schleifen selbst treffen, nach rechts halten."

„Ja, indem wir jedesmal den rechten Flur wählen. Komm." Bran glitt triumphierend auf den Flur zur rechten Seite zu.

„Einen Augenblick." Will hauchte die Wand an und malte wieder die Spirale. „Wir stehen in der falschen Richtung, siehst du es? Wir sind um die ganze erste Schleife herumgegangen, so daß wir jetzt rückwärts blicken, in die Richtung, aus der wir gekommen sind. Und wenn wir uns jetzt nach rechts wenden, wenden wir uns in Wirklichkeit nach links."

„Und wiederholen die gleiche Schleife noch einmal. Stimmt, tut mir leid. Ich hab's zu eilig, das ist es." Bran holte mit den Armen seitlich aus und machte einen sauberen Sprung in die andere Richtung. Er musterte mit Abscheu die endlosen Spiegelbilder, die mit ihm gesprungen waren. „Laß uns gehen. Ich *hasse* diese Spiegel."

Will sah ihn nachdenklich an, während sie dem gewundenen Flur zur Rechten folgten. „Das meinst du wirklich, nicht? Ich meine, ich mag sie auch nicht, sie sind unheimlich. Aber du . . ."

„Es ist die Helligkeit." Bran sah sich nervös um und beschleunigte seine Schritte. „Und mehr als das. All die Spiegelbilder, sie *bewirken* irgend etwas, es ist, als würde dir dein Verstand ausgesaugt. Aah!" Er schüttelte den Kopf, weil ihm die Worte fehlten.

185

„Hier ist die nächste Kreuzung. Das ging wesentlich schneller."

„Das sollte es auch, wenn wir die richtige Lösung gefunden haben. Wieder nach rechts."

Viermal wandten sie sich nach rechts, begleitet von den endlosen Reihen ihrer Spiegelbilder, die mit ihnen Schritt hielten.

Und dann, als sie nach der vierten Abzweigung um eine Biegung kamen, standen sie plötzlich sich selbst gegenüber: erschrockene Gesichter, die ihnen von einer Spiegelwand entgegenstarrten.

„Nein!" rief Will heftig und hörte seine Stimme zittern, während er sah, wie Bran Kopf und Schultern verzweifelt hängen ließ.

Bran sagte leise: „Sackgasse."

„Aber was können wir falsch gemacht haben?"

„Weiß der Himmel. Aber wir haben etwas falsch gemacht. Vermutlich müssen wir zurückgehen und . . . wieder von vorn anfangen." Brans Knie gaben nach, und er hockte sich wie ein Häufchen Elend auf den schwarzen Glasboden.

Will sah ihn im Spiegel an. „Ich glaube es nicht."

„Aber so sieht es aus."

„Ich meine, ich glaube nicht, daß wir noch einmal von vorn anfangen müssen."

„O doch, wir müssen." Bran schaute düster auf ihre Spiegelbilder: den blauen Sweater und die Jeans des aufrecht stehenden Jungen, den weißen Kopf und die dunkle Brille des auf dem Boden zusammengekauerten. „So etwas ist uns schon einmal passiert, vor langer Zeit, als wir vor einer nackten Wand standen und nicht weiter konnten. Aber damals konnten deine magischen Kräfte als Uralter helfen. Das können sie hier nicht, oder?"

„Nein", sagte Will. „Nein, im Verlorenen Land nicht."

„Na also."

186

„Nein", sagte Will eigensinnig. Er biß auf seinem Daumennagel herum und starrte auf die blinden Spiegelwände rundum, die nur das spiegeln konnten, was ihnen angeboten wurde, und die dennoch irgendwie in sich eine umfassende eigene Welt zu bergen schienen. „Nein. Es gibt etwas... es muß etwas geben, an das wir uns erinnern sollten..." Er blickte auf Bran hinunter, ohne ihn ganz wahrzunehmen. „Denke nach, was alles hat Gwion uns gesagt, seit wir ihn kennenlernten, das sich wie eine Botschaft anhörte? Was hat er uns *geraten* zu tun?"

„Gwion? Er hat gesagt, wir sollten in die Kutsche steigen..." Bran rappelte sich auf, die blasse Stirn gefurcht, während er versuchte, sich zu erinnern. „Er sagte, er würde sich mit uns treffen, wenn wir den Weg fänden – aber das war das letzte. Davor... da war etwas, von dem er sagte, daß wir es uns merken sollten, du hast recht. Was war es? Merkt es euch, sagte er, merkt es euch..."

Will erstarrte. „Merkt es euch. Das Gesicht des Mannes im Regenbogen und danach die andere Sache, die Inschrift auf dem Springbrunnen. *Ich glaube, ihr solltet euch die Worte vielleicht merken...*"

Er erinnerte sich und stand sehr aufrecht da, beide Arme steif vor sich ausgestreckt und mit allen zehn Fingern auf die Spiegelglaswand zeigend, die ihnen den Weg versperrte.

„Ich bin der Schoß einer jeden Freistatt", sagte er, langsam und deutlich, mit den Worten, die sie durch das verhüllende Gras auf dem moosigen Stein des Springbrunnens im Park gesehen hatten.

Und über ihren Köpfen begann auf dem Glas nach und nach eine andere Zeile von Worten zu leuchten und wurde immer heller, bis ihr Strahlen so intensiv war, daß sie jedes andere Licht um sie herum verdunkelte. Sie hatten gerade genug Zeit, um sich die Worte anzuschauen und sie zu begreifen: *Ich bin die lodernde Flamme auf jedem Berg.* Und dann wurde das Licht für eine Sekunde unerträglich grell, so daß sie sich abwenden mußten, und mit einem merkwürdig weichen Geräusch, wie eine durch große Entfernung gedämpfte Explosion, zerbrachen all die Spiegelwände um sie herum und fielen melodisch in sich zusammen.

Und sie waren frei; die strahlenden Worte hingen in der Dunkelheit vor ihnen, und das Labyrinth aus Spiegeln war verschwunden, als hätte es nie existiert.

Die Reise

Die lodernden Worte verblaßten über Wills Kopf, hinterließen den Eindruck ihrer Helligkeit, so daß für wenige Augenblicke die gespenstischen Buchstaben immer noch vor seinen Augen hingen. Neben ihm atmete Bran langsam und erleichtert auf.

Aus den Schatten sagte Gwion mit Wärme: „Und ihr habt den Weg gefunden."

Blinzelnd sah Will ihn vor sich stehen, in einem hohen gewölbten Saal, dessen weiße Wände mit kostbaren Gobelins und erlesenen Bildern geschmückt waren. Er schaute zurück. Dort, an der anderen Seite des Saales, war die große geschnitzte Tür, die hinter ihnen zugeschlagen war, als sie das Labyrinth betraten. Vom Labyrinth selbst war nichts mehr zu sehen.

Bran fragte mit immer noch bebender Stimme: „War es echt?" Dann gab er ein kleines zitterndes Lachen von sich. „Das war wirklich eine alberne Frage."

Gwion trat lächelnd auf sie zu. „*Echt* ist ein schweres Wort", sagte er. „Fast so schwer wie *wahr* oder *jetzt*... Kommt. Nachdem ihr euch bewährt habt, indem ihr die Barriere der Stadt durchbrochen habt, kann ich euch auf den Weg zur Burg führen."

Er zog einen Wandteppich zur Seite, hinter dem sich der Aufgang zu einer schmalen Wendeltreppe befand. Er winkte ihnen, und hintereinander kletterten sie die Stufen hinauf: Will folgte Gwions Füßen, die in ihren weichen Lederschuhen kein Geräusch machten. Die Stufen schienen sich endlos nach oben zu winden. Sie kletterten immer weiter, so hoch hinauf, daß Will zu keuchen begann und das Gefühl hatte, sie müßten sich schon mehrere hundert Fuß dem Himmel genähert haben.

Dann sagte Gwion: „Wartet einen Augenblick" und blieb stehen. Er holte etwas aus seiner Tasche, einen schweren eisernen Schlüssel. Im dämmrigen Licht von einem der schmalen trüben Fenster in der Treppenhauswand sah Will, daß der obere Teil des Schlüssels kunstvoll verziert war: mit einem Kreis, der durch ein Kreuz geviertelt war. Will starrte darauf, ohne sich zu rühren. Dann blickte er auf und sah, daß Gwions dunkle Augen rätselhaft auf ihn herunterglitzerten.

„Ach, Uralter", sagte Gwion leise. „Das Verlorene Land ist voller Zeichen aus vergangenen Zeiten, aber heute erinnern sich nur noch wenige Leute an die Bedeutung der Zeichen."

Er öffnete die kleine Tür, die ihnen den Weg versperrte, und plötzlich schien die Sonne auf sie herab und ließ sie die letzten bedrückenden Erinnerungen an das Spiegellabyrinth vergessen.

Will und Bran kamen heraus und wandten ihre Gesichter dem blauen Himmel zu, als seien sie Gefangene, die aus dem Gefängnis kommen. Sie befanden sich hinter einer Balustrade aus geschmiedetem Gold, von der aus der Blick über das Gold und die glitzernden Dächer der Stadt und die hügelige grüne Weite des Parks führte – der gleiche Blick, den sie ganz am Anfang gehabt hatten, nur von einer größeren Höhe. Nach einer Weile sahen sie, daß der Balkon, auf dem sie standen, die untere Begrenzung eines großen, geschwungenen, weißen und goldenen Daches war, und ihnen wurde klar, daß es dieses Gebäude war, der Palast des Königs Gwyddno, der Leere Palast des Verlorenen Landes mit seiner prächtigen Kuppel aus Kristall und Gold, den sie zuerst in der Morgendämmerung hatten glitzern sehen. Will renkte sich fast den Hals aus und bildete sich ein, er könne gerade die äußerste Spitze erkennen, von wo der goldene Pfeil nach Westen zeigte, aufs Meer.

Gwion trat hinter sie und zeigte in dieselbe Richtung. Will sah, daß er an seinem Ringfinger einen Ring trug mit einem dunklen Stein, der in Form eines springenden Fisches geschnitzt war.

Der Richtung seines ausgestreckten Armes folgend, sahen sie, daß die Dächer der Stadt dort endeten und Platz machten für einen grüngoldenen Flickenteppich von Feldern, die sich in dunstiger Hitze ausbreiteten. Weit, weit in der Ferne meinte Will durch den Dunst hindurch dunkle Bäume zu erkennen und hinter ihnen die purpurfarbenen Berge und einen langen Streifen schimmerndes Meer, aber er war sich nicht sicher. Nur etwas dort draußen schien deutlich zu sein: ein glühender Lichtstab, der sich aus dem verschwommenen grünen Dunst erhob, wo das Verlorene Land an das Meer zu grenzen schien.

„Sieh dir das an", sagte Bran. Für einen Moment schwebte seine Hand neben der Gwions in der Luft, mit Fingern, die milchigblaß und sehr jung aussahen neben der mageren braunen Hand mit dem dunklen Ring. „Das dort . . . wir haben es vom Berg aus gesehen, Will, weißt du noch? Über dem Cwm Maethlon." Er blickte Will an. „Eine andere Welt, nicht wahr? Weißt du was? Ich hatte sie völlig vergessen. Glaubst du, daß bei ihnen alles in Ordnung ist?"

„Ich denke schon", sagte Will langsam. Er starrte immer noch hinaus auf den dunstigen Horizont, ohne ihn zu sehen: verloren in eine Sorge, die ihm immer wieder durch den Sinn gegangen war, seitdem sie das Verlorene Land betreten hatten. „Ich wollte, ich wüßte es. Und ich wollte, ich wüßte, wo Merriman ist. Ich kann ihn . . . nicht erreichen, Bran. Ich kann ihn nicht erreichen, ich kann ihn nicht hören. Obwohl ich glaube, daß er die Absicht hatte, hier bei uns zu sein."

„Das hatte er auch, Uralter", sagte Gwion unerwartet.

„Aber die Verzauberung des Verlorenen Landes hält ihn fern, wenn er den einzigen Zeitpunkt verpaßt hat, wo sie zu brechen war."

Will wandte sich ihm abrupt zu; ein instinktives Gefühl hatte ihn ergriffen. „Sie kennen ihn, nicht wahr? Irgendwann vor langer Zeit haben Sie ihm nahegestanden."

„Sehr nahe", sagte Gwion, und aus seinen Worten klang der tiefe Schmerz einer Zuneigung. „Und etwas darf ich euch sagen, nachdem du ihn mir gegenüber jetzt erwähnt hast. Er hätte hier auf euch treffen sollen, in diesem Palast. Aber allmählich fürchte ich, daß die Finsternis ihn irgendwie zurückgehalten hat, in eurer Welt da draußen. Und wenn er den Augenblick, da er das Verlorene Land hätte betreten können, versäumt hat, kann er jetzt nicht kommen."

Will fragte: „Überhaupt nicht?"

„Nein", sagte Gwion.

Will wurde plötzlich klar, wie sehr er damit gerechnet hatte, daß Merrimans kraftvolle Anwesenheit sie bald, bald unterstützen würde. Er schluckte sein Entsetzen hinunter und sah Bran an.

„Dann wissen wir nur das, was die Alte Dame sagte. Daß wir das Kristallschwert in dem Glasturm finden werden, zwischen den sieben Bäumen, wo das . . . das Horn das Rad anhalten wird."

Bran sagte: „Und ein weißer Knochen wird uns zurückhalten, und ein fliegender Maibaum wird uns retten. Was das auch bedeuten mag."

„Der Glasturm", sagte Will wieder. Seine Augen kehrten zurück zu dem schimmernden Stab am Horizont.

Gwion sagte: „Das ist Caer Wydyr dort draußen, wo du hinblickst. Die Burg des Verlorenen Landes mit ihrem Glasturm. Wo mein Gebieter sich befindet, eingehüllt in eine tödliche Melancholie, aus der ihn niemand herausholen kann." Seine Stimme war düster und traurig.

Will fragte zögernd: „Dürfen wir noch mehr wissen?"

„O ja", sagte Gwion trübe. „Es gibt Dinge, die ich euch erzählen muß, über das Land und über das Schwert, um Merlions willen. Soviel ich kann." Er trat an den Rand der goldenen Balustrade und umfaßte sie mit beiden Händen und schaute auf die Stadt. Sein Bart sprang vor, und seine kräftige Nase hob sich vom Himmel ab; er sah aus wie das Profil eines Kopfes auf einer Münze.

Er sagte: „Das Land gehört weder zur Finsternis noch zum Licht und hat es nie getan. Seine Verzauberung war von einer anderen Art – der Magie des Geistes und der Hand und des Auges, die niemandem Treue schuldet, weil sie weder gut noch schlecht ist. Es hat nicht mehr mit dem Verhalten der Menschen zu tun oder dem Absoluten des Lichts und der Finsternis, als die Blüte einer Rose oder der gekrümmte Sprung eines Fisches. Doch unsere Kunsthandwerker, die größten Handwerker aller Zeiten, legten . . . keinen Wert darauf, für die Finsternis zu arbeiten. Ihre schönsten Arbeiten schufen sie für die Herren des Lichts. Sie webten Wandteppiche, schnitzten Throne und Truhen und schmiedeten Kerzenhalter aus Silber und Gold. Sie stellten vier der sechs großen Zeichen des Lichts her."

Will sah rasch auf.

Gwion lächelte ihn an. „Ja, Zeichensucher", sagte er freundlich. „Vor langer Zeit lagen im Verlorenen Land, heute von all seinen Bewohnern vergessen, die Anfänge jener mit Gliedern aus Gold verbundenen Kette, Eisen und Bronze und Wasser und Feuer . . . Und zuallerletzt fertigte ein Handwerker dieses Landes das große Schwert Eirias für das Licht an."

Bran fragte angespannt: „Wer hat es angefertigt?"

„Jemand, der dem Licht nahestand", sagte Gwion, „aber weder einer der Herren des Lichts noch einer der Uralten war – von denen ist keiner aus diesem Land hervorgegangen . . . Er war der einzige, der die Geschicklichkeit hatte, ein solches

Wunder anzufertigen. Selbst hier, wo viele geschickt sind. Ein großer Kunsthandwerker ohne seinesgleichen." Er sprach langsam und ehrerbietig und schüttelte staunend den Kopf, während er sich erinnerte. „Aber die Reiter der Finsternis konnten das Land ungehindert durchstreifen, da wir weder den Wunsch noch einen Grund hatten, irgendein Lebewesen nicht hereinzulassen. Und als sie erfuhren, daß das Licht um das Schwert gebeten hatte, forderten sie, daß es nicht hergestellt würde. Sie wußten natürlich, daß schon vor langer Zeit ein Text geschrieben worden war, der voraussagte, daß Eirias, wenn es erst geschmiedet war, für die Bezwingung der Finsternis benutzt werden würde."

Will fragte: „Wie hat er sich verhalten, der Kunstschmied?"

„Er rief alle im Land, die etwas Eigenes herstellten, zusammen", sagte Gwion. Er hob den Kopf etwas höher. „All jene, die schrieben oder die Leben in die Worte oder Musik anderer brachten oder die schöne Dinge herstellten. Und er sagte zu ihnen, ich habe diese Idee, und ich weiß, daß es das Größte sein wird von allem, was ich jemals machen oder tun kann, und die Finsternis will versuchen, mich davon abzuhalten. Es ist möglich, daß wir alle leiden müssen, wenn ich ihrem Wunsch nicht nachkomme, darum kann ich nicht allein die Verantwortung für meine Entscheidung tragen. Helft mir. Sagt mir, was ich tun soll."

Bran blickte ihn an. „Was haben sie gesagt?"

„Sie sagten, *du mußt es machen.*" Gwion lächelte voller Stolz. „Ohne eine einzige Ausnahme. *Du mußt das Schwert machen,* sagten sie. So ging er fort in ein Haus, das ihm gehörte, und schmiedete Eirias, und in einem Land voller Wunder war es der schönste und wirkungsvollste Gegenstand, der je angefertigt worden war. Der Zorn der Finsternis war groß, aber ohnmächtig, denn die Herren der Finsternis wußten, daß sie weder ein für das Licht geschaffenes Werk zerstören noch stehlen noch seinem Schöpfer in irgendeiner Weise . . . schaden konnten."

Er verstummte und blickte hinaus auf den dunstigen Horizont.

„Weiter", sagte Bran drängend. „Weiter!"

Gwion seufzte. „So ließ die Finsternis sich etwas ganz Einfaches einfallen", sagte er. „Sie zeigten dem Schöpfer des Schwertes seine eigene Unsicherheit und Angst. Angst, das Falsche getan zu haben, Angst, daß er nach diesem großen Werk nie wieder fähig sein würde, etwas von großem Wert anzufertigen, Angst vor dem Alter, vor Unzulänglichkeit, vor nicht eingehaltenen Versprechungen. Alles endlose Ängste, die das Verhängnis von Menschen sind, die eine schöpferische Begabung haben, und die immer irgendwo in ihren Vorstellungen lauern. Und allmählich überkam ihn Verzweiflung. Die Angst wuchs in ihm, und er suchte Zuflucht in Teilnahmslosigkeit — und so starb die Hoffnung, und eine schreckliche lähmende Schwermut trat an ihre Stelle. Sie umfängt ihn auch jetzt; er ist ein Gefangener seiner eigenen Vorstellungen. Denn bei großen Männern können die eigenen Vorstellungen riesige Gespenster von großer Macht erzeugen. Und König Gwyddno ist ein großer Mann."

„Der König!" sagte Will langsam. „Der König des Verlorenen Landes hat das Schwert geschmiedet?"

„Ja", sagte Gwion. „Vor langer, langer Zeit ging der König allein in seine Burg, in den Glasturm von Caer Wydyr. Und er schmiedete das Schwert Eirias, und dort sind er und das Schwert seitdem immer gewesen, allein. Gefangen in einer Falle, die der König selbst aufgestellt hat. Und nur ihr könnt — vielleicht — diese Falle aufschnappen lassen." Er schien zu beiden zu sprechen, aber er sah Bran an.

Bran sagte, das blasse Gesicht verzerrt vor Entsetzen: „Ganz allein? Seit damals ganz allein? Hat ihn niemals jemand besucht?"

„Ich habe ihn besucht", sagte Gwion. Aber es lag plötzlich ein solcher Schmerz in seiner Stimme, daß ihm keiner weitere Fragen stellte.

Die Sonne schien warm auf ihre Gesichter; zwischen den Gold- und Kristallstreifen der Kuppel entwickelte sich Hitze, und die Dächer der Stadt schimmerten unter ihnen. Irgendwo in der Ferne, hinter den grünen Feldern des Verlorenen Landes, hörte Will den Schrei einer Möwe.

Er hatte plötzlich die Illusion, daß Merriman anwesend sei, und gleich darauf das Gefühl von dringender Gefahr. Merriman war nicht anwesend, er hörte ihn nicht einmal in Gedanken – er wußte das, und doch blieb das Gefühl von dringender Gefahr, wie das Echo von etwas, was an einem anderen Ort geschah, weit entfernt. Will blickte in Gwions Gesicht und sah auch dort das Bewußtsein dieses Gefühls. Ihre Augen trafen sich.

„Ja", sagte Gwion. „Es wird Zeit. Ihr müßt euch auf die Reise zur Burg begeben, über das Land, das dazwischen liegt, und das habe ich, soweit es in meiner Macht lag, möglich gemacht. Aber ich kann euch nicht sagen, was euch unterwegs entgegentreten mag, noch kann ich euch davor schützen. Denkt daran, ihr seid im Verlorenen Land; es ist der Zauberbann des Landes, der hier regiert." Er schaute besorgt hinüber zu dem fernen schimmernden Turm am Horizont. „Seht euch jetzt genau den Ort an, zu dem ihr gehen müßt, und konzentriert euch darauf, ihn zu erreichen. Und dann kommt."

Sie schauten noch einmal auf den Lichtfinger, weit draußen im Dunst, und folgten dann Gwion die Treppe hinunter, zurück in den Leeren Palast, in dem jetzt kein König mehr lebte. Aber auch wenn der König nicht mehr da war – sie sahen jetzt, daß neben Gwion sich auch andere im Palast aufhielten und daß sie schon vorher dagewesen waren.

Als sie die Mitte der Wendeltreppe erreicht hatten, öffnete Gwion in der Wand eine Tür, die Will vorher nicht aufgefallen war. Er führte sie eine andere Treppe hinunter, gerade und weniger steil, die mitten in den Palast führte. Dann hörten sie plötzlich vor sich ein leises Murmeln von Stimmen; sie befanden sich in einem länglichen holzgetäfelten Raum voller Bücher und Bücherborde und schwerer Tische.

Es war die lange Galerie, der Raum, der wie eine Bibliothek aussah. Will richtete seine Blicke auf die Seitenwand und sah, daß dort immer noch Dunkelheit war, leerer Raum, in dem weder Licht noch Schatten zu sehen waren: das große Theater, in dem das ganze Leben wie ein Bühnenstück gespielt werden konnte. Andere Dinge jedoch waren nicht mehr so wie vorher. Es waren jetzt viele Menschen in dem Raum und füllten ihn mit warmem Stimmengewirr, und jeder, der aufblickte und die drei in der Tür stehen sah, lächelte oder hob grüßend die Hand.

Sie gingen durch die Galerie, hinauf und hinab über die merkwürdig unterschiedlichen Ebenen des Bodens; viele Leute, an denen sie vorbeikamen, richteten ein paar Worte an Gwion, und in allen Gesichtern, die sich Will und Bran zuwandten, stand deutlich Wärme. Eine Frau berührte Will im Vorübergehen an der Schulter und sagte: „Ich wünsche euch eine gute Reise." Als er erstaunt aufblickte, hörte er, wie ein Mann neben ihnen leise zu Bran sagte: *„Pob hwyl!"*

Bran flüsterte ihm zu: *„Viel Glück* hat er gesagt. Woher wissen es alle?"

Will schüttelte verwundert den Kopf. Sie folgten rasch Gwions zierlicher, dunkel gekleideter Gestalt durch die Galerie. Am anderen Ende richtete sich ein Mann auf, der an einem Tisch über ein dickes Buch gebeugt gestanden hatte, und drehte sich um, als sie näher kamen. Er streckte eine Hand aus, um sie anzuhalten. Will glaubte, das Gesicht des Mannes wiederzuerkennen, den er bei ihrem ersten Besuch dieses Raumes angesprochen hatte: ein Mann, der ihn weder zu sehen noch zu hören schien und in einem Buch gelesen hatte, dessen Seiten leer waren.

196

„Seht her, bevor ihr geht", sagte er, und der singende Tonfall der Nordwaliser in seiner Stimme war ausgeprägter, als Will es bei Gwion oder sogar bei Bran gehört hatte. „Einen Teil dieses Buches müßt ihr sehen und euch merken."

„Euch merken..." sagte Gwion leise und sah sie an, und beide erinnerten sich. Das Buch lag aufgeschlagen vor ihnen auf dem schweren Eichentisch; auf einer sich rollenden Pergamentseite befand sich ein Bild, auf der anderen eine einzige Schriftzeile.

Will starrte das Bild an. In einer stilisierten grünen Welt aus Bäumen und Rasenflächen, zwischen Beeten mit Rosen, die so leuchteten wie jene, bei denen sie auf den Reiter gestoßen waren, stand eine junge Frau, blondhaarig und in ein blaues Gewand gehüllt, und sah sie an. Ihr Gesicht war herzförmig, von feinen Linien gezeichnet und auf zarte Weise schön. Sie sah ernst aus; sie lächelte nicht, wirkte aber auch nicht traurig.

„Es ist die Alte Dame!" sagte Will.

Bran sagte überrascht: „Aber du hast gesagt, sie sei sehr alt."

Er dachte einen Augenblick nach. „Es kommt natürlich darauf an, nicht?"

„Es ist die Alte Dame", sagte Will wieder langsam. „Da ist auch der große rosenfarbene Ring an ihrem Finger; ich habe sie noch nie ohne ihn gesehen. Und sieh doch – hinter ihr auf dem Bild, ist das nicht..."

„Der Springbrunnen!" Bran sah genauer hin, über die Gläser seiner Brille hinweg. „Es ist derselbe Springbrunnen, der, bei dem wir im Park waren, also muß es auch derselbe Rosengarten sein. Aber wie..."

Will hatte den Finger auf die Zeile in dicker schwarzer Schrift auf der gegenüberliegenden Seite gelegt. Er las laut: *„Ich bin die Königin eines jeden Bienenvolks."*

„Merkt es euch", sagte der Mann. Er schloß das Buch.

„Merkt es euch", sagte Gwion. „Und dann macht euch auf den Weg." Er blickte sie an, legte beiden kurz die Hand auf die

Schulter und sah ihnen eindringlich in die Augen. „Ihr kennt diesen Raum, die Galerie, in der wir uns befinden? Natürlich. Dann werdet ihr euch auch an den Weg erinnern, der euch hierhergeführt hat und dem ihr jetzt folgen müßt. Ich bleibe eine Weile hier. Es gibt hier Männer und Frauen mit gewissen Fähigkeiten, und sie werden mir über Merriman sagen, was sie wissen. Ich werde wieder zu euch stoßen, aber ihr müßt jetzt gehen, sofort."

Will blickte nach unten und entdeckte die rechteckige Öffnung der Falltür im Boden und die Leiter, die von dort aus nach unten führte. „Dort entlang?"

„Dort entlang", sagte Gwion. „Und dann nehmt, was ihr findet, und das Gefundene wird euch auf euren Weg bringen." Ein warmes strahlendes Lächeln ging über sein kraftvolles, bärtiges Gesicht. „Macht es gut, meine Freunde."

Bran und Will kletterten hinunter in die Schatten, zuversichtlicher, als sie früh am Morgen die Leiter hinaufgekrabbelt waren, verbunden durch das kleine Horn, das jetzt wieder vergessen an Wills Gürtel hing. Als sie am Fuß der Leiter angekommen waren, tasteten sie sich in der Dunkelheit voran und kamen wieder an die kleine Holztür. Will fuhr mit der flachen Hand über die rissige Oberfläche.

„An dieser Seite ist auch kein Griff oder so was."

„Sie hat sich doch nach außen geöffnet, nicht? Vielleicht brauchst du ihr nur einen Stoß zu geben."

Und bei dem ersten sanften Schubs schwang die Tür wirklich nach außen, so daß sie einen Augenblick lang blinzelnd in das helle Tageslicht blickten. Dann traten sie auf die Straße hinaus, und hinter ihnen schlug die Tür mit einem so lauten Krachen zu, daß man annehmen konnte, sie würde sich nicht so leicht wieder öffnen. Und in der engen schattigen Straße standen, auf sie wartend, die beiden goldenen Pferde mit den weißen Mähnen, auf denen sie vor einer so langen und so kurzen Zeit geritten waren.

Die Pferde warfen wie zum Gruß die Köpfe zurück, so daß das silberne Geschirr wie Schlittenglocken klingelte. Wortlos schwangen Will und Bran sich in die Sättel, mit der gleichen unerklärlichen Mühelosigkeit wie vorher, und die Pferde trabten die enge Straße entlang, zu beiden Seiten die hohen grauen Mauern mit dem schmalen Streifen blauen Himmels weit darüber.

Sie kamen auf einen breiteren Platz voller Menschen, die sie sofort zu erkennen schienen; sie winkten und riefen ihnen Grüße zu. Die Pferde bewegten sich vorsichtig durch die Menge. Aus den Grüßen wurde ein rhythmisches Zujubeln, und Kinder liefen lachend und schreiend neben ihnen her. Bran und Will grinsten einander erfreut und verlegen zu. Es ging weiter, die breite gepflasterte Straße hinunter, bis sie an eine hoch aufragende Mauer gelangten, mit einem Tor, durch das die Straße führte. Durch den Torbogen erhaschten sie einen Blick auf grüne Felder und ferne Bäume.

Die Menschen standen dicht gedrängt vor dem Torbogen, aber die goldenen Pferde trabten weiter, ohne eine Pause zu machen, und stupsten sich sanft durch die Menge hindurch.

„Viel Glück euch beiden!"

„Alles Gute für die Reise!"

„Gute Reise!"

Von allen Seiten riefen und winkten die Bewohner der Stadt, Kinder liefen umher und tanzten und brüllten, und neben dem Tor stand eine Gruppe von Mädchen, die lachten und Blumen warfen. Will hob die Hand, wie um sich zu schützen, und fing eine große rote Rose auf; als er nach unten blickte, sah er das dunkelhaarige Mädchen, das sie geworfen hatte, erröten und lächeln. Er lachte sie an und steckte die Blüte in seine obere Tasche.

Dann hatten sie plötzlich das große Stadttor hinter sich gelassen und mit ihm all die Menschen. Vor ihnen lagen weite grüne Felder und ein holpriger Sandweg, der sich braungolden in die Ferne erstreckte und dort auf einen Wald stieß. Die Stimmen aus der Stadt wurden leiser. Irgendwo sang eine Lerche in der Sommerluft; der blaue Himmel war hier und da mit bauschigen Schönwetterwolken gefleckt, zwischen denen die Sonne jetzt hoch stand. Die Pferde folgten dem sandigen Weg, ohne daneben zu treten, und bewegten sich in einem stetigen Trab voran.

Bran warf einen Blick auf die rote Rose in Wills Tasche. „Ooooh!" sagte er mit spöttischer Fistelstimme. „Eine rote Rose haben wir da?"

Will entgegnete freundlich: „Verschwinde."

„Nicht so hübsch wie Jane, das Mädchen, das die Rose warf."

„Wie wer?" fragte Will.

„Jane Drew. Findest du sie denn nicht hübsch?"

„Ich glaube schon, ja", sagte Will überrascht. „Ich habe nie darüber nachgedacht."

Bran sagte: „Das finde ich gut an dir, du bist unkompliziert."

Aber Wills Gedanken waren zurückgewandert. Er wickelte den lockeren Zügel nachdenklich um einen Finger, während er im Sattel gleichmäßig hin und her schaukelte. „Ich hoffe, bei ihnen dort drüben ist alles in Ordnung."

Bran sagte heftig und unvermittelt: „Vergiß sie im Augenblick lieber."

Will blickte scharf auf. „Was willst du damit sagen?"

Wortlos zeigte Bran zur Seite hinter ihm. In der Ferne sah Will über den ebenen grünen Feldern einen schwarzweißen Fleck, der sich schnell voranbewegte, in einer Richtung, die parallel zu der Straße lag, auf der sie ritten. Er wußte, daß es nur die Reiter der Finsternis sein konnten, deren Ziel, wie das ihre, die Burg des Verlorenen Landes war.

Die Mari Llwyd

Sie beobachteten die Reiter, winzige Gestalten, die sich in der Ferne rasch über die Felder voranbewegten. Wills Pferd warf plötzlich den Kopf zurück, schnaubte und begann, schneller auszugreifen.

Bran kam auf die gleiche Höhe getrabt. „Sie sind ziemlich schnell. Ob sie versuchen, die Burg vor uns zu erreichen?"

„Vermutlich."

„Sollen wir ein Wettrennen machen?"

„Ich weiß nicht." Will schaute auf sein unruhiges Pferd hinunter. „Die Pferde wollen es."

Bran saß aufgerichtet im Sattel, das blasse Gesicht war wachsam; er lächelte. „Glaubst du, daß du mithalten kannst?"

Will lachte, von einer plötzlichen heftigen Heiterkeit erfaßt. „Gib nur acht!" Er lockerte die Zügel nur ganz wenig, und schon schoß sein Pferd davon und galoppierte voller Eifer über den harten Sandboden. Bran hielt sich neben ihm, vorgebeugt, mit wehendem weißem Haar und vor Entzücken hell aufschreiend. Immer weiter ging es, vorbei an Feldern, wo Hafer und Weizen kurz vor der Reife standen, an Weiden, wo Rinder friedlich grasten – vertraut schwarz einige von ihnen, doch viele schneeweiß. Die Pferde galoppierten ruhig und selbstsicher dahin. In der Ferne hielten die Reiter der Finsternis sich auf gleicher Höhe, um dann nach einer Weile hinter dem anderen Ende des Waldes zu verschwinden, der im Zentrum des Verlorenen Landes lag, zwischen der Stadt und der Burg.

Will hatte angenommen, daß ihr eigener Weg sie auch am Rand des Waldes, an der näher gelegenen Seite, entlangführen würde, doch als er den Kopf hob, stellte er fest, daß sie die Richtung nicht geändert hatten; im Gegenteil, die Bäume schienen nach ihnen zu greifen und sie zu umstellen und sie vom Blick auf den schimmernden Glasturm abzuschneiden. Er und Bran galoppierten direkt auf den Wald zu, und der Wald

201

wuchs, erhob sich vor ihnen, viel dunkler und dichter, als er von weitem erschienen war.

Die Pferde schlugen eine langsamere Gangart ein.

„Komm schon!" Bran zerrte ungeduldig an den Zügeln.

„Sie wissen, was das Beste ist", sagte Will. „Der Wald da gefällt mir nicht."

Bran blickte auf und zuckte zusammen, als er die dunkle drohende Masse vor ihnen aufragen sah. „Aber sie bleiben nicht stehen. Warum sind sie nicht außen herum gelaufen?"

„Wahrscheinlich müssen sie dem Weg folgen. Und ich habe nicht gemerkt, wohin er führte. Hätte mir auffallen müssen."

„Es hätte uns beiden auffallen müssen. Na ja." Die Pferde hatten sich wieder in Bewegung gesetzt. Bran wischte sich die Stirn mit dem Arm. „Mann, ist es heiß. Die Sonne steht noch hoch."

Der Wald war am Anfang noch spärlich und offen, voller Farn und Unterholz und trotz der Schattenflecken noch hell. Der Weg war zwar zu einem schmalen Pfad geworden, wand sich aber deutlich erkennbar und sandig durch die Bäume, bis er allmählich weniger deutlich zu erkennen war. Grassoden wuchsen aus dem Sand hervor, und Schlingpflanzen überwucherten ihn. Während sie tiefer in den Wald eindrangen, wurde es kühl. Die Pferde gingen hintereinander und setzten die Hufe behutsam auf. Nur wenige Vögel sangen hier. Will und Bran wurden sich der Stille bewußt. Die Bäume waren höher und dichter, und der Wald nahm kein Ende.

Will versuchte, so lange wie möglich das Gefühl zu unterdrücken, das sich allmählich bei ihm einstellte, als das Licht schwächer wurde und die Bäume den Wald immer mehr beherrschten, aber er wußte, daß er Angst hatte.

Jetzt war nichts mehr zu hören außer dem leisen Auf und Ab der Pferdehufe. Der Pfad, dem sie folgten, war völlig überwachsen, aber immer noch erkennbar; wie um ihn von seiner Umgebung abzusetzen, war er bedeckt von einem kleinen

Kriechgewächs mit dunkelgrünen Blättern. Von irgendwo zwischen den Bäumen am Rand des Pfades vor ihnen schwirrte plötzlich ein Vogel davon; die Pferde schreckten nervös zurück.

„Sie fürchten sich genauso wie ich", sagte Will und bemühte sich um eine heitere Stimme. In der Nähe knackte ein Zweig, und er zuckte zusammen.

Bran sah sich in der Düsternis um. Er sagte unsicher: „Sollten wir nicht lieber umkehren?" Aber wie zur Antwort begannen die Pferde wieder, mit sicheren Schritten weiterzugehen. Will streichelte die helle Mähne vor ihm; die Ohren des Pferdes legten sich flach zurück, aber es lief beharrlich weiter.

„Vielleicht ist es nur eine Barriere", sagte Will plötzlich. „Wie das Labyrinth. Vielleicht wissen sie, daß in Wirklichkeit gar nichts da ist, wovor man sich fürchten müßte."

Ein nicht sichtbares Wesen erhob sich im Unterholz neben dem Pfad und machte sich krachend zwischen den stillen Bäumen und dem Meer von Farn rundum davon. Will und Bran hielten die Luft an, aber diesmal gingen die Pferde weiter, ohne Notiz zu nehmen. Über ihnen waren die Bäume ineinander verflochten. Will ritt mit zusammengebissenen Zähnen und versuchte, nicht in Panik zu geraten; nur das gleichmäßige Schaukeln seines großen Pferdes beruhigte ihn. Die Luft war kühl und feucht; sie überquerten einen kleinen trägen Bach, der unter Farn fast verschwand. Dann schlugen die Pferde, kaum wahrnehmbar, eine schnellere Gangart ein. Es drang wieder Licht durch die Äste über ihnen, und in der dichten Decke grüner Blätter auf dem Pfad tauchten sandige Stellen auf.

„Wir kommen raus!" sagte Bran mit halb flüsternder, vor Erleichterung hoher Stimme. „Du hattest recht, die Pferde wußten, daß es nur ein Spuk war. Wir kommen raus!"

Die Pferde fielen jetzt in Trab, eine leichte, schwingende Bewegung, und warfen die Köpfe hoch, als fühlten sie sich befreit. Will spürte, wie das rasche Klopfen seines Herzens allmählich wieder normal wurde. Er saß gerader im Sattel, schämte sich seiner Angst und schaute hinauf zu den lichter stehenden Bäumen.

„Wieder blauer Himmel, sieh nur! O Mann, was für ein Unterschied!"

Und so saßen sie beide entspannt im Sattel und hielten die Zügel locker, schauten ganz unbefangen nach oben, als plötzlich eines der Pferde ein hohes, entsetztes Wiehern von sich gab, und beide Tiere scheuten und bäumten sich auf, als etwas Großes sich zwischen den Bäumen hervor auf sie stürzte. Bevor sie wußten, wie ihnen geschah, wurden Will und Bran nach hinten geworfen, versuchten vergeblich, sich an Zügeln oder Sattelknopf festzuhalten, und rollten hilflos auf den Boden. Die beiden goldenen Pferde gingen in ihrer Panik durch und rasten quer über die mit Riedgras bewachsene Wiese, die sich hinter dem Wald erstreckte.

Will erhaschte einen flüchtigen Blick auf das Ding, das sie verfolgte. Er schrie entsetzt und ungläubig: „Nein!"

Bran stieß einen krächzenden, wortlosen Schrei aus, und sie rappelten sich auf und flohen, ohne nachzudenken, über die Felder. Mitten in der Hitze des Sommersonnenscheines fror Will. In seinem Kopf summte es. Am liebsten hätte er sich übergeben. Er war so zu Tode erschrocken, daß er nicht einmal an Angst dachte.

Es war das Skelett eines riesigen Pferdes, das aus den blinden Augenhöhlen seines Schädels starrte und das lief, sprang und tänzelte auf knöchernen Beinen, die von längst verfaulten Muskeln zusammengehalten wurden. Es holte sie fast sofort ein. Schneller als irgendein lebendes Pferd und völlig geräuschlos galoppierte es daher. Schweigend überholte es sie, den Kopf grinsend zur Seite gewandt, es ging ein unvorstellbares Grauen von ihm aus. Die weißen Knochen des riesigen Brustkorbs glitzerten in der Sonne. Es warf seinen schrecklichen

Kopf zurück, und rote Bänder baumelten und flatterten wie lange Fahnen von seinem grinsenden Unterkiefer.

Das Wesen spielte mit ihnen, trieb sie einmal in diese Richtung, dann in jene, wie ein Kätzchen, das mit einem Käfer spielt. Es sprang vor ihnen hin und her, dann blieb es wie festgewurzelt stehen, nur seine Hufe rutschten in dem sandigen Boden. Den bösartig grinsenden Schädel vorgestreckt, die Kiefer weit geöffnet, stürzte es direkt auf sie zu, in schrecklichem Schweigen – und stand plötzlich auf der anderen Seite hinter ihnen, wieder wartend. Bran drehte sich heftig um, stolperte und fiel.

Das Wesen warf den Schädel zurück auf der Wirbelsäule, die sein Hals war; seine Zähne glitzerten, die roten Bänder tanzten um einen merkwürdigen abgebrochenen Stumpf in der Mitte der knochigen Stirn. In unveränderter lautloser Drohung beobachtete es sie aus den blinden Augenhöhlen, mit Hufen und Knochen auf den Boden stampfend. Will schluckte.

„Alles in Ordnung bei dir? Steh auf!"

Bran setzte sich auf, seine weit geöffneten gelbbraunen Augen blinzelten – seine Brille war nicht mehr da. „Die *Mari Llwyd*", flüsterte er. „Die *Mari Llwyd*!" Er starrte wie gebannt auf das Wesen.

„Steh auf, schnell!" Will hatte in der Nähe einen Zufluchtsort entdeckt. In panischer Hast zerrte er Bran auf die Beine. Die gespenstische Erscheinung begann, sie zu umkreisen, langsam und stumm.

„Hierher! Komm doch!"

Es war ein Gebäude, ein sehr sonderbares Gebäude: ein kleines, niedriges, aus grauen Steinblöcken errichtetes Haus, dessen einst strohgedecktes Dach mit Rasen und wuchernden Gräsern und dicken Büscheln weißblühender Äste bedeckt war. Ein Weißdornbaum wuchs dort auf dem alten Dach, ein kleiner Baum, kaum größer als ein Busch.

Bran stand da wie gelähmt, die Augen auf das Skelett gerichtet. „Die *Mari Llwyd*!" flüsterte er wieder.

„Mach die Augen zu!" sagte Will heftig. Er schob die Hand vor Brans Gesicht, um den Anblick des scheußlichen Pferdes auszusperren, und im gleichen Augenblick fielen ihm die richtigen Worte ein. „Schnell, denk nach, was hat die Alte Dame gesagt?"

„Die Alte Dame?" fragte Bran schwerfällig. Aber er wandte den Kopf.

„Was hat die Alte Dame zu Jane gesagt? Denk nach!"

„Zu Jane." Brans Gesicht hellte sich auf. „Uns zu sagen ... ein weißer Knochen wird uns zurückhalten ... und ein fliegender Maibaum ..."

„Wird uns retten. Sieh ihn dir an. Sieh ihn an!" Will drehte Bran zum Steinhaus, auf dessen Dach ein weißblühender Baum wuchs. Das Wesen, das sie umkreiste, schob sich näher heran, immer näher. Mit einem Laut, der wie ein Schluchzen klang, stolperte Bran voran; Will schob ihn durch die Tür und schlug sie hinter sich zu. Er stand an die Tür gelehnt da und rang nach Atem. Draußen herrschte knisterndes Schweigen.

Bran schaute auf seine Hände hinunter. Er umklammerte immer noch die Satteltasche von seinem verschwundenen Pferd, als wäre sie ein Rettungsgürtel. Er ließ sie auf den Boden fallen, rieb sich die steifen Finger und sah Will an. „Es tut mir leid."

Aber Will hörte nicht zu; er war zu dem einzigen kleinen Fenster hinübergegangen, das ein trübes schattiges Licht durch die dicke Steinmauer ließ. Ein zerbrochener Fensterladen hing am Rahmen des Fensters; eine Scheibe gab es nicht. Wills Gesicht war blaß; Bran sah Furcht in seinen Zügen.

Will fragte mit belegter Stimme: „Kannst du sehen?"

„Mit mir ist wieder alles in Ordnung." Bran trat zu Will und stellte sich neben ihn. Und als er aus dem Fenster sah, packte er Wills Arm, ohne es zu merken, so fest, daß seine Fingerspitzen sich tief einbohrten und später einen Abdruck hinterließen.

Das große weiße Skelett des gehörnten Pferdes, tot und doch lebendig, lief vor dem Haus hin und her, hin und her, hin und her. Seine vier knochigen Beine tänzelten unter den geschwungenen weißen Rippen und den flachen Bögen der Hüftknochen. Der lange Schädel mit den Bändern schnellte in einer schrecklichen toten Raserei auf und ab, immer schneller, und jedesmal, wenn es dem Haus gegenüberstand, senkte das Skelett die Stirn wie ein angreifender Stier und verharrte einen Augenblick, bevor es sich ruhelos abwandte und wieder hin und her lief.

Will flüsterte: „Es wird uns angreifen. Sich auf die Tür stürzen. Was können wir tun?"

„Die Tür verbarrikadieren? Würde das es zurückhalten?"

„Hoffnungslos."

„Gibt es nicht *irgend etwas*, was du tun kannst, geschehen lassen kannst?"

„Wir sind im Verlorenen Land..."

Und das scheußliche Wesen da draußen im Sonnenschein schlug einen letzten großen Bogen, bevor es sich auf die Tür stürzen würde, um einzudringen und sie zu vernichten. Es tänzelte absichtlich nahe am Fenster vorbei, und aus seinem hohläugigen Schädel lachte es sie eine Sekunde lang schauerlich und tonlos an. Es war die letzte Sekunde. Als das Wesen so nahe am Haus vorbeilief, begann oben am Fenster so etwas wie ein Schneegestöber, eine flatternde, flimmernde Wolke von weißen Flocken, die auf die gespenstische Erscheinung fielen. Alle Blütenblätter des Weißdorns kamen herunter in einem langen weichen Schauer. Und das Pferd, das das Skelett eines Pferdes war, brach zusammen wie eine Marionette, der man die Fäden durchgeschnitten hatte, und fiel auseinander. Knochen für Knochen trennten sich voneinander und fielen rasselnd auf

207

den Boden, jetzt so deutlich klappernd, wie sie vorher stumm gewesen waren. Es blieb nichts übrig als ein Haufen weißer Knochen, die in der Sonne schimmerten, ausgebleicht, schon lange tot, und ein paar verblichene rote Bänder, die von dem langen grinsenden Schädel auf der Spitze des Haufens herunterhingen.

Bran atmete lange und leise aus und hob die Hände, um seine Augen zu bedecken; er drehte sich zur Seite und ließ sich langsam auf den Boden fallen. So war es nur Will, der voller Erstaunen mit weit geöffneten Augen am Fenster stand und sah, wie das Gestöber aus weißen Blütenblättern wieder aufstieg, flatternd, lebendig, wie eine große Wolke federleichter weißer Motten, die er schon einmal gesehen hatte, irgendwo, irgendwo –, und flimmernd aufflog zum Himmel und aus seiner Sicht, weit weg.

Will drehte sich wackelig um, nicht sicher, ob er seinen Beinen trauen konnte. Er stand da und musterte den trübe beleuchteten Raum. Es dauerte eine Weile, bis er etwas richtig erkennen konnte. Aber als seine aufgewühlten Sinne wieder zur Ruhe kamen, merkte er, daß er vor der Tür stand: einer alten, verrotteten, mitgenommenen Holztür, die keinem Stoß den geringsten Widerstand geboten hätte. Er sah, daß über ihr ein paar Worte standen, von denen ein schwacher Goldschimmer ausging. Es war nicht hell genug, um sie zu lesen. Will ging auf unsicheren Beinen hinüber und stieß die Tür auf. Helligkeit drang herein.

Bran, hinter ihm, las langsam: *„Ich bin der Schild für jeden Kopf."*

„Und es steht drinnen, wo wir es nicht sehen konnten", sagte Will und trat zurück, um auf die Worte zu schauen. „Wir hätten vielleicht nie gewagt, hineinzugehen, wenn da nicht das gewesen wäre, was die Alte Dame uns gesagt hat."

Bran setzte sich auf, die Arme über den Knien verschränkt und den weißen Kopf gesenkt. *„Duw.* Das ... Wesen ..."

„Sprich nicht darüber", sagte Will; ein Schauer überlief ihn wie ein kalter Windzug. Dann fiel ihm etwas ein. „Aber, Bran, wie hast du es genannt? Als es dich . . . hypnotisiert hatte . . . nanntest du einen walisischen Namen."

„Ach", sagte Bran. „Ein Trauma, dieses Wesen. Es gibt in Südwales einen alten Weihnachtsbrauch, es geht um etwas, das *Mari Llwyd* heißt, die Graue Mähre – ein Umzug geht durch die Straßen, und ein in ein weißes Laken gehüllter Mann trägt auf einer Stange den Schädel eines Pferdes. Er kann die Kiefer öffnen und schließen und vorgeben, daß es Leute beißt. Und einmal zu Weihnachten, als ich noch sehr klein war, nahmen die Rowlands uns mit dorthin, meinen Dad und mich, und ich sah die *Mari Llwyd*, und ich war halb tot vor Schreck. Furchtbar. Ich hatte wochenlang die scheußlichsten Alpträume." Er sah zu Will auf und lächelte matt. „Wenn irgend jemand wirklich die Absicht gehabt hätte, mich um den Verstand zu bringen, hätte er sich nichts Besseres einfallen lassen können."

Will kam zurück in den Raum; er ließ die Tür auf und das Sonnenlicht herein. „War es die Finsternis? Schwer zu sagen. Auf irgendeine Weise muß sie dahinterstecken. Ein alter Spuk des Verlorenen Landes, wieder zum Leben erweckt . . ."

„Vielleicht durch die Reiter", sagte Bran nachdenklich. „Die Reiter, als sie vorbeikamen." Er griff nach der Satteltasche und schaute hinein. „He – was zu essen! Hast du Hunger?"

„Ein bißchen", sagte Will. Er streifte umher und warf einen Blick in den einzigen anderen Raum, der nach hinten lag, aber der Geruch und die Überreste alten Heus sagten ihm, daß er immer nur für Tiere benutzt worden war. Die Wände im Hauptraum waren aus schweren Fels- und Schieferstücken zusammengesetzt, ohne jeden Mörtel. Es gab keinerlei Möbel, wenn auch an einer der Wände ein paar rohe Borde angebracht worden waren. Das Ganze war weit entfernt von der kultivierten Eleganz der Stadt. Aber als Will mit dem Finger müßig über ein Bord strich, traf er auf einen unerwarteten Gegen-

209

stand: einen kleinen Spiegel in einem schweren Eichenholzrahmen, der mit Schnitzereien von springenden Fischen verziert war. Er wischte mit seinem Ärmel den Staub vom Glas und stellte den Spiegel auf dem Bord auf.

Bran trat hinter ihn. „Hier, halt die Hände auf, Junge. Gwions Gesundheitsnahrung: zwei Äpfel und eine große Tüte Haselnüsse. Ohne Schale, wohlgemerkt. Probier mal, sie schmecken köstlich." Munter kauend blickte er auf und sah Will in den Spiegel starren. Er schnitt eine Grimasse. *„Ach y fi!* Hast du nicht für eine Weile genug von Spiegeln?"

Will beachtete ihn kaum. Während er auf Brans Spiegelbild schaute, sah er hinter Bran ein anderes vertrautes Gesicht. „Merriman!" rief er voller Freude und drehte sich rasch um. Aber hinter sich sah er nur Bran, der mit halb geöffnetem Mund dastand, während seine heitere Miene einem Ausdruck der Beunruhigung wich. Außer ihnen beiden war niemand im Raum.

Will blickte wieder in den Spiegel, und Merriman war immer noch da. Die umschatteten Augen in dem kantigen Gesicht sahen ihn hinter Brans verwirrtem Spiegelbild an.

„Ich bin hier", sagte Merriman aus dem Spiegel zu ihm. Sein Gesicht war verzerrt und besorgt. „Ich bin bei euch und doch nicht bei euch, und ich muß dir sagen, daß Bran mich weder sehen noch hören kann, denn die Kraft ist ihm noch nicht verliehen worden ... Ich darf nicht zu dir kommen, Will, darf nicht einmal auf die Art der Uralten sprechen. Wie Gwion euch gesagt hat, gab es nur einen einzigen Augenblick, in dem die Gesetze des Verlorenen Landes mir Einlaß gewährt hätten, und genau als dieser Augenblick kam, holte die Geschicklichkeit der Finsternis mich zurück in eine andere Zeit. Aber wir haben diesen kurzen Moment. Du machst deine Sache gut. Sei zuversichtlich. Es gibt nichts, was du jetzt nicht schaffen könntest, wenn du es versuchst."

„Oje", sagte Will. Seine eigene Stimme kam ihm klein und

verloren vor, und plötzlich fühlte er sich auch klein und verloren.

„Was ist denn?" fragte Bran verwirrt.

Will hörte ihn nicht. „Merriman, ist bei den anderen alles in Ordnung?"

„Ja", sagte Merriman düster. „Sie sind in Gefahr, aber im Augenblick ist alles in Ordnung."

Für eine kurze Zeit spürte Will im Inneren eine schreckliche Einsamkeit, aber irgendwie half die Erinnerung an den Zusammenbruch des gespenstischen Pferdes ihm, dagegen anzukämpfen. „Was müssen wir tun?" fragte er.

Bran stand sehr still da und starrte ihn im Spiegel wortlos an.

„Denkt an die Worte der Alten Dame, wie ihr es getan habt." Merrimans Gesicht im Spiegel war voller Vertrauen. „Geht jetzt, und achtet darauf, an die anderen Dinge zu denken, die euch dort im Verlorenen Land gesagt worden sind. Ihr könnt nicht mehr als euer Bestes tun. Und laß dir eines von mir sagen, Will – Gwion könnt ihr euer Leben anvertrauen. Wie ich ihm einmal vor langer Zeit mein Leben anvertraut habe." Liebevolle Zuneigung färbte seine Stimme dunkler. Er sah Will mit einem letzten festen Blick an. „Das Licht wird euch tragen, wenn ihr mit dem Schwert zurückkehrt. Mach deine Sache gut, Uralter", sagte er.

Dann war er verschwunden.

Will wandte sich vom Spiegel ab und atmete tief aus.

Bran fragte flüsternd: „War er hier? Ist er wieder weg?"

„Ja."

„Warum konnte ich ihn nicht sehen? Wo war er?"

„Im Spiegel."

„Im *Spiegel*!" Bran betrachtete den Spiegel furchtsam. Dann schaute er nach unten, sah die vergessene Tüte mit Nüssen in seinen Händen und streckte sie Will entgegen. „Hier. Iß. Was hat Merriman gesagt?"

Will merkte plötzlich, daß er Hunger hatte, und stopfte sich

211

den Mund mit Haselnüssen voll. „Daß er auf keinen Fall ins
Verlorene Land kommen kann", sagte er mit dumpfer Stimme. „Daß wir allein weitermachen müssen, uns an Dinge
erinnern müssen, die man uns gesagt hat – wie das da, meint
er wohl." Er zeigte auf die Inschrift über der Tür. „Und daß
wir Gwion vertrauen können."

„Das wußten wir schon", sagte Bran.

„Ja." Will dachte an den schlanken graubärtigen Mann mit
dem ausdrucksvollen Gesicht und dem strahlenden Lächeln.
„Wer Gwion wohl sein mag? Und was..."

„Er ist ein Schöpfer", sagte Bran plötzlich und unerwartet.

Will hörte auf zu kauen. „Ein was?"

„Ein Barde, möchte ich wetten. Er hat an den Fingerspitzen
Schwielen, von der Harfe. Aber am meisten war es die Art,
wie er von den Schöpfern gesprochen hat, jeder Art von
Schöpfern, als er uns die Geschichte des Königs erzählte. Mit
Liebe..."

„Und er und Merriman müssen zusammen große Gefahren
überstanden haben, einst... Na ja, eines Tages werden wir es
vermutlich herausfinden. Hier..." Will reichte Bran die
Tüte. „Nimm du den Rest. Sie sind wirklich gut. Hast du
etwas von Äpfeln gesagt?"

„Einer für jeden." Bran reichte ihm einen und begann, die
Satteltasche zusammenzulegen.

Will ging zur Tür und biß dabei in den Apfel. Er war klein,
hart und gelb, aber erstaunlich süß und saftig. Die weißen
Knochen lagen tot und ausgeblichen im Sonnenlicht; er bemühte sich, nicht hinzusehen, sondern richtete seine Blicke
hinaus auf das Land.

„Bran! Sieh nur, wie nahe dran wir schon sind!"

Die Sonne stand hoch an einem blauen Himmel, der mit
aufgeblähten weißen Wolken gesprenkelt war. Jenseits des
unebenen Weidelandes, etwa eine Meile entfernt, erhob sich
ein schimmernder Turm aus einer Gruppe hoher Bäume; das

Sonnenlicht wurde von ihm so hell zurückgeworfen, daß es sie blendete.

Bran kam auch heraus. Sie standen lange da und schauten auf die Burg. Hinter ihr ging das Verlorene Land unter im flachen glitzernden Horizont des blauen Meeres. Will wandte sich noch einmal zurück, um einen letzten Blick auf den niedrigen, weit ausgebreiteten Weißdornbaum auf dem Dach des kleinen Hauses zu werfen. Seine Augen wurden größer. Der Baum, der bedeckt gewesen war mit milchig weißen Blüten, dem verzauberten Schneesturm, der die *Mari Llwyd* vernichtet hatte, hing jetzt voller leuchtendroter Beeren, die in dicken Büscheln an den Zweigen saßen, strahlend wie eine Flamme.

Bran schüttelte erstaunt den Kopf. Wortlos berührten er und Will die dicke Steinmauer des Häuschens in einem dankbaren Abschiedsgruß. Dann machten sie sich zu Fuß auf den Weg über das in Büscheln wachsende Gras des Weidelandes zu dem glitzernden, nach oben zeigenden Turm.

Und als sie noch einmal zurückblickten auf das schützende Haus mit dem Baum auf dem Dach, sahen sie dort gar kein Haus mehr, sondern nur ein Dickicht von Weißdornbüschen mit roten Beeren, mitten auf dem freien Feld.

Caer Wydyr

Obwohl sie es versuchten, fanden sie die Straße nicht mehr wieder. Von den goldenen Pferden gab es keine Spur; das Entsetzen hatte sie weit fortgetrieben. Will und Bran wandten ihre Gesichter also dem schimmernden Turm zu und stampften über das harte schilfige Gras des Weidelandes, durch Stechginsterbüschel, wo der Boden fest war, und durch sumpfiges Marschland an niedrigeren Stellen, wo noch Wasser stand. Das ganze Verlorene Land war flach: eine Küstenebene, mit dem weiten Bogen der Cardigan Bay zu ihrer Linken und den Bergen, die sich weit im Binnenland purpurbraun aus dem Dunst erhoben, zur Rechten. Will wurde klar, daß irgendwo vor ihnen der Dyfi fließen mußte, zu einer Mündung hin, die beträchtlich weiter draußen im Meer lag als die, die er von vorher kannte. Es war, als habe die ganze Küste ihrer eigenen Zeit eine halbe Meile Land vom Meer gewonnen.

„Oder eher", sagte er laut, „das Land zurückbekommen, das sie verloren hatte."

Bran sah ihn mit einem halb verständnisvollen Blick an. „Außer daß es bis jetzt noch nicht verloren ist, nicht wahr?" sagte er. „Weil wir in der Zeit zurückgegangen sind."

Will sagte nachdenklich: „Sind wir das?"

„Natürlich sind wir das!" Bran starrte ihn an.

„Vermutlich. Zurück, vor, vor, zurück." Wills Gedanken wanderten. Er schaute auf eine Ansammlung gelber Iris im Schilf eines Sumpfgebietes, dem sie sorgfältig ausgewichen waren. „Hübsch, findest du nicht? Genau wie auf dem Hof, nahe dem Fluß."

„Wir müssen uns selbst einem Fluß nähern", sagte Bran und sah ihn etwas unsicher an. „Es ist sehr feucht, und ich fühle mich völlig ausgetrocknet."

„Hör mal!" sagte Will. „Fließt da nicht irgendwo Wasser?"

„Würde uns wohl nicht viel nützen, selbst wenn es welches gäbe – wahrscheinlich ist es brackig", sagte Bran, neigte aber den Kopf, um zu lauschen. Dann nickte er. „Ja. Weiter oben. Hinter den Bäumen dort."

Sie gingen weiter. Der hellschimmernde Turm ragte jetzt höher auf, obwohl Bäume ihn fast den Blicken entzogen. Sie sahen, daß er eine mit Streifen aus Kristall und Gold verzierte Kuppel trug, genau wie die Kuppel des königlichen Palastes in der Stadt. Selbst der zum Meer zeigende goldene Pfeil auf der höchsten Spitze war da.

214

Dann befanden sie sich zwischen einigen verkrüppelten Weidenbäumen. Das Geräusch fließenden Wassers wurde immer lauter, und plötzlich stießen sie auf einen schilfgesäumten Bach, der für einen Wasserlauf auf so flachem Land merkwürdig schnell dahinströmte. Er kam ihnen in einem Bogen entgegen und schien von der Stadt her auf den Dyfi zuzufließen, um sich auf dem Weg zum Meer mit ihm zu vereinen. Das Wasser sah klar und kühl aus.

„Ich habe Durst!" sagte Bran. „Drück mir die Daumen." Er tauchte eine Hand ins Wasser und kostete; dann zog er eine Grimasse.

Will fragte bitter enttäuscht: „Salz?"

„Nein", sagte Bran, „es ist völlig in Ordnung." Er wich Wills geballter Faust geschickt aus, und beide streckten sich auf dem grasbedeckten Ufer aus und tranken durstig und bespritzten ihre erhitzten Gesichter, bis ihr Haar tropfnaß war.

Auf einem Stück glatter Wasseroberfläche an der windgeschützten Seite eines Felsens sah Will Brans Spiegelbild und konnte sich nicht davon losreißen. Nur das Glitzern der gelbbraunen Augen sah wirklich nach Bran aus, denn Schatten färbten das Gesicht dunkel, und das nasse Haar wirkte dunkel und hell gestreift. Das ganze veränderte Bild erinnerte Will auf seltsame Weise an irgend etwas. Er sagte scharf: „So habe ich dich irgendwo schon einmal gesehen."

„Natürlich hast du mich schon einmal gesehen", sagte Bran träge. Er neigte den Kopf hinunter und pustete ins Wasser, so daß Blasen entstanden und das Spiegelbild zerstörten. Das Wasser kräuselte sich in unzähligen verschiedenen Oberflächen, glitzernd und wirbelnd, und auf einmal schien sehr viel Weiß in dem Muster zu sein. Ein kleiner warnender Ton erklang in Wills Kopf. Er rollte sich herum und sah die Gestalt des Weißen Reiters, mit Kapuze, auf seinem weißen Pferd sich gegen den Himmel über ihnen abhebend.

Bran hob den Kopf aus dem Wasser, spuckte und zog sich den

215

grünen Faden einer Wasserpflanze aus dem Mund. Er rieb sich das Wasser aus den Augen, sah auf – und wurde plötzlich sehr still.

Der Weiße Reiter blickte hinunter auf Will, mit glänzenden Augen in einem im Schatten der Kapuze trübweiß aussehenden Gesicht. „Wo ist dein Meister, Uralter?" Die Stimme war leise und zischend und kam ihnen sonderbar bekannt vor, obwohl sie wußten, daß sie sie noch nie gehört hatten.

Will sagte kurz: „Er ist nicht hier. Wie Sie wissen."

Das Lächeln des Weißen Reiters funkelte. „Und er hat dir zweifellos erzählt, daß etwas ihn davon abgehalten habe zu kommen, und du warst so naiv, ihm zu glauben. Der Lord Merriman ist schlauer als du, Uralter. Er kennt die Gefahren, die hier lauern, und hütet sich davor, sich ihnen auszusetzen."

Will stützte sich bedächtig auf die Ellbogen. „Und Sie sind mehr als naiv, wenn Sie denken, Sie könnten mich mit solchem Geschwätz treffen. Die Finsternis muß in trauriger Verfassung sein, wenn sie es für nötig hält, die Tricks von Schwachsinnigen anzuwenden."

Der Weiße Reiter straffte den Rücken; er sah auf unerklärliche Weise gefährlicher als vorher aus. „Geht zurück", sagte die leise zischende Stimme kalt. „Geht zurück, solange ihr es noch könnt."

„Dazu können Sie uns nicht zwingen", sagte Will.

„Nein", entgegnete der Weiße Reiter. „Aber wir können erreichen, daß ihr wünscht, ihr wäret nie gekommen. Besonders..." der flackernde Blick seiner glitzernden Augen ruhte auf Bran... „besonders der weißhaarige Junge."

Will sagte leise: „Sie wissen, wer er ist, Reiter. Er hat Anspruch auf einen Namen."

„Die Kraft ist ihm noch nicht verliehen worden", sagte der Weiße Reiter. „Und bis dahin ist er ein Nichts. Und er wird für ewig ein Nichts bleiben, nicht mehr als ein Kind eures Jahrhunderts, denn ohne deinen Meister habt ihr keine Hoffnung, das

216

Schwert zu erringen. Geht zurück, Uralter, geht zurück!" Die leise Stimme erhob sich zu einer näselnden, dröhnenden Forderung, und das weiße Pferd bewegte sich unruhig. „Geht zurück", sagte der Reiter, „und wir werden euch sicheres Geleit gewähren, aus dem Verlorenen Land in eure eigene Zeit."

Das Pferd bewegte sich wieder unruhig. Der Weiße Reiter gab einen ärgerlichen Ausruf von sich und lockerte die Zügel, um das Pferd in einem weiten Kreis herumzuführen und so zu beruhigen.

„Sieh nur!" flüsterte Bran. Er starrte auf den Boden.

Will schaute nach unten. Unter der hoch stehenden, stechenden Sonne warfen er und Bran kurze, gedrungene Schatten auf die unebene Grasnarbe, aber als der Weiße Reiter und sein Pferd den Kreis schlossen und wieder zu ihnen kamen, fiel kein Schatten auf das leuchtende Gras unter den vier Hufen.

„Ah ja", sagte Will leise. „Die Finsternis wirft keinen Schatten."

Der Weiße Reiter sagte klar und selbstsicher: „Ihr werdet zurückgehen."

Will stand auf. „Wir werden nicht zurückgehen, Reiter. Wir sind gekommen, um das Schwert zu holen."

„Das Schwert ist weder für uns noch für euch bestimmt. Wir werden euch unbehelligt gehen lassen, und das Schwert bleibt bei seinem Schöpfer."

„Sein Schöpfer hat es für das Licht gemacht", sagte Will, „und wenn wir kommen, um es zu holen, wird er es uns geben. Und dann werden wir in der Tat unbehelligt fortgehen, Herr, ob die Finsternis es gestattet oder nicht."

Der Weiße Reiter schaute auf ihn herunter, sein weibischer Mund war zu einem merkwürdigen, beunruhigenden Hohnlächeln der Erleichterung verzogen. „Wenn es das ist, was ihr von dem Land erwartet", sagte er, „dann seid ihr solche Dummköpfe, daß wir nichts zu befürchten haben von euch."

Und ohne ein weiteres Wort lenkte er sein Pferd in eine

217

andere Richtung und ritt den gewundenen Bach entlang davon, um hinter den Bäumen zu verschwinden.

Es herrschte Stille. Das Wasser murmelte.

Bran rappelte sich vom Boden auf und schaute dem Reiter beunruhigt nach. „Was meinte er?"

„Ich weiß es nicht. Aber es gefiel mir nicht." Will schauderte plötzlich. „Die Finsternis umgibt uns von allen Seiten. Spürst du es?"

„Ein wenig", sagte Bran. „Nicht richtig, nicht so wie du. Ich spüre nur . . . dies ist ein trauriger Ort."

„Wohnort eines traurigen Königs." Will sah sich um. „Ob wir dem Bach folgen sollten?"

„Sieht so aus." Sie sahen die Kuppel und den goldenen Pfeil der Burg zwischen den Bäumen aufragen, hinter der Biegung des Flusses.

Das Ufer war grasbewachsen. Es gab keinen Pfad, aber weder Bäume noch Büsche behinderten ihren Weg. Der Fluß blieb schmal, etwa sechs Meter breit, aber sein Bett zwischen dem struppigen Gras der Ufer wurde immer breiter, eine schimmernde Fläche von Sand. Es war jetzt sauberer goldener Sand, ungetrübt von Schlamm.

„Es ist Ebbe", sagte Bran, als er sah, daß Will auf den Sand schaute. „Wie am Dyfi. Wenn die Flut kommt, wird sie den Sand bedecken, und der Fluß wird doppelt so breit sein. Es fängt schon an, schau."

Er streckte den Finger aus. Will sah das Wasser in den Fluß strömen, und das fließende Wasser änderte die Richtung. Der Hauptfluß in der Mitte bewegte sich immer noch auf das Meer zu, doch zu beiden Seiten drückte die Flutwelle das Wasser vom Meer herein.

„Könnte man jetzt nicht trinken", sagte Bran. „Zuviel Salz."

Der Fluß wurde breiter, während sie weitergingen, und die Flut strömte kraftvoller herein. Am anderen Ufer waren die Bäume kleiner und spärlicher. Gelegentlich erhaschten sie hinter Gestrüpp und Weideland einen Blick auf die breite Flußmündung und die Berge, die sich in der Ferne erhoben. Dann sahen sie plötzlich ein rechteckiges braunes Segel, und mit der Flut kam durch aufschäumende Wellen ein Boot auf sie zugeschossen. Das Segel bauschte sich zwischen zwei kräftigen Holzrahen rechtwinklig zum Mast auf, dann fielen die Rahen rasselnd auf das Deck, und das Segel kam herunter.

Das Boot steuerte das Ufer neben ihnen an. Will schaute voller Erstaunen auf die Gestalt, die das Segel zusammenrollte.

„Es ist Gwion!"

Gwion, schlank und schwarzgekleidet, sprang mit einer Leine in der Hand behende in den Bug und von dort aus an Land, als das Boot am Ufer aufsetzte. Er sah Will und Bran an, sein vertrautes Lächeln strahlte über dem gepflegten grauen Bart auf; dann rief er auf walisisch etwas zum Boot hinüber. Ein untersetzter Mann mit schwarzem Haar und einem rotbraunen Gesicht stand dort an der langen Ruderpinne hinter dem einzigen kurzen Mast; es war ein breitbauchiges Boot, fast wie das Rettungsboot eines Schiffes. Der Mann antwortete Gwion. Will sah Bran fragend an.

„Es geht um das Festmachen des Bootes", sagte Bran. „Und daß man die Flut erwischt, obwohl ich . . . *tafla 'r rhaff yna i mi*", sagte er plötzlich und griff nach einer zweiten Leine, die vom Boot ausgeworfen wurde. Gemeinsam machten sie das Boot vorn und achtern an zwei Bäumen fest, während es von der hereinströmenden Flut hin und her geschaukelt wurde.

„Gut gemacht, daß ihr hier sicher angekommen seid", sagte Gwion und legte beiden eine Hand auf die Schulter. „Und jetzt weiter." Er machte sich sofort den Fluß entlang auf den Weg und schlug ein rasches Tempo an.

Will folgte ihm; er hatte das Gefühl, ein harter verspannter Knoten zwischen seinen Schulterblättern habe sich gelöst.

„Erklären Sie, erklären Sie", sagte Bran und machte größere Schritte, um mitzukommen. „Wie sind Sie hierhergekommen? Warum das Boot? Woher wußten Sie, wo Sie uns finden würden, und wann?"

Gwion lächelte ihn an. „Wenn dir die volle Kraft verliehen worden ist, Bran Davies aus Clwyd, wirst du soviel Vertrauen haben wie Will und dir nicht die Mühe machen, solche Fragen zu stellen. Ich bin einfach hier, weil ihr mich brauchen werdet. Und so breche ich das Gesetz des Verlorenen Landes, das uns untersagt, Beziehungen zum Licht oder zur Finsternis aufzunehmen, wenn sie einander bekämpfen. Wie ich zweifellos auch in Zukunft dieses Gesetz brechen werde, bis zum Ende der Zeit. Vorsicht jetzt . . ." Er senkte die Stimme und ging langsamer, während er gleichzeitig beide Arme ausstreckte, um sie zurückzuhalten.

Sie waren ans Ende der zerstreut wachsenden, vom Wind gebeugten Eichen und Kiefern gekommen, die hier das Fluß-ufer säumten. Vor ihnen lag jetzt die Burg des Verlorenen Landes, ein schimmernder Turm, der die ihn umgebenden hohen Bäume überragte.

Gwion war plötzlich ernst geworden. Er ließ die Arme fallen und stand einen Augenblick lang da, als habe er Will, Bran, sich selbst und alles andere vergessen – außer dem Anblick des einsamen glitzernden Turmes vor ihm.

„Caer Wydyr", sagte er leise, fast flüsternd. „So schön, wie er immer gewesen ist. Und mein großer gramerfüllter König ist dort drinnen eingesperrt, nie fähig, diese Schönheit zu sehen. In der Tat ist niemand, im ganzen Verlorenen Land niemand, fähig, diese Schönheit zu sehen außer den Herren der Finsternis."

Will sah sich ruhelos nach allen Seiten um. „Und sie sind überall, und doch nicht zu sehen."

„Überall", sagte Gwion. „Zwischen den wachenden Bäu-men. Aber sie können den Bäumen nichts anhaben, genauso-wenig, wie sie den König oder seine Burg anrühren können."

Die hohen Bäume umstanden den Turm in einem unregelmäßigen Kreis und umhüllten ihn mit ihren Blättern und Zweigen; er erhob sich aus ihnen wie eine Insel aus einem grünen Meer.

„Sieben Bäume, sagte die Alte Dame." Bran wandte sich an Will. „Sieben Bäume. Genauso wie die sieben Schläfer, die einst vor unseren Augen über dem Llyn Mwyngil erwachten, um fortzureiten in die Zukunft." Die gelbbraunen Augen in seinem blassen Gesicht funkelten; er sah sich nach allen Seiten um, furchtlos, fast herausfordernd, für den Augenblick von einer fieberhaften Zuversicht erfüllt, wie Will es noch nie gesehen hatte.

Will sagte langsam: „Aber es waren sechs Schläfer."

„Sieben werden es sein", sagte Bran, „am Ende werden es sieben sein. Und dann werden sie nicht mehr Schläfer heißen, sondern Reiter, wie die Herren der Finsternis."

„Hier ist der erste Baum", sagte Gwion. Seine Stimme war ausdruckslos, aber Will hatte das Gefühl, er ändere absichtlich das Thema. Vor ihnen, nahe am Fluß, standen mehrere Bäume mit schlanken Stämmen, grüner Rinde und breiten, runden tanzenden Blättern nahe beieinander.

„Y gwernen", sagte Bran. „Erle. Wächst mit nassen Füßen, wie sie das auch in unserem Tal tut, und John Rowlands beschimpft sie als Unkraut, wo er sie nur sieht."

Gwion brach drei kleine Zweige von einem Erlenast ab, am Ansatz, wo sie weder knicken noch zerfasern würden. „Manchmal vielleicht eine Art Unkraut, aber ein Holz, das weder splittert noch verfault. Der Baum des Feuers, das ist die Erle. In ihr ist die Kraft des Feuers, die Erde von Wasser zu befreien. Und vielleicht brauchen wir diese Kraft. Hier." Er gab ihnen beiden einen Zweig und ging weiter, auf den breiten Baldachin einer Weide mit ihren schlanken Ästen und langen Blättern zu. Wieder brach er drei Zweige ab und hielt ihnen zwei hin.

„Weide, Baum des Zauberers", sagte Will, dessen Gedan-

221

ken einen langen Weg zurückgewandert waren zu einem sehr alten Buch, das Merriman ihm gezeigt hatte, als er lernte, die Fähigkeiten eines Uralten zu benutzen. „Stark wie ein junger Löwe, nachgiebig wie eine liebende Frau und bitter im Geschmack, wie jede Verzauberung am Ende sein muß." Er lächelte Gwion etwas mühsam an. „Sie haben mich die Bäume gelehrt, früher einmal."

Gwion sagte ruhig: „Das haben sie offensichtlich getan. Erzähl mir was über den nächsten."

„Birke", sagte Will. Ein großer knorriger weißer Baum stand vor ihnen. An seinen langen, dünnen braunen Zweigen tanzten Kätzchen. Unter den raschelnden grünen Blättern war es ein alter, alter Baum, zwischen dessen Wurzeln Fliegenpilze wuchsen und dessen Stamm an dem Riß einer langen alten Wunde die ersten Zeichen von Verfall zeigte.

Bran sagte, ohne nachzudenken, erstaunt: „Ich habe hier noch keine Birke gesehen." Dann sah er Will an und fügte, sich über sich selbst lustig machend, hinzu: „Nein, und auch keinen hohen Turm aus Glas oder einen Maibaum, der auf einem Dach wächst."

„Du hast nichts Törichtes gesagt", sagte Gwion freundlich und reichte ihnen Zweige von der Birke. „In dieser, in meiner Zeit ist es hier in Wales wärmer und trockener als in eurer, und wir haben Wälder mit Erlen und Birken und Kiefern, während ihr nur Eichen habt und die Bäume aus anderen Ländern, die von zugereisten Menschen mitgebracht werden. Und die" – er machte eine kurze Pause – „nicht ganz an dem gleichen Ort wie diese Bäume aus meiner Zeit."

Eine Art Entsetzen ergriff Will für einen Augenblick, als ihm klarwurde, was Gwion meinen mußte, aber Gwion drängte sie weiter, vorbei an der großen Birke, und plötzlich stand der gläserne Turm, Caer Wydyr, vor ihnen, zum ersten Mal sichtbar von unten bis zur Spitze, und sie sahen, daß er sich nicht vom Boden erhob, vom goldenen Sand und den grünen

Ufern der Flußmündung, sondern von einem gewaltigen schroffen Felsen. Der Fels bestand aus einem ihnen unbekannten Stein, der weder das gesprenkelte Grau des Granits noch das Graublau des Schiefers zeigte, sondern ein tiefes Blauschwarz, aus dem hier und da leuchtendweiße Quarzstücke hervorragten. Und sie sahen jetzt, daß auch die Mauern des Turmes aus einem gläsernen, felsähnlichen Quarz errichtet waren, weiß und lichtdurchlässig und mit einem merkwürdigen milchigen Schimmer. An einigen Stellen befanden sich Fensterschlitze in der Mauer des runden Turmes, und die Oberfläche war vollkommen glatt.

„Gibt es keine Tür?" fragte Bran.

Gwion antwortete nicht, sondern führte sie über das hohe struppige Gras zu zwei weiteren dichten, massigen Bäumen. Der erste war nicht hoch, doch breitete er seine Äste weit aus, und er hatte die gleichen stumpfen, rundlichen Blätter und trug die gleichen noch nicht ausgereiften Nüsse in ihrem federartigen grünen Kleid wie die Hälfte aller Büsche der Hecken von England und Wales.

„Haselnuß zum Heilen", sagte Gwion und brach drei Zweige ab.

„Und zur Ernährung von hungrigen Wanderern", sagte Bran.

Gwion lachte. „Sie waren also gut?"

„Köstlich. Und die Äpfel auch."

Das erinnerte Will an etwas, und er sagte: „Der Apfelbaum gehört auch dazu."

„Aber zuerst die Stechpalme." Gwion wandte sich einem bedrohlich emporragenden dunklen Baum mit glattem grauem Stamm zu, dessen glänzende dunkelgrüne Blätter an den unteren Zweigen scharfe Stacheln trugen, während die oberen Blätter glatte Ovale waren. Gwion brach nur Zweige mit stachligen Blättern ab und reichte wieder beiden einen.

„Und vom Apfelbaum", sagte er lächelnd, „dürft ihr auch die

Früchte nehmen. Aber ich muß es sein, der die Zweige pflückt, von jedem Baum."

„Warum?" fragte Bran, während sie durch das Gras weitergingen.

„Weil sonst", sagte Gwion, „der Baum aufschreien würde, und das Gesetz träte in Kraft, nach dem weder das Licht noch die Finsternis im Verlorenen Land etwas zu ihrem eigenen Nutzen unternehmen dürfen." Er hielt kurz inne, sah sie eindringlich an und strich sich den gepflegten grauen Bart. Seine Stimme war ernst. „Daß ihr keinen Fehler macht – das Verlorene Land ist kein freundliches Land. Es gibt hier eine Härte und Gleichgültigkeit gegenüber allen Gefühlen, die nicht zum Land gehören. Das ist ein anderes Gesicht der Schönheit des Rosengartens und der Geschicklichkeit der Handwerker, der Schöpfer. Unterschätzt das nicht."

Bran sagte: „Aber nur die Finsternis steht uns doch wirklich im Weg."

Gwion reckte das Kinn in einer seltsam arroganten Bewegung, doch zeigten sich um seinen Mund deutlich Züge des Schmerzes. Er fragte ruhig: „Woher, denkst du, wurde die Mari Llwyd herbeigerufen, die dich fast um den Verstand gebracht hat, Bran Davies? Wer, denkst du, ersann das Spiegellabyrinth? Was an ungekannter Verzweiflung steht dir jetzt bei der Aufgabe gegenüber, die fast unmöglich zu bewältigen ist, der Aufgabe, zum Verlorenen König und seinem Kristallschwert vorzudringen? Glaubst du, daß die Finsternis mit all diesem viel zu tun hat? O nein. Hier ist die Finsternis nahezu hilflos, verglichen mit den Kräften, die in das Land gehören. Es ist das Verlorene Land, mit dem du deine Kräfte mißt, und du kannst alles gewinnen und alles verlieren."

„Und das ist die Wilde Magie", sagte Will langsam. „Oder etwas sehr Verwandtes."

„Eine Form der Wilden Magie", erwiderte Gwion. „Und noch mehr."

224

Bran blinzelte ihn unsicher an. „Und Sie sind ein Teil davon?"

„Ach", sagte Gwion nachdenklich. „Ich bin ein Abtrünniger, ich gehe meinen eigenen Weg. Und obwohl ich mein Land zutiefst liebe, wird mir hier nichts Gutes widerfahren." Er wandte Bran plötzlich sein gewinnendes Lächeln zu, das wie ein Wärmestrahl war, und wies mit dem Kopf nach vorn. „Seht dort – bedient euch nur."

Ein alter, verästelter Apfelbaum neigte sich vor ihnen dem Boden zu wie ein uralter Mann mit gebeugtem Rücken; es war der einzige Baum, der in die Breite und nicht in die Höhe wuchs und sie nicht überragte. Kleine gelbe Äpfel und andere, noch kleinere, leuchtend grüne hingen zwischen den wenigen Blättern an den dunklen Zweigen. Bran riß die Augen weit auf. „Die Äpfel vom letzten Jahr *und* die von diesem?" Er pflückte einen gelben Apfel und biß in die saftige harte Frucht.

Gwion lachte in sich hinein. „Zwei Jahre hängen sie manchmal dort. Ihr dürft nicht vergessen, daß dieser Apfelbaum lange vor eurer Zeit gewachsen ist. Es gibt viele Dinge in eurer Zeit, von denen hier nicht einmal geträumt wurde, als unser Land unterging – außer von Uralten. Aber ebenso gab es einst bemerkenswerte Dinge, die für immer untergegangen sind, zusammen mit dem Land."

Will fragte leise: „Für immer?" Er pflückte einen gelben Apfel und hielt ihn hoch, während seine Augen Gwion zulächelten.

Gwion erwiderte sein Lächeln mit einem merkwürdig abwesenden Blick. „Für immer und ewig, sagen wir, wenn wir jung sind, oder in unseren Gebeten. Nicht wahr, Uralter, das tun wir doch? Für immer und ewig, damit etwas für immer währt, ein Leben oder eine Liebe oder eine Suche, und doch wieder von vorn anfangen kann und für immer anhält, gerade so wie zuvor. Und jedes Ende, das sich abzuzeichnen scheint, ist kein wirkliches Ende, sondern eine Täuschung. Denn Zeit stirbt nicht, Zeit hat weder Anfang noch Ende, und so kann nichts aufhören oder sterben, was einmal in ihr stattgefunden hat."

Bran wandte sein blasses Gesicht von Gwion zu Will, aß seinen Apfel und sagte nichts.

Will sagte: „Und hier stehen wir, in einer Zeit, die seit langem vergangen ist und die noch nicht gekommen ist. *Hier.*"

Bran sagte plötzlich unerwartet: „Ich war schon einmal hier."

„Ja", sagte Gwion. „Du bist hier geboren. Unter vielen Bäumen wie diesem."

Will sah rasch auf, aber Bran sagte nichts mehr. Auch Gwion schwieg, aber er trat näher an den alten Apfelbaum und brach drei schwärzliche, verkrüppelte Zweige ab.

Statt seiner Stimme ertönte hinter ihnen eine andere: eine leise Stimme mit einem undefinierbaren Akzent. „Und der Junge, der hier geboren ist, wird vielleicht feststellen, daß er hier bleibt – für immer und ewig." Boshafter Spott verschärfte die Stimme, so daß sie klang wie eine Peitsche. „Und das ist eine sehr lange Zeit, meine Freunde, wie metaphysisch wir sie auch betrachten mögen."

Will drehte sich bedächtig um und sah die hochgewachsene, schwarzgekleidete Gestalt auf dem schwarzen Hengst vor sich. Der Schwarze Reiter hatte die Kapuze zurückgeschoben; das Sonnenlicht schimmerte auf seinem dichten, kastanienbraunen Haar, das einen rötlichen Ton hatte wie das Fell eines Fuchses, und seine glänzenden Augen brannten wie blaue Kohlen. Hinter ihm, etwas entfernt, warteten schweigend andere berittene Gestalten, alle ganz in Schwarz oder ganz in Weiß, neben jedem Baum eine, und andere dahinter, die Will nicht deutlich sehen konnte.

„Jetzt gibt es keine Warnungen mehr, Uralter", sagte der Schwarze Reiter. „Jetzt wird es nur noch um eine einfache Herausforderung und um eine Drohung gehen. Und um ein Versprechen."

Gwion sagte mit lauter, tiefer Stimme: „Dunkle Versprechungen sind in diesem Land wertlos, hoher Herr."

Der Schwarze Reiter blickte auf ihn hinunter, als sei er ein Hund oder ein kleines Kind. Er sagte verächtlich: „Es ist klüger, auf das Wort eines Herrn der Finsternis zu hören als auf das eines Spielmannes eines verlorenen Königs."

Dunkle Vorahnungen kribbelten über Wills ganzen Körper wie ein schnell krabbelndes Wesen; in ihm tönte es: *Oh, oh, das Wort wird dir noch leid tun...* Aber Gwion reagierte überhaupt nicht; er ging einfach weiter, als sei der Schwarze Reiter nicht vorhanden, und an ihm vorbei auf die stämmige, riesige Eiche zu, in deren Schatten die dunkle Gestalt stand.

„Hier werden keine Blätter gesammelt, kleiner Spielmann", sagte der Reiter spöttisch. „Der König der Bäume ist außerhalb deiner Reichweite, denke ich."

Will empfand den warnenden Schauder noch stärker. Gwions Gesicht war ausdruckslos. Mit Sorgfalt und Würde streckte er seinen mageren braunen Arm so weit wie möglich aus, ergriff einen der mit gebuchteten Blättern besetzten Zweige, brach ihn ab und zerteilte ihn in drei Abschnitte.

Der Reiter sagte scharf: „Ich verspreche dir, Spielmann, wenn ihr in den Turm gelangt, werdet ihr ihn nie wieder verlassen." Sie sahen die scheußliche Narbe an der Seite seines Gesichts, als er den Kopf drehte.

„Sie können uns nicht davon abhalten, hoher Herr", sagte Will. Und Bran mit sich ziehend, ging er auf Gwion und die große Eiche zu.

Der Schwarze Reiter entspannte sich plötzlich und lächelte. „Oh, das wird nicht nötig sein", sagte er und ließ seinen wundervollen, nachtschwarzen Hengst zur Seite treten, so daß Will und Bran den emporragenden Glasturm voll im Blick hatten.

Will blieb stehen und konnte einen Ausruf des Entsetzens nicht unterdrücken.

Der Schwarze Reiter kicherte mit hoher Stimme. Es war jetzt nur allzu offensichtlich, was er meinte.

Die große Tür des Caer Wydyr war endlich sichtbar, hoch oben auf dem felsigen Fundament am Ende einer Reihe von steilen, grob in den Stein geschlagenen Stufen. Aber es war eine Tür, deren Eingang versperrt war durch einen Zauber, wie Will ihn sich nie hätte vorstellen können. Vor der Tür hing ein riesiges Rad, das sich so schnell drehte, daß es wie eine glänzende Scheibe wirkte. Es hatte keine Achse oder irgendeine Art von Befestigung. Das Rad hing einfach dort in der Luft, todbringend, jedes Näherkommen unmöglich machend, und drehte sich im Kreis herum mit einer solchen Geschwindigkeit, daß ein drohendes Surren entstand.

Bran sagte flüsternd: *„Nein!"*

Von den Herren der Finsternis auf ihren schwarzen und weißen, sich unruhig zwischen den Bäumen bewegenden Pferden drang ein spöttisches Zischen zu ihnen, Ausdruck befriedigter Bosheit. Der Schwarze Reiter lachte wieder, ein unangenehmes, drohendes Geräusch.

Will drehte sich um, hoffnungslos verwirrt, und fing einen Blick aus Gwions stahlenden Augen auf, einen Blick, der das ganze kraftvolle Gesicht und den grauen Bart mit dem seltsam dunklen Streifen mit einbezog, ihn festhielt, sagte: Ich muß es dir sagen, aber ich kann es dir nicht sagen – *denk nach* . . .

Und Will dachte nach, und plötzlich wußte er, was er tun mußte.

„Komm!"

Er packte Brans Arm, begann zu laufen und rannte die Stufen in dem Felsen, auf dem der Turm stand, mit langen Schritten hinauf, fort von der spottenden Finsternis, bis er auf der obersten Stufe war, dem kreisenden Rad so nahe, daß es aussah, als würde es ihn gleich halbieren. Das surrende Kreischen bemächtigte sich ihrer Gedanken. Gwion war hinter ihnen, seine weißen Zähne blitzten auf, so entzückt war er.

Will beugte sich zu Brans verwirrtem, besorgtem Gesicht und sagte ihm ins Ohr: „Und was sagte die Alte Dame als letztes?"

Er sah Erleichterung wie eine Woge über das Gesicht gehen und hörte die herausgewürgten Worte: *„Nur das Horn kann das Rad anhalten . . ."*

Will griff in seinen Gürtel und zog das kleine schimmernde Jagdhorn hervor. Er machte eine kurze Pause, holte tief Atem und blies einen einzigen, langen, klaren Ton, hoch und lieblich, der wie ein Oberton das schreckliche Surren des kreisenden Rades überlagerte. Und das Rad lief sofort aus, als ob eine gewaltige Kraft es anhalte, während ein langes, erbittertes, zorniges Kreischen von den Reitern der Finsternis zu ihnen heraufdrang. Will und Bran hatten einen Moment Zeit festzustellen, daß das Rad Speichen hatte, die das Rad viertelten, bevor Gwion die beiden nacheinander durch das nächste Radviertel drängte und nach ihnen hindurchglitt.

Gwion drückte das Büschel aus sieben Zweigen, das er hielt, in Wills Hand, und ohne ihn anzusehen, wußte Will jetzt, was er zu tun hatte. Er zog auch Bran das Büschel aus der Hand, so daß er jetzt alle drei Büschel hielt, und streckte den Arm rasch durch die Speichen des Rades, hinter dem eine Welle der Finsternis, der Drohung und des Zorns hinter ihnen her die Stufen herauf brandete. Mit aller Kraft, die er aufbringen konnte, warf Will die Zweige hinaus, der Finsternis entgegen. Eine ungeheure Kraft drang wie eine lautlose Explosion vom Turm nach draußen, und das große Rad begann wieder zu kreisen.

Immer schneller wirbelte es herum. Das Surren ertönte, der Eingang war versperrt durch den kreisenden Zauber, unten schrie die enttäuschte Finsternis vor Ärger und Zorn, und Will und Bran und Gwion standen in einer weichen, durchscheinenden Helligkeit im Glasturm des Verlorenen Königs.

229

Der König des Verlorenen Landes

Sie starrten einander an. Draußen stieg der Zorn der Finsternis empor, als tose die ganze Welt. Will, der die Kraft dieses Zorns wie einen Schlag empfand, zog unwillkürlich die Schultern zusammen.

Und dann war es plötzlich vorbei. Der Lärm verebbte, ging ganz unter; sie hörten nur noch das leise Summen des Rades vor der Tür. Der plötzliche Wechsel war noch zermürbender als der Krach vorher.

„Was tun sie?" fragte Bran. Er war angespannt wie eine aufgezogene Feder. Will sah an seinem Unterkiefer einen Muskel zucken.

„Nichts", sagte Will, zuversichtlicher, als ihm wirklich zumute war. „Sie können hier nichts tun. Vergiß sie." Er sah sich in dem Raum um, der so lang und so breit wie der Turm war. „Sieh nur!"

Es war überall hell; ein sanftes, grünliches Licht drang durch die quarzähnlichen Wände in den Raum. Es könnte eine Höhle aus Eis sein, dachte Will. Aber dies war ein unordentlicher, benutzter Raum, der aussah, als habe jemand ihn in großer Eile verlassen, der mit irgendeinem großen Problem beschäftigt war. Auf den Tischen und Wandbrettern lagen Stapel von Manuskripten mit Eselsohren, ebenso auf der dicken Binsen-matte, die den Boden bedeckte. An einer Wand stand ein riesiger, schwerer Tisch, der übersät war mit Streifen schim-mernden Metalls, Glas- und Felsstücken, rot und weiß und grünblau, alle zwischen einer Menge von zerbrechlichen, glänzenden Instrumenten, die Will an die Werkstatt hinter dem Juweliergeschäft seines Vaters zu Hause erinnerten. Dann fiel sein Blick auf einen Gegenstand hoch oben an der Wand: ein einfacher, runder Schild aus glänzendem Gold.

Gwion sprang leichtfüßig auf einen Tisch und nahm den Schild von der Wand. Er hielt ihn Will hin.

„Nimm ihn, Will. Einst, während seiner großen Zeit, hat König Gwyddno drei Schilde für das Licht gemacht. Zwei davon wurden von dem Licht an Orte gebracht, wo man mit Gefahren rechnen mußte, der dritte blieb hier. Ich habe nie gewußt, warum – aber vielleicht ist jetzt der Augenblick des Warum und war es die ganze Zeit. Hier."

Will nahm den runden, glänzenden Schild und steckte einen Arm durch die Halteriemen auf der Innenseite. „Er ist schön", sagte er. „Und die anderen beiden sind es auch. Ich habe sie, glaube ich, gesehen. An... anderen Orten. Sie sind nie benutzt worden."

„Wollen wir hoffen, daß auch dieser hier nicht benutzt werden muß", sagte Gwion.

Bran fragte ungeduldig: „Wo ist der König?" Er sah hinauf auf eine schmiedeeiserne, herrlich verschnörkelte Wendeltreppe, die sich in Spiralen nach oben wand, um durch eine Öffnung in der hohen, glasähnlichen Decke des Raumes zu verschwinden.

„Ja", sagte Gwion. „Dort oben. Wir gehen hinauf, aber ihr müßt mir die Führung überlassen. Wir werden in einige Räume kommen, in denen ihr niemanden sehen werdet, und schließlich werden wir zum König kommen."

Er legte eine Hand auf das gewundene Geländer der Treppe und sah Will eindringlich an. „Wo ist der Gürtel der Zeichen?"

„Er ist bei der Schlacht von Mount Badon", sagte Will wehmütig. „Dorthin hat Merriman ihn dem großen König gebracht, um so viel zum Sieg beizutragen, wie dort erreicht werden kann. Und der Gürtel wird auch bei dem letzten Gefecht dabeisein, wenn die Alte Dame kommt und die ganze Macht des Lichts vereint ist. Aber erst dann. Und auch nur, wenn..." Er brach ab.

„Eirias", sagte Bran mit angespannter Stimmer. „Eirias."

Gwion erwiderte rasch: „Erwähne den Namen noch nicht!

Das muß warten. Nur in seiner Anwesenheit darf das Schwert bei seinem Namen genannt werden, in diesem Turm. Kommt."

Sie stiegen die Wendeltreppe hinauf, immer höher, durch Räume, in denen alles zum Leben, zum Essen und Schlafen vorhanden war und die dennoch den Eindruck von Orten machten, die schon vor langer Zeit verlassen worden waren. Und dann stieß Will, der als letzter die Treppe hinaufstieg, auf Bran und Gwion, wie sie schweigend in einem großen Raum standen, der mit keinem der anderen Räume eine Ähnlichkeit hatte. Das Licht, das durch diese Wände drang, war nicht kühl und eisiggrün, sondern schwächer, gedämpfter, denn sie befanden sich jetzt in einer großen Halbkugel, die mit Streifen aus Gold und durchscheinendem Glas versehen war, so daß Will wußte, es mußte die Kuppel des Turmes sein, von deren höchstem Punkt ein goldener Pfeil auf das Meer zeigte.

Es war warm in der Kuppel, das Sonnenlicht, das durch das verzierte Dach einsickerte, malte Streifen auf den Boden, und doch war es ein merkwürdig düsterer Ort, der die Sinne bedrückte. Der Raum enthielt nur einen rechteckigen Tisch, der an der einen Seite stand, einen Wandschirm aus mit Schnitzereien bedecktem Holz und ein paar Stühle mit hohen Rückenlehnen, die so stabil aussahen, als seien sie aus festen Holzblöcken geschnitzt worden.

„Gwion?" fragte eine Stimme.

Leise Echos flüsterten durch die Kuppel. Es war nur die Hülse einer Stimme, leise und kraftlos. Sie kam aus einem hohen Stuhl an der anderen Seite der Kuppel; sie konnten nur die Rückenlehne sehen.

„Ich bin hier, mein Gebieter", sagte Gwion. Seine Augen waren voller Wärme, seine Stimme voller Liebe und Geduld, als spreche er zu einem bekümmerten Kind. „Und ... und zwei vom Licht sind bei mir."

Es entstand eine lange Pause, in der nur der schwache Schrei einer fernen Möwe zu hören war.

Endlich sagte die Stimme, kalt und unvermittelt: „Du mißbrauchst mein Vertrauen. Schick sie fort."

Gwion durchquerte rasch den Raum und beugte vor dem hohen, geschnitzten Stuhl das Knie; in dem gedämpften Licht, das durch das Dach fiel, sahen sie sein mageres Gesicht mit dem gestreiften Bart nach oben auf den nicht sichtbaren König gerichtet. Er sagte, und liebende Treue stand hell wie eine Flamme in seinem Gesicht: *„Ich mißbrauche Euer Vertrauen, mein Gebieter?"*

„Nein, nein," sagte die Stimme müde. „Ich weiß, daß das nicht stimmt. Aber du mußt sie fortschicken, Spielmann. In dem Punkt solltest *du* wissen, was das Richtige ist."

Will trat vor und sagte impulsiv: „Aber, Majestät, die Gefahr ist zu groß." Er blieb hinter dem Stuhl stehen; er sah eine dünne Hand schlaff auf der Armlehne liegen; an einem Finger trug sie einen schweren Ring mit einem dunklen Stein, wie Gwions Ring. Er sagte mit einer Stimme, die so ruhig klang, wie es nur ihm möglich war: „Mein Gebieter, die Finsternis erhebt sich in ihrem letzten großen Versuch, die Herrschaft über die Erde den Menschen zu entreißen. Und wir vom Licht können das nicht verhindern, wenn wir nicht bewaffnet sind mit all den Gegenständen der Macht, die für uns geschaffen wurden. Wir haben sie alle, bis auf den letzten, das Kristallschwert. Das Ihr vor langer Zeit für uns angefertigt habt, mein König – und das Ihr jetzt bewacht."

„Ich bewache nichts", sagte die Stimme teilnahmslos. „Ich existiere nur."

Will sagte: „Aber das Schwert ist hier, wie es seit seiner Erschaffung immer hier gewesen ist." Seine Augen blickten sich suchend um, während er sprach. „Wir können es nur nehmen, wenn Ihr es uns gebt. Gebt es uns jetzt, Majestät, ich bitte Euch."

„Laßt mich allein", sagte die Stimme. „Laßt mich allein." Die Stimme war von so bitterer Traurigkeit erfüllt, daß Will gern etwas Tröstliches gesagt hätte, aber die Dringlichkeit seines Anliegens erschien ihm noch wichtiger.

„Das Schwert ist für das Licht bestimmt", sagte er beharrlich, „und zum Licht muß es gehen." Er blickte auf einen wunderschön geschnitzten Wandschirm, der an der schrägen Wand der Kuppel in der Nähe des Königs lehnte. Stand er nur als schöner Gegenstand zum Betrachten da, oder weil etwas hinter ihm verborgen war?

Die matte Stimme sagte verdrießlich: „Du darfst nicht ‚muß' zu mir sagen, Uralter. Wenn du ein Uralter bist. Ich habe all diese Namen vergessen."

Hinter Will sagte Bran scharf: „Aber wir müssen Eirias haben!"

Die magere Hand erwachte mit festerem Griff kurz zu Leben, die Finger krümmten sich, dann fiel sie wieder zurück. „Gwion", sagte die leere Stimme, „ich kann nichts für sie tun. Schick sie fort."

Gwion kniete noch immer und sah mit bekümmertem Gesicht zum König auf. „Ihr seid müde", sagte er unglücklich, alle Förmlichkeiten fallenlassend. „Ich wünschte, Ihr wäret nicht immer allein."

„Müde des Lebens, Spielmann. Müde der Welt." Die Stimme war wie ein Winterblatt, das der Wind vor sich her bläst: verwelkt und trocken. „Kein Ziel, keinen Antrieb. Die Zeit macht mit meinen Gedanken, was sie will. Und mein sinnloses Leben ist das leere Krächzen einer Krähe, und was an Talenten ich einst gehabt haben mag – es ist tot. Laßt die Spielzeuge, die, die diese Talente hervorgebracht haben, mit ihnen sterben."

Die langsam gesprochenen Worte kamen aus einer so tiefen Verzweiflung – wie ein schwarzer Abgrund, der keinen Ton zurückgibt, wenn ein Stein hineingeworfen wird –, daß es Will kalt über den Rücken lief. Es war, als höre man einen Toten sprechen.

234

Bran sagte mit klarer und kalter Stimme: „Ihr sprecht wie die *Mari LLwyd*, nicht wie ein König."

Die Finger krümmten sich noch einmal einen kurzen Moment und lagen dann wieder schlaff da. In die Stimme stahl sich die müde Verachtung langer, langer Erfahrung, die sich der blinden, unwissenden Kraft der Hoffnung gegenübersieht. „Junge, grüner Junge, sprich zu mir nicht von einem Leben, das du nicht gelebt hast. Was weißt du von der niederdrückenden Last eines Königs, der seinem Volk gegenüber versagt hat, eines Künstlers, der sein Talent vernachlässigt hat? Dieses Leben ist ein einziger langer Betrug, voller Versprechungen, die niemals eingelöst werden können, Irrtümer, die niemals berichtigt werden können, Versäumnisse, die niemals nachgeholt werden können. Ich habe so viel von meinem Leben vergessen, wie ich vergessen konnte. Geht, damit ich ungestört auch den Rest vergessen kann."

Während Will stumm dastand, gebannt von der schrecklichen Selbstverachtung, die aus der heiseren Stimme des Königs sprach, trat Bran neben ihn. Und alles in Will rief ihm plötzlich zu, daß eine Veränderung eingesetzt hatte, daß von diesem Augenblick an Bran nicht mehr länger nur der seltsame Albino mit den gelbbraunen Augen sein würde, vergessen in einem Tal in Nordwales, wo die Dorfbewohner ihn von der Seite ansahen und die Kinder über sein blasses Gesicht und das weiße Haar spotteten.

„*Gwyddno Garanhir*", sagte Bran in ruhigem Befehlston, kalt und hart wie Eis, und der walisische Akzent war sehr ausgeprägt während seines Sprechens: „Ich bin Pendragon, und es liegt in meinen Händen, ob das Licht besteht oder untergeht. Ich werde Verzweiflung nicht dulden. Eirias ist mein Geburtsrecht, im Auftrag meines Vaters von Euch angefertigt. Wo ist das Kristallschwert?"

Will stand zitternd da; seine Fingernägel gruben sich in seine Handflächen.

Sehr langsam lehnte die Gestalt in dem hohen Stuhl sich ein wenig vor und wandte sich ihnen zu, und sie sahen das Gesicht des Königs, so wie sie es im Regenbogen über dem Springbrunnen im Rosengarten gesehen hatten, vor kurzer und sehr langer Zeit. Es war unverkennbar: ein mageres Gesicht mit Backenknochen so hoch wie Flügel und Furchen, die Traurigkeit tief eingegraben hatte. Große Gräben der Verzweiflung liefen von der Nase zum Mund, und Schatten lagen um die Augen wie dunkle Bergseen. Der König sah zuerst Will an, dann fiel sein Blick auf Bran. Sein Gesicht veränderte sich.

Er saß regungslos da und starrte mit seinen dunklen Augen. Es entstand eine lange Stille, dann sagte der König flüsternd: *„Aber es war ein Traum."*

Gwion fragte leise: „Was war ein Traum, Majestät?"

Der König wandte den Kopf zu Gwion; plötzlich wirkte er rührend naiv, wie ein kleines Kind, das einem Freund ein Geheimnis anvertraut.

„Ich träume immerfort, Spielmann",sagte er. „Ich lebe in meinen Träumen. Sie sind das einzige, was diese Leere noch nicht berührt hat. Oh, manchmal sind sie schrecklich und schwarz, Alpträume aus der Hölle... Aber die meisten sind wunderbar, voller Glück und verlorener Freude und Entzücken am Werden und Sein. Ohne meine Träume wäre ich schon vor langer Zeit wahnsinnig geworden."

„Das", sagte Gwion und verzog das Gesicht, „trifft auf viele Menschen dieser Welt zu."

„Und ich träumte", sagte der König und sah Bran wieder voller Erstaunen an, „von einem Jungen mit weißem Haar, der kommen und ein Ende wie auch einen Anfang bringen würde. Der Sohn eines großen Vaters, mit der ganzen Kraft seines Vaters und noch mehr. Und es kam mir so vor, als hätte ich den Vater einst gekannt, vor langer Zeit – obwohl ich nicht sagen kann, wo oder wann, in dem Nebel, in den die Leere meinen Geist gehüllt hat. Der weißhaarige Junge... es war kein

Tupfer Farbe in ihm, in meinem Traum. Er hatte weißes Haar, weiße Augenbrauen und weiße Wimpern, und er trug Scheiben aus dunklem Glas, um seine Augen vor der Sonne zu schützen, doch wenn die Scheiben entfernt wurden, sah man, daß es verzauberte Augen waren, die goldenen Augen einer Eule."

Er erhob sich und stützte seine magere Gestalt mit einer Hand unsicher am Stuhl ab. Gwion sprang vor, um ihm zu helfen, aber der König hob die andere Hand.

„Er kam angelaufen", sagte er, „er kam durch dieses Zimmer zu mir gelaufen, das Sonnenlicht lag auf seinem weißen Haar, er lachte mich an, und es war die erste Musik dieser Art, die diese Burg seit langer Zeit, so schrecklich langer Zeit hörte." Die verbitterten, starren Gesichtszüge wurden etwas weicher; es war wie ein schwacher Schimmer von Sonnenschein an einem grauverhangenen Himmel. „Er brachte ein Ende, aber auch einen Anfang. Er nahm diesem Ort das Heimgesuchte. Er kniete vor mir nieder, in meinem Traum, und er sagte . . ."

Bran lachte leise; Will spürte, wie die zornige Spannung ihn verließ. Bran trat rasch ein paar Schritte vor, kniete vor dem König, lächelte zu ihm auf und sagte: „Und er sagte: *Um das Kristallschwert zu erreichen, muß man fünf Barrieren durchbrechen, und sie werden in fünf Zeilen genannt, die in Buchstaben aus goldenem Feuer auf dem Schwert stehen. Soll ich sie Euch nennen?*"

Der König stand da und sah auf ihn hinunter, und in seinen Augen erwachte ein Leben, das vorher nicht dagewesen war. „Und ich sagte *ja, nenne sie mir.*"

„Und wenn ich sie Euch genannt habe", Bran sah dem König in die Augen mit einer Vertrautheit, die wie eine Umarmung war, und er zitierte nicht mehr, „dann wird die fünfte Barriere wegfallen, Majestät, nicht wahr? Denn vier haben wir bereits überwunden – die Worte bezeugen es. Und wenn ich Eure Verzweiflung aufbrechen kann, die das Grab all

Eurer Hoffnung ist, dann werdet Ihr mir das Schwert überlassen?"

Der König sagte, die Augen fest auf Bran gerichtet: „Dann wird es dir gehören."

Bran stand langsam vor dem König auf, holte Luft, und in der walisischen Melodik seiner Stimme klangen die Worte wie ein rhythmischer Singsang:

> „Ich bin der Schoß einer jeden Freistatt,
> Ich bin die Flamme auf jedem Berg,
> Ich bin die Königin eines jeden Bienenvolks,
> Ich bin der Schild für jeden Kopf,
> Ich bin das Grab einer jeden Hoffnung –
> *Ich bin Eirias!"*

Und König Gwyddno stieß einen tiefen, tiefen Seufzer aus, der klang wie eine Welle, die über Sand spült, und mit einem plötzlichen Krachen brach der geschnitzte Wandschirm neben dem Stuhl des Königs auseinander und fiel auf den Boden. In goldenen Buchstaben sahen sie an der Kuppelwand die Zeilen, die Bran gerade laut zitiert hatte, in klarer Schrift, und unter ihnen lag auf einer Schieferplatte, glänzend wie ein Eiszapfen, ein Schwert aus Kristall.

Der König ging langsam und steif über den glatten, mit Binsenmatten bedeckten Boden; auf dem Rücken des dunkelgrünen Überwurfs, den er über seiner weißen Robe trug, sahen sie, in Gold gestickt, das königliche Wappen mit den Rosen und dem springenden Fisch. König Gwyddno nahm das Schwert in die Hand und wandte den schwermütig geneigten Körper wieder ihnen zu. Er fuhr mit einem Finger über die ziselierte flache Seite der Klinge, erstaunt, als könne er nicht glauben, daß er je etwas so Wunderbares angefertigt haben sollte. Dann ergriff er das Schwert am Heft, so daß es nach unten zeigte, und hielt es Bran entgegen.

238

„Mag das Licht zum Licht gehen", sagte er, „und Eirias zu seinem Erben."

Bran faßte das Schwert am Heft und drehte es vorsichtig um, so daß es jetzt senkrecht nach oben zeigte. Augenblicklich erschien er Will aufrechter zu stehen, gebietender zu wirken. Das Sonnenlicht leuchtete auf seinem weißen Haar.

Von irgendwo außerhalb des Turms, weit weg, ertönte ein langes, leises Rollen wie bei einem Donner.

Der König sagte ausdruckslos: „Jetzt mag kommen, was will."

Er faßte sich plötzlich mit der Hand an den Kopf und rieb sich die Stirn. „Da war... da war noch eine Scheide. Gwion? Ich habe doch eine Scheide für das Schwert gemacht?"

Gwions Lächeln ließ sein Gesicht aufleuchten. „Das habt Ihr, Majestät, aus Leder und Gold. Und etwas muß die Leere, wie Ihr es nennt, aufgebrochen haben in Euch – sonst würdet Ihr Euch nicht daran erinnern."

„Es war..." Der König runzelte die Stirn. Er schloß die Augen, als habe er Schmerzen. Dann öffnete er sie unvermittelt wieder und zeigte durch den gewölbten Raum auf eine einfache Truhe aus hellem Holz, mit dem Bild eines auf einem Fisch reitenden Mannes auf der einen Seite.

Gwion ging zur Truhe und klappte den Deckel auf. Nach einem Augenblick sagte er: „Hier sind drei Dinge." Seine Stimme klang merkwürdig, drückte ein Gefühl aus, das Will nicht verstand.

Der König sagte abwesend: „Drei?"

Gwion holte aus der Truhe eine Scheide und ein Schwertgehenk aus weißem Leder mit Goldstreifen hervor. „Um das Funkeln ein wenig zu verhüllen", sagte er lächelnd und hielt Bran beides entgegen.

„Bran", sagte Will langsam, auf schwache Stimmen in seinem Inneren lauschend. „Ich glaube... du solltest das

Schwert noch nicht in die Scheide stecken, im Augenblick noch nicht."

Bran, das Schwert in der einen, die Scheide in der anderen Hand, sah ihn mit gehobenen Augenbrauen an, den weißhaarigen Kopf hochmütig zur Seite geneigt, wie er es vorher nicht getan hatte. Dann durchlief ihn ein kurzes Frösteln, und er war wieder Bran und sagte nur: „In Ordnung."

Gwion, noch immer an der Truhe, sagte: „Und dann ist da . . . dieses." Seine Stimme zitterte und seine Hand auch, als er eine kleine, glänzende Harfe hervorholte. Er blickte hinüber zu seinem König. „Noch vor wenigen Augenblicken, mein Gebieter, wünschte ich, daß ich meine Harfe hätte, die ich in der Stadt zurückließ, so daß ich Euch etwas vorspielen könnte wie in den alten Zeiten."

Der König lächelte liebevoll. „Das ist auch deine Harfe, Spielmann. Ich habe sie vor langer Zeit für dich gemacht, während der ersten Tage im Turm, als ich gegen die Verzweiflung kämpfte, darum kämpfte, weiterzuarbeiten . . ." Er schüttelte erstaunt den Kopf. „Ich hatte es vergessen, es ist so lange her . . . ich hatte die Einsamkeit gewählt, das Rad verwehrte allen den Zugang zu diesem Turm, aber ich vermißte dich und deine Musik so sehr, daß ich die Harfe baute. Für meinen Gwion, für meinen Taliesin, für meinen Spieler."

„Und in einer kleinen Weile werde ich für Euch darauf spielen", sagte Gwion.

„Du wirst feststellen, daß sie gestimmt ist", sagte der König, und sein Lächeln spiegelte den Stolz des Schöpfers auf sein Werk wider.

Gwion legte die Harfe auf den Boden und griff wieder in die Truhe; er brachte einen kleinen, mit einer Kordel zusammengebundenen Lederbeutel zum Vorschein. „Das ist der dritte Gegenstand", sagte er, „aber ich weiß nicht, was es ist."

Er öffnete den Beutel, und ein Strom kleiner, blaugrüner

Steine kullerte in seine andere Hand, glatt, schimmernd, rundlich, als kämen sie aus dem Meer. Einer fiel auf den Boden; Will hob ihn auf und ließ ihn auf seiner Handfläche hin und her rollen und betrachtete das Farbmuster in der glatten, unregelmäßigen Form.

Der König warf einen kurzen Blick auf die Steine. „Hübsch, aber wertlos", sagte er. „Ich erinnere mich nicht an sie."

„Vielleicht wolltet Ihr einst mit ihnen arbeiten." Gwion legte die Steine in den Beutel zurück. Will hielt ihm den Stein, der hinuntergefallen war, entgegen.

Gwion lächelte ihn plötzlich an. „Behalte ihn", sagte er heiter. Er wählte einen anderen Stein und reichte ihn Bran. „Und einer für dich, Bran. Ihr solltet beide einen Talisman haben. Ein Stück aus einem Traum, das ihr aus dem Verlorenen Land mit euch nehmt."

Der König sagte leise, mit leerer Stimme: „Verloren... verloren..."

Das ferne Grollen draußen ertönte wieder, lauter als vorher. Plötzlich verblaßte das Sonnenlicht, das durch das Kuppeldach hereinstrahlte, und es schien viel dunkler im Raum.

Bran sah sich um. „Was ist das?"

„Es ist der Anfang", sagte der König. Seine dünne Stimme war jetzt kräftiger, lebendiger, wie auch sein Gesicht lebendiger war, und obwohl es sehr deutlich zeigte, daß er resigniert hatte, fehlte jetzt jede Spur von der schrecklichen schwarzen Leere der Verzweiflung.

Will sagte instinktiv: „Wir dürfen nicht unter diesem Dach bleiben."

Gwion seufzte. Er sah Will mit ironischer Zuneigung an, und Will vergaß diesen Blick später nie: der humorvolle große Mund, den die Furchen der Erfahrung von der Nase zum Mund fast traurig erscheinen ließen, die strahlenden, lächelnden Augen, das dichte, gekräuselte graue Haar, der seltsam

241

dunkle Streifen in dem grauen Bart. In Gedanken sagte er zu Gwion: *Ich hab dich gern.*

„Kommt", sagte Gwion. Mit der Harfe unter dem Arm ging er zu einem Abschnitt in der gekrümmten Wand, der sich von der übrigen Wand nicht zu unterscheiden schien, griff nach oben und schob mit einem kräftigen Ruck ein ganzes keilförmiges Stück zur Seite. Die entstandene Öffnung klaffte wie eine dreieckige Tür. Draußen sahen sie den Himmel, ein düsteres, düsteres Grau.

Gwion trat hinaus auf einen Balkon. Will folgte ihm und sah ein goldenes Geländer. Ihm wurde klar, daß auch der Balkon übereinstimmte mit dem, der um die Kuppel des Leeren Palastes in der Stadt führte. Aber als er von dem Turm einen Blick in die Ferne wandte, schwanden alle Überlegungen dahin.

Im Westen, über dem Meer, türmte sich eine riesige, dunkle Wolkenbank zusammen, massig, berghoch, gelbgrau. Sie schien sich zu winden, zu wachsen und anzuschwellen wie etwas Lebendiges. Wills Finger klammerten sich um den Halteriemen des goldenen Schildes, den er noch immer trug. Bran trat hinter ihm auf den Balkon, und als letzter kam der König: Gebrechlich stützte er sich an der einen Seite der Öffnung im Dach ab. Er atmete plötzlich schneller, als ob die frischere Luft draußen etwas war, was seine Lunge seit langer Zeit nicht mehr gespürt hatte.

Das leise, ferne Grollen hing immer noch in der Luft, kam zu ihnen wie ein Nebel vom westlichen Horizont, wo die großen Wolken sich dahinwälzten. Aber es war nicht das Grollen von Donner; das Geräusch war tiefer, beharrlicher, mit nichts zu vergleichen, was Will je gehört hatte.

„Seid bereit", sagte Gwion hinter ihm leise.

Will drehte sich um und sah direkt in die von Lachfalten umgebenen, dunklen Augen. Er sah ruhige Entschlossenheit in ihnen und Selbstbeherrschung, aber unter allem anderen ein Aufflackern von schrecklicher, nackter Angst.

„Was ist das?" flüsterte Will.

Gwion nahm seine Harfe und entlockte ihren Saiten eine Reihe leiser, wunderschöner Arpeggios. Leichthin, als sei es eine beiläufige, witzige Bemerkung, und mit Blicken, die Will anflehten, das Entsetzen in seinen Augen zu ignorieren, sagte er: „Es ist der Untergang des Verlorenen Landes, Uralter. Es muß kommen, wenn die Zeit kommt." Seine Finger fügten die Töne zu einer sanften Melodie zusammen, und der König, an die schimmernde Wand der Kuppel gelehnt, murmelte erfreut vor sich hin.

Das Grollen vom Westen stieg an. Ein Wind kam auf, blies ihnen in die Gesichter und zerzauste ihr Haar: ein merkwürdig warmer Wind. Will hob den Kopf und schnupperte; auf einmal schien die Sommerluft voller Meeresgerüche, es roch nach Salz und nassem Sand und grünen Wasserpflanzen. Das Licht schwand langsam, die Wolke breitete sich grau über dem Himmel aus. Er hörte ein leises Geräusch, wie Quietschen, über sich und blickte scharf nach oben. Auf der Spitze der Kuppel drehte der goldene Pfeil, auch in dem trüben Licht noch glitzernd, sich langsam um die eigene Achse, drehte sich immer weiter, bis er ins Binnenland zeigte, fort vom Meer. Eine Helligkeit am Himmel, jenseits des Pfeiles, fiel Will ins Auge, und ihm stockte der Atem. Er sah, daß auch Bran dorthin starrte.

Weit weg, an der anderen Seite des Verlorenen Landes, erhoben sich über den noch undeutlich sichtbaren Dächern der Stadt plötzlich Lichtbündel wie Springbrunnen, flammten sekundenlang hell auf und verschwanden wieder. Wie auseinanderberstende Sterne leuchtete Feuerwerk auf und setzte strahlend rote, grüne, gelbe und blaue Flecke auf den dunklen Himmel, explodierte in fröhlichen Lichtbögen über der Stadt. In dem ganzen, plötzlichen Glanz herrschte eine wundervolle, furchtlose Heiterkeit, als würfen Kinder lodernde Äste aus einem Feuer in eine dunkle, wilde Nacht hinaus. Will merkte,

243

daß er lächelte und doch den Tränen nahe war, und im gleichen Augenblick hörte er das hohe, freudige Läuten vieler Glocken, das leise Dröhnen, das von Westen her jetzt die Welt erfüllte, schwach übertönend, irgendwo dort draußen, irgendwo in der Stadt. Gwion veränderte behutsam Tonlage und Rhythmus seiner Melodie, so daß seine Harfe in das Läuten der Glocken einstimmte, und Will atmete schnell, während er vom Balkon aus hinausblickte auf den fahlen, drohenden Himmel, das dunkle Meer und das hell leuchtende Feuerwerk, das beide herausforderte. Eine wilde Heiterkeit ergriff Besitz von ihm, die gleichzeitig aus Entsetzen und Entzücken bestand: Entsetzen wegen der Menschen aus dem Verlorenen Land, Entzücken über den verächtlichen Trotz, den sie ihrem Schicksal entgegensetzten.

Das Meer wurde so dunkel wie der Himmel; ein neues Grollen war zu hören, als die Wellen wuchsen, ihre zornigen Kämme weithin sichtbar, schimmernd, Gischt versprühend. Der Wind wurde heftiger und peitschte dem König das dünne Haar über das Gesicht. Will hielt seinen Schild als Schutz hoch. Gwion bewegte sich, immer noch spielend, langsam zurück zu der Öffnung in der Kuppel des Turmes; er bewegte sich so, daß der König vor ihm ging, gestützt von der Wand. Und dann flammte ein greller, gewaltiger Blitz auf, und der Himmel toste, und das Meer schien aufzuschreien. Eine ungeheure Wasserwand kam vom Meer her donnernd auf sie zu, über den Sand und den schilfbewachsenen Marschboden hinweg, und schluckte Bäume und Land und die Ufer des Flusses, sich ausbreitend, wirbelnd, wild. Bran packte mit einer Hand Wills Arm, und als Will sich umdrehte, sah er, daß das Schwert Eirias blauweiß leuchtete, wie von einer inneren Glut.

An dem dunklen Himmel über der Stadt hörte das Feuerwerk plötzlich auf, und der Klang der Glocken wurde ein einziges mißtönendes Durcheinander, das die heitere Weise, die Gwion seiner Harfe entlockte, wild übertönte. Dann verstummten auch sie abrupt. Doch Gwion spielte weiter. Das Meer schlug irgendwo unter ihnen gegen den Turm; sie spürten, wie er unter ihren Füßen erzitterte. Eine Woge nach der anderen kam angedonnert, das Meer stieg, die Stimme des Königs rief in den warmen, stürmischen Wind hinaus: „Verloren! Verloren!" Vom tosenden Meer her kam etwas auf sie zugesegelt, was unmöglich war: Schräg durch die großen Wellen steuerte das dickbäuchige Boot mit dem schwarzhaarigen Kapitän und dem einen stramm aufgeblähten, braunen Segel, und von seinem Platz an der Ruderpinne streckte der Seemann einen Arm auffordernd nach Will und Bran aus. Für einen Augenblick lag das Deck seines Bootes fast auf gleicher Höhe mit dem Balkon des Turmes.

„Geht!" schrie Gwion ihnen zu; er stand zur Seite geneigt und unterstützte mit der Schulter den schwächer werdenden König.

„Nicht ohne Sie!"

„Ich gehöre hierher!" Sie sahen nur das letzte Aufleuchten eines Lächelns über dem umschatteten, bärtigen Gesicht. „Geht! Bran, rette Eirias!"

Die Worte trafen Bran wie ein Blitz. Er griff nach Wills Arm und sprang mit ihm in das Boot, das eine Armlänge entfernt von den Wellen hin und her geworfen wurde. Das Boot stürzte in ein Wellental; einen kurzen Augenblick hörten sie Gwions Harfe lieblich und leise über der donnernden See, bis ein einziger zerstörender, die Augen blendender Lichtstreifen aus dem Himmel kam und in den Turm einschlug. Er spaltete die Kuppel in zwei Teile, und der goldene Pfeil wurde vom Dach fortgetragen und über die Wellen in ihre Richtung geschleudert, als wäre er plötzlich etwas Feindseliges. Aus einem Instinkt, der nicht sein eigener war, hielt Will den goldenen Schild mit beiden Armen in die Höhe, der goldene Pfeil schlug gegen den Schild, und in einem grellen Aufleuchten gelben Lichts verschwanden bei-

245

de, und Will wurde in dem tanzenden Boot auf den Rücken geschleudert.

In seinem Kopf dröhnte es, und vor seinen Augen verschwamm alles. Er sah, daß Bran über ihm stand, das flammend blaue Schwert in der Hand, und er sah das magere, braune Gesicht des Seemannes, verzerrt vor Anstrengung, während er sich abmühte, das Boot vor Schaden zu bewahren. Die Welt dröhnte und wurde in einem dunklen, endlosen Aufruhr hin und her geschüttelt, und jedes Gefühl für Zeit ging verloren.

Und dann gab es einen so heftigen Ruck, daß Will das Bewußtsein verlor, und als er die Augen öffnete, befand er sich in einer Welt grauen Lichts und leiser Geräusche, dem sanften Murmeln kleiner Wellen auf einem Strand. Er und Bran lagen auf einem langen Sandstreifen; es war ein klarer Morgen, der Himmel über ihnen von einem weißlichen Blau. Das Kristallschwert leuchtete weiß in Brans Hand, die Scheide lag neben ihm. Der breite Strand reichte bis in die Mündung des Dyfi weit vor ihnen; grünbewachsene Sandberge schimmerten an seiner anderen Seite, und dahinter, über den Bergen und den grauen Dächern Aberdyfis erschien der erste goldene Rand der aufgehenden Sonne.

IV DER MITTSOMMER-BAUM

Sonnenaufgang

Jane hatte vor fünf Uhr das schlafende Hotel verlassen. Sie weckte ihre Brüder nicht. Als Merriman sagte „Sei bei Sonnenaufgang am Strand", hatte sie, ohne zu wissen warum, sehr deutlich den Eindruck, daß die Worte ausdrücklich für sie bestimmt waren. Simon und Barney, dachte sie, konnten nachkommen, wann sie Lust hatten.

So schlüpfte sie allein in den grauen Morgen hinaus und überquerte die schweigende Straße und die Eisenbahngeleise. Sie hörte nur die Brandung als fernes Grollen vom Strand weiter vorn. Zehn oder zwölf erschrockene Kaninchen sprangen mit wippenden, weißen Schwänzen davon, als sie die Geleise überquerte. Hin und wieder drang das Blöken eines Schafs vom Berg zu ihr herunter. Der Morgen war farblos und kalt; Jane fröstelte trotz ihres Pullovers, und sie lief über den hügeligen Golfplatz auf die hohen Dünen zu. Dann kletterte sie durch den langen, drahtigen Strandhafer, und der vom Tau dunkle Sand rann kalt in ihre Sandalen – bis der letzte Schritt sie atemlos auf die Spitze der höchsten Düne brachte und die Welt vor ihr sich ausbreitete in einer weiten Fläche aus braunem Sand und grauem Meer, deren Horizont sich in Nebel auflöste, wo die Ausläufer der Cardigan Bay Meer und Himmel umarmten.

Etwas lag vor ihren Füßen auf dem Kamm der Düne. Jane sah genauer hin und stellte fest, daß es ein kleines, braunes Kaninchen war. Seine Augen waren offen und starr; es war tot. Als sie sich hinunterbeugte, sah sie entsetzt, daß sein Bauch aufgerissen und die Eingeweide herausgeholt worden waren, bevor der Rest des pelzigen Körpers achtlos zur Seite geworfen worden war.

Jane ging die Düne in langen, gleitenden Schritten hinunter, langsamer jetzt, und fragte sich zum erstenmal, was sie erwarten würde, wenn die Sonne aufging.

Sie überquerte den trockenen Sand über der Hochwasserlinie, der zertreten war von den Fußspuren der Urlauber von gestern und denen ihrer Hunde. Sich plötzlich schutzlos fühlend, ging sie weiter, hinaus auf die ausgedehnte Sandfläche, die die Mündung des Dyfi bei Ebbe bedeckt und sich in beide Richtungen auf zehn Meilen und weiter entlang der Küste erstreckt. Vor ihr war nichts außer dem grauen Meer, dem Himmel und der langen Linie der leise tosenden Brandung. Durch die Sohlen ihrer Sandalen spürte sie das harte Kräuselmuster, das die Wellen auf dem Sand zurückgelassen hatten.

Scharen von schlafenden Möwen erhoben sich träge, als sie an den glatten, nassen Sand näher am Wasser kam. Strandläufer stießen pfeifend herab. Wo immer die hinausgehende Flut Seetang zurückgelassen hatte, sprangen Tausende von Strandhüpfern geschäftig herum, eine merkwürdige, unruhige Wolke von Bewegung in all der Stille. Der Beweis einer anderen Unruhe war schon auf den harten Sand geschrieben: Aushöhlungen und Krallenabdrücke und leere, zerbrochene Muschelschalen, wo bei Morgendämmerung hungrige Silbermöwen nach jedem Weichtier geschnappt hatten, das sich den Bruchteil einer Sekunde zu spät eingegraben hatte. Hier und dort lagen riesige, gestrandete Quallen, aus deren fast durchsichtigem Fleisch die gierigen Schnäbel der Silbermöwen große

Fetzen gehackt hatten. Draußen über dem Meer flogen die Vögel friedlich und ruhig vor der Küste entlang. Jane fröstelte wieder.

Sie wandte sich nach links, auf die große vorspringende Sandbank zu, wo der Dyfi in das Meer mündete. Eine dünne Wasserschicht breitete sich rasch vor ihren Füßen aus; die Flut kam herein und überspülte auf den langen, flachen Stränden in jeder Minute über einen Fußbreit mehr Sand. Am Rand der Mündung blieb Jane stehen, allein und weit draußen auf dem weiten Strand; sie fühlte sich klein wie eine Muschel unter dem leeren Himmel. Sie blickte zum Land zurück, auf das Dorf Aberdyfi, das am Fluß lag, an beiden Seiten von Bergen umgeben, und sie sah, daß der Himmel über dem Gewirr von grauen Schieferdächern rosa und blau war, mit einer Anhäufung von rötlichen Wolken. Und dann ging hinter Aberdyfi die Sonne auf.

In einem grellen gelbweißen Licht stieg die glühende Kugel hinter dem Land auf, und Jane drehte sich hastig wieder um, zurück zum Meer. Alles Grau war verschwunden. Jetzt war das Wasser plötzlich blau, die gekräuselten Wellenkämme strahlten leuchtend weiß, die Möwen schimmerten weiß in den Lüften und in einer langen Linie auf der goldenen Sandbank in der Mündung des Flusses, wo sie noch schliefen und vorher nicht einmal zu sehen gewesen waren. Ihr eigener Schatten lag lang und dünn vor Jane auf dem Sand und reichte bis ans Meer. Jede Muschel hatte jetzt ihren eigenen dunklen, deutlichen Schatten, jeder Strandhaferhalm, sogar die Kräusel im Sand. Nur die Berge an der anderen Seite der Mündung waren dunkel und unscharf und verschwanden in den Wolken; zu ihren Füßen verhüllte ein langer, weißer Nebelstreifen den Fluß. Oben am blauen Himmel bewegten sich hohe Wolkenbänke rasch aufs Landesinnere zu, eine nach der anderen, aber der Wind, den Jane kalt an ihrem Gesicht spürte, wehte vom Land auf das Meer.

249

Jetzt im Sonnenlicht sah Jane deutlich die kleinen Hieroglyphen, die die Füße von Vögeln rund um sie in den Sand geschrieben hatten: die Pfeilspitzen gleichenden Abdrücke der Möwen, das Getrippel von Uferläufern und Steinwälzern. Eine auf dem Rücken schwarzgefiederte Möwe kreiste über Jane, ihr schriller, jodelnder Schrei ging im Wind unter, ein langes Lachen, das in einem heiseren Krächzen endete. Ein hohes Pfeifen ertönte vom Rand des Wassers. Die Flut kam jetzt viel schneller herein und überspülte den flachen Strand. Plötzlich fing Jane an zu laufen, fort vom Meer, auf die Sonne zu. Die Wolken über ihr auf ihrem Flug nach Osten waren schneller als sie, doch der stärker werdende Wind blies ihr ins Gesicht, wurde immer stärker und nahm, während er anwuchs, Sand mit, in langen Streifen und Bändern. Er blies ihr in die Augen, ein feiner, prickelnder Dunst. Sie lief langsamer, stolperte in dem Wind, stemmte sich gegen ihn und sah nur die fliegenden Bänder aus hellem Sand.

Stimmen riefen ihren Namen; sie sah Simon und Barney aus den Dünen auf sie zulaufen. Sie dachte, *sie kommen früher, als ich erwartet habe* ... Aber irgend etwas veranlaßte sie, die beiden nicht zu beachten, weiter zu laufen. Auch als sie sie erreichten, warf sie sich weiter nach vorn, nach Osten, gegen den Wind, ihre Brüder neben ihr.

Dann stolperten sie, als vor ihnen in dem wirbelnden Sand zwei Gestalten Form annahmen, sich gegen die strahlende Sonne absetzten wie Erscheinungen in einem goldenen Dunst. Die Wolkenbänke schoben sich vor die Sonne, und das grelle Licht erstarb, alle Farbe erlosch, und vor ihnen standen Will und Bran. Bran trug ein schimmerndes Schwert in den Händen.

Barney stieß einen entzückten, triumphierenden Jauchzer aus. *„Du hast es!"*

„Hurra!" sagte Simon strahlend.

250

Jane sagte matt: „Großer Gott. Alles in Ordnung?" Dann fiel ihr Blick auf das Schwert. „O Bran!"

Hinter ihnen fegte der Wind leise über den Strand, kühl, aber etwas sanfter als vorher, und blies ihnen Sand gegen die Beine. Bran hielt ihnen das Schwert schräg entgegen, so daß die zweischneidige Klinge auch unter dem wolkenbedeckten Himmel glitzerte und tanzte. Sie sahen, daß vom Griff an eine dünne Goldader mitten durch die Kristallklinge lief und daß der Griff hinter einem reichverzierten Heft aus Gold war.

„Eirias", sagte Bran. „Ja, wunderschön." Er starrte aus zusammengekniffenen Augen auf das Schwert; seine dunkle Brille hatte er verloren, und ohne sie sah sein Gesicht seltsam nackt und blaß aus. Er wandte sich langsam dem Land zu; das Schwert in seiner Hand drehte sich, als führe es ihn. „Eirias, Flammenschwert. Schwert des Sonnenaufganges."

„Auf den Sonnenaufgang zeigend", sagte Will.

„Genau!" Bran warf ihm einen raschen Blick zu, fast wie in dankbarer Erleichterung. „Das tut es wirklich, es wendet sich nach Osten, Will. Es . . . es zieht irgendwie." Er richtete das Schwert nach oben, auf den leuchtenden Fleck in der Wolkendecke, hinter der die gerade aufgegangene Sonne schien.

„Das Schwert weiß, warum es gemacht wurde", sagte Will. Er sieht todmüde aus, dachte Jane: erschöpft, als hätte alle Kraft ihn verlassen – während Bran zu neuem Leben erwacht schien, vibrierend wie ein angespanntes Seil.

Die Welt wurde heller und füllte sich plötzlich mit Farbe, als die Sonne für einen Augenblick durch einen Riß in den Wolken hervorschaute. Das Schwert glitzerte.

„Steck es in die Scheide, Bran!" sagte Will unvermittelt.

Bran nickte, als sei ihm im gleichen Augenblick das Gebot zur Vorsicht in den Sinn gekommen. Die anderen sahen erstaunt zu, als er so zu tun schien, als hebe er das Schwert und schiebe es in eine eingebildete Scheide an einem eingebildeten Schwertgehenk an seiner Seite. Doch als er das Schwert nach unten schob, verschwand es.

Jane, die mit geöffnetem Mund auf die Stelle starrte, sah, daß Bran sie anschaute. „O Jenny", sagte er leise. „Siehst du es jetzt nicht mehr?"

Sie schüttelte den Kopf.

„Andere . . . normale Menschen werden es also auch nicht sehen, nehme ich an", sagte Simon.

Barney fragte: „Was ist mit der Finsternis?"

Jane sah, daß sowohl Will als auch Bran besorgt auf das Meer hinausschauten. Sie drehte sich um, sah aber nur die goldene Sandbank und die weißen Wellen und das blaue Wasser, das über den langen Strand langsam näher kam. Sie dachte, *was ist mit ihnen geschehen?*

Wie um ihre nicht ausgesprochene Frage zu beantworten, sagte Will: „Es gibt zuviel zu erzählen. Aber jetzt ist es wie ein Wettrennen."

„Nach Osten?" fragte Bran.

„Nach Osten, wohin uns das Schwert führt. Ein Wettrennen gegen die Finsternis."

Simon fragte geradezu: „Was sollen wir tun?"

Wills glattes, braunes Haar fiel ihm in die Stirn; sein rundes Gesicht war angespannt, konzentriert, als horche und spreche er gleichzeitig, eine innere Stimme wiedergebend. „Geht zurück", sagte er, „ihr werdet Dinge finden . . . es ist so geplant, daß niemand euch in den Weg geraten wird. Und ihr müßt das tun, was geplant ist."

„Von Großonkel Merry?" fragte Barney erwartungsvoll.

„Ja", sagte Will.

Das Sonnenlicht war wieder verschwunden, der Wind wisperte. Weit draußen über dem Meer waren die Wolken jetzt dichter, dunkler, ballten sich zusammen.

„Dort braut sich ein Sturm zusammen", sagte Simon.

„Braut sich nicht erst zusammen", sagte Bran. „Hat sich schon zusammengebraut und ist auf dem Weg."

„Etwas noch", sagte Will. „Dies jetzt ist die schwerste Zeit überhaupt, weil praktisch alles passieren kann. Ihr habt die Finsternis bei ihrer Arbeit gesehen, ihr drei. Ihr wißt, daß sie euch zwar nicht zerstören, wohl aber dazu bringen kann, euch selbst zu zerstören. Euer eigenes Urteilsvermögen ist also das einzige, was euch über Schwierigkeiten hinweghelfen kann." Er sah alle drei besorgt an.

Simon sagte: „Das wissen wir."

Der Wind wurde heftiger; er zerrte wieder an ihnen und peitschte ihre Beine und Gesichter mit Sand. Dort, wo die Sonne verschwunden war, bildeten die Wolken eine feste Decke, und das Licht war so kalt und grau wie vorher, als Jane den Strand gerade betreten hatte.

Sand wirbelte in seltsamen Wolken von den Dünen auf und trieb hin und her, und plötzlich drang aus dem goldbraunen Dunst ein Geräusch zu ihnen, ein gedämpftes Klopfen wie das Geräusch eines schlagenden Herzens, aber es ertönte rund um sie herum, so daß sie nicht sagen konnten, wo es begann. Jane sah, wie Will wachsam den Kopf reckte und wie auch Bran sich suchend hin und her wandte wie ein Hund, der eine Fährte sucht. Plötzlich standen die beiden Rücken an Rücken, so daß sie alle Richtungen erfaßten, wachsam und beschützend. Das Klopfen wurde lauter und kam näher, und Bran riß seinen Arm mit dem Schwert Eirias hoch, das glitzernd sein eigenes Licht verbreitete. Aber im gleichen Augenblick wurde aus dem gedämpften Geräusch ein Donnern, das sie von allen Seiten umgab, nahe, ganz nahe, und aus dem wirbelnden Sand kam eine in einen weißen Umhang gehüllte Gestalt auf einem hohen weißen Pferd hervorgaloppiert. Der Weiße Reiter lenkte sein Pferd mit einem langen Satz neben sie, sein Umhang flatterte, und die weiße Kapuze bedeckte sein Gesicht, und im letzten Augenblick, als sie schon zurückwichen, beugte er sich geschickt seitlich aus dem Sattel, stieß Simon mit einem einzigen ausholenden Schlag zu Boden, riß Barney hoch zu sich und verschwand.

Der Wind wehte und trieb den Sand hoch, und es war niemand mehr da.

„Barney!" Janes Stimme überschlug sich. „Barney! Will – wo ist er?"

Wills Gesicht war verzerrt vor Besorgnis und konzentriertem Horchen; er warf ihr einen kurzen, verständnislosen Blick zu, als sei er sich nicht sicher, wer sie war. Er wedelte mit dem Arm in Richtung Dünen und sagte heiser: „Geht zurück – wir werden ihn finden." Dann stand er neben Bran, jeder von ihnen eine Hand auf dem Heft des Kristallschwertes, und Bran sah ihn von der Seite an, als warte er auf Anweisungen. Will sagte: „In die andere Richtung", und ohne das Schwert loszulassen, waren sie im Nu verschwunden, als wären sie nie dagewesen. Alles, was Jane und Simon blieb, war der dunkle Schatten, der vor dem inneren Auge steht, wenn ein helles Licht plötzlich erlischt, denn im letzten Augenblick hatten sie eine blauweiße Flamme das Schwert hinauf- und hinunterzukken sehen.

„Sie werden ihn zurückholen", sagte Simon mit belegter Stimme.

„O Simon! Was können wir tun?"

„Nichts. Hoffen. Tun, was Will gesagt hat. Ooh!" Simon zog den Kopf ein und blinzelte. „Dieser verdammte Sand!" Und wie zur Erwiderung legte der Wind plötzlich zu, und der wirbelnde Sand fiel auf den Strand, um völlig still liegenzubleiben, ohne eine Spur von seinem wilden Treiben – außer der verräterischen kleinen Anhäufung von Sand, der von jeder offen daliegenden Muschel und jedem Kieselstein rieselte.

Schweigend stapften sie zusammen zurück zu den Dünen.

254

Nichts nahm in Barneys Vorstellungen Gestalt an außer dem Gefühl von wirbelnder Geschwindigkeit und dann dem langsam wachsenden Bewußtsein, daß seine Bewegungsfreiheit eingeschränkt war; seine Hände waren gefesselt, er spürte eine Binde über seinen Augen. Dann ergriffen ihn derbe Hände, stießen ihn vorwärts über steinigen Boden. Einmal stürzte er und schrie auf, als sein Knie gegen einen Felsen schlug; ungeduldige Stimmen in einer fremden, kehligen Sprache ertönten, aber danach schob sich eine Hand unter seinen Arm und führte ihn.

Er hörte militärisch klingende Befehle, und der Boden wurde glatter. Türen wurden geöffnet und geschlossen, und dann blieb man mit ihm stehen und nahm die Binde von seinen Augen. Barney stellte blinzelnd fest, daß er von einem Mann mit wettergegerbtem Gesicht, dunklem Bart und glänzenden, dunklen Augen gemustert wurde; kluge, tiefliegende Augen, die ihn an Merriman erinnerten. Der Mann lehnte sich gegen einen schweren Tisch aus Holz. Er trug Hosen und Wams aus Leder über einem dicken Wollhemd. Während er Barney immer noch musterte und seine Augen von Barneys Gesicht zu seiner Kleidung und wieder zurück zum Gesicht glitten, sagte er kurz etwas in der kehligen Sprache.

„Ich verstehe nicht", sagte Barney.

Das Gesicht des Mannes verhärtete sich. „Tatsächlich englisch", sagte er. „Die Stimme paßt zu dem Haar. Ist es mit ihnen schon so weit gekommen, daß sie jetzt Kinder als Spione einsetzen müssen?"

Barney entgegnete nichts, weil er das Gefühl hatte, er spioniere wirklich, da er aus den Augenwinkeln zu entdecken versuchte, wo er sein mochte. Es war ein niedriger, dunkler Raum mit Holzwänden und -boden und einer Balkendecke; durch ein Fenster sah er Außenwände aus grauem Stein. Männer, die Soldaten zu sein schienen, standen in Gruppen herum; sie trugen nur eine Art lederner Rüstung über derber

255

Kleidung, aber jeder hatte ein Messer im Gürtel stecken, und einige trugen Schießbögen, die so groß wie sie selbst waren. Sie sahen ihn feindselig an, einige mit offenem Haß. Barney schauderte plötzlich vor Furcht beim Anblick eines Mannes, dessen Hand ruhelos mit dem Messer spielte. Er sah verzweifelt zu dem dunkeläugigen Mann auf.

„Ich bin kein Spion, ehrlich. Ich weiß nicht einmal, wo ich bin. Man hat mich gekidnappt."

„Gekidnappt?" Der Mann runzelte verständnislos die Stirn.

„Gestohlen. Entführt."

Die dunklen Augen wurden kälter. „Gestohlen, um dich in meine Festung zu bringen, in den einzigen Teil von Wales, in den kein Engländer einen Fuß zu setzen wagt, selbst meine Verbündeten nicht? Die Lords in den Grenzgebieten, die Markgrafen, sind dumm und tun in ihrer Rivalität viele törichte Dinge, aber so töricht ist keiner von ihnen. Versuch es noch mal, Junge, wenn du dein Leben retten willst. Ich sehe bis jetzt noch keinen Grund, warum ich nicht auf meine Männer hören sollte, die scharf darauf sind, dich innerhalb der nächsten fünf Minuten vor der Tür dort aufzuhängen."

Barneys Kehle war trocken; er konnte kaum schlucken. Er sagte noch einmal flüsternd: „Ich bin kein Spion."

Aus den Schatten hinter dem Anführer sagte der Mann mit dem Messer etwas mit derber, verächtlicher Stimme, aber ein anderer legte ihm die Hand auf den Arm und trat vor, um mit leiser Stimme ein paar Worte zu sagen. Es war ein alter Mann mit einem von tiefen Falten durchzogenen, braunen Gesicht und dünnem weißen Kopf- und Barthaar. Er musterte Barney scharf.

Plötzlich kam ein weiterer Soldat hereingehastet und sagte sehr schnell etwas in der kehligen Sprache; der bärtige Anführer gab einen zornigen Ausruf von sich. Er sprach kurz mit dem alten Mann, nickte in Barneys Richtung und verließ dann mit abwesendem Blick den Raum, umgeben von seinen

Männern. Nur zwei Soldaten blieben als Wache an der Tür zurück.

„Und wo bist du gestohlen worden, Junge?" Die Stimme des alten Mannes war leise und lispelnd und hatte einen ausgeprägten Akzent.

Barney erwiderte unglücklich: „Von ... von weit weg."

Zwischen den Falten hervor sahen ihn glänzende Augen skeptisch an. „Ich bin Iolo Goch, Barde des Prinzen, und ich kenne ihn gut, Junge. Er hat schlechte Nachrichten erhalten, und das wird seine Stimmung nicht verbessern. Wenn er zurückkommt, rate ich dir, die Wahrheit zu sagen."

„Der Prinz?" fragte Barney.

Der alte Mann sah ihn kalt an, als ob Barney den Titel in Frage gestellt hätte. „Owain Glyndwr", sagte er mit kühlem Stolz. „Und in der Tat Prinz. Owain ap Gruffydd, Lord von Glyndyvrdwy und Sycharth, Yscoed und Gwynyoneth, und jetzt in diesem großen Aufstand zum Prinzen von Wales ausgerufen. Ganz Wales unterstützt ihn im Kampf gegen die Engländer, und Henry Plantagenet kann ihn nicht fassen, kann nicht einmal seine englischen Kastelle hier halten oder die Städte, die sie so gern englische Burgen nennen. Ganz Wales erhebt sich." Seine Stimme nahm einen bestimmten Rhythmus an, als singe er. „Und die Bauern haben ihr Vieh gegen Waffen vertauscht, und die Mütter haben ihre Söhne zu Owain in die Berge geschickt. Waliser sind aus England in die Heimat zurückgekehrt und haben englische Waffen mitgebracht, und die gelehrten Waliser aus Oxford und Cambridge haben ihre Bücher vergessen und sind zu Owain gekommen. Und wir sind dabei zu siegen. Wales hat wieder einen Führer. Und Engländer werden nicht mehr walisisches Land besitzen und uns verachten und von Westminster aus regieren, denn Owain ap Gruffydd wird uns zur Freiheit führen!"

Barney hörte der leidenschaftlichen, schwachen Stimme

hilflos zu, und seine Unruhe wuchs. Er kam sich sehr einsam und klein vor.

Die Tür wurde aufgestoßen, und Glyndwr mit seinen Männern war wieder da, finster und stumm. Er blickte von Barney zu Iolo Goch; der alte Mann zuckte mit den Schultern.

„Hör mir jetzt zu, Junge", sagte Glyndwr, und sein Gesicht mit dem dunklen Bart sah grimmig aus. „In diesen Nächten ist ein Komet am Himmel zu sehen, um meinen zukünftigen Triumph zu zeigen, und von diesem Zeichen werde ich mich tragen lassen. Nichts wird mich aufhalten. Nichts – am wenigsten der Gedanke, einen Spion König Henrys in Stücke zu reißen, der sich weigert, über seinen Auftrag zu sprechen." Seine Stimme hob sich ein wenig, mühsam beherrscht. „Ich habe gerade erfahren, daß eine neue englische Armee an der anderen Seite von Welshpool lagert. Du hast eine Minute Zeit, mir zu sagen, wer dich nach Wales geschickt hat, und ob jene Armee weiß, daß ich hier bin."

Nur ein Gedanke übertönte jetzt noch die Furcht in Barneys Kopf: *Vielleicht gehört er zur Finsternis, sprich nicht, sage ihm nicht, wer du bist* . . .

Er sagte mit erstickter Stimme: „Nein."

Glyndwr zuckte mit den Schultern. „Also gut. Ich habe noch einmal nach dem Mann geschickt, der dich zu mir brachte. Der Mann mit der hellen Stimme aus Tywyn, mit dem weißen Pferd. Und danach . . ."

Er hielt inne und starrte zur Tür, und als Barney sich umdrehte, schien das Wirbeln wieder dazusein, die Geschwindigkeit und das Drehen . . .

. . . und sich drehend, drehend stellten Will und Bran, beide immer noch das Kristallschwert haltend, fest, daß sie plötzlich zu Ruhe kamen. Eine schwere Holztür vor ihnen sprang auf, und in einem dunklen Raum mit niedriger Decke sahen sie eine

Gruppe bewaffneter Männer. Einer von ihnen stand für sich, ein dunkelbärtiger Mann, der Autorität ausstrahlte, und vor ihm stand Barney, sehr klein und mit angespanntem Gesicht. Mehrere Männer stürzten sich laut rufend und verwirrt nach vorn, aber der Bärtige rief ihnen ein kurzes, scharfes Wort zu, und sie zogen sich auf der Stelle zurück wie erstaunte Hunde, schnell aber widerwillig, und sahen ihren Anführer mit einem Erstaunen an, das schon fast Mißtrauen war.

Will als ein Uralter spürte, daß seine Sinne wie Harfensaiten vibrierten. Er starrte den Mann mit dem Bart an, und der Mann starrte einen Augenblick lang zurück, bis sich die grimmigen Züge entspannten, veränderten, zu einem Lächeln wurden. Ein unausgesprochener Gruß in der Alten Sprache drang in Wills Gedanken, und laut sagte der Mann in stockendem Englisch:

„Du kommst in einer wilden Zeit, Zeichensucher. Aber sei willkommen, wenn meine Männer dich nicht für einen weiteren englischen Spion halten, wie wir schon einen haben."

„Will", sagte Barney heiser, „er behauptet ständig, ich sei ein Spion, und sie wollen mich töten. Kennst du ihn?"

Will sagte langsam: „Seid gerüßt, Owain Glyndwr."

„Der Größte unter allen Walisern." Bran sah den bärtigen Mann voller Ehrfurcht an. „Der einzige, der es jemals fertigbrachte, Wales gegen die Engländer zu vereinen, trotz aller Streitigkeiten und Fehden."

Glyndwr musterte ihn aus zusammengekniffenen Augen. „Aber du . . . du . . . Er warf einen unsicheren Blick auf Wills leeres, ausdrucksloses Gesicht und schüttelte verdrossen den Kopf. „Nein, Unsinn. Kein Platz für Träume in meinem Kopf, wo die letzte und härteste Schlacht auf uns wartet. Und die verfluchten Engländer rücken an wie Ameisen im Frühling." Er wandte sich zu Will und zeigte mit einer Hand auf Barney. „Gehört der Junge zu dir, Uralter?"

„Ja", sagte Will.

„Das erklärt viel", sagte Glyndwr. „Jedoch nicht seine Dummheit, mir nichts davon zu sagen."

Barney verteidigte sich. „Wie sollte ich wissen, daß Ihr nicht zur Finsternis gehört?"

Glyndwr warf den Kopf zurück und lachte kurz und ungläubig auf. Dann richtete er sich wieder auf, und etwas wie Achtung stand in seinen Augen. „Gut. Wahr. Nicht schlecht gemacht. *Sais bach.* Nimm ihn jetzt mit, Zeichensucher." Er streckte seinen kräftigen Arm aus und schob Barney zurück, als sei er ein Spielzeug. „Und gehe deinen Zielen in meinem Land in Frieden nach; ich werde dir jede gewünschte Unterstützung geben."

„Ich werde große Unterstützung brauchen", sagte Will erbittert, „wenn es nicht schon zu spät ist." Er zeigte auf das Schwert, das Bran ihm schon entgegenhielt, erstaunt und beunruhigt. Das blaue Licht flackerte wieder über die Klinge wie bei der Zerstörung des Verlorenen Landes und wie bei dem plötzlichen Überfall der Finsternis, als sie Barney mitgenommen hatten.

Glyndwr sagte sofort: „Die Finsternis. Aber dies ist meine Festung – es kann niemand von der Finsternis hier sein."

„Es sind viele hier", sagte eine leise Stimme von der Tür. „Und rechtmäßig, da Ihr dem ersten Einlaß gewährt habt."

„*Diawl!*" Glyndwr sprang auf und zog instinktiv einen Dolch aus seinem Gürtel, denn in der Türöffnung, zwischen zwei bewaffneten, hilflos erstarrten Männern, stand der weiße Reiter, in einen Umhang gehüllt und mit einer Kapuze über dem Kopf, aus deren Schatten Augen und Zähne glitzerten.

„Ihr habt nach mir geschickt, Owain Glyndwr", sagte der Reiter.

„Nach Euch geschickt?"

„*Der Mann mit der hellen Stimme aus Tywyn, mit dem weißen Pferd*", sagte der Weiße Reiter höhnisch. „Den Eure Männer so herzlich willkommen hießen, weil er ihnen einen

spionierenden, englischen Jungen als Geschenk mitbrachte."
Die Stimme wurde härter. „Und der jetzt als Gegenleistung
einen anderen Jungen von größerer Bedeutung fordert und mit
ihm das Schwert, das er trägt."

„Ihr habt keine Ansprüche an mich", sagte Bran verächtlich.
„Das Schwert bringt mir die mir zustehende Macht und
entzieht mich Eurem Zugriff, jetzt und zu jeder anderen Zeit."

Owain Glyndwr sah Bran an, dann Will, dann wieder Bran:
das weiße Haar und das blasse Gesicht mit den gelbbraunen
Augen, und die Schwertklinge, über die das blaue Licht
flackerte.

„Das Schwert ist zweischneidig", sagte der Weiße Reiter.

Bran entgegnete: „Das Schwert gehört dem Licht."

„Das Schwert gehört niemandem. Es befindet sich nur im
Besitz des Lichts. Seine Macht ist die Macht der Alten Magie,
die es angefertigt hat."

„Angefertigt auf Befehl des Lichts", sagte Will.

„Und doch auch das Grab einer jeden Hoffnung", sagte der
Reiter leise, das Gesicht noch immer von der Kapuze verhüllt.
„Erinnerst du dich nicht, Uralter? Es stand geschrieben. Und
kein Wort wies darauf hin, wessen Hoffnungen begraben
werden sollten."

„Aber es werden Eure eigenen sein!" sagte Owain Glyndwr
plötzlich. Er rief seinen Männern ein paar kurze Worte auf
walisisch zu und lief zur hinteren Wand des Raumes, wo er
nach etwas suchte. Die Soldaten warfen sich auf die weißge-
kleidete Gestalt des Reiters, aber keiner schaffte es, ihn zu
berühren; sie fielen zur Seite, nach hinten, weil sie gegen eine
unsichtbare, harte Wand stießen. Der Reiter stürzte sich auf
Bran. Aber Bran schwang das Schwert Eirias vor sich hin und
her, als ob er Buchstaben in die Luft schrieb. Das Schwert
hinterließ einen Schild aus blauen Flammen, und der Reiter fiel
mit einem Aufschrei zurück. Noch während er sich bewegte,
schien er sich zu verändern, sich zu vervielfältigen, als seien

plötzlich viele Leute bei ihm; aber Owain forderte Will auf zu kommen, und dieser wagte nicht, noch länger zu warten, sondern folgte den anderen durch eine Tür, die sie vorher nicht bemerkt hatten.

Dann hoben walisische Soldaten in Lederkleidern sie auf die Rücken einer Reihe von kräftigen, grauen Bergponys, und vorbei an Schieferklippen und Steinmauern und durch grüne Feldwege folgten sie hastig und schweigend Owains Führung. Hinter ihnen ertönten Geschrei und Geräusche der Verwirrung unter der Finsternis und zugleich das Klirren von Schwertern, das Surren von Pfeilen, die von langen Bogen geschossen wurden, und Stimmen, die auf englisch und auf walisisch schrien. Will sagte nichts, aber er wußte, daß dort neben ihrem eigenen Kampf eine andere Schlacht begann, der Grund, warum die Finsternis diesen Zeitpunkt gewählt hatte für ihre neue Geiselnahme und warum Owain nicht dort war, wohin es ihn sicher mit aller Kraft zog.

Erst als sie an einen Bergpfad kamen, wo das Land sehr steil aufstieg und Owain sie aufforderte, abzusteigen und ihm zu Fuß zu folgen, warf Will einen Blick zurück – und sah Rauch und Flammen aufsteigen von den grauen Dächern, die sie gerade verlassen hatten.

Owain sagte bitter: „Die Normannen reiten immer auf dem Rücken der Finsternis, wie es die Sachsen taten und die Dänen."

Barney sagte unglücklich: „Und ich bin vermutlich eine Mischung aus allen: Normannen, Angelsachsen und auch noch Dänen."

„In welchem Jahrhundert?" fragte Glyndwr und blieb stehen, um auf den Berg vor ihnen hinaufzustarren.

„Im zwanzigsten", sagte Barney.

Glyndwr stand einen Augenblick lang sehr still. Er schaute Will an. Will nickte.

„Iesu mawr", sagte Glyndwr, dann lächelte er. „Wenn der

262

Kreis so weit in die Zukunft reicht, ist es nicht so schlimm, hier eine Zeitlang zu scheitern. Bis zur letzten Zusammenkunft des Kreises, außerhalb der Zeit." Er blickte auf Barney hinunter. „Mach dir keine Sorgen wegen deiner Rasse, Junge. Am Ende wird die Zeit sie alle verändern."

Bran rief ihnen von weiter oben warnend zu: „Die Finsternis kommt!" Eirias in seiner Hand strahlte in einem helleren Blau.

Owain blickte den Berg hinunter auf den Weg, den sie gekommen waren. Er preßte die Lippen zusammen. Will folgte seinem Blick und hielt den Atem an. Eine weiße Flammenwand folgte ihnen durch den Farn – lautlos und ohne Glut und erbarmungslos in ihrer Verfolgung derer, die sie zu vernichten beabsichtigte. Ein Trupp von Glyndwrs Soldaten befand sich mitten in ihrem Weg.

„Es ist nicht so schlimm, wie es aussieht", sagte der Anführer der Waliser, als er Wills Gesicht sah. „Glyndwr kennt ebenso viele Tricks wie ein Uralter, glaube mir." Seine weißen Zähne leuchteten in dem dunklen Gesicht auf. Er schlug Will leicht auf die Schulter und schob ihn voran. „Geh", sagte er, „folge dem Weg nach oben, und du wirst bald dort sein, wo du sein solltest. Überlaß es mir, die Finsternis zu einem Tänzchen in diese Berge zu führen. Und wenn meine Männer und ich für immer hier festgehalten zu sein scheinen, so ist das nicht so schlimm, denn es wird meinem Volk beweisen, daß der Herr der Finsternis unrecht hatte und daß Hoffnung nicht tot in einem Grab liegt, sondern immer in den Herzen der Menschen lebt."

Er blickte zu Bran hinauf und hob seinen Dolch in feierlichem Gruß. „*Pob hwyl*, mein Bruder", sagte er ernst. Dann waren er und seine Männer fort, auf ihrem Rückweg den Berg hinunter, und Will ging voran auf dem Weg bergaufwärts, der ihm gezeigt worden war. Der Weg wand sich zwischen kahlen, grauen Felsen hindurch und wurde immer schmäler, bis sie an eine Biegung kamen, wo der Fels über dem Pfad hing und sie die Köpfe einziehen mußten, um unter einem niedrigen, natürlichen Bogen passieren zu können. Und in dem Augenblick, in dem sie alle drei hintereinander standen, auf dem Stück des Pfades, das unter dem Felsen lag, entstand ein Wirbeln und Kreisen in der Luft um sie herum, und in ihren Ohren ertönte ein langer, seltsamer, heiserer Schrei, und als die Benommenheit sie wieder verließ, waren sie an einem anderen Ort und in einer anderen Zeit.

Der Zug

Simon und Jane hatten die Dünen verlassen und überquerten den Golfplatz. Als sie an den Drahtzaun kamen, der die Eisenbahngeleise umgab, hörten sie das sonderbare Geräusch. Es wurde über ihren Köpfen vom Wind weitergetragen: ein deutliches metallisches Dröhnen, wie der einzelne Schlag eines Hammers auf einem Amboß.

„Was war das?" Jane war immer noch sehr nervös.

„Ein Eisenbahnsignal. Schau." Simon zeigte auf den einsamen Mast neben dem Geleis vor ihnen. „Ist mir noch nie aufgefallen."

„Muß wohl ein Zug kommen."

Simon sagte langsam: „Aber das Signal zeigt auf ‚Halt'."

„Na ja, dann ist der Zug eben schon durch", sagte Jane uninteressiert. „O Simon, ich wollte, wir wüßten, was mit Barney geschieht!" Dann hielt sie inne und horchte, als der Wind ein langes, kreischendes, heiseres Pfeifen aus großer Entfernung zu ihnen trug in Richtung Tywyn. Sie standen jetzt dicht am Zaun. Das Pfeifen ertönte wieder, näher. Von den Geleisen kam ein Summen.

„Der Zug kommt jetzt."

„Aber ein so komisches Geräusch . . ."

Und dann sahen sie in der Ferne, sich gegen die wachsenden,

grauen Wolken absetzend, eine lange, weiße Rauchfahne und hörten, immer näher, das ansteigende Dröhnen eines schnell fahrenden Zuges. Er kam um die ferne Biegung in Sicht und wurde deutlicher, während er auf sie zudonnerte. Er war mit keinem der Züge, die sie jemals gesehen hatten, vergleichbar.

Simon stieß einen lauten, erstaunten Freudenjuchzer aus.

„Dampf!"

Beinahe sofort war ein plötzliches Zischen und Ächzen und Quietschen zu hören, als der Zug sich dem Signal näherte und der Lokführer die Bremsen betätigte. Schwarzer Rauch entwich dem Schornstein der riesigen grünen Lokomotive, die den langen Zug hinter sich herzog – ein längerer Zug, als irgendein anderer auf dieser Linie, mit einem Dutzend oder mehr Wagen, alle in zwei Farben schimmernd, als seien sie neu, schokoladenbraun unten und cremefarben, fast weiß, oben. Der Zug wurde immer langsamer; die Räder kreischten und wimmerten auf den Geleisen. Die gewaltige Lokomotive fuhr langsam an Simon und Jane vorbei, die mit weitaufgerissenen Augen am Zaun standen, und der Lokomotivführer und der Heizer, in blauen Overalls und mit schmutzigen Gesichtern, grinsten und hoben grüßend die Hände. Mit einem letzten langen Dampfpuff blieb der Zug leise zischend stehen.

Und im ersten Wagen sprang eine Tür auf, und eine hochgewachsene Gestalt stand in der Öffnung und winkte sie mit ausgestreckter Hand heran.

„Kommt! Über den Zaun, schnell!"

„Großonkel Merry!"

Sie kletterten über den Drahtzaun, und Merriman zog sie nacheinander in den Zug; vom Boden aus lag die Tür fast so hoch wie ihre Köpfe. Merriman zog die Tür mit einem lauten Knall zu; sie hörten das Scheppern des Signals wieder, als der Arm sich hob und freie Fahrt gab, und dann setzte die Lokomotive sich in Bewegung, ein langsames, schwerfälliges

265

Puffen, das an Geschwindigkeit und Lautstärke zunahm. Die Dünen glitten draußen vorbei, und der Zug wurde schneller und schneller, schwankend, schaukelnd und klappernd, und die Räder fingen an zu singen.

Jane klammerte sich plötzlich an Merriman und sagte mit erstickter Stimme: „Barney – sie haben Barney, Gumerry . . ."

Er zog sie einen Augenblick an sich. „Ruhig, ganz ruhig. Barney ist dort, wo wir hinfahren."

„Ehrlich?"

„Ehrlich."

Merriman führte sie in das erste Abteil in dem schwankenden Zug; es war völlig leer. Er zog die Schiebetür aus Glas hinter sich zu, und sie ließen sich auf die gepolsterten Plüschbänke fallen.

„Die Lokomotive, Gumerry!" Simon, ein erfahrener Eisenbahnfan, war überwältigt von Bewunderung. „Einsame Klasse, aus dem Wilden Westen, vor ewig langer Zeit – und dieser altmodische Wagen . . . Ich wußte nicht, daß es so was noch gibt, außer in einem Museum."

„Nein", sagte Merriman geistesabwesend. Wie er dort saß, schien er die gleiche zerknitterte Gestalt zu sein, die gelegentlich in ihr Leben wanderte, solange sie zurückdenken konnten; sein langer knochiger Körper war mit einem formlosen Pullover und dunklen Hosen bekleidet, sein dickes, weißes Haar zerzaust. Er starrte aus dem Fenster. Das kleine Abteil wurde plötzlich dunkel, nur von einer schwachen, gelben Birne an der Decke beleuchtet, während der Zug nacheinander durch mehrere kurze Tunnel fuhr und schließlich hinter Aberdyfi wieder am Fluß entlangeilte. Eine kleine Station huschte vorbei.

„Ist dies hier ein besonderer Zug?" fragte Simon. „Hält er nirgends?"

„Wo fahren wir hin?" fragte Jane

„Nicht zu weit", sagte Merriman. „Nicht sehr weit."

Simon sagte unvermittelt: „Will und Bran haben das Schwert."

„Ich weiß", sagte Merriman. Er lächelte voller Stolz. „Ich weiß. Ruht euch jetzt ein wenig aus und wartet ab. Und... zeigt keine Überraschung, wenn ihr in diesem Zug irgend jemandem begegnet, wer es auch sein mag."

Aber bevor sie sich fragen konnten, was er meinen mochte, blieb jemand im Gang vor ihrer Tür stehen. Die Glastür öffnete sich, und John Rowlands stand vor ihnen, in der Bewegung des Zuges schwankend. Er sah städtisch und unvertraut aus in einem dunklen und ziemlich ausgebeulten Anzug, und er starrte sie verblüfft an.

„Guten Tag, John Rowlands", sagte Merriman.

„Nun stell sich einer das vor", sagte John Rowlands verdutzt. Er lächelte Jane und Simon zu und nickte, dann sah er Merriman an, ein merkwürdiger Blick, wachsam und verwirrt. „Wir treffen uns an komischen Orten", sagte er.

Merriman lächelte liebenswürdig und zuckte mit den Schultern.

„Wohin fahren Sie, Mr. Rowlands?" fragte Jane.

John Rowlands schnitt eine Grimasse. „Nach Shrewsbury, zum Zahnarzt. Und Blod will ein paar Besorgungen machen."

Die Pfeife der Lokomotive stieß einen schrillen Pfiff aus, und eine weitere kleine Station flog vorbei. Sie waren jetzt mitten in den Bergen und fuhren durch Einschnitte, in denen draußen wenig mehr als hohe Grasböschungen zu sehen waren, die rasch vorbeihuschten. Im Gang des Wagens näherte sich jemand John Rowlands. Er richtete sich auf und trat zurück.

Simon sagte höflich: „Hallo, Mrs. Rowlands."

Jane erkannte die warme, walisische Stimme.

„Nun, das ist aber eine nette Überraschung! Ich habe mich schon gefragt, mit wem John spricht, weil niemand, den wir kennen, in Tywyn in den Zug gestiegen ist."

Es lag etwas wie eine Frage in ihren Worten, aber Simon setzte sich darüber hinweg.

„Ist dies nicht ein fantastischer Zug? Dampf!"

„Wie in alten Zeiten", sagte John Rowlands. „Muß eine Art Jubiläum sein, ein Gedenktag oder so was. Ich fühlte mich um dreißig Jahre zurückversetzt, als er einlief."

„Wollen Sie nicht hereinkommen und bei uns sitzen, Mrs. Rowlands?" fragte Jane.

„Das wäre sehr nett." Lächelnd trat Blodwen Rowlands durch die Türöffnung, so daß sie Jane sehen konnte. Ihre Augen wanderten weiter zu Merriman.

„Oh", sagte Jane. „Mrs. Rowlands, dies ist unser Großonkel, Professor Lyon."

„*Sut 'dach chi?*" sagte Merrimans tiefe Stimme ausdruckslos.

„Guten Tag", sagte Blodwen Rowlands und nickte, immer noch lächelnd. An Jane gewandt, fügte sie hinzu: „Ich hole nur meine Tasche" und verschwand im Gang.

„Ich wußte nicht, daß du Walisisch sprichst", sagte Simon.

„Gelegentlich", sagte Merriman.

„Wie ein Einheimischer", sagte John Rowlands. Er trat in das Abteil und setzte sich neben Simon. Zwei Personen gingen im Gang vorbei, dann eine dritte, ohne hereinzuschauen.

„Ist der Zug voll?" fragte Jane und folgte mit den Augen dem letzten verschwindenden Rücken.

„Füllt sich allmählich", sagte Merriman.

Mrs. Rowlands kam mit ihrer Handtasche zurück und blieb in der Tür zögernd stehen.

„Würden Sie gern in der Ecke sitzen?" fragte Jane und rutschte auf den Sitz neben Merriman.

„Danke, mein Liebes." Blodwen Rowlands sah sie mit dem erstaunlichen Lächeln an, das ihr ganzes Gesicht von Wärme aufstrahlen ließ, und setzte sich neben sie. „Und wo wollt ihr alle hin?" fragte sie.

Jane sah ihr in die Augen, so freundlich und so nahe, und sagte für einen Augenblick nichts. Ein ganz ungewöhnliches Gefühl ergriff sie; es schien kein Licht in Blodwen Rowlands' Augen zu sein, als seien sie nicht gerundet, sondern ganz flach. Sie dachte *Sei nicht albern*, blinzelte, schaute weg und sagte: „Großonkel Merry macht heute einen Ausflug mit uns."

„In die Grenzgebiete", sagte Merriman mit der tiefen, nüchternen Stimme, mit der er zu Fremden sprach. „Das Grenzland. Wo so viele aller Schlachten anfingen."

Blodwen Rowlands nahm eine Strickarbeit aus ihrer Tasche, ein flammendrotes Bündel, und sagte: „Wie nett."

Der Zug schaukelte und sang. Ein hochgewachsener Mann ging langsam an ihrer Schiebetür vorbei, machte eine Pause, sah in das Abteil und deutete eine höfliche Verbeugung in Merrimans Richtung an. Sie starrten ihn alle an. Er war in der Tat eine auffallende Erscheinung mit seiner schwarzen Haut und dem dichten, schneeweißen Haar. Merriman neigte, den Gruß erwidernd, ernst den Kopf, und der Mann ging weiter. Jane drang ein rasches, klickendes Geräusch ins Bewußtsein: Mrs. Rowlands hatte begonnen, mit großer Geschwindigkeit zu stricken.

Simon flüsterte fasziniert: „Wer war denn das?"

„Ein Bekannter von mir", sagte Merriman.

Den Gang hinunter in gleicher Richtung kam humpelnd, auf einen Stock gestützt, eine ältere Dame in einem eleganten, aber altmodischen Mantel, mit einem randlosen Hut, der schwungvoll auf ihrem Kopf saß, und einer gewissen wuscheligen Unordnung in ihrem aufgesteckten grauen Haar. Sie nickte Merriman zu.

„Guten Tag, Lyon", sagte sie mit klingender, gebieterischer Stimme.

Merriman sagte ernst: „Guten Tag, Madam", und die scharfen Augen der Dame huschten über sie alle; dann war auch sie verschwunden.

Vier kleine Jungen liefen vorbei, lachend, ungestüm, trappelnd.

„Was für ulkige Sachen!" sagte Jane interessiert und beugte sich vor, um ihnen nachzuschauen. „Wie Tuniken."

Der Zug fuhr um eine Kurve, schwankend und wackelnd, und sie setzte sich sehr plötzlich wieder zurück.

Simon sagte nachdenklich: „Vielleicht irgendeine Uniform."

Mrs. Rowlands nahm ein zweites Wollknäuel aus ihrer Tasche, gelb, und begann, es mit dem Rot zu verarbeiten.

„Ein gut besetzter Zug", sagte John Rowlands. „Wenn es noch mehr wie diesen gäbe, würden sie vielleicht nicht in Erwägung ziehen, die Strecke zu schließen."

Simon stand auf und hielt sich am Türpfosten fest. „Entschuldigt mich einen Augenblick."

„Gewiß", sagte Merriman. Er begann, sich mit John Rowlands angeregt über die Notwendigkeit von Eisenbahndiensten zu unterhalten, während Mrs. Rowlands, emsig strickend, zuhörte und Jane die purpurbraunen Hänge der Berge betrachtete und die nahen, grasbewachsenen Böschungen, die abwechselnd vorbeiflogen. Simon war lange weg, dann steckte er den Kopf durch die Tür.

„Ich zeig' dir was", sagte er wie nebenbei zu Jane.

Jane ging mit ihm hinaus auf den Gang. Er schob die Tür zu und zog Jane zum Ende des Ganges, wo eine verschlossene Tür das Ende des Wagens bildete.

„Dies ist das vordere Ende des Zuges", sagte Simon mit sonderbarer Stimme. „An dieser Seite unseres Abteils ist nichts mehr."

„Und?" sagte Jane.

„Wenn du dir überlegst, wie viele Leute bei uns vorbeigekommen sind..."

Jane stockte der Atem; es hörte sich an wie ein Schluckauf. „Sie kamen von dieser Seite! Alle! Aber das kann nicht sein!"

„Aber sie sind von dieser Seite gekommen", sagte Simon. „Und ich wette, es werden noch mehr kommen, wenn wir ins Abteil gehen. Der Zug ist schon ziemlich voll, so weit ich gekommen bin. Die merkwürdigste Mischung von Menschen, in allen möglichen verschiedenen Gewändern. Alle Arten und Farben und Gestalten. Es ist wie eine Versammlung von Menschen aller Nationen."

Sie sahen einander an.

Jane sagte langsam: „Wir gehen wohl lieber zurück."

„Benimm dich normal", sagte Simon. „Konzentrier dich."

Jane bemühte sich so sehr, sich zu konzentrieren, daß sie an der Tür ihres Abteils vorbei zum nächsten Abteil ging. Ein Mann in der Ecke sah auf, als sie näher kam, und ein plötzliches, warmes, offenes Lächeln des Wiedererkennens glitt über seine Züge. Er war ältlich, mit einem runden, wettergebräunten Gesicht und drahtigen, grauen Augenbrauen; sein Haar stand aufgeplustert in einem grauen Kranz um den kahlen Kopf.

„Captain Toms!" sagte Jane voller Freude, und dann blinzelte sie, oder die Luft schien zu blinzeln, und es war niemand da.

„Was?" sagte Simon.

„Ich dachte...", erwiderte Jane. „Ich dachte, ich hätte jemanden gesehen, den wir früher mal kannten." Sie starrte auf den leeren Platz; es war niemand im ganzen Abteil. „Aber es stimmt nicht."

„Jetzt ganz normal", sagte Simon. Er öffnete die Schiebetür ihres eigenen Abteils, und sie gingen wieder hinein.

Sie saßen schweigend da, während um sie herum Stimmen wirbelten und Mrs. Rowlands' Nadeln wütend klapperten. Jane lehnte den Kopf zurück, schaute aus dem Fenster und ließ ihre Gedanken vom Rhythmus der Räder tragen. Sie rumpelten und rollten und vermischten sich mit dem Geräusch der Stricknadeln. Mit einem alptraumähnlichen Gefühl dachte sie, daß sie ratterten: *in die Finsternis, in die Finsternis, in die Finsternis* ...

271

Dann war auf einmal ihr Mund trocken, und ihre Hände krallten sich in den Sitz. Wie in einem Nebel sah sie auf den Feldern draußen eine Gruppe von Reitern entlanggaloppieren und über Hecken springen, und obwohl der Zug mit voller Geschwindigkeit fuhr, waren sie genauso schnell wie der Zug ...

Sie ritten in Trupps und Reihen, einige ganz in Schwarz und einige in Weiß. Und als von Westen die zusammengeballten, grauen Wolken heraufzogen, galoppierten die Reiter durch die Wolken, durch den Himmel, als ob die Wolken hohe graue Hügel und Berge wären.

Jane saß mit weitgeöffneten Augen da und wagte kaum, sich zu rühren. Sie schob eine Hand über den Sitz langsam auf Merriman zu, und bevor sie ihn erreichte, legte seine starke Hand sich für einen Augenblick fest über ihre.

„Hab keine Angst, Jane", flüsterte er ihr ins Ohr. „Jetzt erhebt die Finsternis sich, ja, zur letzten Jagd. Und die Gefahr wird jetzt größer. Aber sie werden unseren Zeit-Zug nicht berühren, denn wir haben etwas bei uns, das ihnen gehört."

Der Zug schaukelte wütend donnernd über die Geleise. Es wurde düster im Abteil, als Wolken und dahinjagende Gestalten den Himmel draußen verdunkelten. Der Rhythmus der geschäftigen Nadeln von Mrs. Rowlands stockte, und Jane sah die leuchtenden Farben zittern, als ihre Finger langsamer wurden. Das Geräusch des Zuges veränderte sich, der Schlag der Räder hörte auf, die Tonhöhe seines raschen Liedes veränderte sich, irgendwo ein bißchen weiter vorn war ein scharfer, gedämpfter Knall unter den Rädern zu hören, dann noch einer, und der Zug begann, langsamer zu fahren.

„Kanonenschläge!" sagte John Rowlands erstaunt. „Die alten Feuerwerkskörper sind in die Luft gegangen, die sie früher als Nebelwarnung auf die Geleise legten." Er schaute aus dem Fenster. „Und der Himmel ist jetzt wirklich so grau, daß es gut Nebel sein könnte."

Die Bremsen an den Rädern kreischten, die Landschaft glitt langsamer vorbei, und plötzlich waren die dahinjagenden Reiter in der Wolke untergetaucht; graue Wolken waren überall und wirbelnder Nebel. Zischend und ratternd verringerte der Zug seine Geschwindigkeit zu einem Kriechen, und auf einmal tauchte draußen eine kleine Station auf. Simon sprang auf und zog Jane mit auf den Gang. Sie schauten hinaus. Die Station schien aus einem einzigen Bahnsteig mitten im Nirgendwo zu bestehen, ohne einen Namen und mit nur einem einzigen, bogenartigen Bau, der undeutlich aus dem Nebel hervorragte. Dahinter, durch einen Riß in den Wolken verschwommen zu erkennen, erhob sich ein langgestreckter Berg am Horizont. Dann tauchten langsam, Schritt für Schritt, drei undeutliche Gestalten unter dem Bogen auf.

Simon starrte sie an. „Schnell! Jane, mach die Tür auf!" Er stürzte an ihr vorbei und drehte den langen Griff, die Tür nach außen stoßend. Er reichte ihnen die Hand entgegen, und Bran, Will und Barney kletterten in den Zug.

„Oh!" sagte Jane, unfähig, etwas anderes zu sagen, und sie umarmte Barney kurz und fest. Zu ihrem Erstaunen erwiderte Barney die Umarmung. Der Zug setzte sich in Bewegung. In Wolken und Wirbeln senkte sich der Nebel über den Bahnsteig und den verschwommenen Bogen, als ob alles sich in Leere auflöste, und aus dem Abteil hinter ihnen erklang Blodwen Rowlands' melodische Stimme. Sie sagte erfreut: „Oh, Bran, *cariâd*, wie nett! Sind die Prüfungen denn in Shrewsbury? John hat gar nicht erzählt..."

„Ich habe Blodwen gestern erzählt", mischte John Rowlands' tiefe bedächtige Stimme sich ein, bevor Bran antworten konnte, „daß ihr Jungs Idris Jones ty-Bont helfen wolltet, die Schafe zu den Schäferhundeprüfungen zu bringen. Er ist diesmal dran, die Schafe für die Ausscheidungskämpfe zu stellen, weil keiner von seinen eigenen Hunden dieses Jahr dabei ist. Ich glaube, er ist Vorsitzender, nicht wahr, Bran?"

„Ja", sagte Bran gelassen, während sie sich in das Abteil drängten. „Und wir mußten hier draußen noch ein paar Schafe mehr mitnehmen, darum war auf dem Transporter kein Platz mehr für uns, und Mr. Jones hat uns zum Zug gebracht. Was für eine Überraschung, Sie hier zu treffen."

„Und der Kleine ist auch dabei, was für ein Spaß für ihn", sagte Mrs. Rowlands und lächelte Barney an, als wäre es das Natürlichste auf der Welt für ihn, Schafe zusammenzutreiben.

Barney lächelte höflich zurück, sagte aber nichts, sondern rutschte auf den Platz neben Simon. Der Zug schwankte und sang wieder auf vollen Touren; das Massiv des langgestreckten Berges erhob sich jetzt wie eine Wand vor ihnen. Die grauen Wolken fegten über sie hinweg. Mit zugeschnürter Kehle sah Jane die Reiter wieder in Trupps und Reihen über den Himmel jagen. Panik ergriff sie; wohin ritten sie, wohin raste der Zug, wohin . . . ?

„Setz dich zu mir, mein lieber Junge", sagte Mrs. Rowlands zu Bran und zog liebevoll an seinem Arm, so daß er etwas abrupt auf den Sitz zwischen ihr und Jane glitt. Während Jane hastig Platz machte, fragte sie sich, ob das Schwert immer noch unsichtbar in seiner Scheide an Brans Seite hing.

Will stand schwankend in der Türöffnung, sich mit beiden Händen am Rahmen festhaltend. Er fragte: „Viele Leute im Zug?" und sah Merriman an, als sei er ein Fremder.

„Es ist wirklich ziemlich voll", entgegnete Merriman mit der gleichen steifen Höflichkeit.

Plötzlich kreischte die Lokomotive laut auf, und der Zug tauchte in dem Berg unter. Der Tunnel schluckte ihn, und rings umher war Dunkelheit. Ein leises Grollen ertönte in ihrer Nähe, und der Schwefelgeruch des Zuges lag in der Luft, die sie atmeten. Jane hatte den flüchtigen Eindruck, Besorgnis in Mrs. Rowlands' freundlichen Zügen zu lesen. Dann vergaß sie es in dem überwältigend lebhaften Gefühl, daß sie in die Erde hineinfuhren, durch den Berg hindurch, unter Tonnen und

Klaftern von Fels, während die Geleise den Zug unerbittlich weitertrugen.

Allmählich überkam sie die Vorstellung, daß sie sich überhaupt nicht mehr in einem Zug aufhielten, daß all die Begrenzungen des kleinen, schachtelartigen Raums, in dem sie saßen, sich langsam auflösten. Es waren noch alle da, die sitzenden Personen und Will, der sie alle von der Stelle aus musterte, die die Tür gewesen war. Aber jetzt war rings um sie ein seltsames Leuchten, als werde ihre Geschwindigkeit sichtbar gemacht, als treibe das Leuchten selbst sie voran. Sie hatte das Gefühl, daß sie durch die Erde rasten, irgendwie mit eigener Kraft, und daß sie von einer Menge Leute begleitet wurden, die alle Hals über Kopf nach Osten rasten. Das Leuchten, das sie umgab, wuchs an, wurde strahlend, sie waren in Helligkeit eingeschlossen, als führen sie auf einem Fluß aus Licht.

Jane sah Erstaunen und Unverständnis in John Rowlands' kraftvollem, wettergebräuntem Gesicht. Blodwen Rowlands wimmerte plötzlich furchtsam auf, erhob sich umständlich, ließ ihre Strickarbeit auf den Boden fallen und wankte hinüber, um sich neben John zu setzen. Rowlands legte tröstend den Arm um sie, Ausdruck einer jahrelangen Zuneigung. „Es ist ja gut, *cariad*", sagte er. „Es ist ja gut, hab keine Angst. Sei ganz ruhig und vertraue ihnen. Wills Mr. Merriman wird dafür sorgen, daß wir keinen Schaden erleiden."

Aber sowohl Will als auch Merriman, sah Jane voller Erstaunen, hatten sich vor Blodwen Rowlands gestellt; beide standen reglos da, vermittelten jedoch den Eindruck von gewaltiger stummer Bedrohung, der Bedrohung einer Anklage. Hinter ihnen stand Bran langsam auf, und mit der gleichen spielerischen Geste, an die sich Jane vom Strand her erinnerte, zog er das unsichtbare Schwert aus der unsichtbaren Scheide an seiner Seite. Und plötzlich war das Schwert da, schrecklich, nackt, schimmernd, und seine Kristallklinge flimmerte in blauem Feuer.

Blodwen Rowlands zuckte zurück und preßte sich an ihren Mann.

„Was soll das?" fragte John Rowlands zornig und bekümmert und blickte auf zu dem stumm über ihm stehenden Merriman.

„Halt sie mir vom Leib!" rief Mrs. Rowlands. „John!"

John Rowlands konnte nicht aufstehen, während sie sich schwer auf ihn stützte, aber er schien sich aufzurichten, als er anklagend und vorwurfsvoll zu ihnen aufblickte.

„Laßt sie jetzt in Ruhe, Leute, was ihr auch vorhabt. Was hat sie mit euren Angelegenheiten zu tun? Sie ist meine Frau, und ich dulde nicht, daß man ihr Angst macht. Laßt sie in Ruhe!"

Bran streckte das Schwert Eirias aus, mit den über die Klinge tanzenden, blauen Flammen, und hielt es so, daß die Spitze zwischen Will und Merriman hindurch auf Blodwen Rowlands' verzerrtes Gesicht zeigte.

„Es ist feige", sagte er mit einer kalten Erwachsenenstimme, „hinter jenen Schutz zu suchen, die einen lieben, ohne Liebe zurückzugeben. Sehr schlau natürlich. Beinahe so schlau, wie am richtigen Ort zu sein, um einen fremden, blassen Jungen aus einer anderen Zeit mit aufzuziehen – und dafür zu sorgen, daß er nie etwas tut oder sagt oder denkt, ohne daß man alles darüber weiß."

„Was ist los mit dir, Bran?" fragte John Rowlands gequält.

Die Helligkeit, hohl singend wie der Zug, trug sie weiter durch den Berg.

Merriman sagte mit seiner tiefen Stimme ausdruckslos: „Sie gehört zur Finsternis."

„Sie sind ja verrückt!" John Rowlands umfaßte den Arm seiner Frau fester.

„Unsere Geisel", sagte Will. „Wie der Weiße Reiter der Finsternis Barney zur Geisel nahm und dachte, er würde im Austausch Bran und das Schwert bekommen. Sie ist eine Geisel für unsere Sicherheit."

„Sicherheit!" sagte Blodwen Rowlands mit einer neuen, leisen Stimme und lachte.

John Rowlands saß sehr still, und Jane zuckte innerlich zusammen, als sie sah, wie entsetzter Unglaube in seinen Augen erwachte.

Mrs. Rowlands' Lachen klang kalt, und auf einmal war ihre Stimme wieder seltsam anders, leise und zischend, doch mit einer neuen Kraft dahinter. Jane konnte nicht glauben, daß diese Stimme aus dem vertrauten, warmen, freundlichen Gesicht kam, das sie immer noch vor sich sah.

„Sicherheit!" sagte die Stimme lachend. „Ihr rast in euren sicheren Untergang, ihr alle, und das Schwert wird euch nicht retten. Die Finsternis hat sich versammelt und wartet, und eure Geisel ist hier, um die Finsternis zu führen. Die Finsternis erhebt sich, Lyon, Stanton und Pendragon, erhebt sich und wartet. Und all eure Gegenstände der Macht werden euch nicht helfen, zu dem Baum zu gelangen, wenn ihr gleich aus der Erde herausstürmt und die Macht der Finsternis euch überwältigt."

Sie stand auf, und John Rowlands' Hand fiel schlaff herunter und lag auf dem Sitz wie ein abgelegter Handschuh, während er dort saß und entsetzt vor sich hin starrte. Sie erschien Jane größer, in der dunstigen Helligkeit schimmernd, als strahle sie ein eigenes Licht aus. Entschlossen ging Blodwen Rowlands auf die Spitze des Schwertes Eirias zu, und Bran hob das Schwert langsam, so daß die Spitze sie nicht berühren würde. Will und Merriman machten Platz.

„Eirias kann die Herren der Finsternis nicht zerstören", sagte Blodwen Rowlands triumphierend.

„Niemand außer der Finsternis kann die Finsternis zerstören", sagte Will. „Das ist ein Teil des Gesetzes, den wir nicht vergessen haben."

Merriman machte einen Schritt nach vorn. Plötzlich war er der Mittelpunkt von allem, von den sechs Streitern für das Licht, von der Macht und der Absicht, mit der das Licht

277

vorandrängte, vorandrängte durch Stein und Erde auf sein geheimnisvolles Ziel zu. Er stand hochaufgerichtet in der Helligkeit, sein weißes Haar schimmerte über dem langen, dunkelblauen Umhang, den er jetzt trug, und er hob einen Arm und zeigte auf Blodwen Rowlands.

„Das Licht wirft dich aus diesem Strom der Zeit", sagte er, und seine Stimme hallte, wie das Lied des Zuges durch die hohlen Berge gehallt hatte. „Wir treiben dich vor uns hinaus. Hinaus! Hinaus! Und rette dich selbst, so gut du es vermagst, wenn du diesem großen Vormarsch voraneilst und die schreckliche Macht eurer Finsternis dich überwältigt, in der Annahme, das Licht sei in ihren Hinterhalt geraten."

Blodwen stieß einen dünnen Wutschrei aus, dessen Klang Jane vor Entsetzen den Atem nahm, und sie schien sich im Kreise herumzudrehen und zu verändern, und dann wirbelte sie fort in den dunklen Raum, der sie alle umgab, als eine Gestalt in einem weißen Umhang auf einem galoppierenden, weißen Pferd. Mit einem hohen Sprung, von Zorn und Furcht ergriffen, erhob sich der Weiße Reiter aus der Helligkeit, die sie alle umgab, und verschwand vor ihnen in einer nebligen Dunkelheit, in der nichts mehr zu erkennen war.

Der Fluß

Das große, formlose Fahrzeug des Lichts raste weiter durch den Berg, als sei es ein Schiff, das auf einem unterirdischen Fluß davongetragen würde. John Rowlands saß still und stumm da, mit einem Gesicht wie aus Stein, und keiner sah ihn länger als den Bruchteil einer Sekunde an; sie konnten es nicht ertragen.

Endlich sagte Jane: „*Der Baum*, Gumerry? Was meinte sie damit? Sie sagte: *All eure Gegenstände der Macht werden euch nicht helfen, zu dem Baum zu gelangen.*"

Merriman stand hochgewachsen und ehrfurchtgebietend vor ihnen, und sein dunkler Umhang mit der Kapuze sah wie eine Mönchskutte aus. Sein weißes Haar schimmerte in der Helligkeit, die sie umgab, ebenso wie Brans, der neben ihm stand. Sie sahen wie zwei Angehörige einer unbekannten Rasse aus.

„Der Mittsommerbaum in den Chiltern-Bergen in England", sagte Merriman. „Der Baum des Lebens, die Säule der Welt . . . Nur einmal alle siebenhundert Jahre ist er in diesem Land zu sehen, und auf ihm der Mistelzweig, der an dem einen Tag seine Silberblüten tragen wird. Und derjenige, der die Blüten schneidet, in dem Augenblick, da sich die Knospen voll öffnen, wird die Ereignisse lenken und das Recht haben, der Alten Magie und der Wilden Magie zu befehlen und alle rivalisierenden Mächte aus der Welt und aus der Zeit zu vertreiben."

Barney fragte, fast flüsternd: „Und wir gehen zu dem Baum?"

„Ja, dorthin gehen wir", sagte Merriman. „Und die Finsternis ebenfalls, dem Weg folgend, den sie die ganze Zeit geplant hat, um sich zum letztenmal und mit größtem Einsatz zu erheben, wenn das Silber auf dem Baum glänzt."

„Aber wie kannst du sicher sein, daß wir die Blüten schneiden und nicht die Finsternis?" Jane sah nur die dahinjagende Helligkeit, die sie von allen Seiten umgab, aber für einen Augenblick stand vor ihren Augen das beängstigende Bild eines von reitenden Herren der Finsternis gefüllten Himmels, mit Blodwen Rowlands, dem Weißen Reiter, kalt lachend an ihrer Spitze.

„Wir haben das Schwert Eirias", sagte Merriman, „und sie haben es nicht. Und obwohl es zweischneidig ist und sowohl dem Licht als auch der Finsternis gehören kann, wurde es doch im Auftrag des Lichts angefertigt, und wenn die Sechs und der Kreis Bran schützen können, wird alles gut werden. *Und wo der Mittsommerbaum ragt empor"*, seine Stimme wurde tiefer mit dem Rhythmus des Verses, *„wird die Finsternis fallen durch Pendragons Schwert."*

Will blickte automatisch auf das Kristallschwert, das in Brans Hand glitzerte. Die Klinge war jetzt klar, das blaue Flackern vergangen. Aber noch während er schaute, kam es ihm vor, als ob an der äußersten Spitze der Klinge das tanzende, blaue Feuer wieder zu wachsen begann – sehr schwach und undeutlich zuerst, aber wachsend, Zoll für Zoll näher an das goldene Heft heran. Und die Stömungen des dahinjagenden Flusses von Helligkeit um sie herum veränderten sich allmählich, wurden ausgeprägter, als trieben sie wirklich auf einem Fluß dahin. Sie schienen in einem Boot zu sitzen, die sechs Leute und John Rowlands; Will wußte es, obwohl er nichts Greifbares rund um sie alle entdecken konnte.

Seine Blicke fielen auf Barney und verweilten, und er lächelte vor sich hin. Barney saß dort, hatte alle anderen vergessen und grinste in sich hinein, ein ganz persönliches Grinsen reinen Entzückens über die Empfindungen, die ihm durch den Kopf gingen. Die Furcht, die ihm Glyndwrs Männer eingejagt hatten, war verschwunden, und es war jetzt keine Spur von Nervosität mehr in ihm, nur Verwunderung und Erstaunen und Entzücken.

Barney sah plötzlich auf, als wüßte er, daß Will ihn ansah. Sein Grinsen wurde breiter, und er sagte: „Es ist wie ein besonders schöner Traum."

„Ja, das ist es", sagte Will. „Aber verlier dich nicht ganz in ihm. Du kannst nie wissen, was als nächstes geschieht."

„Ich weiß", sagte Barney gelassen. „Ehrlich, ich weiß es. Aber trotzdem . . . Mann!" Es war ein strahlender, kreischender Ruf freudiger Erregung, mit zurückgeworfenem Kopf, spontan und überraschend, und alle Gesichter wandten sich ihm zu; die Besorgnis in ihnen verblaßte für einen Augenblick, und selbst Merriman, im ersten Moment finster, lachte laut

280

auf. „Ja!" sagte er. „Das brauchen wir ebenso wie das Schwert, Barney."

Und dann waren sie plötzlich wieder im Tageslicht, unter einem grauen Himmel, an dem eine wässerige Sonne vergeblich versuchte, dichter werdende Wolken zu durchbrechen, und sie sahen, daß ihr Fahrzeug ein offenes, langes Boot mit hohem Bug und mit Ruderbänken war und daß sich vor und hinter ihnen andere Boote der gleichen Bauart befanden, voller Gestalten, die man nicht richtig erkennen konnte. Der Nebel hing wieder über ihnen, und mit ihm ein Flimmern der Luft wie bei großer Hitze, aber es war nicht heiß. Will hörte eine schwache, vertraute Musik, leise dahinschwebend. Er schaute hinaus auf das Wasser und sah glitzernde, kleine Wellen und, undeutlich, ein Ufer mit grünen Feldern dahinter und den schattenhaften Umrissen von Männern und Pferden. Für einen Augenblick riß der Nebel auf und schwebte in Fetzen dahin, und Will sah, daß sich in der Ferne Hügel erhoben, sah den Rauch von Feuern und eine wartende Armee – Reihe neben Reihe – von Soldaten, viele von ihnen zu Pferde, auf kleinen, stämmigen, kräftigen Tieren, die ebenso zäh und dunkel und entschlossen aussahen wie die Reiter, die sie trugen. Es war eine mit glitzernden Schwertern bewaffnete Kavallerie, wartend und angespannt. Dann schloß die Nebelwand sich wieder, und zurück blieb nur noch eine grauweiße Leere.

„Was für Männer waren das?" fragte Simon mit rauher Stimme.

„Du hast sie also auch gesehen?" Will sah sich um; die drei standen neben ihm, Bran und Merriman weiter entfernt am Bug, und John Rowlands kauerte für sich am Heck.

„Was für Männer waren das?" fragte Jane. Die drei Drews starrten konzentriert, aber vergeblich in den Nebel. Will sah, wie Barneys Hände sich krampfartig öffneten und schlossen, als sehnten sie sich danach, etwas zu tun zu bekommen.

Plötzlich drangen aus dem Grau Geräusche zu ihnen, unbe-

281

stimmt, verwirrend, aus allen Richtungen zur gleichen Zeit: das Klirren von Waffen, das Wiehern von Pferden, die Rufe und Schreie und das triumphierende Jubeln kämpfender Männer. Simon wirbelte herum, das Gesicht verzerrt vor Verzweiflung. „Oh, wer sind sie, worum geht es? *Will!*" Es war ein flehender Hilferuf.

Merrimans tiefe Stimme sagte vom Bug her, mit der gleichen bitteren Verzweiflung: „Es ist verständlich, daß du dich dorthin sehnst. Es ist das erste Entstehen oder Untergehen deines Landes, dieses langgequälten Landes, das so viele Jahrhunderte auf dem Amboß lag. Es ist *Mons Badonicus*, die Schlacht von Badon, wo die Dunkelheit sich erhebt und ... *Wie läuft es?*" Seine Stimme erhob sich, durchdringend, eine Frage, die an niemanden gestellt war, ziellos in den Nebel geworfen.

Und aus dem Nebel hervor zeichnete sich wie zur Antwort ein langer Umriß ab: ein Boot, das länger und größer als ihr eigenes war, nahm langsam Gestalt an, als sie auf das Ufer zutrieben. Sein Deck war voller Waffen, das Boot vollbesetzt mit bewaffneten Männern, vorn und hinten flatterten einfache grüne Flaggen; es schien eher das Boot eines hohen Offiziers als das eines Königs zu sein. Aber die Haltung der Gestalt am Bug war die eines Königs: ein breitschultriger Mann mit sonnenverbranntem Gesicht und klaren, blauen Augen, braunem, mit grauen Streifen durchzogenem Haar und einem kurzen, grauen Bart. Er trug einen kurzen, blaugrünen Überwurf von der Farbe des Meeres und darunter eine Rüstung wie die eines Römers. Und um den Hals, halbverdeckt, aber mit einem Licht wie von Feuer glitzernd, trug er Wills Kreis der vereinten Zeichen.

Er sah Merriman an und hob eine Hand in triumphierendem Gruß. „Es läuft gut, mein Löwe. Endlich haben wir sie; sie werden zurückkehren zu ihren eigenen Gebieten und sich dort niederlassen und uns nicht mehr behelligen. Eine Zeitlang ..."

Er seufzte. Seine strahlenden Augen wandten sich Bran zu

und wurden weicher. „Zeig mir das Schwert, mein Sohn", sagte er.

Bran hatte ihn unverwandt angesehen, seit das Boot aufgetaucht war. Jetzt richtete er sich auf, ohne den Blick abzuwenden, eine schlanke, blasse Gestalt, mit seinem farblosen Gesicht und dem weißen Haar, und hob die blauflammende Klinge des Schwertes Eirias in einem feierlichen Gruß.

„Und immer noch flammt es für die Finsternis. Immer noch die Warnung." Die Worte waren ein zweiter Seufzer.

Bran sagte heftig: „Aber auch diesmal werden wir die Finsternis vertreiben, mein Gebieter. Wir werden vor ihnen zum Baum kommen und sie vertreiben, aus der Zeit hinaustreiben."

„Natürlich. Und ich muß etwas zurückgeben, das zu meiner Unterstützung gebracht wurde und seinen Zweck erfüllt hat. Jetzt muß es euren Zwecken dienen." Er streifte seinen Umhang zurück und löste den Kreis der vereinten Zeichen von seinem Hals. „Nimm sie, Zeichensucher. Mit meinen Segenswünschen."

Will trat an den Rand des Bootes und nahm die schimmernde Kette aus den kräftigen braunen Händen entgegen; er legte sie um den eigenen Hals und spürte das Gewicht auf seine Schultern drücken. „Ich danke Euch, mein Gebieter."

Nebel umwirbelte die beiden Boote auf dem grauen Fluß, hob sich für einen Moment und gab den Blick frei auf eine gedrängte Flotte von Schatten vor und hinter ihnen; dann senkten sich die Schwaden wieder und ließen alles unbestimmt und verschwommen.

„Der Kreis ist vollständig, mit der einen Ausnahme", sagte Merriman. „Und die Sechs stehen fest zusammen."

„Das tun sie in der Tat, und alles ist gut ausgeführt." Die durchdringenden, blauen Augen glitten über Jane, Simon und Barney, die stumm und scheu dastanden, und Arthur nickte ihnen grüßend zu. Aber dann wandte er sich wieder Bran zu,

283

wie unter einem Zwang, zurück zu der blassen, verletzbaren Gestalt, die dort stand, das Schwert Eirias haltend, mit dem weißen, vom Nebel geglätteten Haar und den gegen das Sonnenlicht zusammengekniffenen, gelbbraunen Augen.

„Und wenn alles geschehen ist, mein Sohn", die Stimme klang jetzt weich, „wenn alles geschehen ist, wirst du mich dann auf *Pridwen*, meinem Schiff, begleiten? Wirst du mit mir zu der von Silber umgebenen Burg jenseits des Nordwindes kommen, wo Frieden unter den Sternen herrscht und in den Obstgärten Äpfel wachsen?"

„Ja", sagte Bran. „O ja!" Sein blasses Gesicht leuchtete vor Freude und einer Art Verehrung; Will schaute ihn an und dachte, daß er Bran noch nie zuvor so voller Leben gesehen hatte.

„Und es wird ein angenehmerer Aufenthalt sein als der letzte, und ohne Ende. Im Gegensatz zu dem anderen." Arthur sah in den Nebel hinein, das bärtige Gesicht voller Trauer, während er in die vergangene Zeit blickte, von der er zu ihnen sprach. „Denn unser großer Sieg über die Finsternis bei Badon ist nicht von sehr langer Dauer. Wir Briten bleiben ungestört in unseren Gebieten auf diesen Inseln, und die Angelsachsen friedlich in ihren, und die Pax Arturi hält etwa zwanzig Jahre an. Aber dann kommen die Sachsen wieder, diese mordgierigen Piraten, erst ein dünner Strom und dann eine Flut, und schlagen sich nach Westen durch unser Land, von Kent nach Oxford, von Oxford nach Severn. Und der Rest der alten Welt ist zerstört, unsere Städte, unsere Brücken und unsere Sprache. Alles geht unter, alles stirbt."

Qual lag jetzt in seinen Worten; es war ein langes, kummervolles Klagelied. „Verloren, alles verloren... Die Wilden bringen die Finsternis ins Land, und die Diener der Finsternis kommen hoch. Unsere Handwerker, unsere Baumeister verlassen das Land oder sterben, und niemand ist da, der sie ersetzen kann, außer denen, die unsere barbarischen Könige

284

mit Prunk umgeben. Und auf unseren Straßen, auf den alten Wegen, wächst grünes Gras."

„Und die Menschen fliehen nach Westen", sagte Merriman vom Bug ihres Bootes her leise, „in die letzten Winkel des Landes, wo die alte Sprache noch lebt für eine Weile. An jene Orte, wo das Licht immer darauf wartet, daß die Macht der Finsternis versiegt, so daß die Enkel der Eindringlinge besänftigt und gezähmt werden können durch das Land, das ihre Vorfahren plünderten. Und einer der fliehenden Männer trägt einen goldenen Becher, der Gral genannt wird und auf dem die Botschaft eingraviert ist, mit deren Hilfe eine spätere Zeit besser in der Lage sein wird, sich der letzten und bedrohlichsten Erhebung der Finsternis zu widersetzen – wenn sie sich nicht durch Blutvergießen erheben wird, sondern durch die Kälte in den Herzen der Menschen."

Arthur neigte den Kopf in einer Art Bekümmerung. Der Nebel umwehte ihn; er schien jetzt blasser, der meerblaue Umhang nicht mehr so leuchtend. „Wahr, wahr. Und der Gral ist gefunden und all die anderen Gegenstände der Macht, von euch sechs, und das Licht ist auf diese Weise gestärkt, so daß am Ende alle von uns im Kreis zu seiner Hilfe kommen können. Ich weiß, mein Löwe. Ich vergesse nicht die Hoffnung, die die Zukunft verspricht, wenn ich auch um das weine, was mein Land hier in der Vergangenheit erleiden mußte."

Der Fluß trieb die beiden Boote langsam auseinander; der Lärm der Schlacht und Rufe des Triumphes drangen durch den Nebel wieder zu ihnen. Arthurs Stimme entfernte sich und hob sich noch einmal in einem letzten Ruf: „Fahrt den Fluß hinunter. Fahrt weiter. Ich werde bald wieder bei euch sein."

Dann waren das Boot und seine Flaggen und die bewaffneten Männer im hellen Nebel untergetaucht, und statt dessen umgab sie Dunkelheit von beiden Seiten des schimmernden

285

Flusses, eine Dunkelheit, die so tief und so weit wie das Meer war und auf ihre Gedanken einhämmerte, sich erhebend, alles umhüllend.

John Rowlands erhob sich langsam am Heck des Bootes, wo er schweigend gesessen hatte. Will konnte ihn nur als undeutlichen Schatten erkennen; er konnte nicht sagen, wieviel Rowlands von dem, was geschah, mitbekam.

Rowlands streckte in die Dunkelheit hinein einen Arm aus, preßte sich gegen die Seitenplanke des Bootes und rief mit Furcht und Verlangen in der Stimme etwas auf walisisch. Und dann rief er: „Blodwen! *Blodwen!*"

Will schloß die Augen, als er die Qual in der Stimme hörte, und versuchte, nichts zu hören und nichts zu denken. Aber John Rowlands stolperte durch das Boot auf sie zu, ließ sich von der blau flammenden Klinge des Schwertes in Brans Hand leiten, und als er bei ihnen war, streckte er eine Hand aus und packte Merrimans Schulter.

Um sie herum flimmerte Licht, als trügen sie den Mond in ihrem Fahrzeug und segelten durch Wolken, aber das Licht kam nur von dem Schwert, das brannte wie eine kalte Fackel. John Rowlands fragte, das Gesicht verzerrt vor Kummer: „War sie immer so? Immer... von außerhalb der Erde, wie Sie selbst?" Er sah Merriman an wie ein Mann, der flehend um sein Leben bettelte. „War nichts von allem je wirklich?"

Merriman sagte unglücklich: „Wirklich?" Zum erstenmal, seit Will ihn kannte, war seine Stimme ohne Autorität, suchend und verloren. „Wirklich? Wenn wir in Ihrer Welt leben wie Sie es tun, John, die vom Licht oder die von der Finsternis, fühlen und sehen und hören wir wie Sie. Wenn Sie uns stechen, bluten wir, wenn Sie uns kitzeln, lachen wir – nur, wenn Sie uns vergiften, sterben wir nicht, und wir haben gewisse Empfindungen und Erkenntnisse, die Sie nicht haben. Und diese wiegen am Ende schwerer als die anderen Dinge. Ihr Leben mit Blodwen war wirklich, es existierte, sie empfand es genauso wie Sie. Aber . . . es gab noch eine andere, mächtigere Seite ihres Wesens, die Sie nie sehen konnten."

John Rowlands streckte einen Arm aus und versetzte der Bordwand einen heftigen Schlag, den seine Hand nicht zu spüren schien. „Lügen!" Das Wort war ein Schrei. „Mehr war es nicht, Betrug und Täuschung! Können Sie das bestreiten? Ich habe mein Leben auf einer Lüge aufgebaut!"

„Also gut." Merriman ließ seine breiten Schultern einen Augenblick lang hängen, dann richtete er sich langsam wieder auf. „Es tut mir leid, John. Klagen Sie das Licht an? Wäre es weniger eine Lüge gewesen, wenn Sie die Finsternis nie erkannt hätten?"

„Zum Teufel mit beiden", sagte John Rowlands bitter. Er sah Merriman, Bran und Will kalt an, und seine Stimme hob sich vor Zorn und Kummer. „Zum Teufel mit euch allen. Wir waren glücklich, bevor dies alles begann. Warum konntet ihr uns nicht in Ruhe lassen?"

Und während seine Worte durch die Luft hallten, sahen alle auf dem Boot eine Gestalt aus der wirbelnden, nebligen Dunkelheit auftauchen, als würde sie vom Echo der zornigen Stimme getragen: eine dunkle Gestalt, ein Reiter. Jeder von ihnen sah etwas anderes in ihr, dieser hochragenden Figur, die in einen Umhang gehüllt war und die Kapuze vom hochmütig aussehenden Kopf gestreift hatte.

Bran sah den Herrn der Finsternis, der Will und ihn durch das Verlorene Land gejagt hatte, in wilder Verfolgung durch die Stadt, ihnen auflauernd in der Nähe der Burg, rasend vor Wut, als sie das Schwert bekommen hatten.

Jane, Simon und Barney sahen eine Gestalt, die zu vergessen sie gehofft hatten, aus früheren Jahren, als sie in die Suche nach dem Gral des Lichts verwickelt worden waren: einen schwarzhaarigen, schwarzäugigen Mann, der sich Hastings nannte, fanatisch und mächtig, und am Ende in wildem Zorn nach Vergeltung drängte.

Will sah den Schwarzen Reiter auf seinem schwarzen Hengst in einem Wolkenwirbel der Finsternis, eine Seite seines Gesichts immer abgewandt. Er fing den Blick aus einem blauen Auge unter glänzendem rotbraunem Haar auf und die Bewegung eines Armes unter dem Umhang, als der Reiter sich im Sattel drehte und auf Bran zeigte. Das große Pferd bäumte sich vor ihnen auf, mit blinkenden Hufen und weitgeöffneten, weißen Augen. Will sah, wie Jane neben ihm sich instinktiv duckte.

„Eine Forderung, Merlion!" rief der Schwarze Reiter. Seine Stimme war klar, aber leise, als ob die sie umgebende Dunkelheit sie dämpfte. „Wir behaupten, daß es für den Pendragon, den Jungen, keinen Platz gibt in diesem Streben und diesem Trachten. Eine Forderung! Er muß gehen!"

Merriman drehte sich um, wandte dem Schwarzen Reiter verächtlich abweisend den Rücken zu. Aber der Reiter rührte sich nicht, sondern blieb bei ihnen; sein wirbelnder, dunkler Wolkenturm folgte ihnen den Fluß hinunter, immer langsamer, wie auch das Boot, in dem sie fuhren, allmählich langsamer wurde, wie Will feststellte. Endlich bewegte es sich überhaupt nicht mehr voran, ruhte auf dem stillen Wasser. Für einen Augenblick riß die neblige Dunkelheit vor ihnen auf, als ob ein wässeriges Sonnenlicht durchbrechen wollte; sie sahen schemenhaft grüne Felder, grüne Hügelketten und das dunklere Grün von Bäumen, alles immer noch von Nebelfetzen umgeben, so daß nichts deutlich zu erkennen war.

Und dann kam durch den Nebel ein Schwanenpaar geflogen; ihre großen, weißen Flügel bewegten sich rhythmisch durch die Luft, so daß der Wind durch die Federn sang. Sie flogen mit langsamen Flügelschlägen über ihnen hinweg, einmal sichtbar, einmal verschwunden, dann wieder hinter Nebelfetzen auftauchend, und dann stießen beide herunter, setzten ungeschickt auf, jeder an einer Seite des Bootes, rutschten ein Stück über das Wasser, kamen zur Ruhe und hoben die langen Hälse wieder in anmutiger Biegung. Und als Will von den beiden wunderbaren Vögeln aufsah, erblickte er die Alte Dame; es sah aus, als stünde sie hoch oben am Bug ihres Bootes.

Sie war weder alt noch jung, ihre Schönheit schien alterslos zu sein. Sie stand gerade und aufrecht da, und der Wind spielte in den Falten eines Umhangs, der so blau wie ein früher Morgenhimmel war. Will sprang voller Freude vor und streckte ihr eine Hand grüßend entgegen. Aber das zartknochige Gesicht der Alten Dame war ernst; sie schaute Will an, als sähe sie ihn nicht richtig, dann blickte sie Merriman an und dann Bran. Ihre Blicke glitten über die anderen, machten eine winzige Pause bei Jane und kehrten dann zu Merriman zurück.

„Die Forderung gilt", sagte sie.

Will traute seinen Ohren nicht. Die melodische Stimme drückte keine Gefühle aus; sie stellte nur fest, ohne Ausdruck, aber mit äußerster Entschiedenheit. Merriman machte einen raschen Schritt nach vorn, ohne nachzudenken, dann blieb er stehen. Will, der nicht wagte, aufzublicken, sah, wie die langen, knotigen Finger seiner einen Hand sich zu einer Faust zusammenballten, so daß die Nägel in die Handfläche schnitten.

„Die Forderung gilt", sagte die Alte Dame wieder, mit einem leichten Beben in der Stimme. „Denn die Finsternis hat das Hohe Gesetz gegen das Licht angerufen und behauptet, daß Bran, der Sohn Arthurs, keinen rechtmäßigen Platz in dieser Zeit habe und darum an der Reise zum Baum nicht teilnehmen dürfte. Diese Forderung besteht zu Recht und muß angehört werden. Denn ohne das Anhören wird die Hohe Magie in dieser Angelegenheit keine weiteren Schritte dulden!"

Die Schönheit ihres Gesichtes zeigte ernste Traurigkeit, und sie streckte einen Arm aus, anmutig wie der Flügel eines Vogels in den fallenden Falten ihres blauen Umhangs, und zeigte mit ihren fünf Fingern auf Bran. Für einen Moment wehte ein leichter Wind über den stillen Fluß, und es hing eine Andeu-

289

tung von zarter Musik in der Luft; dann erstarb das blaue Licht in der Klinge von Eirias, und merkwürdig langsam und ohne Geräusch fiel das Schwert auf den Boden des Schiffes. Bran erstarrte und stand dann regungslos da, aufgerichtet, die Arme an den Seiten, eine schlanke, dunkel gekleidete Gestalt, das Gesicht jetzt fast so weiß wie das Haar, gefangen in einem Augenblick der Bewegungslosigkeit, als ob alles Leben aus ihm gewichen sei. Eine dunstige Helligkeit entstand und umschwebte ihn von allen Seiten, wie ein Käfig aus Licht, so daß er immer noch bei ihnen war und doch von ihnen getrennt gehalten wurde.

Die Alte Dame blickte hinaus auf die wartende Gestalt des Schwarzen Reiters in der wolkigen Dunkelheit.

„Nennt Eure Forderung", sagte sie.

Die Finsternis erhebt sich

Der Schwarze Reiter sagte: „Wir rufen den Knaben Bran aus Clwyd im Dysynni-Tal im Königreich Gwynedd, genannt Bran Davies nach seinem Vater in der Welt, in der er aufwuchs, genannt der Pendragon nach seinem Vater, dem Pendragon in der Welt, aus der er kam. Wir fechten seine Stellung in dieser Angelegenheit an. Er hat nicht das Recht."

„Seine Herkunft gibt ihm das Recht", sagte Will scharf.

„Das ist es, was wir bestreiten, Uralter. Du wirst es hören." Der Schwarze Reiter war jetzt nicht mehr zu sehen; seine Stimme kam hohl aus dem dunklen Tumult jenseits des Nebels. Will hatte plötzlich die Vorstellung von einer endlosen Armee unsichtbarer Gestalten hinter dem Reiter, dort draußen in der Dunkelheit. Er sah rasch weg.

Von oben ertönte die klare Stimme der Alten Dame: „Wen wählt Ihr, das Urteil in diesem Widerspruch zu fällen, Herr der

Finsternis? Denn Ihr habt das Recht zu wählen, wie das Licht das Recht hat, Eure Wahl anzunehmen oder abzulehnen."

Es entstand eine Pause. Plötzlich war der Reiter wieder deutlich zu sehen, den mit der Kapuze verhüllten Kopf Merriman zugewandt.

„Wir wählen den Mann John Rowlands", sagte er.

Merriman sah zu Will hinunter; er sagte nichts, weder laut noch in der stummen Sprache der Uralten, aber Will spürte seine Unentschlossenheit. Er selbst hatte den gleichen unbestimmten Verdacht – *was haben sie vor?* –, aber der fiel in sich zusammen wie eine Welle, die sich an einem Felsen bricht, als er an John Rowlands dachte und an die vielen Gründe, die sie hatten, seinem Urteil zu vertrauen.

Merriman nickte. Er hob den Kopf mit dem zerzausten weißen Haar. „Einverstanden."

John Rowlands beachtete sie nicht. Er stand in der Mitte des Bootes, Jane, Barney und Simon auf einer Ruderbank neben ihm, als hätten sie sich zusammengedrängt, um Trost zu suchen, obwohl Will nicht zu sagen vermocht hätte, wer wen tröstete. Rowlands sah Bran an, sein mageres, von Falten durchzogenes, braunes Gesicht war voller Besorgnis. Seine dunklen Augen wanderten zu der ruhigen, schimmernden Gestalt der Alten Dame und wieder zurück zu dem hellen Nebel, der Bran umhüllte. „Bran *bach*", sagte er unglücklich, „alles in Ordnung mit dir?"

Aber es kam keine Antwort, statt dessen wandte die Alte Dame Rowlands ihr ernstes Gesicht zu, und er sah zu ihr auf und wurde plötzlich sehr still, eine stumme Gestalt, linkisch in dem dunklen Anzug, der von seiner schlanken Figur herunterhing, als gehöre er jemand anders.

„John Rowlands", sagte die kühle, melodische Stimme, „es werden jetzt Dinge gesagt werden, von den Herren der Finsternis und denen des Lichts, und Sie müssen sehr aufmerksam zuhören und für sich den Wert dessen abwägen, was ein jeder

291

gesagt hat. Und dann müssen Sie sagen, welche Seite nach Ihrer Meinung im Recht ist – ohne Furcht und Bevorzugung. Und die Macht der Hohen Magie, die hier anwesend ist wie an jedem Ort im Universum, wird Ihre Entscheidung besiegeln."

John Rowlands stand da und sah sie immer noch an. Er schien voller Scheu zu sein, aber auf seinen hohen Backenknochen zeigten sich Farbflecke, und sein sensibler Mund war zu einer geraden Linie zusammengepreßt. Sehr ruhig sagte er: „Ich *muß?*"

Will zuckte zusammen und vermied es sorgsam, die Alte Dame anzusehen; er hörte Merriman leise durch die Zähne pfeifen.

Aber die Stimme der Alten Dame wurde ruhiger, freundlicher.

„Nein, mein Freund. In dieser Sache gibt es keinen Zwang. Wir bitten Sie um einen Gefallen, wenn wir Sie bitten, ein solches Urteil zu fällen. Denn in dieser Welt der Menschen geht es letzten Endes um das Schicksal der Menschen, und ein Mensch sollte es sein, der darüber entscheidet. Haben Sie ähnliches nicht selbst gesagt, zu den Uralten, hier und an anderen Orten?"

John Rowlands drehte sich um und warf Will einen ausdruckslosen Blick zu. Dann sagte er langsam: „Also gut.'"

Plötzlich kam Will zum Bewußtsein, daß sich eine große Anzahl von Uralten versammelte, ein gewaltiges Aufgebot von schattenhaften Wesen, rund um ihn herum und hinter ihm auf dem stillen, im Dunst liegenden Fluß. Sie hockten in unsichtbaren Fahrzeugen wie ihr eigenes, die er schon flüchtig gesehen hatte, als sie durch Meilen und Jahre der britischen Insel gereist waren in einem Fahrzeug, das das Aussehen eines Zuges angenommen hatte. Ihm war, als höre er das Murmeln einer großen Menge, wie er es schon zweimal zuvor im Lauf seines Lebens vernommen hatte, als sich der ganze Kreis der Uralten versammelte, doch war nichts zu hören, das wußte er, außer dem Flüstern des Windes in den Bäumen, die den Fluß säumten. Er hielt sich fest vor Augen, daß sie da waren und daß Merrimans hochgewachsene Gestalt in dem blauen Umhang an seiner Seite stand, und dann tat er, was zu tun er bisher nicht gewagt hatte: Er sah fest und offen auf die dunklen Nebelwirbel der Finsternis. Die Stimme des Reiters drang laut und voller Selbstvertrauen aus ihnen hervor.

„Entscheiden Sie also. Sie wissen, daß der Knabe Bran in längst vergangener Zeit geboren und dann in die Zukunft gebracht wurde, um in ihr aufzuwachsen. Seine Mutter brachte ihn dahin, weil sie einst in ihrer eigenen Zeit ihren Gebieter und Ehemann, Arthur, schmählich betrogen hatte, und obwohl der Junge sein Sohn war, befürchtete sie, daß Arthur ihr das nicht glauben würde."

John Rowlands sagte tonlos: „Männer sind leicht zu betrügen."

„Aber Männer sind auch bereit zu vergeben", sagte der Reiter rasch und glatt. „Und der Vater des Jungen hätte Guinevere vergeben, wenn er die Möglichkeit dazu gehabt hätte. Aber einer der Herren des Lichts brachte Guinevere auf ihre Bitte hin durch die Zeit, und so hatte Arthur keine Chance, und der Junge wurde fortgebracht."

Merriman sagte mit leiser, tiefer Stimme: *Auf ihre Bitte hin.*"

„Aber", sagte der Reiter, „und geben Sie gut acht, John Rowlands – aber nicht in eine *Zeit*, um die sie gebeten hatte."

Will spürte eine Kälte in seine Gedanken kriechen, wie ein winziger Riß in einem hohen, sicheren Deich, der das Meer fernhält. Neben ihm raschelte Merrimans Umhang.

Die Stimme des Reiters war ruhig und selbstsicher. „Sie kam mit ihrem Kind in die Berge von Gwynedd, ohne über die Zeit, in die sie kam, nachzudenken. Und ein Mann aus dem zwanzigsten Jahrhundert, Owen Davies, verliebte sich in sie, nahm sie auf und zog ihr Kind wie sein eigenes auf, als sie wieder verschwand. Aber es war nicht das Jahrhundert ihrer Wahl. Sie ging dorthin, wohin der Herr des Lichts sie brachte, es war ihr gleichgültig. Aber dem Licht war es ganz und gar nicht gleichgültig."

Plötzlich hob seine Stimme sich, wurde rauh und anklagend. „Das Licht wählte den Zeitpunkt und sorgte dafür, daß Bran ap Arthur, Bran Pendragon, in diese Zeit kam, um am richtigen Ort im richtigen Augenblick dazusein, um bei der Suche des Lichts zu helfen. So sind all die Prophezeiungen erfüllt worden, nur indem sie Zeit manipulierten. Und da das eine Verdrehung der Vorschriften der Hohen Magie ist, fordern wir, daß der Knabe Bran, der nur durch die Geschicklichkeit des Lichts hier ist, zurückkehrt in die Zeit, in die er gehört."

John Rowlands sagte nachdenklich: „Ihn weiter als tausend Jahre zurückschicken? Und welche Sprache sprachen die Menschen damals?"

„Latein", sagte Will.

„Er spricht sehr wenig Latein", sagte John Rowlands und schaute hinaus auf den dunklen Nebel jenseits des Flusses.

„Sie sind leichtfertig", sagte die Stimme aus der Dunkelheit kurz. „Er kann einfach nur aus der Zeit herausgenommen werden, wie jetzt, solange er nicht teilnimmt an dieser vorliegenden Angelegenheit."

„Nicht leichtfertig", sagte John Rowlands, immer noch leise. „Ich frage mich nur, wie man von einem Jungen sagen kann, daß er zu einer Zeit gehört, deren Sprache er nicht einmal spricht. Ich frage mich nur, hoher Herr, um entscheiden zu können."

Merriman sagte, ohne seinen Platz am Heck des Bootes zu verlassen: „Zugehörigkeit. Das ist die Antwort auf diese Forderung. Ob es die Mutter des Jungen war oder das Licht, die die Zeit wählten, in die er kam, um aufzuwachsen, oder ob die Wahl eine Zufallsentscheidung war – auf jeden Fall fühlt er sich zu dieser Zeit gehörig. Er fühlt sich in Liebe verbunden mit

294

jenen, mit denen er zusammengelebt hat, ganz besonders mit Owen Davies, seinem Adoptivvater, und Davies' Freund – John Rowlands."

„Ja", sagte Rowlands und sah mit der gleichen raschen Besorgnis wie vorher zu dem seltsamen Käfig aus dunstigem Licht, in dem sie undeutlich Bran erkennen konnten, der regungslos dastand.

„Solche Bande der Liebe", sagte Merriman, „befinden sich außerhalb der Kontrolle sogar der Hohen Magie, denn sie sind stärker als alles andere auf dieser Erde."

Aber dann drang aus der Dunkelheit vor ihnen über das stille Wasser hinweg aus einer Richtung, die sie nicht lokalisieren konnten, ein angstvoller, drängender Ruf: „John! John!"

John Rowlands fuhr in die Höhe, wachsam und doch verlangend.

„Das ist Mrs. Rowlands!" flüsterte Jane.

„Wo ist sie?" Barney drehte sich nach allen Seiten, denn die Stimme schien aus der Luft gekommen zu sein.

„Dort!" Simon zeigte irgendwohin. „Dort..." Seine Stimme verlor sich.

Sie sahen nur ihr Gesicht, schwach beleuchtet in der aufgewühlten Dunkelheit neben dem Boot, und ihre ausgestreckten Hände. Sie sah John Rowlands beschwörend an, und ihre Stimme war die weiche, warme Stimme, die sie zuerst von ihr gehört hatten, und sie war voller Angst.

„John, hilf mir, hilf – ich habe mit all diesen Dingen nichts zu tun. Ich bin besessen. Ein Geist der Finsternis kommt über mich, und dann... sage ich Dinge und tue Dinge, und ich weiß nicht, was ich sage und tue... John, auch wir haben Bande der Liebe. *Shoni bach*, du mußt helfen, sie sagen, daß sie mich gehen lassen werden, wenn du ihnen hilfst!"

„Helfen... ihnen?" John Rowlands schien nur mit Mühe sprechen zu können; seine Stimme klang langsam und belegt.

295

„Stellen Sie das Gleichgewicht her", sagte der Schwarze Reiter kurz. „Fällen Sie die richtige Entscheidung, daß das Licht keinen Anspruch auf die Hilfe des Knaben Bran hat. Dann werden wir den Geist ihrer Frau, Blodwen Rowlands, verlassen und sie Ihnen zurückgeben."

„O bitte, John!" Mrs. Rowlands streckte die Arme nach ihm aus, und das Flehen in ihrer Stimme war so quälend, daß Jane es kaum ertragen konnte, sich ruhig zu verhalten. Alles, was sie über Blodwen Rowlands gehört hatte, war ihrer Erinnerung völlig entschwunden; sie hörte nur den Kummer und das Verlangen eines Menschen, der von einem anderen getrennt worden war.

„Du bist besessen." John Rowlands' Stimme war immer noch merkwürdig brüchig, als zwinge er die Worte hervor. „Du meinst, wie von Dämonen besessen, wie sie es von den alten Zeiten erzählen?"

Der Schwarze Reiter lachte leise und sprudelnd, ein kaltes Geräusch.

Blodwen Rowlands sagte eifrig: „Ja, ja, genauso ist es. Es ist die Finsternis, die Besitz von meinem Geist ergreift und mich zu etwas anderem macht, solange sie da ist. O John *cariad*, sage, was sie wünschen, damit wir wieder nach Hause zu unserem Häuschen gehen und wieder so glücklich sein können, wie wir es all diese Jahre waren. Dies alles ist ein schrecklicher Traum – ich möchte nach Hause."

John Rowlands' Hände ballten sich zu Fäusten, während die klagende, melodische Stimme sich flehend erhob. Er sah seine Frau lange und eindringlich an. Unsicher drehte er sich um und blickte hinauf zu Merriman und Will und zuletzt auf die hohe, ferne Gestalt der Alten Dame, aber sie alle erwiderten seinen Blick ausdruckslos, ohne die Andeutung einer Drohung oder einer Bitte oder eines Rates. John Rowlands sah wieder Blodwen an – und Jane hatte plötzlich ein leeres Gefühl im Magen vor Entsetzen, denn der Ausdruck, den sie jetzt auf seinem Gesicht sah, war wie ein trauriger Abschied von etwas, das für immer vorbei ist.

Seine Stimme war leise und freundlich, und sie konnten sie im sanften Säuseln des Windes an der Uferböschung kaum hören. „Ich glaube nicht, daß irgendeine Macht Besitz vom Geist eines Mannes oder einer Frau ergreifen kann, Blod – oder wie immer du wirklich heißen magst. Siehst du, ich glaube an den von Gott verliehenen freien Willen. Ich glaube, daß uns nichts aufgezwungen wird – außer von anderen Menschen, die so wie wir sind. Ich glaube, daß unsere Entscheidungen unsere eigenen sind. Und darum bist du nicht besessen – du mußt dich mit der Finsternis verbündet haben, weil du es so wolltest, so schrecklich es auch für mich ist, das nach all den langen Jahren zu glauben. Entweder das, oder du bist kein Mensch, sondern ganz und gar ein Geschöpf der Finsternis, ein fremdes Wesen, das ich nie richtig gekannt habe."

Die leise tiefe Stimme hing über dem nebelverhangenen Fluß, und einen Augenblick lang gab es nirgends ein Geräusch oder eine Bewegung, weder von der undeutlichen Flotte des Lichts noch von der von Gestalten wimmelnden schwarzen Leere der Finsternis. Blodwen Rowlands' schimmerndes Gesicht war immer noch da und die hochaufragende Gestalt des Reiters.

John Rowlands' tiefes Flüstern ging weiter, als ob er seine eigenen Gedanken ausspreche. „Und was Bran betrifft, da geht es um einen Jungen, der zuerst nicht selbst entscheiden konnte, von da an aber sein eigenes Leben gelebt hat. Und das ist alles, was man über die meisten von uns am Ende sagen kann. Er hat wirklich Bande der Liebe geschaffen, zu seinem Vater – seinem Adoptivvater meinetwegen. Und zu mir und den anderen, die ihn haben aufwachsen sehen auf dem Clwyd-Hof. Wenn auch nicht zu meiner Frau, wie ich gedacht hatte." Seine Stimme war immer heiserer geworden; er schluckte und schwieg eine Weile.

Jane beobachtete Blodwen Rowlands' Gesicht; sie sah, wie es sich allmählich verhärtete. Das Verlangen fiel von ihm ab wie eine Maske und ließ Gleichgültigkeit zurück und eine kalte Wut.

„Wenn ich zu entscheiden habe", sagte John Rowlands, „so entscheide ich, daß Bran Davies in die Zeit gehört, in der er wie ich unser Leben leben. Und daß, da er nicht für sich ist, wie ich es bin, sondern sich mit dem Licht verbündet hat, für das er viel riskierte, kein Grund besteht, warum es ihm nicht freistehen sollte, der Sache des Lichts zu helfen. Wie es... anderen... freisteht, der Finsternis zu helfen, wenn sie es wollen."

Er blickte hinauf zur Alten Dame. „Das also ist meine Entscheidung." Er schien absichtlich derb und ländlich zu sprechen, als versuche er, sich von den anderen abzusondern.

Die Alte Dame sagte mit klarer Stimme: „Die Hohe Magie bestätigt Ihre Entscheidung und dankt Ihnen, John Rowlands. Und das Licht akzeptiert, daß dies Gesetz ist."

Sie wandte sich ein wenig zur Seite, dem Ufer zu, der aufgewühlten Dunkelheit hinter dem Nebel. Die Helligkeit um sie schien zu wachsen, und ihre Stimme erhob sich: „Und die Finsternis, Reiter?"

Der Wind wurde stärker, zerrte an ihrem langen, blauen Umhang; irgendwo, weit entfernt, donnerte es leise.

Der Schwarze Reiter sagte in leisem Zorn: „Es ist das Gesetz." Er trat ein wenig hervor aus seinem dunklen Versteck und schob seine Kapuze zurück. Seine blauen Augen glitzerten in dem von Narben durchzogenen Gesicht. „Du bist ein Dummkopf, John Rowlands! Sein eigenes Heim zu zerstören für eine namenlose Sache..."

„Für das Leben eines Jungen", sagte John Rowlands.

„Er war immer ein Dummkopf, immer!" Blodwen Rowlands' Stimme drang aus der Dunkelheit, schneidend, kräftiger als zuvor; es war wieder die Stimme des Weißen Reiters, und plötzlich wußte Will, daß er immer die Ähnlichkeit zwischen den beiden Stimmen gehört, sie aber nicht in Zusammenhang miteinander gebracht hatte. Er sah Jane an, daß sie die gleiche, schreckliche Vorstellung hatte.

Es donnerte wieder, diesmal näher.

„Ein Weichling, *yn ffwl mawr*!" rief Blodwen Rowlands. „Ein Schafhirte und ein Harfenspieler! Dummkopf! Dummkopf!" Ihre Stimme stieg auf in das Wimmern des wachsenden Windes und wurde davongetragen in den dunkler werdenden Himmel. Rings um sie wurde der Nebel jetzt dunkler, und der Himmel über ihnen war dicht verhangen mit Wolken von einem so dunklen Grau, daß er fast schwarz aussah.

Aber die Alte Dame hob einen Arm und zeigte mit den fünf Fingern auf Bran, der regungslos in seinem Käfig aus hellem Nebel stand. Will hörte einen Hauch von Musik, wußte aber nicht, ob einer der anderen es auch gehört hatte, und dann stand Bran frei vor ihnen, das Schwert Eirias in der Hand, und die Klinge des Schwertes flackerte in kaltem, blauem Licht.

Bran hielt Eirias empor wie eine Fackel. Hinter ihnen und von allen Seiten spürte Will die Gruppe des Lichts größer werden und näher kommen, und er sah, daß ihr Boot wieder in Bewegung war, daß das Wasser gegen den Bug schlug, bewegter jetzt, mit kleinen Wellen, die der zunehmende Wind aufwarf. Er wußte, daß auch die anderen Fahrzeuge ihrer schattenhaften Flotte Fahrt machten. Aber gleichzeitig wurde der Himmel dunkler, noch dunkler, bedeckt mit sich auftürmenden Wolken.

Plötzlich wurden die Windstöße heftiger; Will sah, wie der Umhang der Alten Dame um ihre schlanke Gestalt wirbelte und Merrimans dunkle Robe sich über dem Bug wie ein Spinnaker aufblähte. Dann war für den Bruchteil einer Sekunde alles Licht erloschen, als mit lautem Tosen der wirbelnde Tornado der Finsternis sich in die Lüfte erhob, über ihnen und vor ihnen, am Horizont kreisend, um seine Kräfte für den letzten Schlag zu sammeln.

Nur ein Streifen von Licht leuchtete noch. Am Bug ihres Bootes durchschnitt Bran mit seinem Schwert in einer blauen Linie die Luft, und der dunkle Nebel zerteilte sich in einem breiter werdenden Riß. Sie sahen grüne Felder, die sich vor ihnen erhoben, und plötzlich standen sie alle auf einem sanft geneigten grünen Hang, auf Gras, und der Fluß war nicht mehr als ein fernes Murmeln in ihren Ohren.

„Dicht beieinanderbleiben, alle sechs", sagte Merriman. Er führte sie den grasbewachsenen Berg hinauf. Die Kette der Zeichen klirrte melodisch an Wills Hals. Er spürte die unzähligen, schattenhaften Gestalten der Kreises rings um sie, sie abschirmend, weiterdrängend. John Rowlands ging mit leerem Gesicht neben der Alten Dame, wie in Trance. Über ihnen grollte ein Gewitter.

Dann wehte der letzte Nebel davon, und in dem trüben Licht unter dem tiefhängenden Himmel sahen sie eine Reihe von Bäumen vor sich, einen kleinen Wald aus Buchen auf einem runden Kreidehügel – und, sich langsam auf dem Hang vor dem Wald abzeichnend, einen einzelnen, mächtigen Baum. Er nahm vor ihren Augen Gestalt an, ein schattenhafter Umriß, der ständig fester und wirklicher wurde; er wuchs und wurde dichter, und seine breiten Blätter raschelten und schüttelten sich im Wind. Sein Stamm war so dick wie zehn Männer, seine Äste so weit ausgebreitet wie ein Haus. Es war eine Eiche, größer und älter als irgendein Baum, den sie je gesehen hatten.

Über ihnen zerriß ein Blitzschlag eine der dunklen Wolken, und der Donner schlug nach ihnen wie eine Riesenfaust.

Barney sagte flüsternd: „Silber auf dem Baum . . .?"

Bran zeigte mit Eirias hinauf in den Baum, mit weitausholender, triumphierender Geste. „Seht – wo der erste Ast abzweigt. Da!"

Und durch die schwankenden Äste sahen sie die Mistel, den merkwürdigen Eindringling, dessen grüne Farbe von einem anderen Grün als das der Eiche war: die auseinanderstrebenden

Stengel und die kleinen Blätter, auf dem Baum wachsend und von innen heraus leicht schimmernd. Will betrachtete die Pflanze, und ihm war, als verändere sie sich, flackere; er blinzelte vergeblich, um etwas im Kern des kugelförmigen Gewächses zu erkennen.

Merrimans dunkle Robe wehte im wachsenden Wind. „Es wird nur einen Blütenzweig geben", sagte er, seine tiefe Stimme rauh vor Anspannung. „Und wir werden jede einzelne Knospe aufblühen sehen, und wenn jede einzelne, kleine, helle Blüte an dem Zweig aufgebrochen ist, erst dann schneiden wir den Zweig. Dann, und nicht vorher oder danach, sondern in dem einen Augenblick, tritt der große Bann in Kraft. Und im gleichen Augenblick muß derjenige, der den Mistelzweig schneidet, von den Sechs, von denen jeder eines der Zeichen trägt, vor Angriffen geschützt werden!"

Er richtete seine tief umschatteten Augen auf Will, und Will griff sich an den Hals, um die Kette der mit Goldgliedern vereinten Zeichen abzulegen.

Aber bevor er sie berühren konnte, flammte plötzlich aus der dunklen Wolkendecke über ihnen ein weißer Blitz auf, viel näher als zuvor. Will sah, wie Merriman erstarrte, das Gesicht dem großen Baum zugewandt. Auch er drehte sich um und suchte mit den Augen die Mistel. Auf einmal sah er einen wie Feuer leuchtenden Lichtschimmer mitten aus der merkwürdigen grünen Kugel hervorstrahlen. Der Zeitpunkt war gekommen; die erste Knospe an dem Mistelzweig war aufgeblüht.

Und mit ihr erhob sich die Finsternis.

Will hatte nie geahnt, wie es sein würde. Lange danach dachte er, daß es so gewesen sein mußte, wie wenn der Geist eines Menschen sich auf der Stelle und völlig verwirrt. Noch schlimmer, denn hier wurde die ganze Welt verrückt. Wie eine geräuschlose Explosion schüttelte die unermeßliche Gewalt der

301

Macht der Finsternis alles rings um ihn, durchschüttelte seine Sinne. Er taumelte und griff wie ein Blinder nach einem Halt, der nicht da war. Die Dinge nahmen plötzlich andere Erscheinungsformen an; schwarz schien weiß, grün schien rot, und alles flimmerte und pochte, als habe die Sonne die Erde verschluckt. Ein großer, scharlachroter Baum ragte über ihm in einen Himmel, der blendend weiß war; die anderen der Sechs, die aufleuchteten und wieder verschwanden, waren wie die Negative von Bildern, verschwommene Gestalten mit schwarzen Zähnen und leeren, weißen Augen. Das endlose, dumpfe Donnergrollen lag ihm in den Ohren und lähmte seinen Verstand; ihm war übel, und er fühlte sich krank, ihm war kalt und heiß zur gleichen Zeit. Er schloß die Augen zu Schlitzen, und seine Kehle schnürte sich zusammen.

Unfähig, ein Glied zu bewegen, sah er durch bleierne Lider, daß Simon und Jane und Barney auf dem Boden zusammengebrochen waren; sie bewegten sich mit ungeheurer Anstrengung, als drückten Gewichte sie zu Boden, und bemühten sich vergeblich, auf die Beine zu kommen. Dunkelheit hing lauernd über ihnen. Als Will langsam den schweren Kopf drehte, sah er, elend vor Entsetzen, daß der halbe Himmel, die halbe Welt hinter ihm, erfüllt war vom schwarzen Wirbelsturm der Finsternis, die sich zwischen Wolken und Erde ausbreitete, viel weiter, als seine Sinne erfassen konnten. Er sah Bran, der taumelnd einen blauen Flammenstreifen hochhielt, als stütze er sich dagegen. Leuchtend blau, dachte er, ich habe nie ein leuchtenderes Blau gesehen, außer in den Augen der Alten Dame. *Die Alte Dame, wo ist die Alte Dame?* Und er konnte sich nicht bewegen, um nach ihr zu suchen, sondern stürzte auf die Knie, während sich vor seinen Augen die Welt drehte und hin und her schwankte. Es war reiner Zufall, daß seine kraftlose Hand auf den Kreis der Zeichen um seinen Hals stieß.

Plötzlich konnte er wieder klar sehen, und Erstaunen überwältigte ihn. Über den stürmischen Himmel, die ungeheuerlichen grauschwarzen Wolken zerreißend, kamen sechs Männer auf Pferden geritten. Drei an jeder Seite, so kamen sie näher, silbriggraue, schimmernde Gestalten auf Pferden von der gleichen Mischfarbe, galoppierend, mit wehenden Umhängen und mit gezogenen Schwertern in den Händen. Einer von ihnen trug einen schimmernden Reif um den Kopf, aber Will konnte sein Gesicht nicht deutlich sehen.

„Die Schläfer reiten!" rief Bran ihm zu. Will sah, wie er sich weit nach hinten lehnte und zum Himmel hinaufschaute; mit seinem weißen Haar und dem ausgestreckten, blauflammenden Schwert setzte er sich deutlich gegen das grüne Gras ab. „Die sieben Schläfer, jetzt in Reiter verwandelt, genauso, wie ich es gesagt habe!"

„Aber ich erinnere mich immer noch, daß es sechs Schläfer waren", sagte Will leise zu Merriman, so leise, daß er wußte, Bran konnte ihn nicht hören. „Sechs Schläfer, die Ältesten der Alten, die wir einst mit der goldenen Harfe aus ihrem langen Schlaf neben dem See weckten."

Merriman bewegte sich weder, noch sagte er etwas. Er stand da und beobachtete den schrecklichen Himmel. Und als Will hinaufblickte zu den Reitern des Lichts, leuchtete im Osten ein breiter, heller Streifen auf. Und wie eine aufgehende weiße Sonne bewegte sich eine neue Gestalt über den Himmel: ein anderer Reiter, der anders aussah als alles, was je auf Erden geboren war.

Es war ein hochgewachsener Mann, der auf einem leuchtend weißgoldenen Pferd ritt, aber auf dem Kopf trug er ein Geweih wie ein Hirsch mit sieben schimmernden Enden. Während Will hinaufblickte, hob er den großen Kopf, gelbes Licht strahlte auf in den goldbraunen, runden Augen, die denen einer Eule glichen, und er stieß einen Ruf aus wie ein Jäger, der mit seinem Jagdhorn die Meute zusammenruft. Und hinter ihm raste bellend und kläffend eine endlose Meute riesiger, gespenstischer, weißer Hunde über den Himmel, mit roten

303

Ohren und roten Augen, furchterregende Wesen, die unerbittlich eine Spur verfolgten, von der keine Macht der Erde sie
abbringen konnte. Sie tummelten sich um das Pferd des Jägers,
hoch oben am Himmel, und er lachte über ihnen ein schreckliches Lachen aus Freude über die Jagd. Sie drängten sich um die
silbriggrauen Pferde der Schläfer und konnten es nicht erwarten, an dem Jagen teilzunehmen.

Und dann eröffnete der Jäger mit einem wilden Schrei die
Jagd, und er und die gespensterhaft grauen Kämpfer, sieben
Reiter, galoppierten durch die Wolken, die Hundemeute hinter
ihnen, die roten Augen brennend, viele Hunderte von Kehlen
schlugen an wie schreiende Wandergänse: die Wilde Jagd, zum
letztenmal in voller Hatz auf die Finsternis.

Der breite Angriffskegel der Finsternis am Himmel peitschte
und schlug um sich wie im Todeskampf, und seine Spitze
schien auseinanderzureißen. Ein schreckliches Dreschen erfüllte die Luft, bis mit einem letzten krampfartigen Stoß, der
die Hälfte der Wolken auf die Erde herunterzureißen schien,
die riesige, wirbelsturmartige schwarze Säule davon und in die
Lüfte raste, von den Schläfern und der Wilden Jagd unter
erbarmungslosem Geheul verfolgt.

Aber der große Jäger Herne zügelte seine weißgoldene Stute,
die einen Satz hoch in die Lüfte machte, als sie so plötzlich zum
Stehen gebracht wurde, und Herne drehte sich um und
durchforschte die zerrissenen und dahinjagenden Wolken mit
seinen goldbraunen, wilden Augen. Plötzlich von neuem
entsetzt, sah Will, was er suchte: die Spitze der Macht der
Finsternis, die niemals fliehen würde, die beiden gewaltigen
Gestalten, unzerstörbar jetzt in ihrer ganzen Kraft, der
Schwarze Reiter und der Weiße Reiter der Finsternis, die sich
in einem langen Bogen vom Himmel herunter auf den grasbewachsenen Hügel von Chiltern und den verzauberten Baum
stürzten.

Will hörte Simon neben dem Baum rufen, der erste Ton, den

304

einer der Sechs während ihres atemlosen Zuschauens von sich gab, und er drehte sich um und sah, daß auf dem Baum neue kleine, strahlende Lichtflecke aufleuchteten, als weitere Knospen an der grünen Mistel sich zu wundersamen Blüten öffneten. Er griff sich an den Hals, im gleichen Augenblick, da er im Geist Merrimans stummen Befehl hörte, und er riß den Kreis der Zeichen herunter. Hoch über ihnen kamen die Reiter, jetzt schon riesig groß, rasend schnell der Erde näher. Will rief Simon und Barney und Jane zu: *„Sechs Zeichen sollen brennen! Nehmt jeder eins und bildet einen Kreis um den Baum!"*

Sie waren voller Eifer neben ihm, und ein Zeichen nach dem anderen löste sich leicht von den Goldgliedern der Kette, da das Gold zu schmelzen schien wie Wachs und nicht mehr zu sehen war. Simon nahm das glatte, schwarze Zeichen aus Eisen und lief damit zum Baum, um sich vor den gewaltigen, knorrigen Stamm zu stellen und es herausfordernd hochzuhalten. Jane folgte mit dem schimmernden Zeichen aus Bronze, Barney mit dem aus Esche gefertigten Zeichen aus Holz. Dort standen sie also, tapfer und bebend, und starrten entsetzt auf die scheußlichen Reiter, die Hals über Kopf von den hohen Wolken heruntergaloppiert kamen, herunterkamen, um sie zu vernichten. Merriman trat rasch zu ihnen mit dem glänzenden goldenen Zeichen aus Feuer, Bran hielt das Kristallzeichen ans Licht, zusammen mit dem Schwert, und Will machte als letzter kehrt und wandte dem Baum den Rücken zu, das glitzernde schwarze Zeichen aus Feuerstein kühn hochhaltend. Dann waren die Reiter bei ihnen, begleitet von grellen Blitzen und lauten Donnerschlägen, die nicht von einer Wolke kamen, sondern aus der Dunkelheit. Ihre riesigen Pferde bäumten sich wiehernd auf und schlugen mit ihren tödlichen Hufen wild um sich. Hernes große Gestalt mit dem Geweih griff die Herren der Finsternis von oben an, und die geballte Kraft all der unsichtbaren Schatten des Kreises hielten sie von unten zurück, versperrten ihnen den Weg, rangen mit ihnen, die Alte

Dame als leuchtender Mittelpunkt. Aber die Belastung ging bis ans Ende ihrer aller Kräfte. Und in diesem Augenblick entfaltete die letzte Knospe am Mistelzweig sich zur Blüte.

Bran griff nach oben, mit wehenden weißen Haar, und schwang Eirias über seinem Kopf, um den Zweig abzuschneiden, aber mit dem Zeichen des Lichts in der linken Hand hatte er nur einen Arm zur Verfügung für das lange Schwert mit der Kristallklinge und konnte das Gleichgewicht nicht halten. Verzweifelt schrie er auf. Die Augen des Schwarzen Reiters glitzerten blau wie Saphire; er stürzte vor und versuchte, den kraftvollen Kreis zu zerbrechen und die schimmernden Blüten mit seinem eigenen Schwert zu erreichen. Doch plötzlich stand John Rowlands neben Bran, blaß und erbittert. Er griff das Zeichen des Lichts und streckte es dem sich im Angriff aufbäumenden Pferd entgegen, das schimmernde Kristallrund sah zerbrechlich aus in seiner großen, braunen Hand.

Und Bran, der jetzt beide Arme benutzen konnte, schwang die blitzende Klinge des Schwertes Eirias gegen den grünen Mistelzweig inmitten der Eiche und schnitt die leuchtenden Blütensterne vom Baum. Als der Zweig sich löste, fing Merriman, hochgewachsen und triumphierend, ihn auf, bevor er zu Boden fallen konnte. Er wirbelte herum, mit wehendem, blauem Umhang, und warf den Zweig in einer raschen, atemberaubenden Bewegung hinauf in die Lüfte. Im gleichen Augenblick verwandelte der Blütenzweig der Mistel sich in einen weißen Vogel, und der Vogel schwang sich weiter auf in die Lüfte und davon, fort durch die weißen Wolkenfetzen, die jetzt am blauen Himmel dahinjagten, fort in die Welt.

Jedes der Zeichen, die von sechs Händen gehalten wurden, flammte plötzlich in einem kalten Licht auf, zu hell, als daß die Augen es hätten ertragen können, und mit Stimmen, in denen sich Furcht und Verzweiflung mischten, fielen die hohen Gestalten des Schwarzen Reiters und des Weißen Reiters der Finsternis rückwärts hinaus aus der Zeit und verschwanden.

Und die sechs Hände waren plötzlich leer, da jedes Zeichen in seinem kalten Feuer zu Nichts verbrannt war, sich aufgelöst hatte.

Einer geht allein

Sie standen schweigend neben dem Baum, unfähig zu sprechen.

Hoch oben, wo ein paar letzte Sturmwolkenfetzen dunkel vor der Sonne vorüberjagten, legte Herne, der Jäger mit dem Geweih, den wilden Kopf zurück und stieß einen langen, triumphierenden Schrei aus, den Sammelruf, den das Horn ausstößt, wenn die Beute erlegt ist. Seine weiße Stute galoppierte über den Himmel, hoch und klar wiehernd wie das Singen des Windes auf den Hügeln, und schlug einen Bogen hinunter zu einem Band im Wind dahinfegender Wolken, die sich wie ein Strom über den Himmel zogen.

Im gleichen Augenblick, da der Jäger sich in den Himmelsfluß zu stürzen schien und ihren Blicken entschwand, sahen sie auf genau derselben Stelle das große Schiff *Pridwen* auftauchen, anmutig und mit hohem Bug, die grüne Standarte König Arthurs an Bug und Heck. Es kam immer näher, segelte mit dem Wind, und Will sah, wie Bran langsam das Schwert Eirias hob und es dann in die jetzt sichtbare Scheide an seiner Seite steckte. Es war eine merkwürdig zögernde Geste, die Will nicht deuten konnte. Er sah seinen Freund an, das blasse Gesicht und die goldgelben Augen unter dem weißen Haar, konnte aber keinen Ausdruck in den Zügen erkennen, als Bran das lange Schiff beobachtete, wie es durch die Lüfte auf sie zu segelte. Statt dessen fiel Will auf, nicht zum erstenmal, daß Brans goldene Augen denen des wilden Jägers Herne sonderbar ähnlich waren.

Dann war das Schiff *Pridwen* bei ihnen, und Will blickte in die blaugrauen Augen und das wettergebräunte, bärtige Gesicht König Arthurs.

Arthur sah an ihm vorbei auf die zierliche, zerbrechliche, in eine blaue Robe gehüllte Gestalt der Alten Dame, die ein wenig abseits von ihnen allen stand. Er trat vom Bug des Schiffes hinunter auf den Boden, ließ sich vor den Alten Dame auf das Knie fallen und beugte den Kopf. „Madame", sagte er, und seine Stimme klang so warm vor Lebensfreude wie damals, als Will sie zum erstenmal gehört hatte, „Euer Bootsführer erwartet Euch."

Will summte es in den Ohren vor Erstaunen, und er spürte die verwirrte Scheu der drei Drews neben ihm.

Die Alte Dame ging zum Boot und legte die Hand grüßend auf Arthurs Arm mit der zwanglosen Vertrautheit jener, die zur selben Familie gehören. „Es ist geschafft", sagte sie. Plötzlich lag eine tiefe Müdigkeit in der Musik ihrer Stimme, die von ihrem hohen Alter sprach, trotz der ruhigen, alterslosen Schönheit ihres feingeschnittenen Gesichts. „Unsere Aufgabe ist vollbracht, und wir können die letzte und längste Aufgabe jenen überlassen, die diese Welt und all ihre gefährliche Schönheit übernehmen."

Sie blickte zu ihnen allen zurück, und wie zum Abschied lächelte sie Barney an, dann Simon, und bei Jane verweilte ihr Blick etwas länger. Dann sah sie John Rowlands an, der steif und mit leeren Augen neben der dicken Eiche stand, und sie schritt rasch hinüber zu ihm und ergriff seine beiden Hände.

Rowlands sah sie an, sein dunkles walisisches Gesicht von tiefen Furchen um Nase und Mund durchzogen, die noch nie zuvor so ausgeprägt gewesen zu sein schienen.

„John", sagte die Alte Dame leise, „in dieser ganzen großen Sache haben Sie mehr für Ihre Welt getan als irgendeiner von uns – schon vor dem Mut, den Sie am Ende bewiesen haben –, denn Sie hätten sich in ein nichts wahrnehmendes, persönliches Glück zurückziehen können –, und doch verzichteten Sie darauf. Sie sind ein guter und aufrechter Mann, und eine Zeitlang werden Sie jetzt unglücklich sein. Aber – es ist nur eine Zeitlang." Sie ließ seine Hände los, sah ihm aber immer noch gebieterisch in die Augen, und John Rowlands erwiderte den Blick ohne Scheu oder Unterwürfigkeit und zuckte mit den Schultern. Er sagte nichts.

„Sie haben den härteren Weg gewählt", sagte die Alte Dame, „und so den Rhythmus Ihres Lebens verloren. Ich kann Ihnen Ihre Blodwen nicht zurückgeben, die Frau, die über ihren Ehrgeiz gestürzt ist. Aber ich kann Ihnen eine andere Möglichkeit anbieten, eine weniger harte. Sehr bald werden Sie in Ihre eigene Welt und Zeit zurückkehren, und dort werden Sie erfahren, daß die . . . Erscheinung Ihrer Frau einem tragischen Unfall zum Opfer gefallen ist. Sie können entscheiden, ob Sie sich in diesem Augenblick noch an all das erinnern möchten, was geschehen ist. Es steht Ihnen frei, die harte Wahrheit über das Licht und die Finsternis und über die wahre Natur Ihrer Frau im Gedächtnis zu behalten."

John Rowlands sagte ausdruckslos, mehr zu sich selbst: „Etwas war sehr merkwürdig; sie wollte mir nie sagen, wo oder wann sie geboren wurde."

Die Alte Dame streckte voller Mitgefühl eine Hand aus und ließ sie wieder fallen. „Oder", sagte sie sanft, „Sie können vergessen. Wenn Sie es wünschen, können Sie alles vergessen, was Sie je über die Herren der Finsternis und des Lichts gehört haben, und obwohl Ihr Kummer über den Verlust Ihrer Frau dann vielleicht tiefer ist, werden Sie um sie trauern und an sie als die Frau denken, die Sie kannten und liebten."

„Das würde bedeuten, mit einer Lüge zu leben", sagte John.

„Nein", sagte Merriman hinter ihm mit kraftvoller, tiefer Stimme. „Nein, John, denn Sie haben sie geliebt, und jede Liebe hat einen hohen Wert. Jeder Mensch, der einen anderen Menschen liebt, liebt auch Unvollkommenheit, weil es kein vollkommenes Wesen auf dieser Erde gibt – eine so einfache Lösung gibt es nicht."

„Es ist Ihre Entscheidung", sagte die Alte Dame. Sie schritt zum Boot und blieb davor stehen, schaute zu ihm zurück.

John Rowlands sah sie alle an, immer noch ohne sichtbare Gemütsbewegung. Dann wandte er seine dunklen Augen der Alten Dame zu, und ein Ausdruck der Wärme trat in sein Gesicht. „Diesmal kann ich mich nicht entscheiden", sagte er mit einem gequälten Lächeln. „Nicht bei einer solchen Entscheidung. Würdet Ihr in Eurer Güte für mich entscheiden?"

„Gut", sagte die Alte Dame. Sie hob einen Arm und zeigte in eine Richtung. „Gehen Sie fort von mir, John Rowlands, und wenn Sie sich umdrehen, werden Sie vor sich einen Pfad sehen. Folgen Sie ihm. Im gleichen Augenblick, da Sie an dem Baum dort vorbeigegangen sind, werden Sie uns verlassen haben und sich auf einem anderen Pfad in Ihrem eigenen Tal wiederfinden, den Sie sehr viel besser als diesen kennen. Und wie Ihre Gedanken dann auch aussehen mögen – es wird die Wahl sein, die ich für Sie getroffen habe. Und – alles Gute, John Rowlands."

John Rowlands verneigte sich kurz, dann sah er einen nach dem anderen an, mit einem gebrochenen Lächeln, das nicht glücklich war, aber voller Zuneigung. Zuletzt sah er Bran an. *„Mi wela'i ti'n hwyrach, bachgen"*, sagte er. Dann machte er kehrt und ging auf die riesige, weit ausladende Eiche zu, auf einem Pfad, den niemand von ihnen sehen konnte, und als er auf gleicher Höhe mit dem Baum war, entschwand er ihren Blicken.

Die Alte Dame seufzte. „Er wird vergessen", sagte sie. „Es ist besser so."

Arthur streckte ihr eine Hand entgegen, und sie trat hinunter in das Schiff. Ein Wind kam auf und ließ *Pridwen* auf dem himmlischen Fluß tanzen, und Will spürte plötzlich wieder eine große Anzahl von Wesen und wußte, daß all die Uralten

310

aus dem Kreis an Bord gingen, um die Alte Dame und den König zu begleiten. Am Großmast des Schiffes wurde ein Segel aufgezogen, riesig, rechteckig, sich aufblähend. Es trug das Zeichen des Lichts, einen Kreis mit einem Kreuz. Er hörte die Rufe der Mannschaft, es ächzte in den Spanten, Taue schlugen gegen Spieren.

Will warf einen Blick auf die drei Drews neben ihm und sah in ihren Gesichtern den allmählich aufkommenden Kummer des Verlustes und eine tiefe Leere. Aber er konnte das große Schiff nicht länger als einen Augenblick aus den Augen lassen. Er wandte sich wieder dorthin, und in der gespenstischen Menge von Wesen auf den Decks sah er in flüchtigen Blicken eines nach dem anderen von den Gesichtern, die er gekannt hatte, auf dieser Reise und auf anderen, in dieser Zeit und in anderen. Eine hohe, stämmige Gestalt mit der Lederschürze eines Schmiedes hob grüßend einen langstieligen Hammer, er sah einen zierlichen Mann in einem grünen Rock, der ihm zuwinkte, und eine herrisch aussehende Dame mit grauem Haar, die sich auf einen Stock stützte, verneigte sich förmlich. Das kurz aufleuchtende Lächeln eines beleibten Mannes mit braunem Gesicht und einer von weißem Haar umgebenen Tonsur galt ihm; er sah Glyndwr und die zerbrechliche Gestalt des Königs vom Verlorenen Land, und dann machte sein Herz einen Satz, als er Gwion sah, der ihn mit seinem strahlenden Lächeln anlächelte. Dann wurde der Wind stärker, das Segel blähte sich auf, als sei es ungeduldig, und die Gesichter gingen unter in der verschwommenen Menge.

Arthur stand am Bug; sein bärtiges Gesicht zeichnete sich gegen den Himmel ab. Er streckte die Hand nach Bran aus, und seine warme Stimme rief, triumphierend und ihn willkommen heißend: „Komm, mein Sohn!"

Bran trat rasch auf ihn zu; dann blieb er stehen. Er stand nahe bei Merriman, und sein weißes Haar und das blasse Gesicht wirkten fast durchscheinend gegen Merrimans tiefblauen Umhang. Will sah traurig zu, weil er wußte, daß er Bran zum letztenmal sah. Aus Brans Gesicht sprach Verlangen, Entschlossenheit und Bedauern.

„Komm, mein Sohn", sagte die warme, tiefe Stimme wieder. „Die lange dauernde Aufgabe des Lichts ist vollbracht, und die Welt ist befreit von der Gefahr einer Herrschaft der Finsternis. Jetzt liegt alles in den Händen der Menschen. Die Sechs haben ihren großen Auftrag ausgeführt, und wir haben die Pflicht, die uns unser Erbe auferlegte, erfüllt, du und ich. Und jetzt dürfen wir uns ausruhen, in der stillen, von Silber umgebenen Burg jenseits des Nordwindes, zwischen den Apfelbäumen. Und jene, die wir zurücklassen, mögen an uns denken in jeder Nacht, wenn die Krone des Nordwindes, die Corona Borealis, sich, von Sternen umgeben, über dem Horizont erhebt."

Er streckte wieder den Arm aus. „Komm. Es gibt auch hier eine Flut, die fast ihren höchsten Stand erreicht hat, und bei Ebbe fahre ich nicht."

Bran sah ihn sehnsüchtig an, aber er sagte mit klarer Stimme: „Ich kann nicht mitkommen, mein Gebieter."

Dann herrschte Schweigen; nur der Wind sang leise. Arthur ließ den Arm langsam sinken.

Bran sagte stockend: „Es ist etwas, was Gwion sagte, als das Verlorene Land unterging und er es nicht verlassen wollte. *Ich gehöre hierher.* Wenn es jetzt in den Händen der Menschen liegt, wie Ihr sagt, dann werden die Menschen es sehr schwer haben, und vielleicht gibt es später Dinge, bei denen ich helfen könnte. Und wenn das nicht so ist, ich... gehöre hierher. *Bande der Liebe,* sagte Merriman. Und die habe ich – hier. Und er sagte" – er sah auf zu Merriman neben ihm –, „daß solche Bande sogar außerhalb der Kontrolle der Hohen Magie liegen, weil sie das Stärkste auf der Erde sind."

Merriman bewegte sich; Will spürte, daß etwas wie Ehrfurcht ihn bewegte.

„Das ist wahr", sagte Merriman. „Aber überlege es dir gut,

312

Bran. Wenn du auf deinen Platz in der Hohen Magie verzichtest, auf dein Identität in der Zeit, die außerhalb der Zeit liegt, dann wirst du ein Sterblicher sein wie alle anderen, wie Jane und Simon und Barney. Du wirst nicht mehr der Pendragon sein, niemals. Du wirst dich an nichts von dem, was geschehen ist, erinnern, du wirst leben und sterben wie alle Menschen. Du mußt jede Hoffnung aufgeben, die Zeit zu verlassen mit denen, die zum Licht gehören – wie ich es bald tun werde und wie eines Tages in ferner Zukunft auch Will es tun wird. Und... du wirst deinen hochgeborenen Vater nie wiedersehen."

Bran wandte sich rasch Arthur zu, und während Will zusah, wie die beiden einander anschauten, fielen Will wieder die goldbraunen Augen von Herne, dem Jäger, in Brans Gesicht auf, und doch auch Züge von Arthur, als seien sie alle drei ein und derselbe. Er blinzelte verwundert.

Plötzlich lächelte Arthur, stolz und voller Liebe, und er sagte leise: „Geh dorthin, wohin du glaubst gehen zu müssen, mein Sohn Bran Davies aus Clwyd, und mein Segen wird dich begleiten." Er trat wieder hinunter auf die grasbewachsene Böschung und breitete die Arme aus, und Bran lief zu ihm, und für einen Augenblick standen sie eng aneinandergedrückt.

Dann trat Arthur lächelnd zurück, und Bran, der die ganze Zeit zu ihm aufblickte, zog Eirias aus der Scheide an seiner Seite, weiß und schimmernd, streifte sich das Schwertgehenk über den Kopf und reichte beides, Schwert und Scheide, seinem Vater. Will hörte Merriman leise seufzen, wie erlöst, und stellt fest, daß er selbst, ohne es zu merken, die Hände zu Fäusten geballt hatte. Arthur nahm Eirias in die eine, die Scheide in die andere Hand und ließ das Schwert in die Scheide gleiten. Einen Augenblick blickte er an Bran vorbei zu Merriman, und seine Augen lächelten, obwohl sein Mund jetzt ernst war. „Ich werde dich bald sehen, mein Löwe", sagte er, und Merriman nickte mit dem Kopf.

Dann ging Arthur wieder an Bord seines Schiffes *Pridwen*,

das breite Segel füllte sich und blähte sich auf, und während die ganze schattenhafte Menge des Lichts zurückschaute, segelte das Schiff ohne ein Zeichen von Abschied oder Ende über den Himmel davon. Kleine sonnenbeschienene Wolken hingen zerstreut dort oben, so daß der blaue Himmel einem Meer mit vereinzelten kleinen Inseln glich, und es war nicht zu unterscheiden, ob das Schiff sich auf dem Meer oder in den Lüften befand, als es verschwand.

Bran sah ihm nach, bis es kein Schiff mehr zu sehen gab, aber Will sah kein Bedauern auf seinem Gesicht.

„Das muß es gewesen sein, was John Rowlands meinte", sagte Bran leise.

„John Rowlands?" fragte Will.

„Auf walisisch. Als er uns verließ. Er sagte zu mir: ‚Bis später, mein Junge.'"

Jane sagte langsam: „Aber – er wußte nicht, daß du zurückkommen würdest."

„Nein", sagte Bran.

Merriman sagte: „Aber er kennt Bran."

Bran schaute auf zu ihm, sehr jung und verletzbar plötzlich, mit den ungeschützten, hellen Augen und ohne die Bürde des Schwertes Eirias an seiner Seite. „War es richtig, was ich getan habe?"

Merriman warf den ehrfurchtgebietenden, weißhaarigen Kopf so impulsiv wie ein Schuljunge zurück und gab ein Johlen von sich, das der unbedachteste Ruf war, den sie je von ihm gehört hatten. „Ja", sagte er dann, plötzlich ernst werdend. „Ja, Bran. Es war richtig, für dich und für die Welt."

Barney traute sich endlich fort von der Stelle auf dem grasbewachsenen Hang, an der er und Simon und Jane lange dicht beieinander in staunendem Schweigen gestanden hatten. Er fragte besorgt: „Gumerry? Gehst du wirklich weg, oder wirst du auch hierbleiben?"

„O Barnabas", sagte Merriman, und seine Stimme klang so

müde, daß Jane sich ihm mütterlich besorgt zuwandte, „Barnabas, Barnabas, die Zeit vergeht, für die Uralten ebenso wie für dich, und obwohl eine Jahreszeit der vom vergangenen Jahr ziemlich ähnlich ist, verändert sich doch der Zuschnitt der Welt mit jedem Jahr, das vergeht. Meine Zeit ist hier abgelaufen, meine Zeit und die Zeit des Lichts, und es wird an anderen Orten andere Aufgaben für uns geben."

Er verstummte und lächelte sie alle an, und die Müdigkeit in seinem hageren, von tiefen Falten durchzogenen Gesicht mit der kühnen Raubvogelnase und den umschatteten Augen schwand ein wenig. „Hier sind jetzt die Sechs", sagte er dann, „zum ersten und letzten Mal vereint an dem Ort, der für uns bestimmt war, auf einem Kreidehügel in den Bergen von Chiltern in Buckinghamshire, wo vor Jahrhunderten Männer, die vor der Finsternis flohen, vergeblich versuchten, ihre Schätze zu verstecken, und den Himmel um Schutz anbeteten. Seht es euch an. Seht gut hin, und erhaltet ein bißchen davon am Leben."

Sie fragten sich, was er meinen könnte, und starrten eindringlich und lange auf den mit weichem, grünem Gras bedeckten Hang, auf dem hier und dort winzige, orangegelbe Leinkrautblüten aufleuchteten, umflattert von kleinen, blauen Schmetterlingen. Sie schauten auf das Buchenwäldchen, das den Hügel bedeckte, und auf die mächtige, geheimnisvolle Eiche genau unterhalb des Wäldchens, auf den klaren, blauen Himmel mit den vereinzelten, rundlichen, weißen Wolken.

Und plötzlich, obwohl Merriman sich nicht gerührt hatte, begannen sie alle zu blinzeln, als das, was sie sahen, sich zu trüben schien, und sie taumelten ein wenig, hörten ein Singen, und Benommenheit nahm ihnen das Gleichgewicht. Sie sahen alles ringsum merkwürdig erbeben, wie Luft, die über einem Feuer tanzt. Die Umrissen der Rieseneiche verzerrten sich, wurden schwächer und verschwanden ganz, das Grün des Hügels wurde dunkler, und der Hang bildete keinen sanften

Bogen mehr. Obwohl die Sonne immer noch schien, gab es jetzt dunklere Flecke auf dem Hügel, gelbgefleckt, grün, braun und purpurfarben, wo Stechginster und Farn und Heidekraut wuchsen. Andere Umrisse erhoben sich in der Ferne, Berge, undeutlich grau und blau an einem dunstigen Horizont. Und als sie sich umblickten, um zurückzuschauen, sahen sie unter sich ein breites Tal, das Sand golden färbte, und das gewundene, silberne Band eines Flusses, der dem unermeßlichen blauen Meer zustrebte. Sie hörten das unregelmäßige, ziellose Blöken von Schafen hin und wieder die Stille durchbrechen, und irgendwo tief unter ihnen bellte ein Hund. Über ihnen ließ sich eine Möwe von den walisischen Bergen zu Fluß und Meer hinuntergleiten, ihren melancholischen Klageruf wieder und wieder ausstoßend.

Merriman atmete langsam und tief ein und wieder aus. Er sagte noch einmal leise: „Seht gut hin."

Jane schaute hinaus auf die goldene Sandbank, die der Fluß als Schutz vor dem Meer gebildet hatte, und fragte mit sehr dünner Stimme: „Werden wir dich nie wiedersehen?"

„Nein", sagte Merriman. „Keiner von euch, außer meinem Will, dem Wächter hier. Und es ist richtig so."

Ein Befehl und eine klare Stärke in seiner Stimme ließen sie alle schweigen. Sie sahen ihn an, gebannt von den strahlenden, dunklen Augen und dem hageren Gesicht.

„Dann vergeßt nicht", sagte er, „daß es jetzt ganz und gar eure Welt ist. Eure und die der anderen. Wir haben euch vom Übel erlöst, aber das Übel, das in den Menschen selbst steckt, müssen am Ende die Menschen auch unter Kontrolle bringen. Die Verantwortung und die Hoffnung und das Versprechen liegen in euren Händen – in euren und denen der Kinder aller Menschen dieser Erde. Die Zukunft kann nicht die Gegenwart verantwortlich machen, genausowenig, wie die Gegenwart die Vergangenheit verantwortlich machen kann. Die Hoffnung ist immer da, immer am Leben, aber

316

nur eure entschlossene Obhut kann aus ihr ein Feuer machen, das die Welt wärmt."

Seine Stimme hallte über den Berg, leidenschaftlicher, als sie je zuvor eine Stimme hatten klingen hören, und sie standen stumm wie stehende Steine da und hörten ihm zu.

„Denn Drake liegt nicht mehr in seiner Hängematte, Kinder, noch schläft Arthur irgendwo, und ihr könnt nicht müßig darauf warten, daß irgendwer zum zweitenmal kommt, denn jetzt gehört die Welt euch, und es ist eure Sache. Besonders jetzt, da der Mensch die Möglichkeit hat, diese Welt zu zerstören, ist der Mensch dafür verantwortlich, sie zu erhalten, mit all ihren Schönheiten und ihren wunderbaren Freuden."

Seine Stimme wurde weicher, und er sah sie mit weit entrückten dunklen Augen an, die in die Zeit hinauszuschauen schienen. „Und die Welt wird immer noch unvollkommen sein, weil der Mensch unvollkommen ist. Gute Menschen werden immer noch von schlechten getötet werden oder manchmal von anderen guten Menschen, und es wird immer noch Schmerzen und Krankheiten und Hungersnöte geben, Wut und Haß. Aber wenn ihr daran arbeitet und euch Mühe gebt und wachsam seid, wie wir es für euch waren, dann wird auf die Dauer das Schlechtere niemals über das Bessere triumphieren. Und die Gaben, die einigen Menschen verliehen sind und die so hell strahlen wie das Schwert Eirias, werden für die anderen die dunklen Ecken des Lebens heller machen in einer so tapferen Welt."

Es herrschte Schweigen, und die leisen Geräusche des Berges waren wieder zu hören: das ferne Blöken der Schafe, das Motorengeräusch eines Autos weit weg und, hoch über ihnen, das fröhliche Trillern einer Lerche.

„Wir werden es versuchen", sagte Simon. „Wir werden es versuchen, so gut wir können."

Merriman sah ihn mit seinem raschen, unerwarteten Lächeln an. „Mehr kann niemand versprechen", sagte er.

Sie blickten traurig zu ihm auf, unfähig, sein Lächeln zu erwidern, niedergedrückt von der Schwermut des Abschiednehmens. Merriman seufzte und hüllte sich fester in seinen mitternachtsblauen Umhang.

„Faßt euch", sagte er. „Die ältesten Worte drücken es am besten aus: *Seid frohen Mutes.* Ich werde mich jetzt zu unseren Freunden gesellen, weil ich sehr müde bin. Und keiner von euch wird sich an mehr erinnern als an das, was ich eben gesagt habe. Denn ihr seid sterblich und müßt in der Gegenwart leben, und es ist nicht möglich, hier wie die Uralten zu denken. So wird dies die letzte Magie sein: Wenn ihr mich an diesem Ort zum letztenmal seht, wird sich alles, was ihr von den Uralten und von ihrer großen Tat wißt, in die verborgenen Winkel eures Gedächtnisses zurückziehen, und ihr werdet euch nie wieder an das Allergeringste erinnern, außer in Träumen. Nur Will, weil er von meiner Art ist, muß sich erinnern, aber ihr anderen werdet auch das vergessen. Lebt wohl, meine fünf Gefährten. Seid stolz auf euch, so wie ich stolz auf euch bin."

Er schloß sie alle nacheinander in die Arme, eine kurze Abschiedsumarmung. Ihre Gesichter waren verzerrt, ihre Augen feucht. Dann ging Merriman bergaufwärts, über das federnde Gras und die vorstehenden Schieferstücke, durch den braun werdenden Farn und den Stechginster mit seinen gelben Sternen, und er blieb erst stehen, als er den äußersten Gipfel erreicht hatte. Sie sahen die vertraute, hohe Gestalt, die sich, sehr aufrecht stehend, gegen den blauen Himmel absetzte, mit der kühnen Nase und der Mähne weißen Haares, das jetzt ein wenig im aus dem Nichts aufgekommenen Wind wehte. Es war ein Bild, das bis ans Ende ihres Lebens immer wieder in ihren Träumen auftauchen würde, auch wenn sie alles andere vergessen hatten. Merriman hob einen Arm zu einem Gruß, den zu erwidern keiner von ihnen ertragen konnte, und dann erstarrte der Arm in einer feinen Veränderung der Bewegung, die fünf Finger spreizten sich weit auseinander und zeigten auf sie . . .

Ein Wind wirbelte über den Berg, der Hang, der sich vom Himmel abhob, war leer, und fünf Kinder standen auf dem Dach von Wales und schauten hinaus über ein goldenes Tal und das blaue Meer.

„Ein fantastischer Blick", sagte Jane, „die Kletterei wirklich wert. Aber mir tränen die Augen vom Wind."

„Es muß unheimlich windig sein hier oben", sagte Simon. „Seht nur, wie die Bäume alle dem Land zugebeugt sind."

Bran starrte verwirrt auf einen kleinen, blaugrauen Stein in seiner Handfläche. „Habe ich in meiner Tasche gefunden", sagte er zu Jane. „Willst du ihn haben, Jenny?"

Barney schaute hinauf über den Berg. „Ich habe Musik gehört! Hört mal . . . nein, jetzt ist sie weg. Muß der Wind in den Bäumen gewesen sein."

„Ich glaube, es wird Zeit, daß wir aufbrechen", sagte Will. „Wir haben noch einen langen Weg vor uns."

Erhebt die Finsternis sich wieder, wehren sechs sie ab;
Drei aus dem Kreis und drei vom Pfad.
Holz, Bronze, Eisen; Wasser Feuer, Stein;
Fünf kehren wieder, und einer geht allein.

Eisen für das Wiegenfest, Bronze trägst du lang;
Holz aus dem Flammenbrand, Stein aus Gesang;
Feuer aus dem Kerzenring, Wasser aus dem Firn;
Sechs Zeichen bilden den Kreis, und der Gral ist fern.

Bergfeuer finden die goldene Harfe der Schäfer,
Die klingt und weckt die alten Schläfer;
Zaubermacht der grünen Hexe, die am Meeresgrunde träumt;
Alle finden einst das Licht, Silber, das die Bäume säumt.